读客科幻文库

跟着读客读科幻,经典科幻全看遍。

ANN VANDERMEER AND JEFF VANDERMEER

现代奇幻大书
巨翅老人

[哥伦比亚]加西亚·马尔克斯　[阿根廷]豪尔赫·路易斯·博尔赫斯等　著
[美]安·范德米尔　[美]杰夫·范德米尔　编
罗妍莉　王知夏等　译

THE BIG
BOOK
OF
MODERN
FANTASY

江苏凤凰文艺出版社
JIANGSU PHOENIX LITERATURE AND
ART PUBLISHING

图书在版编目（CIP）数据

巨翅老人 /（哥伦）加西亚·马尔克斯等著；（美）安·范德米尔（Ann VanderMeer），（美）杰夫·范德米尔（Jeff VanderMeer）编；罗妍莉等译. — 南京：江苏凤凰文艺出版社，2025. 7. —（现代奇幻大书）.
ISBN 978-7-5594-9167-1
I. I14
中国国家版本馆CIP数据核字第2024XN0509号

THE BIG BOOK OF MODERN FANTASY,
edited by ANN VANDERMEER AND JEFF VANDERMEER
Copyright © 2020 VanderMeer Creative Inc.,
by arrangement with CookeMcDermid Agency,
The Cooke Agency International, and The Grayhawk Agency Ltd.
Originally published in English by Vintage Books,
a division of Penguin Random House LLC.
Simplified Chinese translation copyright © 2025 Dook Media Group Limited
All rights reserved.

中文版权 © 2025 读客文化股份有限公司
经授权，读客文化股份有限公司拥有本书的中文（简体）版权
图字：10-2024-80号

巨翅老人

［哥伦］加西亚·马尔克斯等 著
［美］安·范德米尔 ［美］杰夫·范德米尔 编 罗妍莉等 译

责任编辑	丁小卉　　白　涵
特约编辑	蔡佳迪　　骆新悦
封面设计	陈艳丽
责任印制	杨　丹
出版发行	江苏凤凰文艺出版社
	南京市中央路165号，邮编：210009
网　　址	http://www.jswenyi.com
印　　刷	三河市龙大印装有限公司
开　　本	880毫米×1230毫米 1/32
印　　张	15.5
字　　数	335千字
版　　次	2025年7月第1版
印　　次	2025年7月第1次印刷
标准书号	ISBN 978-7-5594-9167-1
定　　价	69.90元

江苏凤凰文艺版图书凡印刷、装订错误，可向出版社调换，联系电话：010-87681002。

献给萨莉·哈丁

引　言

　　奇幻是一个广博而多样的类别。一方面，奇幻故事可以描写喷火的巨龙；另一方面，它也可以描绘安静的场景，如一个人与一种奇异植物的相遇。与《经典奇幻大书》（The Big Book of Classic Fantasy）一样，我们对"奇幻"的定义十分简单：具有非真实元素渗入真实世界这一特征的故事，或者发生在显然不是我们的世界的异世界中的故事（无论显而易见的"奇幻"事物是否出现在故事中）。我们对奇幻的定义有别于恐怖和怪奇，它们的区别在于故事的讲述目的。奇幻故事的首要目的不是制造恐怖，也不是探索一种异常的心理状态——因诡谲之物的突现而引发的恐惧、疏离或着迷的状态。

　　有关奇幻的宽泛定义的细节讨论可以持续数小时、数天，甚至人的一生。只有最狭隘的、特定的文艺类型才能够被精准定义，而奇幻是我们所能想象的最广阔的类型之一——假如我们可以称奇幻为一个类型，而不称其为一种模式，或倾向，或传统等更大的概念的话。但每一本选集都需要一个选择标准，以决定该选集应包含哪些作品；哪些作品可以选入，哪些不能。对我们来说，奇幻故事的决定性时刻是，与非真实事物的相遇，不管这一事物多么不起眼，以及相遇那一刻的意义所在。要在写作中以一种有意义的方式聚焦于我们的世界，作家有时需要描写一个与现实完全不同的世界，有时却只需要与现实世界拉开些微距离。

我们把"经典奇幻"限定为写于十九世纪至1945年二战结束那段时间内的故事，因此"现代奇幻"的时间起点是二战结束时。我们这么分有实际操作上的考虑：一方面，我们想从大量奇幻作品中选出足量的篇目，而这些篇目需要以两部书的体量来呈现；另一方面，我们希望这两部书能在规模和范围上保持平衡。此外，从二十世纪中期文化变迁的角度来看，这样的划分也是合理的。

1945年后不久，奇幻就作为一种出版类别被确定了下来。1939年，两本通俗故事杂志——约翰·坎贝尔（John W. Campbell）主编的《未知》（Unknown）和雷蒙德·帕尔默（Raymond A. Palmer）主编的《幻界冒险》（Fantastic Adventures）——开始刊发。这两本杂志让读者开始将奇幻作为一种独立的类别来看待，认为奇幻有别于怪奇、恐怖和科幻。坎贝尔和帕尔默的编辑风格迥异，但他们为一种新的故事开发了市场。这种新的故事比《诡丽幻谭》（Weird Tales）杂志及其模仿者所刊载的故事更轻快，没那么恐怖，其创作也不需要借助于将伪科学合理化，而伪科学的合理化正是《惊奇科幻》（Astounding Science Fiction）和《惊异故事》（Amazing Stories）这两本杂志中那些故事创作的基石。1947年，唐纳德·沃尔海姆（Donald A. Wollheim）主编的《埃文奇幻读本》（Avon Fantasy Reader）第一期出版了。1949年，《奇幻杂志》［The Magazine of Fantasy,

后更名为《奇幻与科幻杂志》(*The Magazine of Fantasy & Science Fiction*)]刊发了第二期,至今该杂志仍在发行。《奇幻与科幻杂志》在通俗故事杂志和高级商业杂志的夹缝中生存,为其供稿的是那些曾在《诡丽幻谭》和《未知》上发表作品而小有名气的作家,以及像雪莉·杰克逊(Shirley Jackson)与詹姆斯·瑟伯(James Thurber)这样对于《纽约客》(*The New Yorker*)的读者来说很熟悉的作家。虽然这些出版物在流行程度上各有不同,但它们都对英语作家产生了巨大的影响,创造了不同于其他写作类型的奇幻这一小说类型。《奇幻与科幻杂志》中的作品在本选集中的登场次数尤其多。

当奇幻小说开始在美国杂志中成为一个广为承认的独立的写作类型时,战后平装书出版的繁荣态势也为读者和作者提供了新的机遇,造就了二十世纪六十年代中期托尔金(J. R. R. Tolkien)的《魔戒》(*The Lord of the Rings*)这一现象级的成功案例,也导致无数人模仿该书,其中有些作品同样成了畅销书。七十年代,角色扮演游戏《龙与地下城》(*Dungeons & Dragons*)崛起,这一游戏的概念不仅来自托尔金,也来自知名的奇幻小说作家弗里茨·莱伯(Fritz Leiber)和杰克·万斯(Jack Vance),以及一些不那么知名但其实很优秀的作家,如玛格丽特·圣克莱尔(Margaret St. Clair)。《龙与地下城》不仅影响了其他游戏(包括电脑游戏)的结构和内容,也对多种虚构作品产生了影响,包括电视节目和电影。最晚到二十世纪八十年代,奇幻作为一种市场营销类别,已成为大多数媒体的重要组成部分。今日,它可以说是流行文化中的主流类别。

对有些作家而言,奇幻元素是一系列更广泛的写作工具中的一种，他们可以利用它来写某一个特定的故事或某一部特定的小说。而另一些作家自带一种具有奇幻倾向的世界观，或是沉浸在非真实的世界中，以至于奇幻成为他们写作的核心。这两种奇幻故事的写作路径，没有哪一种天然就比另一种更好，但在二战后奇幻文学发展的意义上，就大多数普通读者对奇幻的概念以及类型文学受众群体中接受度最高的奇幻故事种类而言，这两种不同的路径标志着现实与非现实这两种元素之间的裂口在不断扩大。有时，奇幻小说成了"奇幻作家所创作的故事"或"读者基于流行文化所认知的奇幻故事"。

流行文化让奇幻作品为人熟知，而流行的力量是极其强大的。流行的固有倾向就是让关键元素变得熟悉、常规，甚至乏味。市场营销类别会告诉你你能期待的是什么。（虽然这会导致陈词滥调以及类型化特征的产生，但它也能让颠覆性和反类型的作品接触到更多读者，因为它允许某种类型的"戏仿"作品成为该类型的主流的一部分。就像布谷鸟将蛋下在其他鸟类的巢穴中，让其他鸟类帮自己孵育幼鸟一样，市场分类这一做法也会孕育全新的作品。）

从纯粹技术性的角度来看，直至最近，奇幻电影或奇幻电视节目的精妙程度都远比不上最类型化的托尔金派奇幻文学。因为阿瑟·克拉克（Arthur C. Clarke）和斯坦利·库布里克（Stanley Kubrick），2001年这个年份在虚构层面拥有了科幻的含义[1]，但在现实世界中，在奇幻文化——作为一种流行文化——的历史

---

[1] 斯坦利·库布里克根据阿瑟·克拉克的经典科幻小说改编的同名电影《2001太空漫游》（*2001: A Space Odyssey*, 1968）为影史经典。——编者注（本书编者注均为中文编者所加）

引　言

上，2001年是至关重要的一年，因为《哈利·波特》系列电影和《指环王》三部曲的第一部都在该年年底上映。这些电影极大地激发了大众关于奇幻世界的想象，其影响之大可与1977年上映的《星球大战》（*Star Wars*）在流行的科幻理念上的影响相提并论。在2001年前，奇幻小说和《龙与地下城》让奇幻成为许多流行文化的主要来源，但在2001年后，流行文化和奇幻几乎成了同义词。

然而，直至今日，虽然奇幻文学的商业化已然小有成果，短篇小说仍然是一种能将非凡奇异的奇幻理念、形象和人物无拘无束且推陈出新地表达出来的方式。遗憾的是，这种无拘无束的表达形式的广度和深度尚未完全为人所知。二战后"奇幻文学"和"文学"间产生的裂痕，尽管远不如"科幻文学"和"文学"之间的裂痕那么深，但实际已经将某些作品隔绝在广大读者群体的视野之外。比如，《纽约客》拥有出版奇幻故事的悠久历史，但这一传统相比于该杂志刊载生活片段故事的声名，显得暗淡无光。即使在二十世纪八十年代，"肮脏现实主义"的潮流在英语文学界达到顶峰之时，除了标准最严格的杂志和期刊，其余出版物仍在刊载带有奇幻元素的故事（这些出版物一般称其为"超现实主义""寓言主义""魔幻现实主义"，以此将其与作为类型文学的奇幻文学区分开来）。在那一时期里，史蒂文·米尔豪瑟（Steven Millhauser）和乔治·桑德斯（George Saunders）这样的奇幻作家的作品常同时出现在《年度最佳奇幻与恐怖小说》（*The Year's Best Fantasy and Horror*）和《纽约客》上。

因为无所不在的流行文化和拉丁美洲的魔幻现实主义这样

的文学运动以两极化的形式存在，"奇幻"作为一个概念在主流文学中获得了追捧。很多原本不认可奇幻文学或因其类型化敬而远之的作家受到鼓励，在他们的作品中将奇幻作为一种手段或理念来运用，以致有些明显属于奇幻类型的主流文学作品不被奇幻文学界所接受。它们被忽略或被认为"不是真正的奇幻文学"，这个现象十分有意思。相反，在主流文学界，奇幻文学常被认为只是对《哈利·波特》和托尔金作品的混合和模仿，而博尔赫斯（Jorge Luis Borges）和卡尔维诺（Italo Calvino）则被认为完全不属于奇幻作家——这很讽刺，因为博尔赫斯在《奇幻与科幻杂志》上发表过不止一篇作品，而且他本人向来对"流行文学"和"文学"之间的界限无甚兴趣。

在我们的选集中，我们追求的是抹去这些"界限"，因为这些界限在书页上是很模糊的，不像在现实世界的地图上那样泾渭分明。"流行文学"和"文学"双方都有无视作品中另一方属性的倾向，这一点在下面这个例子中可以得到最佳佐证：一个主要做科幻和奇幻文学的编辑嘲弄地称豪尔赫·路易斯·博尔赫斯为"不入流的作家"，而一个主要做主流文学市场的编辑则严词否认博尔赫斯和卡尔维诺的作品中有任何奇幻文学的痕迹。奇幻文学指那些有巫师的作品，或更古怪的，那些有僵尸的作品。

在《经典奇幻大书》中，我们引进了"奇异度"这个概念作为奇幻程度的计量指标，它之于奇幻文学就如"惊奇感"之于科幻文学、"离奇感"之于怪奇文学。"奇异"是一种异世的概念，是一种从仙女、小妖精、会说话的动物而非鬼魂或怪兽给人带来的联想中生发出来的陌生性。流行文化将奇幻文学中的

引　言

许多元素变得太为人所熟知，以致成为陈词滥调，因此"奇异度"渐渐被消磨了，就像在科幻文学中，超光速旅行被运用了无数次，以致惊奇感逐渐消失。

在1945年之后的文化中，奇幻无所不在，给寻求原创性和异世感的作家带来了不同的挑战。他们的努力有时是富有成果的。读者们会看到，在这本选集所涉及的时期，即1945年到2010年，许多作家从完全不同的视角出发，继承完全不同的文学遗产，通过不同的路径创作奇幻文学，形成了众声喧哗的奇妙图景，而且他们或是拓展奇幻文学的传统，或是与之博弈，从旧形式中创造出令人耳目一新的新形式。

组织材料的原则和过程

为现代奇幻文学组织选集是一项挑战，因为材料过于丰富和多样，足以让组织的过程变得可笑。事实上，大多数这种选集更像是"文库"而不是"精选集"。在某种意义上，材料本身要求自身被如此组织，因为编辑的视野如果太过狭窄或聚焦，就会让很多宝贵的作品遗漏在外。就我们另外的选集《怪奇》（*The Weird*）和《100：科幻之书》（*The Big Book of Science Fiction*）而言，存在确定的排除标准，这使编选任务变得容易许多，但奇幻文学具有繁乱、广博的性质，不能那样编。然而，我们在编辑各类选集的生涯中已经学会接受这一点，即没有选集是完美无缺的，而要尽量使之完美，就要去遥想不可及之物，就像安吉拉·卡特（Angela Carter）喜欢说的那样。

也许在编译这本选集时最重要的一个理念是，不论奇幻的元素多么超现实，它们必须从头到尾呈现在故事中。这些元素可以是常态化了的元素，或者用常态化的方式表现，但故事必须始终充满奇幻之处，不论是动物化的人还是魔法体系的效用。

我们也发现，思考作家之间如何借鉴彼此想法，对组织材料很有意义。在这本选集中联结很多作家的文学影响网络并不一定在人们的预料之中或为人所熟知。举个例子，弗拉基米尔·纳博科夫（Vladimir Nabokov）和豪尔赫·路易斯·博尔赫斯在激发不同作家创造力上的作用尤为突出，他们为之带去灵感的战后作家，既包括主流文学作者，也包括类型文学作者。比如，在多位作家的作品中，博尔赫斯作为一种清晰确定的文学影响力反复出现，这些作家就包括安吉拉·卡特、迈克尔·穆考克（Michael Moorcock）和安东尼奥·塔布齐（Antonio Tabucchi）。童话故事和民间故事也常常成为奇幻作家写作的基础，但并不是以一种简单的方式融入其中，因为二十世纪经历的种种危机、技术进步和社会变迁让任何有抱负的作家都不可能仅仅去简单重述过去的故事。相反，我们看到亚伯拉罕·苏茨克弗（Abraham Sutzkever）用民间故事的形式讲述了不适合用现实主义笔法表达的主题：他在维尔纽斯犹太人区遭清洗时的经历。奇幻变为作家进行政治或社会书写的方式。奇幻不仅是一种模式，也是一种沟通工具，用来与先辈和这个常常使人迷惑、时而令人恐惧的世界沟通。无怪乎荒诞主义和超现实主义应运而生。在编《经典奇幻大书》时，我们发现与该书选篇目的契合的纯粹超现实主义故事寥寥无几，而在本书中，有大量不同的作家声称超现实主义既是一种灵感来源，也是一种运动,还是一种宝贵的写作技巧,他们用其书写这个真实感渺茫的"真实世界"中的生活。

为了给本书挑选篇目,我们参考了以往的选集来分析业已存在的经典作品——被认为是"文学"的经典和被认为是"类型文学"的经典、国内的经典和国际上的经典。在这些经典中,我们对一个个单独的故事进行评估,判断它们何以经得起今日读者的审视。我们寻找这样的故事,其中奇幻元素被使用的方式超越了单纯的模仿与混合艺术。我们寻找作品之间有价值的联结。我们不太关注是否收录某一位特定作家的作品,更想要的是展现出奇幻文学写作方式的多样性。

我们粗略地将截稿日期定在2010年,以保证此刻和我们收录的作品的出版日期之间至少相隔十年,我们认为这对客观性而言是很重要的。而且我们其他的选集也采取了这个标准,很多选集——包括各种年度最佳选集,已经包含了过去十年奇幻文学的成果。不过我们设立的十年期限确实也意味着,一些在最近十年间开始展现锋芒的知名作家因在我们的截稿日期前出版的作品较少,而导致其作品无法被收录在本选集中。

从更高层次来说,我们选编作品以及在选编过程中的考虑是建立在之前提到过的一些基础上的,即我们忽略一个故事的来源地,也忽略一个作者对自己的身份认定(类型文学作家或是主流文学作家);我们将边缘化的作品和核心作品的位置重新排布(突出那些被遗忘的作家);我们扩大言说的范围(收录非英语作品)。

国际小说

现代奇幻英语小说本身就可以构成一本五十万字的合订本。因此，我们在本书中收录的翻译作品少于我们以往出版的一些选集。然而，我们仍然提供了丰富的国际佳作，其中很多不为人知，或首次被翻译成英语。

首次被翻译为英语的作品包括瑞典畅销书作家玛丽·赫尔曼松（Marie Hermanson）的《鼹鼠王》（"The Mole King"）、波兰作家玛尔塔·基谢尔（Marta Kisiel）的《终身》（"For Life"，该作家的作品此前从未被译成英文）、墨西哥作家阿尔贝托·奇马尔（Alberto Chimal）的《莫戈》（"Mogo"）和《奇幻海之桌》（"Table with Ocean"），还有法国作家曼努埃拉·德拉热（Manuela Draeger）的精彩作品《追捕大米米耶》（"The Arrest of the Great Mimille"）。其他优秀的翻译作品包括希尔薇娜·奥坎波（Silvina Ocampo）的代表作《无顶的高楼》（"The Topless Tower"）、亚伯拉罕·苏茨克弗的《歌斐木盒》（"The Gopherwood Box"，一个新的英语译本）、维尔玛·卡德莱奇科娃（Vilma Kadlečková）的《嗜血》（"Longing for Blood"，她唯一一篇有英文译本的小说），以及英提扎尔·侯赛因（Intizar Husain）的《变形记》（"Kaya-Kalp"），该作品刊载在一本早已湮没于历史尘埃中的二十世纪六十年代的期刊上，作品本身也寂寂无名，但我们将这篇作品"打捞"出来，收入本选集之中。

值得注意的是，既然一本现代奇幻英语作品集总字数可以达到五十万字，那么，假如更多的作品得到翻译，其他种类的现代奇幻作品集，如一本拉丁美洲女性奇幻作家的作品集也可以

引 言

具此规模。仅使用英语，我们仍无法窥得奇幻世界的全貌，这一点令人沮丧，也留待将来的编辑进行修正，做出补充。

本选集的重点

我们之前的经典奇幻选集中包含许多童话故事，其中存在真正的仙女形象和普遍使用魔法的情节，而本选集更多地聚焦于龙（dragon）的故事。"龙"这个概念所带有的残暴色彩和多样化的内涵似乎让这些曾在文学史上濒临灭绝的野兽在现代小说中重新活跃了起来，也可能只是我们这些编辑格外着迷于它们。（可以肯定的是，在这里，也就是佛罗里达，气候变化所带来的鬣鳞蜥和其他巨型蜥蜴的大量繁殖会对一个人的潜意识产生严重且巨大的影响。）

和经典奇幻小说一样，本选集中也有许多故事涉及远征和剑术。怎么能没有这些元素呢？然而，这里的人物并非典型的英雄，他们的非典型性在现代奇幻故事中比在经典奇幻故事中得到了更多的强调。我们也看到了更多的女性主人公，就像在乔安娜·拉斯（Joanna Russ）的《野蛮人》（"The Barbarian"）和简·约伦（Jane Yolen）的《明暗二姊妹》（"Sister Light, Sister Dark"）中那样。我们还能看到一些非典型的主人公，正如在弗里茨·莱伯的《兰诃玛的萧条时期》（"Lean Times in Lankhmar"）和杰克·万斯的《拦路人利亚纳》（"Liane the Wayfarer"）中一样。莱伯出版于二十世纪四十年代的第一篇灰猫故事收录在我们的经典奇幻选集中，而那个故事中最为诚挚的天真情感已经让位于《兰诃玛的萧条时期》中两位主人公对人性更务实也更消极的观点，这一转变令人惊讶。

1939年，《未知》和《幻界冒险》希望能为奇幻文学带来更多的轻快和幽默色彩，这两本杂志的此种努力产生了长远的效果。从戴维·德雷克（David Drake）的《傻瓜》（"The Fool"）到特里·普拉切特（Terry Pratchett）的《巨魔桥》（"Troll Bridge"），幽默感在奇幻故事中扮演了重要角色，展现出奇幻作为类型小说的多样性。有时这种幽默感包含讽刺的意味，我们从布尔加科夫（Mikhail Bulgakov）的《大师与玛格丽特》（The Master and Margarita）中摘取的选段就是如此（我们把这篇作品放在这里，是根据它被译为英语的时间来决定的，因为这部小说仍然十分切合当时苏联的状况）。

长期以来，奇幻小说都与王国联系在一起，在本选集中，你会发现王权及人们对它的态度在1945年后的奇幻故事中发生了转变。例如，在玛丽·赫尔曼松的《鼹鼠王》中，那位不情不愿的国王宁可像鼹鼠一样生活在地下，也不愿去面对国王应该担负的责任；在西尔维娅·汤森·沃纳（Sylvia Townsend Warner）的《长翅膀的生灵》（"Winged Creatures"）中，一个可怜的小王国被瘟疫摧毁了，爱则遭到了时间和境遇的挫伤；在英提扎尔·侯赛因的《变形记》中，公主为了避免被关押她的邪恶巨人发现而在晚上将王子变为苍蝇，自那以后，王子就想做一只苍蝇。

变形的主题在奇幻文学史上最早可以追溯到奥维德的作品，而其二十世纪的最佳代表很可能就是卡夫卡著名的《变形记》。现代奇幻小说以极其不同寻常的变形故事为特色。骑桶人的《东柯僧院的春天》中的主人公想变成一只鸟，他的前辈僧侣已经化鸟而去。斯蒂芬·金（Stephen King）的《托德夫人的捷径》（"Mrs. Todd's Shortcut"）也是某种变形主题小说，因为其中的托德夫人每次走那条捷径就会变得更加年轻。加夫列尔·加西亚·马尔克斯（Gabriel García Márquez）在《巨翅老人》（"A Very Old Man with Enormous Wings"）中颂扬了一个老人的变形。

随着城市化的推进，奇幻文学也将这一现象包含了进去，将没有生命的物体化为有感知力的存在，比如火车、棚子，甚至是城市［萨拉·盖拉多（Sara Gallardo）的《火车的伟大之夜》（"The Great Night of the Trains"）、维克托·佩列文（Victor Pelevin）的《十二号棚屋的生命与冒险故事》（"The Life and Adventures of Shed Number XII"）和塔尼斯·李（Tanith Lee）的《镇子晚上去哪里？》（"Where Does the Town Go at Night?"）］。即便在城市化的现代性情境中，奇幻文学中仍有大量会说话的动物，更不用说埃德加·米特尔霍尔泽（Edgar Mittelholzer）那篇被重新发掘的精彩小说《小池仙的兰花》（"Poolwana's Orchid"）中会说话的植物和昆虫了。

带有社会寓意的奇幻小说也在蓬勃发展，它们的写作形式无疑是现代的、与我们息息相关的。在这样的作品中，故事与现实的距离成为一种有效的工具，有时甚至让人感到刺痛。这样的例子有阿拉斯代尔·格雷（Alasdair Gray）的《东方帝国的五封书信》（"Five Letters from an Eastern Empire"）、蕾切尔·波拉克（Rachel Pollack）的《去富人区的女孩》（"The Girl Who Went to the Rich Neighborhood"）、村上春树的《电视人》（"TV People"）、谢利·杰克逊（Shelley Jackson）的《胎儿》（"Fœtus"），以及苏曼斯·普拉巴克尔（Sumanth Prabhaker）

的《关于垃圾管理的残酷真相》("A Hard Truth About Waste Management")。当现实本身常常令人觉得不可思议时,奇幻可能是对现实最敏锐的描绘。

灰色地带

我们希望以一种罕有的私人语气结束这一引言。我们每个人做小说杂志和选集的编辑工作都超过三十年了。我们获得过的成功和发现已经超越了我们最疯狂的梦想。我们的乐趣在于支持那些新的以及因不公而未被聆听的声音,而这种堂吉诃德式的努力以某种方式带来了超出我们期待的成果。这样的成果令人满意到不可思议,但也会产生严重的负面影响。同样重要的是,要为下一代人留出空间,鼓励选集编辑在未来编出多样化的作品。

由于上述原因,《现代奇幻大书》是我们共同编辑的最后一本选集。我们希望您喜爱这本书,也希望您理解我们对小说与故事讲述的热爱,以及我们为读者带回一些曾失落于世界的佳作所获得的满足感。

感谢马修·切尼(Matthew Cheney),他为本引言的写作做出了贡献,也就"现代奇幻"这一主题与我们进行了十分宝贵的讨论。

感谢您的阅读。

安·范德米尔(Ann VanderMeer)和
杰夫·范德米尔(Jeff VanderMeer)
沈聿 译

目　录

与老爷钟大战十个回合 · · · · · · · · · · · · · · · · · **001**
[英国] 莫里斯·理查德森，1946[1]

圆形山谷 · **009**
[美国] 保罗·鲍尔斯，1950

符号与象征 · **022**
[美国] 弗拉基米尔·纳博科夫，1948

扎伊尔 · **030**
[阿根廷] 豪尔赫·路易斯·博尔赫斯，1949

拦路人利亚纳 · **044**
[美国] 杰克·万斯，1950

1　目录中标记年份为对应篇目首次发表或出版的年份。——编者注

I

小池仙的兰花 · **061**
　　［圭亚那］埃德加·米特尔霍尔泽，1951

向地精卖绳子的男人 · · · · · · · · · · · · · · · · · · · **091**
　　［美国］玛格丽特·圣克莱尔，1951

噢丑鸟！ · **098**
　　［美国］曼利·韦德·威尔曼，1951

歌斐木盒 · **120**
　　［以色列］亚伯拉罕·苏茨克弗，1953

我的鬼丛林历险记（节选） · · · · · · · · · · · · · · **124**
　　［尼日利亚］阿莫斯·图图奥拉，1954

巨翅老人 · **141**
　　［哥伦比亚］加夫列尔·加西亚·马尔克斯，1955

随心所欲盒 · **151**
　　［美国］泽纳·亨德森，1956

兰诃玛的萧条时期 · · · · · · · · · · · · · · · · · · **171**
[美国] 弗里茨·莱伯，1959

梦之城 · **219**
[英国] 迈克尔·穆考克，1961

克罗诺皮奥与法玛的故事 · · · · · · · · · · · **261**
[阿根廷] 胡里奥·科塔萨尔，1961

变形记 · **284**
[巴基斯坦] 英提扎尔·侯赛因，1962

世上的最后一条龙 · · · · · · · · · · · · · · · · **295**
[芬兰] 托芙·扬松，1962

溺亡的巨人 · **310**
[英国] J. G. 巴拉德，1964

怪物 · **325**
[芬兰] 莎图·沃尔塔利，1964

狭窄的山谷 · · · · · · · · · · · · · · · · · · · **348**
〔美国〕R. A. 拉弗蒂，1966

凶宅（节选自《大师与玛格丽特》） · · · · · · · **369**
〔苏联〕米哈伊尔·布尔加科夫，1967

无顶的高楼 · · · · · · · · · · · · · · · · · · · **383**
〔阿根廷〕希尔薇娜·奥坎波，1968

野蛮人 · **431**
〔美国〕乔安娜·拉斯，1968

致谢 · **458**

授权声明 · **460**

编者介绍 · **464**

译者简介 · **467**

莫里斯·理查德森（Maurice Richardson，1907—1978），英国记者、作家，最为知名的是关于"超现实拳击手"侏儒恩格尔布雷希特的喜剧故事，收录于《恩格尔布雷希特的冒险》（*The Exploits of Engelbrecht*，1950年）。虽然恩格尔布雷希特的故事名气不大，但书迷将理查德森与豪尔赫·路易斯·博尔赫斯和伊塔洛·卡尔维诺相提并论。迈克·穆考克和里斯·休斯（Rhys Hughes）对他的作品尤为推崇，后者写作的《恩格尔布雷希特归来！》（*Engelbrecht Again!*）接续了理查德森的故事情节。休斯曾称理查德森为"少有人知的喜剧幻想大师"，并表示尽管理查德森很少写小说，但他"创造了人们迄今所见过的最狡黠、最冷幽默的哥特风格的艺术世界"。

与老爷钟大战十个回合

本故事讲述的是超现实拳击手、斗士恩格尔布雷希特职业生涯中最伟大的战斗。

恩格尔布雷希特入这行没多久，他的崛起速度快得惊人。在伍尔弗汉普顿，他将市政大钟暴揍到只剩一口气，这个厉害的丑家伙在米德兰的超现实运动员中声望很高；在南部海岸巡回赛期间，他痛扁了所有的称重机，让它们都运转不起来；在对阵"握力如何"和"力量几何"的比赛中也是大比分获胜；从绍森德到伯恩茅斯，他一路只留下了零乱的弹簧、齿轮、破铜构件，还有已经不成形的"管家之见"的残骸。

他的成绩颇为亮眼，不过正如一些超现实爱好者的评论，对于一名斗士而言，这份成绩单未免短了些，而且正如睿智的汤米·普伦德加斯特指出的，其中没有足够的一流大钟。毕竟，这些自动化的机器大都极其原始。它们站立时门户洞开，遭到重击就摇来晃去。它们比赛没有任何技巧可言。伍尔弗汉普顿那堆废料诚然是够瞧的了，不过也有一些不堪的传闻，说恩格尔布雷希特的经理人利泽德·贝利斯悄悄将那座钟调慢了几百个小时，让它倒地认输。

不管怎么说，这个赛季没什么重磅比赛，当恩格尔布雷希特申请与一位知名选手打一场争霸赛时，超现实运动俱乐部委员会决定随他去好了。

关于背后一些事儿的八卦，你肯定也听过。汤米·普伦德加斯特和一些家伙暗中留了一手，他们打算押恩格尔布雷希特输，好从中捞一笔。看起来，他们赢的机会也很大，因为老爷钟的确不一般。他被委员会提名为官方的斗士，也是恩格尔布雷希特的对手。我猜他原本来自东安格利亚一幢很大的乡间别墅。他的外壳是由厚厚的黑色沼栎木制成的，高度足足有十英尺[1]。他浑身上下的零件都是最坚固、最结实的。除了通常那些零

---

1 英美制长度单位，1英尺等于30.48厘米。——编者注

件、表针、摆锤，他的钟面上方还有许许多多的配件，比如"时辰之舞"，还有"死神镰刀"——那把镰刀可是锋利得要命。当他敲钟的时候，我的天哪，你会觉得那就是厄运本身的声音。

只要随便看一眼，都不用仔细打量，你就能看出他有多狡诈。另外，他还得到了汤米·普伦德加斯特和"暴烈德佐特"的精心训练，德佐特曾经也是一名斗士，要说这俩人对比赛还有什么不知道的，那估计还没有一只齿轮的齿多。

恩格尔布雷希特让利泽德·贝利斯去老爷钟的训练中心看看，贝利斯回来时变得非常沮丧。"你可别以为我就是抱着打不赢的想法，孩子，"他说，"不过你真的一点儿机会也没有。他们只让我看那个老家伙练习了一下，但这已经足够了。到时候的场面会跟谋杀一样残忍。"

"他要多久才会倒地认输？"恩格尔布雷希特说。

"不会短于一个世纪，我们可办不到，即使我们下半辈子光训练也没戏。如果我是你的话，孩子，我就认输。把你手头的一切拿来押自己输，然后在他还没敲死你之前，舒舒服服地倒地。"

"我才不呢，"恩格尔布雷希特说，"就算打不赢我也要打。绝不让人说我胆小怯阵。"

"你会认输的，孩子。等你躺进棺材的时候。"

与所有的超现实锦标赛一样，比赛在煤气厂后面的梦境竞技场举行，那里犹如一片由煤渣和煤灰组成的巨大沙漠，在两条平行的水渠之间，偶尔有一片被荨麻和牛蒡覆盖的绿洲，而那两条水渠即使在目力所及的尽头也没有交汇。

作为挑战者的恩格尔布雷希特必须首先进入场地，而当他与忠诚的利泽德·贝利斯穿过人群时，一阵令人心惊胆战的闹铃声响起，还有嘲弄的高喊声传来："你连指南针都打不过！"后面这一幕是暴烈德佐特的一种小小的心理战术，他做事无所不用其极，雇了一群人破坏恩格尔布雷希特的士气。利泽德·贝利斯有些悲哀地回以嘲笑，帮助他的伙计攀上梯子，进入场内，拳击场在一个旧储气罐顶上。然后他们在自己这边的角落坐下来等着。

他们等得实在太久了。最后，利泽德·贝利斯向超现实运动俱乐部委员会投诉说，要是再等下去，恩格尔布雷希特都要老得没法比赛了。不过元旦之后不久，水渠边上的人群开始骚动起来，大家看到老爷钟和他的随从乘着一艘驳船，朝竞技场滑行而来。人群爆发出欢呼，乐队奏起了《黑色华尔兹》，随后是《时钟斗士哀叹逝去的青春》。

老爷钟乘升降机进入他的休息角，在准备比赛时，他站在那里，任由其他人给他戴上拳套，他穿着蛛丝晨袍，每分每秒都是一副常胜将军的样子。随从们将大本钟、格林尼治天文台的天文钟以及BBC报时钟祝他好运的电报递给他，他敲响了十三下，然后化成了惠廷顿钟声[1]。

在恩格尔布雷希特的角落，利泽德·贝利斯却绝望不已。"整个赛制都对我们不利，孩子，"他说，"每一次抗议都遭到驳回。他们甚至不让我看他内部的结构。你以为给你们当裁判

---

[1] 典出英国传统民间故事，相传一个叫迪克·惠廷顿（Dick Whittington）的贫苦孤儿在打算离开伦敦时，受到圣玛利勒波教堂钟声的挽留。之后他留在了伦敦发家致富，还连任三届伦敦市长。这里化用"惠廷顿钟声"来形容老爷钟归来必胜的气势。——编者注

的是谁？梦游丹！"

"什么？！那个精神分裂的流浪汉！"恩格尔布雷希特说，"哎呀，为了五分钟，他连祖母都能卖了。没事的，利泽德。我要下去比赛。给我穿好我的弹簧跟鞋子，比赛一开始，我就要试试在他的钟面上来一下子。"

梦游丹说"助手退场"。暴烈德佐特一把拉下那件蛛丝晨袍，就在开赛钟声响起的时候，汤米·普伦德加斯特推了老爷钟一把，让他从休息角落沿着围绳侧身滑行而出。他摆了个漂亮的经典姿势，时针在前，分针护住面部。他们给他装上了带滚珠轴承的脚轮，他的步法如同跳蚤一般干净利落。

"计时开始。"梦游丹说，还是一如既往地迟误，整个巨大的竞技场一片寂静，只有小小的恩格尔布雷希特急促的呼吸声，他穿着弹簧鞋也只有三英尺十一英寸[1]高，再就是不紧不慢的嘀嗒、嘀嗒、嘀嗒的声音——嗒的那一声特别重，显得恶意十足——来自他那位身形巨大的对手，高十英尺，浑身上下是黑色沼栎木、黄铜、可以给人当棺材的铅，以及能当绞索的吊绳。

恩格尔布雷希特定了定神，鼓起勇气踩着他的弹簧鞋高高跃起，接着重重落地，然后像一只橡胶球一样弹起来，直扑老爷钟的钟面。然而老爷钟像小猫一样轻盈地侧身一闪，恩格尔布雷希特掠过老爷钟的钟面，完全没有碰到，然后直挺挺地脸朝下摔在拳击场中间。

汤米·普伦德加斯特高喊"老爷钟一击得分"，利泽德·贝利斯则大吼着回应，说那是摔倒，并非击倒。人们叫醒梦游丹，

---

[1] 英美制长度单位，1英寸等于2.54厘米。——编者注

他判老爷钟得分，而后者这个时候正踩向倒在地上的恩格尔布雷希特，想要将全身的重量压在他身上。不过恩格尔布雷希特及时回过神，滚向一边，安然逃脱。

第一回合就这样结束了。老爷钟大摇大摆地回到他的角落，钟面上挂着自鸣得意的笑容。而利泽德·贝利斯更悲观了，他一边拍打着毛巾一边说："我想你应该知道，你都开始长白头发了吧，孩子？"

第二回合开始不久，恩格尔布雷希特再次尝试了弹跳战术，但老爷钟用分针将他从空中击落。随后，老爷钟把前盖打开，用钟摆出击。砰！钟摆在六点钟位置精准地击中恩格尔布雷希特，让他旋转着飞出拳击台，掉进了水渠。他游到岸边，及时爬回了擂台，结果却遭遇了超现实拳击赛历史上最可怕的一波重击。老爷钟不遗余力地猛攻：时针、分针、秒针、钟摆、两个钟坠、"时辰之舞"、"死神镰刀"。最后当梦游丹在敲钟后睡过去时，恩格尔布雷希特已经是一副惨不忍睹的模样。全城上下的钟都开始鸣响，闹铃叮叮当当地庆祝他们的斗士的超凡英勇。

"他对你连一半的实力都没使出来，孩子，"利泽德·贝利斯说，"你知道你的头发已经白得差不多了吗？"

不过在第三回合，恩格尔布雷希特出人意料地重整旗鼓。他用尽剩余的力气，全力一跳，直接落在了老爷钟的工件上，靠近对方的钟面，试图扭转老爷钟的指针。老爷钟还没弄清到底是什么时间，他的指针就被强行扭回了上周二的午夜时分，他开始敲钟报时。梦游丹在暴烈德佐特的提示下编了条新规则，说道："恩格尔布雷希特！在你的对手敲钟报时的时候，你必须从那上面下来，往后站。"

到了这会儿，这个穿着弹簧鞋的矮个子那股不认输的劲头吸引了善变的超现实观众，他们朝他大喊，让他留在上面，别理会裁判，但恩格尔布雷希特没抓住，从钟面上掉了下来。

之后，在接下来的六个回合里，场面从头到尾犹如谋杀。恩格尔布雷希特已经竭尽全力了，只能防守。在没有被钟摆打得晕头转向的时候，他不停地向后退，试图避开分针的左直拳和时针的右勾拳。老爷钟追着他在场上绕圈子，拍击猛撞，砰砰砰砰，发疯般地敲钟报时。永远没人知道恩格尔布雷希特是怎么避免被彻底击倒的。或许是因为一次次跌进水渠令他头脑清醒。不管怎样，他顽强地站住了。

第九回合结束时，老爷钟的那帮人只是有一点点担忧。比赛当然是十拿九稳的。他们的老爷钟分数遥遥领先，而且精神饱满，神清气爽，但他们本来以为早就能击倒对手。不过，超现实锦标赛的最后回合持续多久尽可以随胜方的意，因此当他们凑在一起商量某个宏大战略时，还显得十分开心。

利泽德·贝利斯就没那么开心了，他恳求恩格尔布雷希特趁着还有几天时间赶紧认输。"要是你能看看自己的样子就好了，孩子，"他说，"你整个人都干瘪了。你看上去足有一百岁。"

就在这时，超现实运动俱乐部中年纪最大的一位老前辈蹒跚着走过来，拉了拉利泽德的袖子。"我有个提示给你们，"他说，"这是百万分之一的机会，但也许能管用。跟你的人说……"他对利泽德悄声耳语。利泽德连连点头，悄声把他的话转达给了恩格尔布雷希特。无论是什么点子，看起来都渗进了恩格尔布雷希特现在那种老迈迷糊的状态，他颤抖不已地点着头。

他们走了出去，最后一个回合开始了；很快，老爷钟就让恩格尔布雷希特挂在了场边的围绳上，开始估算彻底击倒对手需要多长时间。老爷钟的前盖打开了，钟坠和钟摆伸了出来，准备发动致命的一击，突然之间，恩格尔布雷希特往前冲去，闪过钟坠，跳进了钟盒里，大力关上了前盖。接着，老爷钟巨大的框架不由自主地颤抖起来，钟面上闪过痛苦的神色，他开始猛烈地敲钟报时，但与他平时的声调并不一样。那声音听起来跟打嗝一样。

　　恩格尔布雷希特在里面没待多久，但当他一跃而出的时候，看着好像年轻了五十岁。要是他没有将老爷钟的钟摆和钟坠高高地举过头顶，那就太可惜了。当然，这意味着老爷钟的工件都失灵了，失去了控制。他的指针在钟面上乱转，他飞快地走时和报时，那声音就像拖着根棍子敲过一排栏杆。

　　暴烈德佐特和汤米·普伦德加斯特担心他会倒下，他们追在他后面，想给他上发条，重新装一套钟摆和钟坠，但恩格尔布雷希特和利泽德拦着他们，四人围着老爷钟兜圈子。这时突然传来死亡的轰鸣声，非常可怕，然后是利泽德·贝利斯的高声大叫："你打败他了，孩子！他停住了，我告诉你。他停住了！你赢了！"老爷钟被他们围在中间推来搡去，这会儿跟跄着倒向一侧。接着，他倒在地上，当啷一声巨响，十分惊人，恩格尔布雷希特坐在他的钟面上，扯下了他的指针。

　　人群跟疯了一样，太阳变成了黑色，四面八方的钟都停下了，时间就此停滞。

贺丹　译

圆形山谷

保罗·鲍尔斯（Paul Bowels，1910—1999）出生于纽约，从他三十多岁到去世之时，他一直住在摩洛哥的丹吉尔。他最初是以作曲家的身份受到关注的，他为多种乐器谱曲，为奥逊·威尔斯（Orson Welles）和田纳西·威廉斯（Tennessee Williams）的话剧创作配乐，为电影和芭蕾舞创作配乐，为由梅尔塞·坎宁安（Merce Cunningham）编舞、伦纳德·伯恩斯坦（Leonard Bernstein）执导的歌剧作曲。鲍尔斯年轻的时候，想要成为一名作家，却在音乐方面取得了更大的成功。他的妻子简是一位出色的作家，鲍尔斯受到她的激励，于二十世纪四十年代又开始写散文，还创作了很多短篇小说，后来选入他最具影响力的作品集《精美的猎物》（*The Delicate Prey*，1950年）。搬到北非之后，鲍尔斯继续创作短篇小说以及他的第一部长篇小说《遮蔽的天空》（*The Sheltering Sky*，1949年），这部长篇小说出版后，在美国和英国都畅销至今。他早期的小说蕴含了他去往墨西哥和摩洛哥旅行的丰富见闻，作品中夹杂着深刻的存在主义思想，有时近乎虚无主义。这种思想太丰富，以至于《精美的猎物》的英国版是以《小石头》（*A Little Stone*）为书名出版的，没有收录鲍尔斯最著名的两个短篇《精美的猎物》、《冷点日志》（"Pages From Cold Point"）。因为出版商约翰·莱曼（John Lehmann）被告知，如果这两篇短篇小说以某种方式通过了审查，读者可能会很排斥，继而引发强烈的反对。尽管他后来的作品写作技艺更纯熟，但再也没能像第一本书那样大受欢迎。《圆形山谷》（"The Circular Valley"）收录在《精美的猎物》作品集中，后来也出现在其他短篇小说选集中，包括美国图书馆版的两卷本鲍尔斯选集。这部选集描绘了他在搬到摩洛哥之前于墨西哥度过的时光，也是作家借助奇幻文学的手法为小说的基本要素"视角"注入新力量的绝佳案例。

圆形山谷

这是一座已被遗弃了的修道院，坐落在一片宽阔的空地中央，在一个微微耸起的土堆上。修道院四周的土坡朝着树林往下微微地倾斜，树林里面藤蔓交错，密密麻麻地遍布整个圆形山谷，环绕着山谷的是陡峭的黑色山崖。修道院内有几个小院落，里面稀稀落落地长着几棵树，小鸟从屋檐廊道的鸟巢飞出来，把大树当作聚会的地方。很久以前，土匪把修道院里面能搬得动的东西都拿走了。后来，士兵把修道院当作指挥部，也和那些土匪一样在通风的大房间里生火，把它们熏得看上去就像是古代的厨房。现在，修道院里面早已空空如也，而且看上去也不再会有人到这里来。外面野草丛生，形成了一堵天然的防护墙，灌木林掩映着修道院的底层，绿藤垂挂在窗棂的檐板上。周围茂盛的草坪葱翠欲滴，连条小径也找不见了。

在圆形山谷地势高的一端，有一条瀑布从崖壁上飞泻下来，

圆形山谷

落到下面的一口"大鼎"里,发出轰隆响声,激起缭绕的雾气,然后在崖底静静流淌,直到在山谷边缘找到一个豁口,从那豁口处小心地奔涌而去——没有湍流,也没有急瀑,只有一条像黑色的粗绳子般宽阔而混浊的河流,在两岸的峭壁间往山下奔流。在山谷豁口的另一面,土地变得开阔,景色怡人,一个小村子就依偎在豁口外的山坡上。修道院还在的时候,因为印第安人不愿意进圆形山谷,修道院里的修士就是到那里去取食物和日用品的。几个世纪以前,教会盖这座修道院的时候,从这个国家的其他地方招来了很多劳工。那些劳工是附近部落的宿敌,讲的是不同的语言,不过和他们交流并不会有危险,因为他们每天都干着修筑高墙的重活儿。事实上,那个工程耗时甚久,修道院的东翼还未完工,所有的劳工就已经相继死光了。如此一来,那些修士只好自己动手,将东翼的工程草草收工,结果墙壁上连一个窗口也没有,就跟个瞎子似的面朝着黑崖的方向。

一代接着一代,新的修士来到这里,开始都是些面色红润的年轻人,之后却日渐消瘦,脸色变成青灰,最后死在了这儿,被埋在喷水池院子后面的花园。不久前的一天,他们突然全都离开了修道院,谁也不知道他们到哪里去了,也没有人要去打听。此后不久,先是来了土匪,接着又来了士兵。现在,因为印第安人没有改变信仰,也没人会从村子跑到修道院里来。只有阿塔哈拉[1]还住在修道院里;修士无法打败它,后来也不得不放弃,都走了。人们对于修士的离开并不感到惊奇,对阿塔哈拉更

---

[1] 原文为"Atlájala",是作者生造词,指生活在圆形山谷的一种"幽灵"。——编者注

是多了几分敬畏。修士在修道院住的几个世纪里，印第安人一直奇怪为什么阿塔哈拉竟然允许他们暂住。现在，它终于把他们都赶跑了。他们说，它一直就住在那儿，而且将永远住在那儿，因为这山谷是它的家，它永远也不会离开。

清晨，不甘寂寞的阿塔哈拉总要到修道院的大厅去游荡一会儿。它先是把所有幽暗的房间一个个走了个遍，然后在一个小庭院停下。庭院里茁壮的小树拱开铺路石，去迎接阳光。空气中充满了各种细微的声音：蝴蝶扇动着翅膀，树叶和花朵落在地上，风吹过屋檐树梢，蚂蚁在滚烫的尘土里干它们永远干不完的活儿。它在阳光下等待着，感受着一切声音、光线和味道的变化，觉知着时光慢慢消逝，上午逐渐变成了下午。黄昏降临时，它常悄悄来到修道院的屋顶，在那里观望渐渐变黑的天空。那一刻，瀑布就在远处吼叫着。日复一日，年复一年，阿塔哈拉在山谷的上空游荡，有时候猛然冲下来，化身为一只蝙蝠、一头豹子、一只飞蛾——有时只是几分钟，有时是几个小时，接着又重回到那四面被峭壁围起的空间中央，在空中停下来休息。在修道院初建好的时候，它就常常到修道院里面的房间游荡，在那儿，它第一次目睹了人类没有意义的行为。

然后，有一天晚上，它在不经意间选中了年轻修士中的一个，成为那个修士。那是一种全新的体验，丰富而又复杂，同时也让它感到难以忍受的窒闷，就像被关在了一个很小的、孤独的世界里面，在那里，除了善恶因果，没有别的可能。作为一名修士，它曾走到窗前站着远眺天空，不仅第一次见到了星星，还看见了星星之间以及之外的空间。即使在那时，它就已经有要逃离的冲动,想要从它暂时附身的那个小小的痛苦的外壳走出来,可是出于隐隐的好奇心,它还是多留了一会儿,多体验了一下那种新鲜的感觉。它坚持了下来。那修士做出祈祷的姿势,朝天空高高地举起双手。阿塔哈拉第一次感到抵抗的力量,一种挣扎带来的快感。感觉到那年轻人竭力挣扎着要摆脱它的存在就已经很愉悦了,还能继续留在修士的体内,更觉得有种说不出的甜蜜。紧接着,那修士大喊一声,冲到房间的那一头,从墙上取下一条沉重的皮鞭。然后,他扯下衣服,开始疯狂地鞭打自己的身体。第一鞭抽下来的时候,阿塔哈拉几乎就要放弃了,但是它马上意识到,只有在来自外界的抽打下,才更能显示出那神秘的内心痛苦的端倪,于是便留了下来,感受着那年轻人在自己的鞭打下虚弱下去。鞭笞结束以后,他念了祷词,爬上草垫抽泣着睡去,就在那一刻,阿塔哈拉离开了他的身体,进入了一只小鸟的体内,一整夜在森林边上一棵高大的树上倾听夜晚的声音,每隔一会儿便发出一声尖厉的喊叫。

从那时起,阿塔哈拉就再也抑制不住进入修士体内的欲望了:他进入了一个又一个修士的身体内部,在那个过程中,它发现他们的感觉有着惊人的不同。每个人都是一个独立的世界,都是一种独特的体会,因为当每个修士意识到有一个异体在他身体内部时,都有不同的反应:有的坐起来读书或是祈祷,有的在草坪或修道院旁苦恼地长久徘徊,有的找另一位教友展开荒诞且激烈的争论,有的泪流满面地哭泣,还有一些人拿鞭子鞭打自己,或找别人用鞭子抽他们。在那些修士身上,阿塔哈拉总是可以享受到丰富的感知,因此打那以后,它不再常进入昆虫、小鸟和野兽的体内了,甚至不再离开修道院回到空中。有一次，它几乎碰上了一件麻烦事，当时它附身于一位老修士，那位老修士突然头一仰，死了。这也是附身于人类的危险之一：他们好像不知道自己的生命在哪一天结束，即便知道了，也竭尽全力装作不知道，所以到最后还是一样的。可是附在他们体内的另一个东西早就知道了，除非有突如其来的变故，譬如说在不留意的时候被抓住或者被吃掉。而且在这一点上，阿塔哈拉是有能力防备的，老鹰或大雕往往会远远地躲着它附身的小鸟。

当那些修士全都离开了修道院，听从政府的命令脱去了修道院的长袍，解散了去当工人之后，阿塔哈拉真是不知道该如何打发它的白日黑夜才好。一切都回到了修士来以前的状态，在圆形山谷里，除了动物，没有一个人在这里居住。它尝试过附身于一条巨蟒、一只野鹿、一只蜜蜂，可是没有什么能比得上它已经习惯了的美味。它已经知道了人的存在，可是山谷里现在却渺无人迹——只有一座被遗弃了的修道院和它空荡荡的房间，使得这缺乏人气的光景更令人心酸。

后来有一年，在一个沙尘滚滚的下午，来了几百个土匪。阿塔哈拉喜出望外，当那些土匪斜躺着擦枪和咒骂的时候，它尝试进入了许多人的体内，又发现了另外一些感受：那些人对世界的仇恨、对身后追兵的畏惧；当他们在房子中间的火堆旁酩酊大醉地躺着时，那突如其来的阵阵奇异的欲望；还有每夜的酒宴在他们心中唤起的不可抑制的嫉妒的痛苦。不过，那些土匪并没有停留很久。他们刚走，一群士兵紧跟着就来了。当一名士兵和当一个土匪，感觉几乎相同，当士兵所没有的只是强烈的恐惧和仇恨，其余的大致都一样。但不管是土匪还是士兵，他们似乎都完全不知道它依附在他们的体内。它可以从一个人的身体里溜出来，再钻进另一个人的身体里面，与此同时完全不改变他们的行为。它为此感到吃惊，因为它给那些修士带来的影响是清楚无疑的，而这些人对于它的存在竟然无动于衷，它多少感到有点儿失望。

不管怎么说，阿塔哈拉还是非常享受成为土匪和士兵的快乐，而后来在他们也离开之后，它感到了更大的凄凉。瀑布顶端的岩石上有许多燕子筑巢，它有时会附身于一只燕子，在烈日下一次次地疾飞进从深谷底下腾起的雾幕中，不时发出兴奋的叫声。它也曾经去做过一天树上的蚜虫，慢慢爬行在树叶的背面，安静地生活在一个无边无际的绿色世界里，永远见不着天日。或者在夜晚变作一头黑豹，借此感知猎杀的乐趣。每年一次，它会进入瀑布底下水潭里的鳗鱼的身体，用扁平的鼻子感受泥土在它的推挤下向后退。那是一段宁静的时光，可没过多久，想知道人类神秘生活的欲望又回来了——那欲望困扰着它，使它着魔，想摆脱也摆脱不掉。此刻，它又焦躁不安地在那些残旧的房间里游荡，悄无声息，渴盼着再次附身，但只想要附身在人类的体内。再说，现在的田野乡村到处都修建了公路，迟早会有人到圆形山谷里来的。

这时，有一个男人和一个女人正把他们的汽车开到山谷下面的村里。他们听说这里有一座荒废的修道院，还有瀑布从峭壁上倾泻下来发出巨响，于是决意要来这里亲眼看看。他们骑上驴子一直走到山谷的豁口处，到了那里，他们雇的印第安向导说什么也不愿再往前走了，两个人只好继续前行，向上穿过峡谷，来到了阿塔哈拉管辖的地盘。

他们进山谷的时候正当晌午，太阳火辣辣地照着，峭壁上黑色的山脊就像玻璃似的闪闪发光。他们在斜坡草地上的一堆石头旁边停下。那个男人先从驴背上跳下来，然后伸手帮那个女人跳下来。她往前倾斜着身体，将手放在他的脸上，两人吻了很长时间。然后，他把她抱起放在地上，两人手拉着手，一起踩着石头往上爬。阿塔哈拉一直在他们附近盘旋，尤其仔细观察那个女人，因为她是第一个进山谷的女人。两人坐在一棵小树下的草地上，微笑地望着对方。出于习惯，阿塔哈拉马上进入了那个男人的身体。顷刻间，它不再生活在烈日的炙烤之中了。小鸟们都在啁啾着，花朵散发着浓郁的芳香，此时它能感觉得到的只是那个女人的美丽和同她伸手可及的近距离。瀑布、土地、天空，这一切全都退到了背后，消失得无影无踪。面前只有那女人的微笑、她的手臂和她的体香。这是一个比阿塔哈拉想象中还要令人窒息和痛苦的世界。可是，当那个男人开始讲话、那个女人开始答话时，它还是留在了那个男人的身体里面。

"离开他。他不爱你。"

"他会杀死我的。"

"可是我爱你，我要你和我在一起。"

"我不敢，我怕他。"

那个男人伸出手要把她拉进他的怀里，她轻轻地往后缩了一下，但眼睛瞪大了。

"我们拥有今天。"她喃喃地说道，把脸转向修道院黄色的墙壁。

男人紧紧地抱着她，把她使劲地搂在怀里，好像这样做可以救他的命似的。"不，不，不。不能再这样下去了，"他说，"不。"

那个男人承受的痛苦太强烈了,阿塔哈拉便悄悄地离开了他,溜进了女人的身体。它现在感觉它自身不在任何东西里面,而是在自己无穷无尽的内部,它那样清楚地感觉到在身边吹过的风、树叶轻微的颤抖、环绕在枝头的清朗空气。另外还有个不同之处:每一种元素在强度上都得到了增强,整个存在的领域也变得更加广阔,无边无际。现在它知道那个男人想在女人身上寻找什么了,而且它也知道他痛苦是因为他将永远不可能获得他要寻找的那种完美的感觉。可是阿塔哈拉正在女人的身体之内,已经得到了那种感觉,而且它因为意识到自己已经获得了它,禁不住要高兴得发抖。女人的嘴唇碰到男人的唇边时,她的身体轻轻地战栗了一下。在绿树浓荫下的草地上,他们的快乐达到了新的高潮;而了解了他们双方的阿塔哈拉在他们欲望的秘密泉水之间建了一条通道。它自始至终都附在那个女人的身上,而且开始想办法把她留住,若是不能把她留在山谷,至少也要留在附近,这样的话她还会回到这里来。

下午,两人梦游似的走到拴驴子的地方,骑上驴子穿过深草丛来到修道院。他们在前面的大院子里停了下来,犹豫地看了看阳光照耀下古老的拱门和门缝后的一团漆黑。

"我们要进去吗?"女人说道。

"我们该回去了。"

"我想进去。"她说(阿塔哈拉高兴极了)。一条灰色的细蛇在地上滑行,爬入了灌木丛。他们没有看见。

男人纳闷地看了女人一眼。"已经很晚了。"他说。

但她自己从驴背上跳了下来,走过拱门来到里面的走廊(那些房间从来没像现在这样真实,因为现在它是用她的眼光来打量它们的）。

他们把所有房间都看了看。随后女人想要爬到上面的钟楼，男人这回却坚持他的立场。

"我们现在必须回去了。"他坚决地说，将手放在她的肩上。

"这是我们唯一在一起的一天，你倒什么都不想，只想着回去。"

"可时间……"

"有月亮呀，我们不会迷路的。"

他坚决不改变主意："不行。"

"那好吧，随你的便，"她说道，"我自己上去。你要回去的话，自己回好了。"

男人局促地笑了笑："你疯了。"他要再吻她一下。

她转过身子，没有回答。过了一会儿，她才说："你要我为了你离开我的丈夫。你什么都向我要，可你给了我什么？你连陪我爬一个小钟楼去看看风景都不愿意。你自己回去吧。走开！"

她哭起来，朝着漆黑的楼梯口跑去。他喊着她的名字也跟了上去，但在后面的什么地方被绊倒了。她却脚步平稳，在黑暗中踩着旋转石梯向上疾奔，就像已经走过了一千次似的。

最后，她终于爬上了塔尖，从裂开的墙缝往下望。挂铜钟的横梁早已腐朽，掉到了地面，那口沉重的大钟也斜倒在地上，像一只死动物似的躺在一堆朽木瓦砾里。瀑布的声音在这里听起来显得更加洪亮，山谷几乎全被罩在了阴影下。男人在底下不断地喊着她的名字，但她没有回答。就在她站着看峭壁的影子徐缓地盖住了山谷最边远的低洼处，然后开始爬上东边裸露的岩石上时,她的脑子里突然浮起了一个念头。这不是一个她平常会想到的主意,可它已经在那儿了,并且越来越明朗,想摆脱它都不行。当她感到它在心里已经完全成形了的时候,转过身子朝下面轻松地走去。男人坐在楼梯底,在黑暗中呻吟了一下。

"你怎么啦?"她问。

"我的脚受伤了。你现在可以走了吗?"

"可以了,"她简单地答了一句,"很抱歉,让你摔了一跤。"

他什么也没说,站起来一瘸一拐地跟着她走进院子里。他们的驴子还立在院子里等着,寒冷的山风已经开始从崖顶吹过来。当他们骑在驴背上走过草坪的时候,她开始考虑该如何向他打开那个话题。(这件事,一定要在他们走到山谷的豁口处前完成。阿塔哈拉颤抖着。)

"你能原谅我吗?"她问他。

"当然。"他笑了。

"你爱我吗?"

"我爱你胜过爱世上的一切。"

"是真的?"

他腰杆笔直地坐在驴背上,在渐渐深沉的暮色中瞪了她一眼。

"你知道是真的。"他温柔地说道。

她犹豫了片刻。

"那就只有一个办法了。"她最后说。

"什么办法?"

"我怕他。我不要回到他身边。你回去吧。我在这个村子里待着。"（住得那么近，她可以每天到修道院里来。）

"都处理好了以后，你到这里来接我。然后我们一起去别的地方。没人能找到我们的。"

男人的声音变得有点儿异样："我不明白。"

"你明白。而且那是唯一的办法。做，还是不做，随你的便。那是唯一的办法。"

两头驴子沿着小路快步走着，他们都沉默不语。夜幕下，黑漆漆的峡谷赫然出现在他们面前。

男人终于回答了，他很明白地对她说："绝对不行。"

过了一会儿，他们沿着小径来到一块空阔的平地，下面是一条水流湍急的小河，依稀可以听到河水流动沉闷的响声。最后一道霞光也即将消逝，暮色中大自然的轮廓虚浮失真。一切都变成了深灰色的——岩石、灌木丛、小径——没有距离，没有尺标。他们将脚步放慢了。

他的话还在她耳边回响着。

"我不要回到他那儿！"她突然高声大喊，"你尽管回去像以前那样和他打牌，像以前那样做他的好朋友。我不回去。我不愿意在城里，还和你们两人继续待在一起。"（那个计划不中用，阿塔哈拉意识到那个计划没能在她身上取得成功，不过还有可能帮助她。）

"你太累了。"他轻轻地说。

他说得对。他的话音刚落，她从中午起感到的少有的亢奋和喜悦，像是一下子全部从身上消失了。她疲倦地垂下头，说："是的，我累了。"

就在那一刻，男人尖厉地惨叫了一声。她赶紧抬眼看，只

圆形山谷

见他的小驴正从路边往下面灰沉沉的深处跌落。起初是一阵沉寂，接着从远处传来乱石滚动的声音。她既不能走开，又不能让小驴停下，只得呆呆地坐在驴背上，任由小驴驮着她往前走——她，还有她身体内的另一个东西。

她走到山谷边出口的地方时，阿塔哈拉最后在她身上小心地停栖了片刻。她抬起头，一股小小的快活的暖流传遍了全身，随后马上又将头垂了下来。

阿塔哈拉在小径上方幽暗的天空中盘旋着，望着她模糊的身影消失在越来越浓的夜色中。（它虽然没能将她留下，但还是帮了她一把。）

没过一会儿，阿塔哈拉回到了钟楼上，听蜘蛛在修补被女人碰破的蛛网。下次再振作起来去进入另一个人体内，将会是很久以后的事了。很久，很久——也许会是永远。

张芸　译

弗拉基米尔·纳博科夫（Vladimir Nabokov，1899—1977），俄裔美籍作家，出生在俄国，俄国十月革命之后，他们一家人被迫逃离圣彼得堡。纳博科夫自幼精通英语、俄语和法语，并获得了剑桥大学的学位。二十世纪二三十年代时，纳博科夫住在柏林，使用V. 西林（V. Sirin）作为笔名出版了他最早期的一批用俄语写作的书籍。他和他的妻子薇拉（犹太人）从纳粹德国一路流亡，先是到了法国，后来又去了美国。1941年，纳博科夫的第一部英文小说《塞巴斯蒂安·奈特的真实生活》（*The Real Life of Sebastian Knight*）在美国出版。随着1955年那部备受争议的小说——《洛丽塔》（*Lolita*）的畅销，纳博科夫一举成名。他的作品通常包含奇幻和怪诞的元素，例如《斩首之邀》（*Invitation to a Beheading*）、《庶出的标志》（*Bend Sinister*）、《微暗的火》（*Pale Fire*）和《爱达或爱欲：一部家族纪事》（*Ada or Ardor: A Family Chronicle*）。《符号与象征》（"Signs and Symbols"）于1948年首次刊载在《纽约客》杂志上。在1951年写给他的编辑凯瑟琳·怀特（Katherine White）的一封信中，纳博科夫抱怨说，被编辑拒稿的其中一篇短篇就像《符号与象征》一样，是那种"将第二条主要故事线编织进或者说隐藏在表面半透明的故事中"的类型。

符号与象征

这是他们四年来第四次面临同一个难题：给一个精神错乱到无可救药的年轻人送一件什么样的生日礼物。他倒是没有任何要求。人造的东西在他看来要么是邪恶的蜂巢，上面充满了只有他能看出来的邪恶行为；要么就是粗俗的享受，而在他那个抽象的世界里享受是毫无用处的。在排除了一大堆有可能气着他或者吓着他的东西（比如小玩意儿之类，都属禁忌）之后，他的父母挑选了一件精致而又无害的礼物：一只篮子，里面装有十个小罐，小罐里装着十种不同的果冻。

他出生的时候他们已结婚多年，到如今又过了二十年，他们都垂垂老矣。她的浅褐色头发已经灰白，胡乱收拾起来，身上穿着廉价的黑色连衣裙。她和同龄的女人不一样（比如索尔太太，他们家的隔壁邻居，脸上涂脂抹粉，搞得红里透紫，从小溪边采来一簇花儿当帽子戴），总是对着喜欢在人脸上挑毛病的明媚春光展露出一副毫不掩饰的苍白面容。她丈夫在故国曾是一位相当成功的商人，如今生活却全靠他兄弟艾萨克接济。这个兄弟到美国差不多四十年了，算是个地道的美国人。他们很少能见到他，常戏称他为"王子"。

那个星期五，他们儿子生日的那天，事事都不顺。地铁列车在两站之间失去了它赖以运行的电流，在一刻钟的时间里，人们什么都听不见，只能听见自己的心脏在尽职尽责地跳动，再就是报纸唰啦唰啦地响。坐完地铁还得坐公共汽车，他们在街角等了很久。等晚点的车终于来了，里面挤满了叽叽喳喳的中学生。他们刚走上通往疗养院的褐色小路,便下起了瓢泼大雨。到了疗养院,又等了好久。平时他们的儿子会拖着脚步走进屋(他可怜的脸上长满了乱糟糟的粉刺,胡子没有刮干净,沉着脸,神情困惑),这一回却不见他来,等到最后,一位他们认识却不喜欢的护士过来对他们直言相告,说他又一次企图自杀。他现在还好,她说,不过探访可能会打扰他。这个地方的工作人员少得可怜,东西很容易放错、搞混,所以他们决定不把礼物留在办公室里,等下次来时再带给他。

走出疗养院大楼,她等着丈夫撑开雨伞,然后挽住他的手臂。他不停地清喉咙,他心烦意乱时总是这样。他们走到街道另一边的公共汽车站的雨棚底下,他收起了雨伞。几步开外,一棵摇摇摆摆的树滴着雨珠,树底下一只羽毛未丰的小鸟正在一处水坑里绝望地扑腾着。

公共汽车开到地铁站的路程很长,一路上她和丈夫谁也没说一句话。他那双苍老的手(青筋鼓胀,手背上满是褐色的斑)紧握着伞把,抽搐着,她每瞥一眼,就觉得泪水在给眼睛加压。她赶紧扭头,想把注意力转移到别的事情上,这时她看到一幅景象,打动了她的柔肠,让她对此又怜悯又好奇:原来乘客中有一位,是个女孩,一头黑发,肮脏的脚指甲涂成了红色,正伏在一个年岁大些的女人肩头哭泣。那个女人长得像谁?很像丽贝卡·鲍里索夫娜,她的女儿嫁给了一个叫索洛韦伊奇克的人——那是好多年以前发生在明斯克的事。

上一次他们的儿子企图自杀时用的方法,用医生的话说,简直是项了不起的发明创造。要不是一个心怀嫉妒的病友以为他要学飞行而及时阻止了他,他就成功了。其实他真正想做的只是要在他的世界里撕开一个洞，逃出去。

　　一家科学月刊曾经登过一篇论述详尽的论文，主题就是他那错乱的精神系统，疗养院的医生给他们看过了。不过在此之前，她和她丈夫已经摸索着想了很久了。论文作者把它称为"指涉狂"。这种病症很少见，患者发病时会想象他身边发生的每一件事情都隐隐指涉他的个性人格和生存状况。他把真实的人排除在他的妄想之外，因为他认为自己比别人要聪明得多。不论他走到哪里，可感知的自然现象都如影随形。他盯着天上的云彩看，一朵连一朵都在通过符号缓慢地传达与他有关的信息，其详细程度令人难以置信。每当夜幕降临，黑漆漆的树林像在打着手势用手语讨论他内心深处的种种想法。小卵石、污点或斑驳的阳光，会形成信息模式，以某种可怕的方式表达着他必须截取的各种信号。每一样东西都是密码，他则是每一样东西的主题。打探他秘密的间谍中，有些是不偏不倚的观察者，比如各种玻璃表面、平静的水池等；有些像商店橱窗里的衣服，就是心怀偏见的证人，一心要将他用私刑处死；还有别的一些（如流水、暴风雨），也是歇斯底里、几近疯狂，对他抱有扭曲的看法，还肆意曲解他的行为。他必须保护自己，常备不懈，把生活的每一分钟、每一个板块都用来破解事物曲曲折折的变化。他呼出的气息都是经过索引编目，归档存放的。他制造出的影响要是只限于他周围的环境倒也罢了，可说来悲哀，并非如此！他的疯名如滔滔洪水，流得越远，就越顺畅，水势也越大。他血液中的血球轮廓放大了百万倍，掠过大漠平原；在更远处，坚硬无比、高耸入云的群山用花岗岩和叹息的冷杉树总结了他生命的终极真理。

当他们从地铁雷鸣般的噪声和污秽难闻的空气中走出来时，白日最后的一点儿余晖已经与街灯混合起来了。她想买点儿鱼做晚饭，就把装着果冻罐的篮子递给他，让他先回家。他便回到了他们的破公寓，走到楼梯的第三个转弯平台处，才想起白天早些时候把钥匙给她了。

他静静地坐在楼梯上，约莫十分钟后又静静地站起来，是她回来了，她吃力地爬上楼来，有气无力地笑笑，摇着头怪自己糊涂。他们进了他俩住的两居室公寓，他立刻朝镜子走去。他用两个大拇指掰开嘴角，脸扭得像一副可怕的面具，取下了他死活戴不惯的那副新假牙托。她来摆放餐具时，他正在看他常看的俄语报纸。他一边吃无须用到牙齿的流质食物，一边还在看报。她明白他情绪不好，便也沉默不语。

他睡觉去了，她还待在起居室里，守着那副已经摸脏了的扑克牌，还有几本老相册。狭窄的庭院里，雨水在夜色中滴下，打在几个破破烂烂的垃圾箱上。院子对面有两扇窗户，映着柔和的光。透过其中一扇能看见一个穿黑色裤子的男人，他抬起裸露的胳膊肘，仰面躺在一张被褥凌乱的床上。她拉下百叶窗，看起照片来。他还是个婴孩时，看上去就比大多数孩子更容易受惊吓。相册的一页里掉出来一张照片，上面是他们在莱比锡时雇过的一个德国女仆和她的胖脸未婚夫。她翻着相册：明斯克、大革命、莱比锡、柏林、莱比锡，还有一座房子的正面，焦距没对好，一片模糊。他四岁时在一个公园里，很害羞，前额皱皱的，看见一只不怕人的小松鼠，赶紧扭过头去，和平时见生人就扭头一样。有一张照片是罗莎姨妈，一个瘦骨嶙峋的老小姐，唠唠叨叨，动辄怒目圆睁。她一直生活在一个动荡不安的世界里，遭遇的都是坏事情，像是破产、火车事故、癌症晚期什么的，后来德国人把她和她为之担心的所有人都害死了。六岁时，他开始画长着人手人脚的怪鸟，也开始像个大人一样遭受失眠的痛苦。有一张照片是他的表哥，如今是一位著名的国际象棋高手。又是他，八岁左右，已经让人难以理解，害怕楼道里的糊墙纸，害怕书里的插图。其实那幅图画的只是田园风景，山坡上几块大石头，一棵枯树，树上悬挂着一只旧马车轮子。十岁，这一年他们离开了欧洲。她还记得旅途中的屈辱、可怜，一道道令人心酸的难关，还有他们到达美国后安置他的那个特殊学校里和他一起上学的孩子们，个个不学好，长得又丑，心眼又坏。再后来就到了他生命中的关键时期，患肺炎后好长时间才恢复过来。这期间那些小小的恐惧加重了，好像这孩子的头脑成了一团乱麻，各种幻觉有条有理地互联起来，害得他完全不能像正常人一样思考。孩子的父母对这种情况没有重视，一直顽固地认为一个大天才可能就会有这么多古怪症状。

这一点，还有以后更多的事情，她都接受了。因为生活毕竟意味着接受快乐的一再失落。何况对她来说，丧失的不是快乐，只是改善现状的可能性而已。她想着的是她和丈夫不知为何必须承受的痛苦，如波似浪，永无穷尽。她想着的是用某种难以想象的方式伤害着她儿子的隐形巨人。她想着的是这世上还有无尽的柔弱，可这些柔弱又是何下场呢？不是被糟蹋了，就是被浪费了，要么被转化成了疯狂。想那些没人照管的孩子，在没有清扫过的街头独自哼哼。想那美丽的野草，在可怕的夜幕降临之际，躲不开农人的身影。

子夜时分，她听到卧室里传来丈夫的呻吟声。过了一会儿，他摇摇晃晃地走了进来,睡袍上披着一件俄国羔羊毛领的旧大衣。比起他那件好看的蓝色浴袍,他更喜欢这件旧大衣。

"我睡不着。"他叫道。

"为什么?"她问,"为什么睡不着,你刚才不是很累吗?"

"我睡不着是因为我要死了。"他说着倒下来躺在长沙发上。

"是胃不舒服吗?要不要我去叫索罗夫医生?"

"不叫医生,不叫医生,"他呻吟着说,"让医生都见鬼去吧!我们必须赶快把他从那里接出来。要不然我们难辞其咎……难辞其咎啊!"他一骨碌坐起身来,两脚踩在地板上,挥起攥紧的拳头猛砸自己的脑门。

"好吧,"她平静地说,"我们明天一早就接他回来。"

"我想喝点儿茶。"她丈夫说道,说完进了浴室。

她吃力地弯下身,拾起从沙发上滑落到地板上的扑克牌和一两张照片:红桃K、黑桃9、黑桃A,照片是女仆艾尔莎和她野蛮的男朋友。他兴致勃勃地转了回来,高声说道:"我都想好了。卧室给他住。我俩晚上有一个守在他身旁,不守的一个就睡在沙发上。轮流看护。让医生每周至少来两次。'王子'有什么说法不要紧。再说他也说不了多少,因为这样算下来更便宜。"

电话响了。他们的电话一般不在这个时间响。他左脚上的拖鞋刚才掉了,他站在屋子中央,用脚跟和脚趾摸索着找它,张着没牙的嘴,如孩子一般冲妻子打哈欠。她懂的英语比他多,接电话的一般都是她。

"我能和查理说话吗?"一个女孩用单调细小的声音说道。

"你拨的什么号码?……不是。你打错了。"

听筒轻轻地挂上了。她的手按到她苍老疲惫的心上。"这电话吓坏我了。"她说。

他飞快地笑了一下,接着马上重新开始他那激情澎湃的独白。天一亮,他们就去接他。为了保护他,家里的刀子都要藏在一个上锁的抽屉里。他即使在最糟糕的状态下,也不会对别人造成危险。

电话又一次响了起来。

还是那个要找查理的年轻声音,呆板,着急。

"你拨的号码不对。我告诉你这是怎么回事:你把字母'O'误当0拨了。"她再次挂掉电话。

他们又坐了下来,令人意想不到地在夜半时分喝起了庆祝生日的茶。生日礼物还放在桌子上。他喷喷有声地抿着茶,满面红光,还时不时举起杯子,转着圈儿摇晃摇晃,好让加进去的糖溶化得更彻底些。他的秃脑门上有一块很大的胎记,脑门一侧的血管明显地凸了起来。早上他刮过脸了,但下巴上还是露出了一片银白色的胡楂儿。她给他又倒了一杯茶,他戴上了眼镜,愉快地重新查看了那些装果冻的小罐,有黄色的、绿色的、红色的,一个个闪闪发亮。他笨拙的湿嘴唇念着罐子上动听的标签:杏子、葡萄、山李子、柑橘。他已经念到苹果了,电话铃突然又响了起来。

逢珍 译

读客科幻文库｜现代奇幻大书

　　豪尔赫·路易斯·博尔赫斯（Jorge Luis Borges，1899—1986），阿根廷诗人、散文家和短篇小说家，在二十世纪最重要和最有影响力的西班牙语作家中占有一席之地。他的第一篇英译版短篇小说于1948年在美国的《埃勒里·奎因推理杂志》（*Ellery Queen's Mystery Magazine*）上发表，而译者正是后一年《奇幻与科幻杂志》的联合创始人安东尼·鲍彻（Anthony Boucher）。博尔赫斯从二十世纪二十年代早期开始出版作品，并很快成为布宜诺斯艾利斯文坛的一员。他对阿根廷重要的文学杂志《苏尔》（*Sur*）第一期的出版颇有贡献，这本杂志是由希尔薇娜·奥坎波的姐姐维多利亚·奥坎波（Victoria Ocampo）创办的。随着更多小说、散文和诗歌的出版，他的名声也传遍了整个拉丁美洲。1940年，他还和希尔薇娜·奥坎波、阿道夫·比奥伊·卡萨雷斯（Adolfo Bioy Casares）一起编辑了《奇幻文学精选》（*Antología de la Literatura Fantástica*），这本书后来于1988年以《奇幻之书》（*The Book of Fantasy*）为名出版了英文版，并由厄休拉·勒古恩（Ursula K. Le Guin）作序。在二十世纪六十年代早期，随着作品不断被翻译成英文，他也开始赢得国际奖项，尽管此时他已经双目失明，基本停止了散文创作。博尔赫斯虽从未写过长篇小说，但他的文集内容非常丰富，包括七十篇短篇小说，几百首诗，一千多篇散文、评论文和其他非虚构作品。

他的作品影响了许多作家，比如加夫列尔·加西亚·马尔克斯、伊塔洛·卡尔维诺、威廉·吉布森（William Gibson）、乔伊斯·卡罗尔·奥茨（Joyce Carol Oates），还继续影响着新一代的作家。"我将一生中的主要时间都贡献给了书籍，"他于1970年写道，"却只读了很少的长篇小说，大部分情况下，仅仅是责任感让我一路读到最后一页。与此同时，我总是在阅读短篇小说，而且总是一遍遍重读它们。"《扎伊尔》（"The Zahir"）被收录在博尔赫斯1949年的短篇小说集《阿莱夫》（*El Aleph*）中。

扎伊尔

致沃利·岑内尔

在布宜诺斯艾利斯，扎伊尔是一枚普通的20分硬币。沿着字母N、T[1]还有数字2的凹槽有划痕，像是被小刀子或者折刀划的。背面刻着的日期是1929年。（在十八世纪末的古吉拉特邦，有一只老虎叫扎伊尔；还有在爪哇的梭罗清真寺里一个被信徒们用石头砸死的盲人、波斯的纳迪尔沙[2]命人扔进大海

---

[1] 此处的N和T是西班牙语的"分"（centavo）里的字母。——译者注（本书中注释如无特别说明，均为译者注）
[2] 波斯阿夫沙尔王朝的开国君主，十八世纪最优秀的军事家之一。

深处的一个星盘、1892年前后在马赫迪的监狱里鲁道夫·卡尔·冯·斯拉廷[1]摸过的那个用头巾上撕下的布条裹起来的小罗盘,都叫扎伊尔;据佐藤贝格[2]所说,科尔多瓦[3]的清真寺那一千两百根大理石柱子里的其中一根的纹理也叫扎伊尔;得土安[4]的犹太人区里一口井的井底也叫扎伊尔。)今天是11月13日,去年6月7日的凌晨,那枚扎伊尔到了我的手上。此时的我已非彼时的我,但发生的事情依然历历在目,或许总免不了要想起它。尽管我已不完全是博尔赫斯,但依然是博尔赫斯。

6月6日,特奥德莉娜·比利亚尔死了。1930年前后,她的照片充斥着通俗杂志,这种随处可见的海量曝光也许有助于让人判定她很美,尽管并非所有这些照片都无条件地支持这种假设。此外,特奥德莉娜·比利亚尔更注重完美而非美貌。希伯来人和中国人把所有人类的行为场景都做了规范:《密什那》[5]中写道,周六黄昏伊始,裁缝便不可携针出行;《礼记》中规定客人在接受第一杯敬酒时,需庄重沉稳,而第二杯时则需面露敬意与喜悦。特奥德莉娜·比利亚尔的严苛要求与此类似,但更为挑剔仔细。她像孔子的门徒或信守犹太教法典的人那般追求每个行为都无可挑剔,但她的毅力更令人叹为观止。她的任务更为艰巨,因为她的信条和教义并非永恒不变,而是紧随巴黎

---

[1] 英籍奥地利军人,1990年被英国任命为苏丹总督。
[2] 研究东方学、阿拉伯语言和文化的学者,在巴黎的法国国家图书馆工作。
[3] 西班牙安达卢西亚自治区的一座城市。
[4] 摩洛哥西北部的一座城市。
[5] 《密什那》(Mishnah或Mishna),又译为《密西拿》或《米书拿》,犹太教的经典之一。

扎伊尔

或者好莱坞各种偶发的潮流更迭。特奥德莉娜·比利亚尔永远在规范的时间出现在规范的场合，带着规范的仪态或规范的慵懒神情，但那种慵懒神情、那些仪态、那个时间和场合总是转瞬即失效，随后就被（用特奥德莉娜·比利亚尔本人的话来说）定义为矫揉造作。像福楼拜一样，她总是追求绝对，只不过是一种瞬间的绝对。她的生活就是典范，然而一种内心的绝望不停地啃噬着她。她总是尝试不停地改变形象，仿佛想要逃避自身。她头发的颜色、发型的样式都是出了名地变化无常。她的微笑、肤色、眼神的顾盼也时时在变。从1932年开始，她就很努力地把自己变瘦了。战争让她思虑重重。巴黎被德国人占领了，时尚何以为继？一个她一直都不太信任的外国人滥用她的善意信仰，卖给她一大堆柱形礼帽，第二年她才得知这种滑稽可笑的装饰物从来没有在巴黎流行过，因此也称不上帽子，而是完全未经时尚圈认证过的异想天开之物。福无双至，祸不单行。比利亚尔博士不得不搬到了阿劳斯大街，而女儿的肖像已经用在护肤霜和小汽车的广告上。（护肤霜都抹得厌烦了，小汽车也不再是她的了！）她知道她的艺术生涯要良性发展下去需要一大笔钱，与其不得不退下来，还不如主动退居二线。再说，和那些肤浅的黄毛丫头竞争让她觉得很掉价。结果，阿劳斯大街那套破败的公寓也让她负担不起。6月6日，特奥德莉娜·比利亚尔竟然毫无征兆地死于南区[1]中央。我会不会承认自己也出于阿根廷人所有的情感中最真诚的那一种，即爱赶时髦的心理，

---

1 指布宜诺斯艾利斯南部城区，早期是上层阶级居住区，后渐渐成为移民和工人的聚居地。

而爱上了她，并且因为她的死而痛哭流涕？也许读者已经猜到了。

在守灵的过程中，随着尸体的腐败，她又恢复了原来的容貌。在6月6日那个混乱的晚上某个特定的时间点，特奥德莉娜·比利亚尔又奇迹般地成为二十年前的她。她又恢复了那种说一不二的权威神情，那种由傲慢、金钱、青春、对自己崇高地位的深信不疑、缺乏想象力、目光短浅、愚蠢共同赋予的权威性。当时我的感受大概就是：这张脸上出现的所有神情中没有一种能像眼下这般让我如此不安，让我如此难忘。这个表情作为她最后的表情再合适不过，毕竟这可能曾是她的第一个表情。她僵硬地躺在花丛中，神情中透露出的对死亡的蔑视达到了完美的境界。我离开了，离开的时候大约是凌晨两点。外面，是一排排的平房和两层楼房，像往常一样，在夜晚被黑暗和寂静简化为抽象的剪影。我沉醉于一种近乎非个人的悲悯之情在街上走着。在智利街和塔夸里街的拐角，我看到一家依然开着的杂货店。杂货店里，三个男人正在玩纸牌，这正是我的不幸所在。

在所谓的矛盾修饰法中，会用一个貌似矛盾的形容词来修饰一个单词。诺斯替教徒们就是这样谈到暗淡的亮光，炼金术士们则说起黑色的太阳。我在瞻仰了特奥德莉娜·比利亚尔最后的遗容后，来到杂货店喝了一杯酒，这本身就是一种矛盾修饰法。此事很粗鲁，但做起来又那么容易，这一点诱惑着我。（有人在这儿玩纸牌这一事实也增加了反差感。）我要了一杯橘子酒，找钱的时候他们给了我那枚扎伊尔。我盯着它看了一会儿，然后来到街上，也许当时已经有些发烧的迹象。我想任何一枚钱币都是所有那些在历史的长河和无数寓言故事中闪闪发

扎伊尔

光的钱币的象征。我想到卡戎[1]的钱币,想到贝利萨留[2]乞讨来的钱币,想到犹大的三十枚钱币,想到名妓拉伊丝[3]的德拉克马[4],想到以弗所的长眠七圣[5]之一拿出来买东西的古币,想到《一千零一夜》里巫师那枚后来变成圆纸片的光洁的钱币,想到伊萨克·拉克登[6]那永不枯竭的第纳里乌斯[7],想到菲尔多西[8]归还国王的六万枚银币(国王当初许诺,他每写一行诗就能得到一枚金币作为酬劳),想到了亚哈[9]命人钉在船桅上的那枚金圆[10],想到利奥波德·布卢姆[11]的那枚无法翻转的弗罗林[12],想到那枚因上面雕刻的头像而在瓦伦附近暴露了逃亡的路易十六行踪的金路易[13]。像在梦中一般,我想到任何一枚钱币都可能蕴含着所有这些光辉的内涵,这种想法让我觉得有一种无法解释的重要性。

---

1 又译作卡隆,古希腊神话中冥河的摆渡人。每一亡灵渡河时,须付给他一枚银币作为船资。
2 拜占庭王朝大将,因军事方面的才能树敌甚多,公元561年被指控密谋反叛大帝查士丁尼一世,传说被没收财产、弄瞎双眼、关入监狱,出狱后在君士坦丁堡街头行乞。
3 希腊名妓,价码为一千德拉克马,狎客仍不绝于途。
4 古希腊时期流通的一种银质硬币。——编者注
5 即以弗所的长眠者,相传罗马帝国皇帝德西乌斯迫害基督徒时,以弗所七名信奉基督教的年轻人在附近洞穴中睡着后被封在里面,后山洞被打开,其中一人下山买食物,拿出一枚古币,人们才知道他们在山洞中沉睡了187年。
6 大仲马《伊萨克·拉克登》的主人公,即永世流浪的犹太人。
7 古罗马时期的主要银币。——编者注
8 波斯诗人,著有《列王纪》,全诗约有十二万行。
9 美国作家梅尔维尔的长篇小说《白鲸》中的捕鲸船船长,固执地追杀白鲸,把一枚金圆钉于船桅上以奖励发现白鲸的水手。
10 西班牙铸造的在美洲殖民地流通的金币。——编者注
11 乔伊斯长篇小说《尤利西斯》的主人公。
12 银币名。英国十九世纪末也称两先令银币为弗罗林。——编者注
13 法国金币名,名字源于正面印有的路易君主肖像,由路易十三于1640年首次发行,持续铸造至1795年法国大革命前夕。——编者注

我的脚步越来越快，穿过空无一人的街道和广场。走到一个街角，我有些累了，便停下了脚步。这时，我看到一排耐脏的铁栅栏，看到栅栏后康塞普西翁教堂内庭黑色和白色的地砖。我这是绕了一个圈，前面再过一个街区就是刚才给我那枚扎伊尔的杂货店。

我拐过去，远远地看到黑漆漆的街角，知道杂货店已经关门了。我在贝尔格拉诺大街坐上了一辆出租车。我毫无睡意，沉浸在思绪之中，几乎有一种幸福感。我心想，钱是最不具物质性的存在，因为任何一枚钱币（比方说，一枚20分的硬币），严格来说，都包罗无数可能的未来。钱是抽象的，我重复一遍，钱是未来的时间。它可以是郊外的一个下午，可以是勃拉姆斯[1]的音乐，可以是地图，可以是象棋，可以是咖啡，可以是爱比克泰德[2]教人藐视金子的话语。它是比法罗斯岛的那位普洛透斯[3]更加变幻无常的普洛透斯。它是不可预测的时间，柏格森[4]的时间，不是伊斯兰教或者斯多葛学派实打实的时间。宿命论的拥护者否认世界上任何可能的事，亦即有可能发生的事；一枚硬币象征着我们的自由意志。（我当时并没意识到这些"想法"是对抗扎伊尔的一种反应，没意识到这是那股让人着了魔般的影响力的最初表现。）苦苦思索之后我睡着了，但是梦到自己成了狮身鹰面兽守护着的钱币。

---

1 十九世纪德国作曲家，浪漫主义时期音乐家的代表人物。
2 古罗马著名的斯多葛学派哲学家。
3 希腊神话中的早期海神，有预知未来的能力，经常变换外形。
4 法国哲学家，著有《时间与自由意志》。他把时间分为两种：一种是科学的、由钟表度量的时间，又称"空间化的时间"；另一种是通过直觉体验到的时间，也叫作"绵延"。

扎伊尔

第二天，我想我前一晚肯定是喝醉了，也下定决心要摆脱那枚让我如此不安的钱币。我看了看它：除了有一些划痕，没什么特别的。把它埋在花园里或者藏到图书馆的某个角落里是最好的选择，但我想远离它的影响范围。最好是把它丢了。那天早晨我没去皮拉尔圣母大教堂，也没有去墓园，而是坐地铁去了宪法广场，然后从宪法广场去了圣胡安和博埃多。后来我未加思索地在乌尔基萨站下了车，朝西走了一段又朝南走了一段，很谨慎地、毫无规则可循地拐过几个街角，来到一条看起来毫无特色的街道，随便进了一家小酒馆，要了杯酒，用那枚扎伊尔付了钱。我在茶色眼镜片后眯缝着眼睛，想办法不看门牌号码和街道名称。那天晚上，我吃了一片安眠药，睡得很踏实。

6月末时，我忙于写一篇幻想小说，里面有两三个谜语般的短语——不说"鲜血"，而说"剑水"；不说"黄金"，而说"蛇窝"——故事是用第一人称写的。叙述者是一个苦行僧，他放弃了和人打交道，住在一块荒无人烟的地方。（那地方名叫尼塔黑德。）因为他的生活简单、朴素，就有人认为他是一位天使，这种想法只是一种仁慈的夸张，因为没有人是无罪的。远的不说，此人就曾亲手杀了自己的父亲。不夸张的是，他父亲确实是位有名的巫师，靠着巫术聚敛了无数的财宝。他毕生都致力于保护这些宝藏，防着贪婪成性的人类。他夜以继日地守护着财宝，很快，也许过于快了，这种守护马上就要到头：星象向他预示，打断守护进程使之永不为继的利剑已经铸成。（此剑名叫格拉姆。）随后叙述者以一种越来越曲折婉转的风格夸耀了一番自己身体的光泽度和柔韧度，某一段里还漫不经心地提到了鳞片，另一段里又说自己守护的是金灿灿的黄金和红宝石戒指。最后,我们才发现这位苦行僧就是名叫法夫纳的大蛇[1],他卧在其上的那堆宝藏就是尼伯龙根人的宝藏。齐格弗里德的出场让故事戛然而止。

我刚刚说过,写这篇无聊的东西(故事中我还假装博学地插入了《法夫纳之歌》里的一两句诗)让我得以忘却了那枚硬币。有几个晚上,我以为自己肯定能忘掉它,就算想起它也是自己主动想起的。我确实是滥用了这些时刻,请神容易送神难。我徒劳地再三跟自己说这个可恶的镍币跟其他的那些流通于市面的并无差别,它们数也数不尽,彼此毫无二致,人畜无害。这种想法让我灵光一闪,然后我就试着把念头转到另一枚硬币上,但我做不到。我记得我还用智利的5分钱和10分钱硬币以及一枚乌拉圭的2分钱铜币做试验,但都失败了。7月16日,我搞来一枚英镑,整个白天我没有看它一眼,但那天晚上(还有其他的夜晚)我把它放在放大镜下,在强光照射下仔细研究了一番。之后,我用一支铅笔在一张纸上把它拓了下来。但无论是光线还是圣乔治和龙,对我来说都无济于事,我总也摆脱不了那个固执的念头。

8月,我决定去找一位心理医生咨询一下。我没有把我这段荒谬的经历和盘托出,只是跟他说失眠一直折磨着我,而且随便一个什么东西的形象总是在我脑海里挥之不去,比如说一个筹码或一枚硬币……这之后不久,我在萨米恩托街的一个书店淘到一册尤利乌斯·巴拉赫的《扎伊尔传说发展史相关文献》[2]

---

1 《贝奥武甫》《尼伯龙根之歌》等作品中守护宝藏的怪兽,通常被描绘成龙,但也以蛇、蠕虫等形态出现在不同作品中。——编者注
2 原文为德语。

扎伊尔

（布雷斯劳，1899年）。

我的病根在那本书里阐释得很清楚。据前言所说，作者打算"只用一本易于翻阅的八开本，把所有关于扎伊尔的迷信的文献都搜集起来，包括属于哈比希特[1]档案的四篇，还有菲利普·梅多斯·泰勒[2]报告的原始手稿"。对于扎伊尔的信仰来自伊斯兰教，似乎可以追溯到十八世纪。（巴拉赫驳斥了被佐藤贝格认定是阿布尔·菲达[3]写的那些文字。）"扎伊尔"在阿拉伯语中意为"众所周知""显而易见"；在这种词义下，它就是神的九十九个名字之一。伊斯兰国家的老百姓说它是"那种拥有让人见了就忘不了、其形象最终会使人发疯的可怕品质的人或物"。第一个毋庸置疑的证据出自波斯人卢特弗·阿里·阿祖尔[4]。在他那本名为《火庙》的传记百科全书的字里行间，这位对各种文体都游刃有余的伊斯兰教托钵僧详尽地写道，在设拉子[5]的一所学校里有一个铜质星盘，"因为做工如此神奇，以至于凡是见过它的人就再也无法去想别的东西，于是国王就命人把它扔进了大海的最深处，以免人们忘记了宇宙"。梅多斯·泰勒的报告则更为详尽。他曾在海得拉巴[6]做幕僚，是那本著名的小说《一个杀手的忏悔录》的作者。1832年前后，泰勒在普杰[7]城郊听到一种很奇特的说法：说"他看到了老虎"，就表

---

1 指德国东方学者克里斯蒂安·马克西米利安·哈比希特，翻译了布雷斯劳版《一千零一夜》的部分内容。——编者注
2 英国小说家，曾在英属印度担任要职。
3 阿拉伯王子，历史学者、地理学者。
4 波斯诗人、传记作家。
5 今伊朗西南部城市，古代波斯最古老的城市之一。
6 印度中南部城市，在古代曾是伊斯兰教文化的重要中心之一。
7 印度古吉拉特邦的一个城市。

示一个人疯了或者成圣了。人家跟他说这里的老虎指的是一只有魔力的老虎,不管是谁,一旦看到它就毁了,哪怕是远远地瞥一眼都不行,这些人最终都落得一生想着它,直到生命最后一刻的下场。有人说,其中一个倒霉的家伙逃去了迈索尔[1],在那里的一座宫殿中画下了那只老虎的形象。多年以后,泰勒去参观那个邦的监狱,总督尼特尔带他参观了一间囚室,在囚室的地板、四壁和拱形天花板上,一位穆斯林托钵僧设计了一个无穷无尽的老虎形象(颜色粗砺,时间非但没有使之褪色,反而使其更为精妙)。这只老虎是由无数只老虎组成的,看起来让人头晕目眩,老虎们纵横交错,细看虎纹之中还是老虎,其中的大海、喜马拉雅山以及军队也像老虎。画家许多年前已经死了,就死于这间囚室;他来自信德,也许是古吉拉特,他最初的打算是画一幅世界地图。在他这幅令人眼花缭乱的画上,依稀可以看到当初他是有这个打算。泰勒把这个故事讲给了威廉堡的穆罕默德·阿尔-耶梅尼,后者对他说这个世界上没有不偏爱扎希尔[2]的,但万能仁慈的神不会让两个东西同时成为扎希尔,因为一个扎希尔就足以倾倒众生。他说扎伊尔从古就有,在蒙昧时代,扎伊尔是一个叫作亚乌克的偶像,后来是一位来自呼罗珊[3]的先知,他蒙着镶嵌着石头的面纱,也可能戴着黄金面具。[4]他还说,神是无法探知的。

---

1 印度南部卡纳塔克邦的一个城市。
2 泰勒原文里这个词就是这么写的。——原注
3 源出波斯语,意为"太阳初升的地方",指今伊朗东部及北部的地区。
4 巴拉赫指出,《古兰经》(71:23)中有亚乌克的形象,先知是阿尔-穆卡纳(蒙面先知),而除了出人意料的记者菲利普·梅多斯·泰勒,没有人将这两个人物与扎伊尔联系起来。——原注

扎伊尔

巴拉赫的这本书我看了很多遍,心里五味杂陈,说不出是什么滋味,我记得当时我很绝望,因为明白自己无药可救了;但同时内心也有几分释然,因为知道自己的不幸并不是自己造成的;此外还有些嫉妒之情,因为那些人的扎伊尔不是一枚钱币,而是一块大理石或者一只老虎。不去想一只老虎有什么难的,我这样想道。我还记得,当我读到以下这段话时心里那种奇特的不安感:"《古尔珊》的一个评论家说,看到扎伊尔的人马上就会看到玫瑰,他还援引了阿塔尔[1]在《神秘论》(《未知事物之书》)中插入的一句诗:'扎伊尔是玫瑰的影子、面罩的裂缝。'"

为特奥德莉娜守灵的那个夜晚,在来宾中我没有看到阿巴斯卡尔女士,也就是特奥德莉娜的妹妹,这让我很奇怪。10月时,她的一位女性朋友跟我说:"可怜的胡莉塔[2],她的行为变得非常古怪,被送到博什医院去了。那些照顾她、给她喂食的护士肯定要被她折腾得够呛。她依然执着于那枚硬币,说是跟莫雷纳·塞克曼的司机一模一样。"

时间让记忆变得模糊,却让扎伊尔的形象越来越清晰。以前我都是先想它的正面,然后是反面,现在我能同时看到两面。这种情形并非说扎伊尔好似透明玻璃般同时能看到两面,并不是一面底下重叠着另一面,而是感觉视野成了球形,扎伊尔就显现在最中间。凡不是扎伊尔的东西我看着都很模糊、遥远,仿佛多了一层滤镜:面露轻蔑之色的特奥德莉娜、肉体的痛苦。丁尼

---

[1] 波斯伊斯兰教苏菲派著名诗人和思想家,著有《神秘论》。
[2] 下文胡莉亚的昵称。

生[1]说但凡我们能理解区区一朵花,我们就能知道自己是谁,世界是什么样子。也许他想说的是这个世界的任何事物,无论它多么卑微,无不包含着宇宙历史及其无穷无尽的因果关联。也许他想说的是,在任何代表物之中即包含着完整的可见世界,就好像叔本华说的那种意志在每个个体身上都是完整的体现。卡巴拉主义者[2]认为每个人都是一个小宇宙,是宇宙的一面具有象征意味的镜子;根据丁尼生的说法,任何事物都是,没有例外。任何,包括那枚让人难以承受的扎伊尔。

1948年之前,胡莉亚的命运就会降临在我身上。我将不得不被人伺候着才能吃饭和穿衣,不辨晨昏,不知道谁是博尔赫斯。将这种未来定义为恐怖是一种欺骗,因为刚刚提到的那些情形没有一样会对我产生影响,就好比认为给一个全身麻醉、不省人事的人进行开颅手术很恐怖,以为他会很疼一样。到那个时候,我将不再对世界有感知,而只能感知到扎伊尔。根据唯心主义的说法,动词"生活"和"做梦"在严格意义上是同义词。我从万千表象中走向其中一个,从一个极其复杂的梦过渡到一个十分简单的梦。他人会梦到我疯了,而我则梦到了扎伊尔。当世界上所有人都在日夜想着扎伊尔之时,哪个是梦,哪个是现实?世界还是扎伊尔?

夜阑人静的时刻,我依然可以在街上游荡。当我坐在加拉伊广场的长椅上苦苦思索(或试图思索)《神秘论》里的那段话时,晨曦总会惊喜地来临,那段话说的是,扎伊尔是玫瑰的影

---

1 英国桂冠诗人,主要作品有《悼念集》《国王叙事诗》。
2 卡巴拉(Kabbalah)是一种犹太教神秘主义哲学体系,用于解释永恒的造物主与有限的宇宙之间的关系。——编者注

子、面罩的裂缝。我把这种见解和以下信息结合起来：为了能全身心地和神融为一体，伊斯兰教苏菲派的信徒们不停念诵他们自己的名字或者神的九十九个名字，直到这些名字失去其意义。我渴望能沿着这条路径走下去。也许我也能借助不停地对扎伊尔思考再思考而将其消耗，也许神就在这枚硬币之后。

卢云　译

杰克·万斯（Jack Vance，1916—2013）出生于加利福尼亚州，也在那里生活。他曾经当过旅馆服务生，在海军码头干过电工（包括珍珠港，在1941年的那场袭击发生前一个月才离开），在美国商船公司做过水手，还干过测量师和木匠，直到二十世纪七十年代才开始全职写作。他发表的第一篇小说名为《世界思想者》（"The World-Thinker"），1945年刊登在《惊悚神奇故事》（*Thrilling Wonder Stories*）夏季刊上。此后，万斯又发表了数十篇短篇故事、五十多部长篇小说，赢得了无数奖项，包括雨果奖（Hugo Award）、星云奖（Nebula Award）和埃德加奖（Edgar Award，推理小说奖），以及美国科幻大师奖（Science Fiction Writers of America Grandmaster Award），入选科幻名人堂（Science Fiction Hall of Fame），还获得了世界奇幻终身成就奖（World Fantasy Award for Lifetime Achievement）。他出版的第一本书名为《濒死的地球》（*The Dying Earth*，1950年），是各篇彼此之间存在关联的系列故事集，《拦路人利亚纳》（"Liane The Wayfarer"）也收录于其中。该书为一系列广受欢迎且影响深远的短篇和长篇小说拉开了序幕，这些故事的背景设定在遥远的未来世界，在那里，科技早已让位于魔法。在《杰克·万斯的宝库》（*The Jack Vance Treasury*，2007年）里有一篇赏析文章，乔治·R. R. 马丁（George R. R. Martin）在文中写道："万斯常被誉为科幻小说领域杰出的文体学家，这是无可非议的。在语言、词汇、名字和丰富多彩的措辞方面,他确实拥有非凡的天赋。然而,他的才华还远远不止于此。无论是在科幻体裁之中还是之外,说到别出心裁的情节、揶揄的幽默、暗含讽刺的睿智对话,以及富有想象力的华丽描写,都无人能与他相提并论。"

拦路人利亚纳

拦路人利亚纳迈着轻快的步伐,穿过幽暗的森林,沿着树荫笼罩的林间空地神气活现地往前走。他吹着口哨,唱着欢歌,显然是一副意气风发的模样。他捻动着挂在手指上的一枚饰环,那是一圈小小的锻造青铜,上面刻着棱角分明的晦涩字符,如今已经沾染了黑色的污渍。

他发现这饰环的时候,它正箍在一棵古老的紫杉树的树根上,这真是鸿运当头啊。他把它从树根上撬下来,看到了饰环内壁上的字符——古拙的符号刚劲有力,无疑是法力强大的古代秘符……最好拿去找个魔法师看看,测一测上面的魔法。

利亚纳撇了撇嘴。他这一路上遇到过一些烦心事。有时候,似乎所有的活物都合起伙来要惹他生气。就说今天早晨吧,那个香料商人快死的时候挣扎得多激烈呀!太粗心大意了,他居然把血溅到了利亚纳的鸡冠形凉鞋上!不过,利亚纳心想,每件不愉快的事后面都会伴随着补偿。掘墓的时候,他不就发现了这枚青铜饰环吗?

利亚纳的情绪高昂起来,纯粹的喜悦令他放声大笑,他兴奋得又蹦又跳。绿斗篷在他身后飘荡,帽子上的红羽毛摇曳着……但是——利亚纳放慢了脚步——假如这枚饰环真有什么魔力的话,他离这种魔法的奥秘丝毫没有更近一步啊。

实验,没错,就是要实验!

倾斜的日光从高处的枝叶间畅快地倾泻而下,如同红宝石一般璀璨,他在这束阳光下停下脚步,查看着饰环,用指甲描摹着上面的符号。他透过饰环中央的圆孔看去。那是隐约的薄薄一层,还是一道闪光?他伸直手臂,将饰环举到一臂开外。这明显是顶冠冕啊。他一把摘下帽子,把饰环套到额头上,转动着金色的大眼睛,给自己打扮了两下……怪模怪样的。饰环滑下来,落到他耳朵上,掠过他的双眼。眼前一片漆黑。利亚纳忙不迭地把它扯了下来……一枚青铜饰环,直径不过一掌宽。真是怪事。

他又试了一次。饰环再次下落,滑下了他的脑袋,掠过了他的肩膀。他的头进入了一个与世隔绝的陌生空间,这里一片黑暗。他向下望去,只见饰环滑落的同时,外界的光也在随之下沉。

缓缓下沉……现在,那饰环已经箍在他的脚踝上了——忽然间,一阵惊恐袭上心头,利亚纳抓住饰环,向上提起,举过头顶,他重新站在了森林里,在栗色的日光下眨着眼睛。

他看见枝叶间闪烁着一道夹杂着蓝绿色的白光。那是个唐克人,骑在一只蜻蜓上,蜻蜓的翅膀闪烁着光芒。

利亚纳高声叫道:"这儿,先生!到这儿来,先生!"

唐克人把他的坐骑停在一根细枝上:"好吧,利亚纳,你想怎么着?"

"现在看好了,记住你看到了什么。"利亚纳把饰环举到头顶,放手,任其落到脚下,又重新把它提起来。他抬起头,望向正嚼着一片树叶的唐克人:"你看到什么了?"

"我看见利亚纳在凡人的视线中不见了踪影——只剩下凉鞋翘起的红色鞋尖。别的一切都化作了空气。"

"哈!"利亚纳大叫一声,"想想吧!这样的事你以前见过吗?"

唐克人漫不经心地问:"你有盐吗?我要盐。"

利亚纳按捺住心中的狂喜,仔细打量着那个唐克人。

"你有什么消息带给我呢?"

"三个厄尔布把造梦人弗洛雷金给杀了,击破了他所有的梦泡。有很长时间,宅院上方的空气都被飞散的碎泡泡染上了颜色。"

"一克。"

"黄金领主坎代夫为了参加赛舟会,用魔木造了一艘华丽的大游船,高度相当于船身长度的十倍,船上载满了财宝,漂浮在斯考姆河上。"

"两克。"

"有个名叫莉丝的金辉女巫搬到了坦博草甸上去住。她很安静,长得也特别美。"

"三克。"

"够了。"唐克人说着探身向前,盯着利亚纳用一个极小的天平称出三克盐。他把盐包起来,装进小箩筐里,挂在蜻蜓带有棱纹的胸脯两侧,然后猛地一拽那蜻蜓,让它飞到空中,在茂密的森林里轻快地飘走了。

利亚纳又试了一次青铜饰环,这一回,他任凭它完全落到脚底,从环中踏出来,再从身旁的黑暗中将它捡起。多奇妙的避难所啊!这个隐身洞的洞口居然就藏在洞里!饰环落到他脚下,他从环中踏出,把它拾起来,顺着瘦削的身体往上提,越过了肩膀,他把那小小的青铜环拎在手里,走进了森林。

嗨嗨!到坦博草甸看漂亮的金辉女巫去。

女巫住在用芦苇编成的简易小屋里——低矮的圆屋顶、两扇圆圆的窗户,再加一道矮矮的门。他看见莉丝光着腿站在池塘里,在水草的新芽间抓青蛙当晚餐。她把白裙子挽了起来,紧紧地系在大腿上。她一动不动地立在水中,幽暗的水流泛起涟漪,在她纤瘦的膝旁荡漾开来。

她的美貌超出了利亚纳的想象,仿佛造梦人弗洛雷金有个从未用过的梦泡在这里的水面上迸裂开来,形成了这样美丽的梦境。她奶油般的雪肤泛着金色,秀发也是金灿灿的,但颜色更深,也更加润泽。她的眼睛跟利亚纳一样,有着金色的大眼珠,只是双眼分得很开,眼梢微微上翘。

利亚纳大步走上前去,稳稳地戳在河岸上。她诧异地抬起头,颇具成熟风韵的嘴唇微张。

"看好了,金辉女巫,我乃利亚纳。欢迎你到坦博来,向你奉上友谊和爱慕……"

莉丝弯下腰,从河岸上捞起一把烂泥,甩到他脸上。

利亚纳用最难听的话大声咒骂着,抹去糊在眼睛上的污泥,但小屋的那扇门已经砰的一声关上了。

拦路人利亚纳

利亚纳大步走到门前,用拳头在门上猛砸。

"开门,露出你的巫婆脸,不然我就一把火烧了这屋子!"

门开了,姑娘面带微笑,直视着他:"现在怎么着?"

利亚纳走进小屋,向那姑娘猛扑过去,但有二十根细矛疾刺而出,二十枚矛尖扎向了他的胸膛。他停下脚,眉毛上挑,嘴角抽搐。

"退下吧,武器。"莉丝吩咐道。兵刃咔嚓一下便隐没不见了。"只要我乐意,要你的命毫不费力。"莉丝说。

利亚纳皱起眉头,搓着下巴,似乎在琢磨着什么。"你要明白,"他一脸真诚地说,"你干了一件多蠢的事。怕可怕之人的人怕利亚纳,爱可爱之人的人爱利亚纳。而你——"他的目光在她浑身散发的金辉中游移:"——你成熟得就像一颗甜美的果子,你心存渴望,你会在爱中发光发抖。只要你取悦了利亚纳,他就会给你很多温情。"

"不,不行,"莉丝缓缓绽开了笑容,"你太心急了。"

利亚纳惊诧地看着她:"真的吗?"

"我是莉丝。"她说,"我确实就像你说的那样,心中躁动,心存渴望,内心激动。然而,除了侍奉过我的人之外,我不会要别的人当爱人。这个人必须勇敢、敏捷、机智。"

"我正是这样的人,"利亚纳说着咬了咬嘴唇,"平时可不像这样,我讨厌这么犹犹豫豫的。"他向前迈了一步:"来吧,让咱们——"

她向后退开:"不,不行。你忘了你是怎么为我效劳的?怎么有资格跟我相爱?"

"真是荒唐!"利亚纳大发雷霆,"看着我!注意一下我无可挑剔的风度、优美的体形、英俊的容貌,我的大眼睛跟你一样金灿灿的,我有鲜明的意志和力量……你应该侍奉我。这就是我要的。"他一屁股坐在一张矮沙发上:"女人,拿酒来。"

她摇了摇头:"在我这间圆顶小屋里,谁也别想逼我就范。在外面的坦博草甸上兴许可以,可是在屋里,在我蓝红二色的流苏之间,在听我号令的二十把兵刃面前,你非得听我的不可……所以你选吧。要么起来走人,再也别回来;要么答应替我完成一桩小小的差使,然后才能得到我和我的满腔热情。"

利亚纳直挺挺地坐在那里,身子发僵。这金辉女巫可真是个奇怪的家伙。不过,说实在的,她确实值得他费点儿力气。今后,他会让她为现在的放肆付出代价的。

"那好吧,"他殷勤地说,"我会替你效劳的。你有什么愿望?珠宝?我可以用珍珠把你压得喘不过气,可以用钻石闪瞎你的眼睛。我有两颗祖母绿,足有你的拳头那么大,像碧绿的海水,要是盯着它们看,你的目光就会被困在宝石里,永远在竖立的绿色棱镜之间徘徊……"

"不,我不要珠宝——"

"那兴许是有个敌人。啊,太简单了。利亚纳可以替你杀十个人。上前两步,这么一刺——就像这样!"他作势一戳,"灵魂就离体飘了起来,像杯蜂蜜酒里的气泡一样。"

"不。我不想杀人。"

他往后一仰,皱起了眉头:"那你要什么?"

她走到房间后面,将帘子拉到一边,露出一幅金色的织锦。在织锦的画面上,两座陡峭的高山环抱着一座山谷,宽阔的山谷里流淌着一条平缓的河,河水流过一个宁静的村庄,流入了一片树林。河水是金色的,高山是金色的,树木也是金色的——织锦上的金色千变万化,华丽而精妙,简直就像一幅色彩斑斓的风景画。然而,这幅织锦却被粗暴地劈成了两半。

利亚纳看得心醉神迷:"高啊,实在是高……"

莉丝说:"这就是传说中的阿利文塔魔谷。有人把另一半织锦从我手里偷走了,我希望你能把它找回来。"

"另一半在哪儿啊?"利亚纳问道,"这个卑鄙小人是谁?"

此时,她紧盯着他道:"听说过楚恩吗,防不胜防的楚恩?"

利亚纳想了一下:"没听过。"

"他偷走了我的半幅织锦,把它挂在一间大理石厅堂里,这间厅堂坐落在凯因北边的废墟中。"

"哈!"利亚纳嘟囔了一声。

"厅堂就在私语之地旁边,它的标志是一根歪斜的柱子,斜柱上有凤凰和双头蜥蜴的黑色圆形图案。"

"我这就去,"利亚纳说着站了起来,"一天到凯因,一天去偷织锦,一天返回。总共三天。"

莉丝把他送到了门口,轻声说:"要小心防不胜防的楚恩。"

利亚纳吹着口哨,大步流星地走了,红羽毛在他的绿斗篷里摇摇晃晃。莉丝目送他远去,然后转过身缓缓走向那半幅金色的织锦。"金色的阿利文塔啊,"她悄声说,"因为对你的思念,我的心在痛苦地流泪……"

相较于南面丰腴的姊妹河流斯考姆河,德尔纳河相对狭窄,水流也更为湍急。斯考姆河翻滚着穿过宽阔的河谷,谷中马银花开，漫野皆紫，间或点缀着衰颓的城堡，颜色或白或灰；而德尔纳河则在陡峭的峡谷中蜿蜒急转，其上是草木丛生的悬崖。

有一条年代悠久的燧石路与德尔纳河并行，不过如今，这条曲折的河流变宽了些许，河水漫上了路面。所以，利亚纳在沿着此路去往凯因时，偶尔也只好离开燧石路面，绕道河岸，穿行于荆棘丛以及随着微风鸣响的水草间。

红日悠悠荡荡地飘过天际，如同一位老人缓缓爬向临终前的床榻，夕阳低垂在地平线上时，利亚纳已然登上了波菲龙断崖的崖顶，他眺望着白墙围起的凯因，还有远处湛蓝的桑瑞尔海湾。

他的正下方就是集市，摆满了各式各样的摊位，售卖的货物有水果、一块块发白的肉、河岸淤泥中挖出的贝类，还有一壶壶颜色暗淡的酒。寡言少语的凯因人在摊位之间走来走去，买下食物，再随意地拎回他们的石屋。

集市外矗立着一排破损的圆柱，像一口烂牙似的——疯王石恩曾在离地面两百英尺的高处建起一座圆形剧场，当初这些圆柱正是剧场的基座。圆柱后方有一片月桂林，掩映着宫殿闪亮的穹顶，黄金领主坎代夫就在这里统治着凯因，站在波菲龙断崖上俯瞰，凡是目力所及之处，阿斯科莱的地界都受他管辖。

此处德尔纳河的水流已不复清澈，而是注入了潮湿的水渠和地下管道汇成的一张网，最终渗过锈蚀的飞轮，流入桑瑞尔湾。

利亚纳心想，先找张床过夜，等到早晨再去干正事吧。

他离开崖顶，跳下曲折的台阶，进入了集市。这时，他摆出了一副正气凛然的派头。拦路人利亚纳在凯因绝非寂寂无名之辈，有许多人都心怀不轨，想叫他吃些苦头。

拦路人利亚纳

他在潘诺内城墙的阴影中安然前行，拐入了一条铺着鹅卵石的狭窄街道，两旁是古旧的木头房子，在斜阳余晖的照耀下，泛着老树桩底下的积水那种深棕色的光，他就这样来到了一处小小的广场，来到了魔法师旅店高耸的石墙前。

旅店的主人是个胖墩墩的矮小男人，眼神忧郁，肥肥的小鼻子与他的身材如出一辙。男人这会儿正刮着炉子里的灰，见利亚纳进门，他挺起腰板，匆忙挪到这间僻静小旅店的柜台后面。

利亚纳说："来一间房，通风要好，晚饭要有蘑菇、葡萄酒和牡蛎。"

店老板谦恭地鞠了一躬："好啊，先生——您怎么付账？"

利亚纳丢下一个皮袋，这是他今天早晨刚弄来的。店老板闻到皮袋中的香气，高兴地扬了扬眉。

"丝葩树的地芽，从远方带来的。"利亚纳说。

"太妙了，太妙了……这是您的客房，先生，晚餐马上就好。"

利亚纳用饭的时候，旅店里的另外几位住客也来了，他们端着酒在火炉前坐下，谈天说地，话题越说越大，最后聊起了从前的巫师和曾经辉煌的魔法时代。

"潘达尔大法师懂一门学问，如今那法子早就失传了，"一个头发染成了橙色的老人说，"他把黑白两色的丝线拴在麻雀的腿上，让它们朝他需要的方向飞。在麻雀把魔法纬纱编织起来的地方，就会长出高大的树木，树上长满了鲜花、水果和坚果，或者盛着稀罕烈酒的球茎。据说，桑拉水岸边的大森林就是他这么编织出来的。"

"哈，"一个面色阴沉的男人接口道，他身上的衣服兼有暗蓝、棕与黑三色,"这个我也能办到。"他拿出一段细线,轻轻一甩,绕了个圈,低声念了个词,法力让细线燃烧起来,使之变成了一条红黄相间的火舌,跃动着,时卷时舒,顺着桌子来回飞旋,直到那个面色阴沉的男人做了个手势,火焰才随之熄灭。

"这个我也能行。"说这话的人头戴兜帽,身穿点缀着银圈的黑斗篷。他取出一个小小的盘子,放到桌上,往盘里撒了一撮炉灰。接着,此人又掏出一只哨子,吹出一声清亮的音调,盘里随之冒出了闪闪发亮的尘埃,闪烁着如同从棱镜中透出的颜色——红、蓝、绿、黄等,五彩缤纷,彩尘飘起了一英尺高,爆裂开来,迸发出绚丽的光辉,每一粒彩尘都形成了美丽的星形图案。每一记轻轻的爆裂声都将最初的那一声音调重复了一遍——那是世界上最清澈纯净的音调。彩尘渐少,魔法师又吹出了一种不同的哨声,尘埃再次飘浮起来,爆开,喷出灿烂的闪光亮片。再来一回——迸发出又一抹如云的彩尘。最后,魔法师把哨子收好,将盘子擦净,塞进斗篷里,重新陷入了沉默。

这时,其他巫师纷纷蜂拥上前,没过多久,桌子上方的空中便充斥着各种奇观,连空气都在随着咒语颤抖。有人在大家面前展示了九种见所未见的颜色,具有难以言喻的魅力和光彩;有人在店老板的额头上变出了一张嘴,冲着众人痛骂了一番,搞得老板狼狈不堪,因为嘴里发出的正是他本人的声音;有人让大家见识了一只绿色的玻璃瓶,恶魔的脸从瓶中向外窥探,做着鬼脸;还有人掏出了用纯净的水晶制成的小球,它会随着主人的号令来回滚动,据那个巫师说,这是传说中的桑卡弗林大师的一只耳环。

利亚纳聚精会神地观看了所有表演,他冲着瓶中的小恶魔高

拦路人利亚纳

兴地欢呼，还企图从巫师手里把那只听话的水晶球骗走，但没能得逞。

利亚纳耍起了脾气，抱怨世上到处都是铁石心肠的人，然而，水晶耳环的主人却无动于衷，哪怕利亚纳亮出了十二包稀有的香料，他也不肯把自己的玩具拱手相让。

利亚纳恳求道："我只想哄女巫莉丝开心罢了。"

"那就去用香料哄她开心吧。"

利亚纳口无遮拦地说："其实，她想要的东西只有一件，就是半幅织锦，我得从防不胜防的楚恩手里把它偷来。"

他看着一张又一张忽然默默无言的脸。

"怎么一下子都正经起来了？喂，老板，再来点儿酒！"

水晶耳环的主人说："就算地上的酒没过脚踝——而且还是坦维尔卡特馥郁的红葡萄酒——那个名字留下的铅印记仍然会在空中飘荡。"

"哈，"利亚纳放声大笑，"只要你的嘴唇品尝到一滴那样的酒，酒雾就会抹去所有的记忆。"

"瞧他的眼睛，"耳畔传来一声低语，"金灿灿的，还那么大。"

"而且我看东西的速度很快。"利亚纳说，"还有我这双腿，奔跑如飞，像落在波浪上的星光一样轻盈。还有我这条手臂，运刀如风。还有我的魔法，它会把我带到一处完全不为人知的藏身之地。"他举起高脚杯，灌了一大口酒："现在，瞧好了。这可是古时候的魔法。"他把青铜饰环往头上一套，踏到环外，在黑暗中将它拾起。等到觉得时间差不多够了，他又踏进环里，走了出来。

炉火闪着光,老板站在僻静的小旅店里,利亚纳的酒就在手边。可是,聚集在一起的那帮魔法师却不见了踪迹。

利亚纳不解地环顾四周:"我的魔法师朋友们呢?"

店老板扭过头来:"他们回房去了,你说的那个名字重重压在他们的灵魂上。"

利亚纳皱起眉头,闷声喝着酒。

次日早晨,他离开那家旅店,七拐八弯地去了旧城——这是一片灰蒙蒙的荒野,随处可见倾倒的廊柱、风化的砂岩、刻着毁损铭文的倒塌山墙、长满铁锈色苔藓的石板阶梯。蜥蜴与蛇虫在废墟中爬行,除此之外,他没有看见别的活物。

他在瓦砾间穿行,险些被一具尸体绊倒——那是个死去的年轻人,空洞的眼窝瞪着天空。

利亚纳感觉到周围有人。他向后一跃,将轻巧的长剑拔出了一半。只见一个弯腰驼背的老者站在那里,打量着他,用颤巍巍的声音无力地说:"你在旧城里是要找什么呢?"

利亚纳还剑入鞘:"我在找私语之地。说不定你可以给我指指路。"

老人喉间发出嘶哑的一叹:"又来一个?又是一个?什么时候才是个头啊……"他指了指那具尸体。"这个人是昨天来的,来找'私语之地'。他想从防不胜防的楚恩手里偷点儿东西。看看他如今的下场吧。"他转身走开,"跟我来。"他说着便在一堆乱糟糟的石头背后不见了踪影。

利亚纳跟了上去。老人站在另一具尸体旁边,这人的眼睛被挖掉了,眼窝鲜血淋漓。"这个人是四天前来的,遇上了防不胜防的楚恩……那边的拱门背后还有一个人，是个了不起的战士，还穿着金丝盔甲。还有那儿……那儿……"他朝这边一指，又朝那边一指，"还有那儿……那儿……跟碾碎了的苍蝇似的。"

他目光哀伤，泪汪汪地重新望向利亚纳："回去吧，年轻人，回去吧——免得你的尸体裹着绿斗篷，躺在石板上腐烂。"

利亚纳拔出长剑，伸手一挥："我是拦路人利亚纳，让冒犯我的人闻风丧胆。私语之地在哪儿？"

"你要是非知道不可的话，"老人说，"就在那座断掉的方尖碑后面。但你这是在自寻危险。"

"我可是拦路人利亚纳，危险与我同在。"

利亚纳大踏步走开时，老人立在原地，如同一尊风化的雕像。

利亚纳心中暗想，万一这老头儿是楚恩的探子，此刻正赶去向他通风报信呢？最好全力防范，以策万全。他跳上一道高高的横梁，蹲伏着往回跑，回到了与那老人分道扬镳的地方。

那个老人过来了，倚杖而行，一路自言自语。利亚纳举起一块足有他脑袋那么大的花岗岩，往下一扔。砰的一下，一声粗哑的惨叫，一记喘息——利亚纳这才动身上路。

他阔步走过那座断裂的方尖碑，进了一处开阔的庭院——这里便是私语之地。正对面有间既长且宽的厅堂，一根歪斜的柱子是它的标志，斜柱上有个黑色的圆形图案，那是凤凰和双头蜥蜴的符号。

利亚纳把自己隐匿于一堵墙的影子里，像狼一样伫立观望，对所有的动静都保持着警惕。

周围一片寂静。阳光给这片废墟披上了一层萧索的光辉。放眼望去，目力所及之处，四面八方尽是碎石，只余一块被雨水冲刷过上千次的荒地，时至今日，人类存在的感觉已经消失，石头已然与大自然的土地融为一体。

太阳在深蓝的天空中移动着。利亚纳立刻从他不易察觉的藏身之处悄悄溜出来，绕着那厅堂转悠了一圈。他什么也没看见，什么迹象也没发现。

他从后方靠近那座建筑，把耳朵贴在石墙上。一片死寂，毫无震动。他绕到侧面，上看下看，朝四面张望。墙上有个缺口，利亚纳费劲地往里窥探。只见厅堂后方挂着半幅金色的织锦。除此之外，里面空荡荡的。

利亚纳上看下看，左看右看，什么也看不见。他继续绕着那间厅堂打转。

他来到了另一处裂缝旁边，从裂缝中往里看。厅堂后方挂着金色的织锦，别的什么也没有。不管从左看还是从右看，什么也看不见，什么也听不见。

利亚纳继续转悠，来到了厅堂的正前方，仔细查看着屋檐，尘埃一般，死寂一片。

他能清楚地看到厅内的情形。这里无遮无拦，空空荡荡，只有那半幅金色的织锦。

利亚纳迈开大步，轻快地走入厅堂。他在地板正中停下了脚步。光从四面八方射到他身上，唯有后墙除外。有十几个可以逃跑的出口，周围万籁俱寂，只能隐约听见他自己怦怦的心跳声。

他上前两步。织锦几乎触手可及。

他走上前去，飞快地把织锦从墙上一把扯了下来。

防不胜防的楚恩就藏在织锦背后。

利亚纳高声尖叫起来。他想迈开麻木的双腿，双腿却像灌了铅一般，仿佛是在做梦，根本不听使唤。

楚恩从墙上跳下，向前走来。他的后背闪闪发亮，披着一件丝线织就的长袍，袍子上缀着一只只眼珠。

利亚纳这才跑了起来，跑得飞快。他一跃而起，腾到空中，脚尖几乎没有接触地面。他跑出厅堂，穿过广场，奔进了到处都是残破雕像和倾颓廊柱的荒野。楚恩紧随其后，像狗一样咬着不放。

利亚纳顺着墙头猛冲，冲过一道宽阔的缝隙，落入一座破败的喷泉。楚恩紧随其后。

利亚纳冲进一条窄巷，爬过一堆垃圾，翻上一个屋顶，跳入一处庭院。楚恩紧随其后。

利亚纳在宽阔的林荫道上飞奔，路旁种了几棵矮小的老柏树，他听见楚恩就紧随在他身后。他拐进一道拱门，将青铜饰环举过头顶，套到脚下，踏出铜环，再将它拾起，隐入黑暗，避难所。他独自一人，置身于漆黑的魔法空间里，为凡人所不知，为凡人所不见。寂静令人恐惧，空间死寂一片……

他感觉到了身后的动静，有一股气吹来。在他肘边，有个声音响起："我可是防不胜防的楚恩哪。"

莉丝坐在蜡烛旁的沙发上，正用青蛙皮织一顶帽子。小屋的门落了闩，窗户也关好了。屋外的坦博草甸笼罩在黑暗中。

一阵挠门声传来，门锁被人试着推了推，发出嘎吱声。莉丝僵着身子，盯着门看。

有个声音传来:"今晚哪,莉丝,今晚给你两根亮闪闪的长线。之所以给你两根,是因为这双眼睛那么大,那么圆,那么金灿灿……"

莉丝悄无声息地坐着。她等待了一小时,然后才蹑手蹑脚地走到门边倾听。门外有人的感觉消失了,不远处传来呱呱的蛙鸣。

她小心地把门缓缓打开了一点儿,摸到那两根线,又把门关好。她跑到金色织锦前,把线塞入凌乱的经纱中。

她凝视着织锦中金色的山谷,心中充满了对阿利文塔的万分思念,在她的泪水中,宁静的河流和静谧的金树林变得模糊起来:"织锦慢慢越变越宽了……总有一天会补好的,那时我就可以回家了……"

罗妍莉　译

小池仙的兰花

埃德加·米特尔霍尔泽（Edgar Mittelholzer，1909—1965）出生于彼时还是英国殖民地的英属圭亚那（现在的圭亚那），他的家族以欧洲血统为主。在自传《一个黝黑的男孩》（*A Swarthy Boy*，1963年）中，米特尔霍尔泽称他的父亲是一个"根深蒂固的恐黑人士"，米特尔霍尔泽肤色的"黝黑"令他失望至极，因而不可避免地导致米特尔霍尔泽与他的家人，尤其是与他的父亲之间生出隔阂。"我是，"米特尔霍尔泽写道，"'黑暗之人'，他总是对我皱着眉头，冲我大呼小叫。"米特尔霍尔泽是一个意志坚定的人，他的第一部作品最开始无人问津，然后他自费出版了这本名为《克里奥尔薯片》（*Creole Chips*，1937年）的作品，并将书推销给了他能联系到的所有人。很快他就完成了自己的第一部小说《科兰太因的雷声》（*Coryentyne Thunder*），但直到1941年他才为这部即将成为圭亚那最早的小说之一的作品找到出版商。然而，一开始它并没有到任何读者手里，因为德国轰炸机炸毁了存放已印好、等待发行的成书的仓库。二战期间，米特尔霍尔泽居住在特立尼达岛，1948年他搬到伦敦，在偶然的契机下结识了伦纳德·伍尔夫（Leonard Woolf），后者的霍加斯出版社（Hogarth Press）于1950年出版了他的小说《办公室的早晨》（*A Morning in the Office*）。此时的米特尔霍尔泽是一个相当高产的作家，因此得以辞去琐碎的工作，全职写作，这也让他成为加勒比地区第一个以写作为生的知名作家。从1950年到1965年他去世，米特尔霍尔泽出版了二十多部小说，但销量常常不尽如人意，评论也总是很刺耳。米特尔霍尔泽的精神状况逐渐恶化，文学界开始觉察到他乖僻的行为，这让他难以继续出版作品，无疑也成为他自杀的原因之一。米特尔霍尔泽的作品经常借鉴通俗的情节剧，有时候也采用奇幻的形式，他最有代表性的作品可能要数小说《我的骨头和我的笛子》（*My Bones and My Flute*，1955年），这是一个关于圭亚那被殖民时期的奴隶制、阶级和复仇的鬼故事。《小池仙的兰花》（"Poolwana's Orchid"）最初写于1951年，收录于《克里奥尔薯片和其他作品》（*Creole Chips and Other Writings*，2018年）。

小池仙的兰花

上　篇

在遥远的地方，有一个全英国的孩子都没有听说过的国家——事实上如果我说出它的名字圭亚那，就连大人也不知道它在世界上哪个地方——那里住着一种名叫"小池仙"的袖珍生物。我不得不用"生物"这个词，因为小池仙既非男孩，也非女孩，严格来说也不算精灵。小池仙只有一部分是男孩，另一部分是动物，很有可能还有某个部分是花朵，因为小池仙住在

小池仙的兰花

丛林中的一株兰花里。接下来,我想用"他"来称呼小池仙会更合适。相信你们学校的老师一定教过你们代词这种玩意儿,并且代词被创造出来就是为了给人用的。我明白应当称小池仙为"它",因为他只是一种生物,不过有时候打破规则是有益的,而且无论如何,我们也许可以把他看成一个男性生物,那样一来,可能会更情有可原一点儿。

言归正传,你们首先会好奇小池仙长什么样。呃,他长着三条蓝色的小细腿,每条腿都连着一只很袖珍的小蓝脚。他有四只胳膊,而不是两只,每只胳膊上都有一只很袖珍的小手,他的胳膊和手都是绿色的。他的身体也是绿色的,只不过是浅一些的绿色,看上去就像一粒非常非常小的小豌豆。但这只是因为小池仙肚子饿了,吃过饭之后,他的身体看着就不是那么一丁点儿小了,而且颜色成了淡褐色。你瞧,小池仙只靠吃蜂蜜活着——兰花里有大量的蜂蜜,稍后我会为你们展开讲讲这一点——所以吃饱喝足以后,他的身体不只会稍稍变大一点儿,还会呈现出他吃进去的蜂蜜的色泽。

小池仙栖身的兰花是一朵世间罕见的兰花,罕见到它甚至都不像绝大多数兰花那样拥有一个很长的拉丁文学名,还没有人类发现过它,更毋论赋予它一个名字。它的形状像老头儿的脑袋,看上去也是个老头儿的脑袋,只不过是个没有脸的脑袋。它孤零零地挂在一根灰色的长茎上,茎的表面布满了亮闪闪的黄色小疙瘩——全是某种红黑色的小蚂蚁产下的卵。兰花的两边各有一个皱巴巴的凸起物,看起来就像萎缩了的耳朵,一层银色的绒毛从兰花顶上向后下方一直覆盖到底部与茎相连的地方,活像老头儿的头发。本来应是老头儿面孔的部位凹了下去，形成了一个洞穴，洞壁是蓝色的。洞中间长着许多坚硬的鲜红色细齿，形成了一道屏障，把住在洞穴深处的小池仙封在里面，永远都出不来。事实上，小池仙是被禁锢在兰花里的囚犯。

不过，小池仙对自己的囚犯身份并无任何怨言。他从来都不知道洞穴外面的世界是什么样的，所以也就眼不见，心不烦。况且，他也向来没有什么好奇心或冒险欲。只要能待在他的洞里，看其他生物来来去去，他就心满意足了。除此以外，洞里的生活一直很愉快。这里永远不会下雨，无论往哪个方向看都是一片明亮的蔚蓝。到了夜晚，他用不着数羊就能入睡，因为从洞的两侧散发出一种奇妙的芳香，不仅沁人心脾，而且不出几秒就能将小池仙送入梦乡。还有一点，洞内的地面上到处都是盛满蜂蜜的蜜池，无论天气如何，它们都不会干涸，所以小池仙从来不缺食物。作为一个男性生物而非男孩，他只需要卡路里——去问你的老师什么是卡路里，蜂蜜的卡路里含量很高——就能维持生命。哪怕一般来说，蜂蜜里没什么维生素——也可以问问你的老师什么是维生素——小池仙也从不为此烦恼，因为小池仙不需要维生素。

有时候，太阳会从守护洞穴内部的细齿间隙送进一缕缕光束，蜜池便会泛起碎光，就像一枚枚亮闪闪的崭新硬币，因为蜜池都是圆形的。常常有其他生物被这些蜜池吸引，然后停下来用嫉妒的目光盯着小池仙。有的生物摇摇头，说他区区一个生物不该独自霸占那么多蜂蜜。还有的生物朝小池仙挥舞拳头，威胁他，让他交出一些蜂蜜，否则就痛扁他一顿，但小池仙只是一笑置之，因为他知道只要待在洞里，他们就奈何不了他。事实

小池仙的兰花

上,这也是他不介意被关在洞里的原因之一。

有一天,一个名字叫"叽"的生物碰巧停在了兰花上,当时他正在躲避一只追赶他的大叽。这是一只粉红色的小叽,有六条黑色的腿、两只绿色的胳膊,身体的形状像一根香蕉,不过这根香蕉是粉红色的,而不是一般香蕉的黄色。

"你不介意我躲在这儿吧,小池仙?"小粉叽问道。我应该说一下他的名字:裘蜜儿。裘蜜儿和小池仙是朋友,有时候天气太热,裘蜜儿也不忙于寻找蜂蜜——裘蜜儿的工作就是这个,寻找蜂蜜并把找到的蜂蜜带回家——他就会顺道到兰花这儿串门,跟小池仙聊聊天。

"一点儿也不介意,裘蜜儿,"小池仙答道,"你想躲就躲吧,不过你是在躲什么呢?"

"一只红彤彤的大叽发现我偷了他的花粉酱,正在追杀我。他声称只要我落到他手上,他就要扒了我的皮,把我给吃了。"

小池仙乐不可支:"也难怪他那么说。我一直都跟你讲,裘蜜儿,你看起来有点儿好吃。"

"别拿我开玩笑了,小池仙。我的处境很危险。拿有性命之忧的生物开玩笑可不是什么高级趣味。如果你不是我的朋友,我就发火了。"

小池仙又笑了起来,一边笑一边挥舞他的四只胳膊。他快活得想跳舞,但他的三条腿中的一条绊了一下,他差点儿摔在一个蜜池里。

"我敢保证粉红色的香蕉一定很好吃。"小池仙还在笑,笑得没那么大声了,但还是停不下来。

裘蜜儿也笑了。"那你和你用蜂蜜浇灌的豌豆身子味道又如何呢？"他说，"我听不少生物说过想把你给吃了。蜂蜜在你洞穴之外的世界很稀缺。你可知道自打雨季来临后，我们这些在外面的生灵就不得不勒紧裤腰带讨生活？这段日子我们每个礼拜只能搞到一滴蜂蜜。"

"太惨了，"小池仙说，"我多想把我这里的蜂蜜分你一些，可我实在办不到。"

"你老是这么说，"裘蜜儿说，"为什么办不到？这里的蜂蜜都是你的，不是吗？全部归你所有。"

"不是的，"小池仙说，"它们归蜜池所有。"

"别说傻话了，"裘蜜儿说，"蜜池难道不归你所有？"

小池仙摇摇头，郑重地说："不，它们归兰花所有。我以前就跟你说过这事了，是真的。裘蜜儿，你要相信我。"

"难道兰花不是属于你的吗？"裘蜜儿说道。

"当然不是了，"小池仙回答，"我只是住在里面而已，如果非要说谁属于谁，那也是我属于它。裘蜜儿，你一定要相信我。"

"谁告诉你你属于它？"

"我从小就有这样的感觉，以前有一只蜥蜴告诉我，无论何时都得相信自己的感觉。那只蜥蜴名叫啰啰啵，是一只很有智慧的蜥蜴。他有时会过来给我提点儿忠告。"

裘蜜儿嗤之以鼻。"不管怎么说，"他宣称，"我在外面遇到的所有生物都说你是个自私自利的家伙，独占那么多的蜂蜜。他们说总有一天会有坏蛋来抢劫你，占领你的兰花，然后把你杀了，抢走你所有的蜂蜜。"

"我向来把这样的话当耳旁风。啰啰啵告诫我永远不要听闲话。"小池仙面露悲伤的神色，沉默片刻之后，他又开口道，"而且，不管怎么说，我被囚禁在这个洞里面，又怎能不自私呢？你们这些置身事外的家伙应该为我感到难过，而不是嚼舌根说什么抢劫我，还要占领我的'兰花'。"

"嘘！等等！"裘蜜儿轻呼一声，"我好像听到红叽的声音了。"

"快靠在栅栏上，别呼吸！"

裘蜜儿蜷起身体，紧紧贴着栅栏，屏住呼吸，过了一会儿，那只大红叽一边发出响亮的叽叽声，一边从他们旁边飞过。他连看都没看一眼小池仙的洞。小池仙和裘蜜儿听到他在瓮声瓮气地嘟囔。

"要让我逮住那只小粉叽，"红叽说，"看我怎么剥他的皮，吃他的肉！"

等他走远后，小池仙哈哈大笑，说道："裘蜜儿，你听到他说什么了吗？噢，我都能想象到他朝着你呲嘴的样子。"

裘蜜儿气呼呼地哼了一声："他真是个傻大个叽，活像个大苹果——还是熟过了头的苹果！我讨厌苹果——尤其是红彤彤的、熟透了的苹果！"

"哦，是这样吗？"一道低喝声传来。

小池仙和裘蜜儿倒抽一口凉气，惊恐地发现那只大红叽正站在洞的入口。

"以为我逮不着你，嗯？"大红叽说，他的身体像一颗樱桃，而不是裘蜜儿所说的苹果。裘蜜儿那么说只是为了泄愤。大红叽的身体也跟樱桃一般大，他有一双强壮的袖珍腿、五条强壮的袖珍胳膊，全都黑得发亮（每天早上他都让其他的叽把它们刷得油光锃亮，他是个有钱的叽，有家仆为他代劳）。

"你以为躲在这里很机灵，嗯？"大红叽说，他的名字叫大黄嗙，"我耳朵很灵的，我的小粉红朋友。我还没走多远就听到了小池仙的笑声，而小池仙从来不笑，除非有客人上门。如果不是小池仙，我恐怕一辈子都抓不到你！"

裴蜜儿吓得手脚直打战，浑身起了鸡皮疙瘩。大黄嗙快步冲上前，抓住裴蜜儿的两条腿，把他拎了起来。

裴蜜儿尖叫着，拼命挣扎，但大黄嗙太壮了，只是一笑置之。

"你这手脚不干净的小粉叽！"大黄嗙说，"我一直都想把你剥了皮吃掉，现在我要付诸行动了！"

"求求您了，红叽先生，我再也不偷您的花粉酱了。"裴蜜儿哀求道，他吓得魂飞魄散，身体一下子瘫软了，粉嫩的肤色也变得暗淡。

"我的名字叫大黄嗙，"大黄嗙说，"别叫我红叽先生。我是个有头有脸的叽，你不知道吗？就凭你叫我红叽先生，我也不能给你个痛快，我要一点一点剥掉你的皮，让你多吃点儿苦头。"

"求您了，大黄嗙先生！请放过我吧！"

小池仙眼看朋友落难，难过极了，于是决定插手救裴蜜儿一命："大黄嗙先生，我相信裴蜜儿出门时肯定不是有意要偷您的花粉酱。他一定是透过窗户瞅见了它，才动了邪念。如果我诚心诚意地请求您，您能饶他一命吗？"

"哦！是吗？是这样吗，嗯？你在为他的小命求情，嗯？小池仙，为什么你就不能从你的洞里出来呢，让别的生物也有机会从你那些蜜池里分一杯羹？"他的眼神突然一亮，闪过一道狡诈的光。他继续抓住裴蜜儿的两条腿不放，然后一屁股坐在他剩下的四条腿上,接着说道:"好吧,听着,我刚刚想到了一件事。既然你这么希望我饶了你朋友的命,那就来做个交易如何?如果我说我会留他一条命,你能同意给我三池蜂蜜吗?"

"呃。"小池仙的眼睛睁得老大。

"呃,嗯?"大黄嘭说,"你的回答仅此而已吗?"他笑了起来,眼睛一眨一眨的,那模样坏透了,一看就是个大坏蛋,而且还很贪婪。

"可是,大黄嘭先生,池子里的蜂蜜不是我的,我没有权利给您。"

"不是你的?那是谁的?"

小池仙叹了口气。这个问题他都不知道回答过多少遍了!真烦人。但不管怎样,裘蜜儿有生命危险,所以小池仙第几千次重复道:"这里的所有蜂蜜都属于蜜池,所有蜜池都属于兰花,而兰花不属于我。我属于兰花。"

"你就是这么狡辩的,嗯?"大黄嘭笑道,他在裘蜜儿的四条腿上坐得更稳当了,并把其余的两条腿紧紧抓住,疼得裘蜜儿惨叫起来,"你把你狡猾的利己主义说得那么好听,小池仙。没错,就是狡猾的利己主义。我相信你比我们外面这些生物想象的更有头脑。但我不会改变主意。要么你给我三池蜂蜜,要么我剥掉你这位小朋友的皮,然后把他给吃了。而且我就要在这里,当着你的面干这件事。"

"嗬!一场危机!"

从洞的入口传来一个声音,他们扭过头,看到蜥蜴啰啰啵站在那里。正如小池仙所言,他是一只很有智慧的蜥蜴,而且是生物界大名鼎鼎的评论家。发表评论是他的爱好,他从不为此索要报酬。他喜欢卖弄辞藻。

"危机是什么意思，啰啰啵先生？"大黄嘭问道，声音中带着讥讽，因为他不喜欢啰啰啵。啰啰啵曾建议他遣散所有家仆，自食其力，因为没道理让一部分生物天天干脏活儿、累活儿，另一部分却游手好闲，什么事也不做，甚至连卫生都不打扫。

"你不知道什么是……危机吗，大黄嘭？"蜥蜴反问道。

"我不知道，"大黄嘭说，"我年轻时忙着挣钱，没工夫上学。你告诉我什么叫危机。"

"好吧，"蜥蜴啰啰啵回答道，"我年轻的时候还比较走运，学到了很多教训，我来告诉你什么是危机。危机就是出事了，而你无法确定接下来会发生什么。"

"哦，那就是所谓的危机吗？"大黄嘭说，"好吧，如果你以为这里发生了一场危机，那就大错特错了，因为在出了前面那些事之后，我很清楚接下来会发生什么。要是小池仙不给我三池蜂蜜，我就把这个粉叽小贼给生吞活剥了。这就是即将发生的事，看来你也并不像我以为的那么聪明。"

啰啰啵笑道："说不定我比你以为的还要聪明呢，大黄嘭。你并不知道小池仙会不会给你蜂蜜，那你又如何能确定之后会发生什么呢？如果小池仙给了你蜂蜜，你就不会把小裘蜜儿剥了皮吃掉；如果小池仙不给你蜂蜜，你才会这么做。所以说来说去，你没发现我才是对的吗？我们这里的当事者没有一个真正知道会发生什么，甚至连小池仙也不知道，因为我看得出来他正在犹豫不决，不知是该给你蜂蜜，救裘蜜儿一命，还是不给你蜂蜜，让裘蜜儿自生自灭去。"

"可是，啰啰啵，"小池仙惶恐不安地说，"我都跟大家说过很多次了,这不是我的蜂蜜,我无权处置。如果我把这些池子里的蜂蜜送出去,谁知道会发生什么呢?兰花可能会感到被冒犯,然后合上,把我给夹死。你愿意看到这种事发生吗?"

"我不愿意。"啰啰啵答道。

"小池仙是个蠢货,"大黄嘭说,"兰花怎么会感到被冒犯,然后合上,把他夹死呢?兰花又不是有生命的活物。它只是一朵兰花而已。"

"一朵兰花,"啰啰啵说,"但你不明白,大黄嘭,小池仙把他的兰花看作活物一样信仰,如果他相信它会受到冒犯,那它可能确实会受到冒犯。"

突然间,一阵风拂过,兰花动了动,开始随风摇摆。

小池仙吓得尖叫起来:"你们看到了吗?你们看到了吗?兰花能听到我们说的话。它刚刚给了我们一个信号,暗示它能听到。我相信它是一种生命体,即便它自己不说话,它也能听到我们讲话。说不定它能把我们全都杀掉,只要它愿意。"

"我一直觉得你是个蠢货,小池仙。"大黄嘭说。他在裘蜜儿的四条腿上坐得越发稳当,并用胳膊把裘蜜儿的另外两条腿夹得越来越紧。

"难道有信仰就是愚蠢吗?"小池仙问道。

"愚蠢的是信仰一朵兰花,"大黄嘭说,"为什么你不像我一样去信仰丰饶之蜜呢?如果你跟我一样住着大宫巢,坐拥许许多多的蜂蜜,你就可以豢养很多家仆,娶成群的妻妾,让其他生物对你唯命是从。那才是值得信仰的东西,而不是一朵蠢兰花。"

小池仙打了个哆嗦,抬头看着蔚蓝的洞壁,以为它们会因为

071

大黄嘭说兰花蕊而坍塌，把他们压在下面。但什么事也没有发生，兰花甚至都没有像刚才那样摇晃一下。

小池仙正准备斥责大黄嘭，说他不该骂兰花蕊的时候，入口处又传来一个尖锐的声音："小池仙，今天你的洞里发生了什么事啊？你好像有不少客人呢。"

他们扭头一看，发现来者是一只蓝色的蚊子。她的名字叫门芭。几乎所有的生物都听说过她并且聆听过她的声音，因为她是一位家喻户晓的歌星，经常举办音乐会，尤其是在漫长的雨季。她拥有整个丛林最美妙的嗓音，没有其他生物能唱到她那么高的音。

"我很发愁，门芭，"小池仙说，"愁死我了。"

"这是一场危机。"啰啰啵说。

"别提那个词，拜托，"门芭说，"我不喜欢那个词。"

"你为什么不喜欢它？"啰啰啵问道。

"它让我想起我成名前的一个绰号。"

"那时候大家都叫你什么？"

"他们总是叫我'呜姬'。呜姬就是指唱功不好的歌手。事实上，呜姬的意思就是五音不全的歌手。"

"我很确定您不是五音不全的歌手，门芭小姐，"大黄嘭说，自打门芭进洞的那一刻起，他就两眼放光，盯着她不放，"我认为您是一位顶尖的歌手，也是一位美丽绝伦的生物。我早就想邀请您上我的宫巢去。"

"哦，当真？"门芭生硬地说。

"请不要误会我！"大黄嘭慌忙叫道，他的身体扭来扭去，身下的裘蜜儿发出了痛苦的哀号，"我的意思是为我和我的家人，还有我的仆人唱歌。我只是这个意思。"

"我很高兴听到你只是这个意思，大黄嘭先生。对了，还没有谁给我说说这里究竟出了什么事。大黄嘭先生，你为什么坐在那个粉红色的小叽身上？他干了什么坏事吗？"

"这是一场危机，"啰啰啵又说，忽然他闭上嘴，把到嘴边的话又咽了回去，"噢，太抱歉了！我忘了你小小的特异体质！"

"你说什么？"小池仙和大黄嘭瞪大眼睛，异口同声地喊道。

"嗯。那是什么？"门芭问，"我一辈子都没听过这么长的词。你是在咒骂我吗，啰啰啵先生？"

啰啰啵笑了。"如果你像我一样上过学，"他说，"就不会有什么长词能难得倒你，因为你会明白，每当听到一个长词，你需要做的就只是一个一个音节地慢慢理解它。"

"别扯什么上不上学了，"大黄嘭有点儿不耐烦地插嘴道，因为他一向不爱听这个话题，这会让他想起自己从没上过学，"你只要告诉我们这个词是什么意思就行了。"

"它的意思是，"啰啰啵说，"你自己特有的怪东西。"

"也就是说，你的尾巴是一种特异体质咯。你是这个意思吗？"大黄嘭问。

还没等啰啰啵开口，小池仙就焦急地大喊道："先看看这边，可怜的裘蜜儿怎么啦？他已经好长时间没说过一个字了！大黄嘭，你把他压死了吗？"

"我还没——暂时还没有。不过，啰啰啵的尾巴塞在他嘴里呢，你能指望他说什么？"

"啊，太抱歉了。我的尾巴在他嘴里吗？我都没意识到它怎么绕到他嘴里去了。"

啰啰啵从裘蜜儿的嘴里抽出了他的尾巴，裘蜜儿立刻哭了出来："噢，我还以为我再也说不了话了。我这辈子从没尝过这么恶心的尾巴！"

"不可能，"啰啰啵说，"我每天都按时做清晨的洗礼，最为一丝不苟。"

"又卖弄生词！"大黄嘭叹了口气，"我敢肯定他把我们骂了个遍，而我们连听都听不懂他在说什么！"

"噢，可是拜托！拜托了！"门芭恳求道，"没有谁能说明一下今天早上在这朵兰花里发生了什么吗？我好奇得要命，可谁都不给我透露一个字。"

"我来告诉您整件事的前因后果，门芭小姐，"大黄嘭微笑着说道，"我乐意为您效劳，相信我。我现在坐着的这只小粉叽偷了我一些最上乘的花粉酱，如果小池仙不给我三池蜂蜜，我就打算把他剥了皮吃掉。就是这么回事。说起来简单得很。"

"我惊呆了，你居然这么残忍。"门芭皱着眉头说道。

"您觉得这残忍吗，门芭小姐？"大黄嘭说，"好吧，如果您是这么想的，那我立刻就放裘蜜儿走。"紧接着他眼中闪过一抹狡黠的光，只听他接着说："如果我放了他，您能答应跟我一起回我的宫巢，喝杯蜂蜜酒吗？"

"啊哈，"啰啰啵说，"剧情变得复杂有趣了。"

"啰啰啵，如果你是在暗示我的蜂蜜酒，"大黄嘭生硬地说，"那我要告诉你，我的蜂蜜酒是整个丛林最清爽、最上乘的。找遍整个国家都找不到那么清爽醇香的蜂蜜美酒。"

其他生物还没来得及开口说话,洞外便传来一阵急促的叮当响,几个红点一晃而过。

"萤火虫消防队!"小池仙惊呼,"哪里起火了!"

话音未落,一个气喘吁吁的小黑叽就冲了进来,上气不接下气地说:"噢,大人和诸位阁下!噢,亲爱的大黄嘭大人!有个坏消息要告诉您!您最上乘、年份最久的蜂蜜酒的酒桶着火了!"

下 篇

"什么?!"大黄嘭咆哮道,一蹦三尺高,可他的手依然紧紧抓着裘蜜儿的两条腿不放。裘蜜儿挣扎着,用剩下的四条腿蹬来蹬去,哭喊道:"噢,请放开,大黄嘭先生!请放开!我的腿被您坐麻了!"

但大黄嘭甚至都没有听裘蜜儿说话。他怒气冲冲地瞪着自己的家仆——那只小黑叽——吼道:"怎么会发生这种事!我才离开五分钟,我最上乘、年份最久的蜂蜜酒的酒桶就着了火!你们这帮奴才都在搞什么?"

"是蓄意搞鬼。"啰啰啵说。

"蓄意是谁?"大黄嘭的脸红得像个樱桃——我的意思是,比樱桃还红——气得要冒火,"告诉我在哪儿能找到他,我要把他的胳膊和腿一条一条砍下来。"

"这是事物的名字,不是生物的名字。"啰啰啵说。

"噢,请不要吵架了,"小池仙劝道,"你们吵架的当儿,可怜的裘蜜儿正在遭罪呢。"

"谁愿意吵架了?"大黄嘭说,"叫这只蠢蜥蜴别再打哑谜了。他说是一个叫蓄意的生物放火烧了我的蜂蜜酒酒桶,我问他上哪儿去找蓄意,他居然说蓄意是个事物,不是生物。我倒要问问你,这种回答谁能忍得了!"

"求求您了,大黄嘭先生,请放开吧。"可怜的裘蜜儿呻吟道,"我的腿麻得不行了,感觉像块冰似的。"

"一分钟内它们不会有任何感觉的。"大黄嘭气吼吼地说,"我再说最后一遍,如果小池仙不给够蜂蜜,弥补我蜂蜜酒酒桶的损失,我就会说到做到,把你剥了皮吃掉。"

"你能做出这样伤天害理的事可一点儿也不意外。"门芭冷冷地说。

突然间,有两只红黑色蚂蚁皱着眉头走进洞里。他们停下脚步,目光扫过面前聚集的一帮生物,最后停在了小池仙身上,其中一只蚂蚁开口说道:"小池仙,你从没说过你要在这儿开派对。你忘了我们红黑蚂蚁在你的兰花茎上产了卵吗?这些卵才刚刚孵化出幼虫,你这儿太吵了,把孩子们都弄哭了,我们怎么哄都没用。小池仙,你真叫我刮目相看,竟然把这帮聒噪的家伙叫到你的洞里来。"

"放肆!"大黄嘭吼道,"你竟敢叫我聒噪的家伙!我可不会受一只蠢黑蚂蚁羞辱!你知道我是谁吗,女士?"

"你嘛,"红黑蚂蚁说,"就是一只又蠢又自大的红黑叽,我可以原谅你叫我蠢黑蚂蚁!"

大黄嘭浑身涨得通红,他的家仆小黑叽吓得直打哆嗦,以为他的大人要发飙了。

小池仙的兰花

"你知不知道,女士?"大黄嘭气得坐都坐不稳了,左右摇晃起来,差点儿没把可怜的小裘蜜儿压死在地上,"你知不知道,女士?只要我一声令下,就能派我的宫廷侍卫过来,把你的卵全部砸碎,那样一来你就没孩子了。你怎敢如此放肆地跟我这样有权有势的叽说话?"

"噢,拜托!拜托!不要在我的洞里吵架!"小池仙苦苦哀求,"兰花可能会受到冒犯,然后,它会合上,把我们全挤死的。"

然而红黑蚂蚁并不相信兰花是一件有魔力之物,于是回击大黄嘭:"我爱对你说什么就说什么。我知道你讨厌我们所有的红黑蚂蚁,可我不在乎。"

"是颜色问题。"啰啰啵说。

"闭嘴,你这蠢蜥蜴!"大黄嘭骂道。

"啰啰啵先生是对的,"红黑蚂蚁说,"你对我们红黑蚂蚁有偏见,因为你介意我们跟你的颜色一样。你不愿意接受这个世界上有红黑色的蚂蚁存在,因为你恰巧是一只红黑色的叽。"

"她是一只受过教育的蚂蚁,"门芭偷偷地对小池仙说,"你听到她用的那个高级词了吗?她说'偏见'来着。"

"我听到了,"小池仙小声答道,"阿吉上过学。"

"阿吉?那是她的名字吗?"

"是的,和她一起的另一只红黑蚂蚁叫巴吉。"

"多美的名字啊!"门芭说。

"阿吉产卵,"小池仙说,"巴吉把它们包起来。"

"真是无奇不有!"门芭说,"可是,小池仙,为什么你不交出大黄嘭想要的蜂蜜,让他放了裘蜜儿呢?我见不得那么可爱的一个小粉叽遭那样的罪。"

小池仙叹了口气,抬头望着兰花的蓝色洞顶。"门芭,这不是我的蜂蜜,没办法给他,"小池仙有气无力地说,"假使——就算——是我的,我也没有大勺子或罐子把蜂蜜盛出来,再给别人。"

"如果你愿意的话,这个问题我能帮忙解决,"门芭说,"我可以把我的吻[1]——我指的是我的长吸嘴——伸进去,吸出不管多大一罐子蜂蜜,然后送到他的宫巢去。"

"什么!"小池仙惊呼,"你说你要上大黄嘭的宫殿去!"

"如果这是行善,我会去的。我听说,大家都称这样的行为是行善。我叔叔很有学识,以前每回他让我去给他买酒,都是这么说的。他年纪太大了,自己去不了。"

这时小池仙苦恼极了,确实如此。他对门芭说:"谢谢你的提议,门芭,但我得考虑几分钟。我真的必须先考虑考虑。我很怕做出任何有可能让兰花不高兴的事。这是一朵有魔力的兰花。你们外面的生物不相信它是有魔力的,但我相信。"

"这是信仰。"啰啰啵说。他一直竖起耳朵听着小池仙和门芭的私聊,而不是大黄嘭和阿吉之间还在你来我往的争吵。大黄嘭只要一冲阿吉咆哮,就会不受控制地狠狠捏住裘蜜儿的腿,裘蜜儿哭得稀里哗啦的。

"我们真的得行动起来了,而且得赶紧,小池仙,"门芭说,"照这个趋势,他很快就会把那可怜的小家伙给弄死的。你就不能快点儿考虑完,然后决定让我带走蜂蜜吗?我的

---

[1] 这里指无脊椎动物用于进食和吸吮的管状口器。——编者注

小池仙的兰花

吻——我指的是我的吸嘴——可以很轻松地够到蜜池。这些栅栏挡不住我。"

大黄嘭正在冲阿吉嚷嚷一串长句,喊到一半忽然停住了,因为他的另一个家仆刚刚赶到——又是一只小黑叽。

"噢,主公!"小黑叽叫道,"噢,大黄嘭大人!火烧到您另外两只蜂蜜酒酒桶了!萤火虫消防队正在尽全力扑救,但火势还在继续蔓延!"

"什么!这不是真的!这不是真的。"大黄嘭怒吼道。他气得不能自已,差点儿放开了裘蜜儿的腿。裘蜜儿失望地呻吟了一声,又哭了起来。"如果这都不能让他放了我,"他喃喃自语,"那就再也没什么能救得了我了。我还不如认命,让他剥皮吃掉算了。"

"我们花钱养着萤火虫消防队是为了什么?!"大黄嘭怒不可遏,"不过是一只蜂蜜酒酒桶里着了一点点蠢火,这都灭不了!他们还能干吗?"

"这是尸位素餐。"啰啰啵说。

"是什么?你闭嘴,啰啰啵!我受够了你的生词!"大黄嘭突然转向小池仙。"小池仙,"只听他说,"这下再也没有任何讨价还价的余地了。如果你不给我补上我三个蜂蜜酒酒桶的损失,我就剥了这个粉叽小贼的皮,吃他的肉,而且我会一寸一寸地剥,让他死得更痛苦。所以你最好赶紧想清楚。"

"可是,即便我可以给你蜂蜜,"小池仙愁眉苦脸地说,"你怎么取走呢?我没有大勺子,也没有任何可以盛蜂蜜的器具。"小池仙飞快地冲门芭使了个眼色,似乎在说:"求你了,门芭,别自告奋勇为他做这件事。我知道你想帮裘蜜儿,但我还

079

没有下定决心，不确定是不是应该给他蜂蜜。"

大黄嘭哼了一声。"好一个愚蠢的借口！"他叫道，"你这小蠢货，你难道不知道我手下有几百个家仆听我号令吗？我可以派二十个家仆带着罐子过来，不出六趟我就能从你的池子里取完我要的蜂蜜！"

"交通运输。"啰啰啵说。

不过，大黄嘭没有理会啰啰啵。只听他继续对小池仙说："这是你救这个粉叽小贼的最后机会了。我的耐心到头了。这洞里我是待够了。我需要呼吸一点儿新鲜空气。如果半分钟之内没有听到你的答复，我就开始剥你这位小朋友身上的皮。"

然后大黄嘭开始数数。所有生物都默不作声地听着他数数。裘蜜儿发出微弱的呻吟，身上冷汗直冒。门芭看起来很悲伤，小池仙开始来回踱步，烦躁不安地摇着头。啰啰啵平静如常，看上去不会为任何事所动。红黑蚂蚁阿吉和巴吉愠怒地瞪着大黄嘭。两只黑叽吓得瑟瑟发抖。

"……二十八，二十九，三十！"数着数着，大黄嘭停了下来。

"时间到了，"他说道，用力把裘蜜儿的腿攥得更紧，"小池仙，你的回答呢？说！"

小池仙停下了脚步，望向大黄嘭。

大黄嘭与小池仙四目相接。

"一场好戏。"啰啰啵说。

但谁也没有理会啰啰啵。

小池仙清了清嗓子，最后战战兢兢地看了一眼洞顶上的蔚蓝，然后点了点头，用低沉、沙哑的嗓音说："好吧，大黄嘭。

除了说好,我还能怎么办呢?"

"你会给我补上我三个蜂蜜酒酒桶损失的蜂蜜?"大黄嘭问道。

"是的,我给你补上。"

"你保证?用你作为兰花居民的名义起誓?"

"用我作为兰花居民的名义起誓。"小池仙说。

"好极了。"大黄嘭答道,然后放开了裘蜜儿的两条腿。

裘蜜儿开心地叽叽叫。"噢,小池仙!"他喊道,"我永远不会忘记的!你救了我一命。噢,你救了我一命!"

"没事,裘蜜儿。"小池仙答道,他抬头看着那片蔚蓝,等候随时都有可能降临的灾难。

裘蜜儿开始跳起舞来,满洞打转。与此同时,大黄嘭皱起眉头,冷哼了一声。"你别唧唧呱呱叫唤得太早,"他冲裘蜜儿说,"我还没拿到蜂蜜呢。如果我的家仆来取蜂蜜时,小池仙不信守诺言,我就要我的宫廷侍卫抓住你,把你撕成碎片。"

裘蜜儿停下了舞蹈,慌张地看向小池仙:"小池仙,你会信守你的诺言,对吧?"

"我当然会。"

"我们马上试他一试,"说完这句话,大黄嘭转头吩咐两只黑叽——他的家仆,"下贱的黑崽子们!给我起来,回宫去!让我的管家派二十个伙夫带二十个罐子来取这些池子里的蜂蜜。"

"是,主公!"两只黑叽齐声说,仿佛这几个字他们排练过好几遍似的。然后他俩一转身,气也来不及喘,就急匆匆走掉了。

小池仙不停地唉声叹气,时不时扫一眼周围的蜜池。有一两次，他抬头看了看蔚蓝色的洞顶，似乎在等着一道白光伴随着巨大的呼啸声出现。风吹得兰花微微摇晃了一下，小池仙吓了一跳，大叫道："噢，你们看到了吗，兰花在震动？"

"那又如何？"大黄嘭冷笑道，"只是一阵风而已。你连风都怕吗？我万万没想到你居然是这么个胆小鬼。"

"不是风，"小池仙哀叫道，"是兰花。它生我的气了，因为我同意把池子里的蜂蜜给你。"

"小池仙，你太傻了，竟然让这个横行霸道的大叽把你耍得团团转。"红黑色的蚂蚁阿吉说。

"你刚刚说了个什么词？"大黄嘭向阿吉逼近了一步，问道，"横行霸道。什么是横行霸道？啰啰啵，这词是什么意思？如果是在骂我，我就派我的宫廷男侍去打碎外面兰花茎上的卵。我说到做到。"

"你的宫廷男侍和宫廷侍卫有什么区别？"阿吉问道，面对大黄嘭毫无怯色。

但大黄嘭没有理睬她。"啰啰啵，"大黄嘭继续说，"请告诉我'横行霸道'是什么意思。"

"横行霸道，"啰啰啵回答，"是说你财大气粗，可以横着走，把我们全撞翻，而我们都不敢撞回去。"

大黄嘭哼了一声，不知道是该高兴还是该生气。片刻后他开了口："好吧，如果只是这个意思，那这事就过去了。但我可不会受一只都不配跟我走一条路的小黑蚂蚁的羞辱。"

就在这个节骨眼上，两只小黑叽的身影出现在洞口。

他们抖得太厉害了，差点儿翻倒在地上。他们的小眼睛在黑色的小脑袋上显得很白——又白又大，眼里满是恐惧。他们一边喘着气,一边异口同声地说:"噢,大人和诸位阁下!噢,大黄嘭大人!发生了一件很糟糕、很糟糕的事!您所有的蜂蜜酒酒桶都着了火。火势已经蔓延开了。不仅如此,噢,主公!噢,不仅如此,大黄嘭大人!大火已经烧到了您的仓库,您最上乘、最醇厚的花粉酱都在里面。现在您的仓库已经没救了。连萤火虫消防队都束手无策。"

大黄嘭被这个消息震得说不出话来。他的身体摇晃着,渐渐褪去了红色。过了半响,他终于倒抽了一口冷气,开口说:"这不可能啊!如果我的花粉酱仓库被火烧了,我所有的蜂蜜酒酒桶也都被火烧了,那我的财产就没了。我要变成穷光蛋了。"

"这真是当头一棒。"啰啰啵说。

门芭在小池仙耳边小声说:"哎呀,小池仙,他身上的红色越来越淡了。你注意到了吗?照这个速度,他很快就会变得像裘蜜儿一样粉了。噢,我太兴奋了!这一幕我可说什么都不能错过。"

"我要你们给我找的家仆在哪儿?"大黄嘭号叫道,"为什么他们还没有带着罐子过来,从兰花的池子里取蜂蜜?胆敢违抗我的命令?"大黄嘭一边发问,一边气势汹汹地向那两只黑叽走去,与此同时,他身上的红色越来越淡了。

"噢,主公!噢,大黄嘭大人!所有的家仆都在帮忙救火。他们听不进任何人的命令。"两只黑叽哆哆嗦嗦地说,他们抖得太厉害了,看着就像四只黑叽在互相躲闪。

"连我的命令都不听?"大黄嘭吼道,身上的颜色又变得通红。两只黑叽疯狂地颤抖,现在看上去成了一只黑叽模模糊糊的影子。

"噢，主……主……主……公……公……公！"他们结结巴巴地说，"噢，大……大……大黄嘭大人！家仆们都在发牢骚，说……说……说您的坏话。"

"说我的坏话？"大黄嘭咆哮道，"你们都说了些什么？你们这群下贱的黑崽子！"

"这是以下犯上。"啰啰啵说。

这时两只黑叽害怕到了极点，他们浑身颤抖着往后退去，一直退到洞外，从兰花边缘摔了下去。他们吓得浑身瘫软，飞不动了，就这样直直掉进了兰花下面的落叶堆里摔死了——一只黑蜘蛛抓住了他们，把他们拖进了自己的巢穴里。

盛怒的大黄嘭开始在洞里跌跌撞撞地乱转。

"我怎么这么倒霉？！"他咕哝道，"我的财产正在散去，我的家仆们正在说我的坏话。他们甚至都不听我的命令了。噢，这种事为什么会发生在我头上？为什么？"

他身上的红色又淡了下去，越来越淡。门芭小声对小池仙说："我有点儿可怜他了，小池仙。瞧他身上的红色又褪下去了。如果再继续变淡，他可能会死的，你不觉得吗？"

"如果他死了，你会难过吗？"小池仙小声反问道。

"我当然会。我不愿看到任何事物消亡。"门芭的眼里噙着泪水。她吸了吸鼻子。

"你是个有意思的生物，"小池仙说，"我还以为你讨厌大黄嘭呢。你不是说他对裘蜜儿很残忍吗？"

"那时候他还是个有钱有势的大红叽，"门芭说，"现在他的财富和权势每分钟都在减少，他的红光也在消退。你不能给他一些蜂蜜吗？如果他吃点儿蜂蜜，至少能恢复一点儿气色，没准儿。"

"我觉得他是恶有恶报,"小池仙说,"他是个坏蛋。"

"我不管他是不是坏蛋,"门芭说,"我就是觉得他可怜。听听他呻吟得多么惨,抖得多么厉害啊。小池仙,别那么铁石心肠。给他一点儿蜂蜜吧。"

"就算我真给他蜂蜜,他又怎么拿得到呢?他没有勺子可以伸进栅栏里面来取蜂蜜,我也没勺子。"

"这不成问题。我的吻——我的长吸嘴——可以轻而易举地穿过栅栏,伸到随便哪个蜜池里,吸一整袋子给他。"

"什么!你居然会为他做这种事?你是打算把你的吻放进他丑陋的叽嘴里,喂他蜂蜜吗?"

"为什么不呢?"门芭说,"如果这是在行善,为什么不呢?"

"但他是个大坏蛋,门芭,"小池仙惊异地说,"你为什么要对坏家伙发善心?"

"我不在乎,"门芭拭去她脸颊上滑落的泪水,答道,"就算如此,我还是想这么做。"

"我从没听说过有你这么古怪的生物!"小池仙望着她,惊叫道。

"我不在乎我有多么古怪,"门芭说,"你到底让不让我给他取蜂蜜?噢!瞧瞧他吧!可怜的家伙!他的红色一秒比一秒淡。我觉得他要死了。"门芭啜泣起来。

阿吉、巴吉、啰啰啵和裘蜜儿好奇地围在大黄嘭身边,大黄嘭仰面朝天躺在地上呻吟,他的眼睛闭着,身体几乎完全变粉了。

"他要咽气了。"阿吉说。

"他很快就咽气了。"啰啰啵说。

洞的入口处忽然出现了一只黑叽的身影——来自大黄嘭宫殿的一个小喽啰:"噢,主公!噢,亲爱的大黄嘭大人!出什么事啦?主公,您生病了吗?"

一听到家仆的声音,大黄嘭立刻坐起身来,身上恢复了一些红润。"怎么了?"他问道,眼中燃起一丝希望的光,"火扑灭了吗?救回来什么东西了吗?"

"噢,主公!噢,亲爱的大黄嘭大人,我是您剩下的唯一一个还效忠于您的家仆。其他家仆一致决定把您抓住处死。领头的是管家——那只绿叽,他一直暗地里嫉妒您,觊觎您的财富和权势。"

"岂有此理!"大黄嘭一边说,一边慢慢地站了起来,身体异常缓慢但持续不断地恢复红色,"原来是这么回事,对吧?那个小人得志的家伙背叛了我,对吧?他在哪儿?要让我碰上他,我非得把他劈成两半不可。"

"他正在到处找您呢,大黄嘭大人,我想他应该就在不远处。他已经放火烧毁了您的宫殿,杀光了您所有的妻妾、儿女和叔伯。他说他当管家当腻了,再也不想照管那么多生物了。他说他恨您的宫殿,恨您所有的蜂蜜酒酒桶和您所有的花粉酱。我觉得他有点儿精神不正常了,噢,主公!"

大黄嘭站也站不稳了:"我的宫殿!噢,我的大宫巢!我的宫巢就这样被烧毁了!我的妻妾儿女,还有我的叔叔伯伯和姑姑婶婶全都死了!再也没什么活头了!什么都没了!"

"这是走投无路了。"啰啰啵说。

"没错,走投无路,"大黄嘭的声音沉了下来,哀声说道,他缓缓地瘫坐在地上,抖个不停,"走投无路。可怜的大黄嘭走投无路了。"

"我可以带您去一个安全的藏身之处,主公,"小喽啰叽说,"趁那个坏蛋绿叽管家和其他家仆还没发现您,赶紧动身。我们没时间耽搁了,他们随时会找到这儿来。"

阿吉瞥了一眼洞外,开口说:"他们来了,我看到他们了。他们就在不远处的紫色花丛里,他们也在往兰花这边张望。我觉得他们知道他在这儿。"

"我无所谓了,"大黄嘭呜咽着说道,"我没什么活头了。就让我躺平等死吧。"

"连为我而活都不行吗,大黄嘭?"门芭朝他走近了一步,开口说道。她的身体在微微颤抖。

大黄嘭转身望向她。

"您?"他说,"门芭?您想让我为您而活?噢,是我听错了。我一定是快死了,不然不会听到那样的话。"

"不,你没听错,大黄嘭。"门芭柔声说,"我需要你,活下来,为了我活下来。"

大黄嘭努力挺直腰板,不让自己瘫倒:"您这么说真是太好了,门芭。我希望我能为您而活,但太迟了。我身上的红色褪得太厉害了,而且也没有蜂蜜了。如果能喝到蜂蜜,我兴许还能恢复一些红色,那就还有一线生机。可现在已经来不及了,来不及了。"

"来得及。我给你弄点儿蜂蜜。"

门芭转过身,还没等小池仙点头,就把她的吻——她的长吸嘴——送进栅栏，伸到一池蜂蜜里。吸了满满一袋后，她急忙走到大黄嘭身边，把她的吻——她的长吸嘴——伸进大黄嘭嘴里，开始喂他蜂蜜。

"噢，看！快看！"阿吉惊慌地叫了起来，巴吉也发出一声尖叫。

啰啰啵定睛一看，眼前的景象让他赶紧从洞里逃了出去，跑到兰花的茎上。阿吉和巴吉跟在他后面，小喽啰叽也发出一声恐怖的尖叫，冲到洞外，一溜烟飞走了，裘蜜儿紧随其后。

小池仙往外一看，立刻开始手舞足蹈，向大黄嘭和门芭大声发出警告。

"看啊，门芭！看啊，大黄嘭！快看看发生了什么！赶快！快从兰花里出去！"

可大黄嘭只顾着吸食门芭给他的蜂蜜，没工夫理会任何警告；而门芭看到大黄嘭又红润起来，开心得不得了，完全不在乎周围发生了什么事。

最后，大黄嘭喝光了门芭为他从蜜池里吸来的蜂蜜，他坐了起来，对门芭露出笑容。

"我这辈子从未受过如此大的恩情，"他说，"真希望我的宫巢还在！我愿意把它，把我所有的蜂蜜酒酒桶都送给您。门芭，一切都由您独享。我是认真的。"

"这话多动听啊！"门芭回以微笑，"大黄嘭先生，你是不是感觉好多了，是不是又活过来了？"

"我感觉粉嫩到了极点，我是说红润到了极点，谢谢您，门芭。您救了我的命。"

"是的，她救了你的命，"小池仙插话道，"但瞧瞧你们遇上什么事了。你们跟我一样成了囚犯。"

"你在说什么?"大黄嘭问。然后他朝洞口看去,顿时恍然大悟。

洞的入口出现了一张由老人头发丝似的银色细绒线织成的网,让整朵兰花变成了一座囚牢,谁也别想逃出去。

门芭也望向洞口,轻声细语地说:"我们成囚犯了。我们永远都无法离开这里了,就像小池仙一样。"

"都是因为你们从蜜池里取走了蜂蜜,"小池仙说,"我跟你们说过,这是一朵有魔力的兰花,你们偏不听。看到了吧?你们全都嘲笑我,就因为我信仰我的兰花!"

大黄嘭忽然放声大笑。他站起身,开始跳起舞来:"但我好开心!我好开心!在这里,再也没有谁会来烦我了。再也不会有那么多妻妾、叔叔伯伯、姑姑婶婶,还有家仆,缠着我了。我真幸福。噢,我真幸福啊!"

"但你成了囚犯啊,"小池仙说,"你不明白吗?"

"我不在乎,"大黄嘭说,"我有门芭陪我一起当囚犯。门芭,您介意和我一起在小池仙的兰花里做囚犯吗?"

门芭微笑着,有点儿腼腆地说道:"好吧,既然你问起来,大黄嘭,我想说我一点儿也不介意。"

大黄嘭又手舞足蹈起来:"小池仙,你听到了吗?她喊我大黄嘭而不是大黄嘭先生!"

"我听到了,"小池仙说,"我相信她真的喜欢你。她是个奇怪的生物。我这辈子都没见过像门芭这么古怪的生物。"

"我一点儿也不古怪,"门芭说,"只是我有一点点觉得大黄嘭没有那么黑——我是说那么红——我是说没有他们描绘的那么坏。我……我……反正你懂我的意思。"门芭语无伦次了，她的吻——她的长吸嘴——周围泛起了淡淡的粉红色。

　　好了，这就是整个故事的结局。从此以后，大黄嘭和门芭在兰花里与小池仙幸福地生活在一起。一到喂食的时间，门芭就会把她的吻——她的长吸嘴——从栅栏之间伸进小池仙的囚笼里，吸取蜂蜜喂饱大黄嘭和自己，而大黄嘭最幸福的时刻就是门芭给他喂食的时候。一顿美餐过后，他总是说："我一定是整个叽国——我是指小池仙的兰花里——最幸福的叽。"

王知夏　译

向地精卖绳子的男人

玛格丽特·圣克莱尔（Margaret St. Clair，1911—1995）出生于堪萨斯州，一生中大部分时间在加利福尼亚度过。二十世纪四十年代中期，她开始发表悬疑、科幻小说以及奇幻故事，风格多变。五十年代，她以伊德里斯·西布赖特（Idris Seabright）为笔名在《奇幻与科幻杂志》发表了一些优秀的小说作品，如《向地精卖绳子的男人》（"The Man Who Sold Rope to the Gnoles"）。与圣克莱尔当时以真名发表的作品相比，署名西布赖特的作品往往更加精练，不那么拖泥带水，因此很快走红。之后，她开始发表长篇小说，如1956年出版的《无名氏的代理人》（Agent of the Unknown）和《绿王后》（The Green Queen）。她较为晚期的作品显示出其对新异教主义和巫术崇拜的兴趣，加里·吉盖克斯（Gary Gygax）称角色扮演游戏《龙与地下城》也受到了她的影响。她的作品集包括《改变天空和其他故事》（Change the Sky and Other Stories，1974年）、《玛格丽特·圣克莱尔精选集》（The Best Margaret St. Clair，1985年）以及《月亮上的洞和其他故事》（The Hole in the Moon and Other Tales，2019年）。

向地精卖绳子的男人

地精的名声很坏，莫滕森挺清楚这点。不过他相当正确地推想，地精对绳索肯定有着长久以来未得到满足的需求，同时他也觉得，为什么自己不能是向地精售卖绳子的人呢。要是做成这笔生意，那该有多风光！区域销售经理可能会在年度销售团队晚宴上特地提到莫滕森。这会极其有助于他完成他的销售任务。还有，地精拿绳子干什么反正也不关他的事。

莫滕森决定周四早上去拜访地精。周三夜里，他翻着他那本《现代推销技能手册》，画了不少重点。

"在进行购买时的心理活动，"他读道，"归类如下：一、激发兴趣；二、增长知识；三、根据需求做出调整……"里面列出了七种心理活动，莫滕森全都标了出来。之后他又回头再次标出了几条，包括第一条——激发兴趣，第四条——适用性评估，以及第七条——决定购买。他翻到下一页。

"对于一名销售员来说，有两种品质特别重要，"他读道，"那就是随机应变，还有对商品的了解。"莫滕森在这些品质下面画上线。"其他非常理想的特质是身体健康、具有很高的道德水准、富有魅力的举止、坚持不懈，以及始终保持礼貌殷勤。"莫滕森将这些也画上了线。不过他读完了这一段的其他部分，没有再画出什么别的内容。可能正是因为他没有将"策略和敏锐的观察力"与其他的销售人员特质放在同样重要的位置，他才会有后来的遭遇。

地精住在康格尼塔大陆的最边缘处，隔着一片林地，所有的政府机构一致声称那片林地很可疑。地精的房子又窄又高，建筑混杂了维多利亚时代哥特式和瑞士山中小屋的风格。尽管房子该粉刷了，但维护得不错。到了周四早上，莫滕森带着样品出发了。

地精的房子无路可通，那片可疑的林地总是昏暗阴森。不过莫滕森还记得他被妈妈抱在膝头的时候就熟悉了地精的气味是什么样的，他不费什么力气就找到了那座房子。有那么一会儿，他站在房子前犹豫不决。他双唇翕动，自言自语地背着"早上好，我是来提供你所需的绳索的"。这是他推销的开场白。然后他走上去，叩响了门。

地精通过他们在树干上钻的孔注视着他，这是他们的一种颇为巧妙的习俗，研究地精的主要权威人士证明了这一点。莫滕森敲门的举动几乎令他们困惑不解，太久没有人敲过他们的门了。然后，年纪大些的地精，从来没离开过房子的那个，飞快地从地窖里跑出来，打开了门。

那个年纪大的地精有点儿像块印度橡胶做的洋姜，他长着小小的红色眼睛，像宝石那样有好几个琢面。莫滕森已经预料会有不寻常的景象，地精打开门时，他彬彬有礼地脱帽鞠躬，露出微笑。他说完了关于绳索需求的那句话，开始列举他的公司制造的各类绳索，这时那个地精将头转到一侧，向莫滕森展示他没有耳朵。他脑袋上也没有任何可以代替耳朵传递声音的物件。接着，地精张开他小小的、满是尖牙的嘴，让莫滕森看他那窄窄的、像丝带一样的舌头。这样的舌头并不比蛇芯子更适合说人话。从这个地精的外表来看，他估计没有把握将其归到销售手册里提到的四种生理特征类型中的任何一种，莫滕森第一次有种心有余而力不足的感觉。

然而当地精打手势让他上前去的时候,他毫不犹豫地跟了上去。随机应变,他对自己说,要把随机应变当作他的口号。他够随机应变的了,两只膝盖甚至可能都不会发抖了。

地精把他带到了客厅。莫滕森环顾四周,不由得睁大了眼睛。角落里摆着陈列架,还有放满了珍奇之物的柜子,浮雕的桌子上还有一个镏金搭扣的相册,谁知道里面是什么人的照片。四面墙的架子上,普通人家通常会陈列一些装饰的盘子,这儿却是脑袋大的绿宝石。地精对他们的绿宝石非常引以为豪。昏暗房间中的光线全都来自它们。

莫滕森在脑子里过了一遍他的推销话术。只能用这种方式去演练,他觉得很郁闷。不过,还是要随机应变!那个地精已经提起了兴趣,否则他肯定不会让莫滕森进屋。只要地精看到样品箱里的各种绳索,他肯定会自然而然地从"适用性评估"的阶段到达"希望拥有"的阶段。

莫滕森在地精示意的椅子上坐下来,打开了样品箱。他取出剑麻纤维制作的缆绳、各种纱线产品,还有一些最好的马尼拉麻纤维细绳。他甚至还向地精展示了几种棉和黄麻纤维制成的软纱线和双股线绳。

他在一个信封背面写了成把的线绳以及扁绳的价钱,还有五十英尺和一百英尺长的绳子的价钱。他还不厌其烦,细致地加上了每种绳索的强度、耐用性以及在各种气候条件下的适应性。那个年纪大的地精专心地看着他,将小小的脚放在椅子最上面的横档上,不时用一只触须戳着左眼的琢面。地窖里不时传来什么人的尖叫声。

莫滕森开始展示他的东西。他向地精展示其中一条绳子多么顺滑且富有弹性,另一条又是多么有韧性、牢固。他将一条三股油麻绳截为两段,将五英尺长的一段放在客厅地板上,向地精展示它绝对不变形,完全不会自动散开。他甚至还向地精展示一些棉麻线是怎样漂亮地打成一个结实的绳结的。

最后他们定下了两种马尼拉麻纤维绳,直径分别为十六分之三英寸和八分之五英寸。地精想要的数量很大。莫滕森说这些绳子具有"无限的强度和耐用性",这似乎吸引了他。

莫滕森冷静地将这些具体参数写在他的订货簿上,然而勃勃雄心已经令他头脑发热。看起来,地精会成为老主顾。拿下了地精之后,干吗不试试吉布林[1]?他们肯定也需要绳子的。

莫滕森合上他的订货簿。他在先前那个信封背面写下"将在十天内交货"——以便那个地精能看到——"定金三成,尾款到货时付清"。

那个老地精犹豫了一下。他那双小小的红色眼睛羞怯地看着莫滕森。然后他从墙上拿下最小的那块绿宝石,递给莫滕森。

销售员站在那儿,用手掂量着它。这是地精所有绿宝石里最小的,然而它澄澈如水,青绿如草。在外面的世界,即使洛克菲勒家族的人甚至是整个古根海姆家族遭到绑架,这块宝石也足以当赎金了。从一桩交易中获得合法的利润是一回事,不过这又是另一回事了。出于"高道德标准"——任何一种道德标准——莫滕森都不能接受它。他又掂量了一会儿。之后,他深深地叹了口气,把那块宝石还了回去。

---

[1] 西方神话传说中一种矮小的人形生物。

他在房间里扫视了一圈，看看有没有更便于流通的物件。在鬼使神差的一刹那，他盯住了老地精的辅眼。

老地精将辅眼放在玻璃门古玩柜的第三层。它们看起来就像精美的黑色宝石，与大拇指头差不多大小。虽然说地精一般都颇以他们的宝石为荣，但跟这个老地精对辅眼的感情相比根本不值一提。虔诚的基督徒应当关心自己的灵魂会有何种命运，然而与这个全然身为异教徒的地精对那些眼睛的感情相比，那也如虚影、臆想一般，完全无足轻重。我估计，他宁愿当一个普普通通的悲惨人类，也不愿意让破坏者染指它们。

要不是莫滕森因为自己的成功而扬扬自得，到了忘乎所以的地步，他朝古玩柜走过去时本来会注意到地精僵硬的神态，听到对方吃惊的抽气声。毫无知觉的莫滕森打开了玻璃门，将那对眼睛拿出来，冒渎地拿在手上把玩。地精能听到它们互相撞击的声音。莫滕森绽开笑容，展示销售手册中建议的"富有魅力的举止"，扬了扬眉毛说道："谢谢你，这些就足够了。"他将那对眼睛放进了自己的口袋。

地精咆哮起来。

咆哮声惊醒了一心沉浸在得意中的莫滕森。那咆哮中的意味任谁也不会弄错。显然没有时间拖拖拉拉了，莫滕森急忙往大门口逃去。

老地精比他先到，他的触须如同一张网，伸展开来。他轻轻松松地用触须抓住了莫滕森，像绷带一样缠住了他的脚踝和双手。最好的马尼拉麻也没有那些触须强韧；尽管地精也会觉得绳子挺方便的，不过没有绳子他们也很习惯。亲爱的读者，要是从今往后都没人做拉链了，难道你们就会赤身裸体吗？地精愤怒地咆哮着，从莫滕森的口袋里掏出他珍视万分的眼睛，然后将他扛进了地窖的育肥畜栏里。

不过，合法商业的优势还是很大的。尽管地精们孜孜不倦地催肥了莫滕森，后来还将他烤熟，刷上酱料，津津有味地吃掉了，但他们屠宰的方式相当人道，从未想过要故意折磨他。这对地精来说可不寻常。他们还装饰了用来盛他的板子，在边缘摆上了漂亮的绳结，那是用他样品箱里的棉线做的。

贺丹 译

曼利·韦德·威尔曼（Manly Wade Wellman，1903—1986）是一位美国作家，出生于葡属西非（今安哥拉），他的父亲曾是该驻地的医务人员。他小时候曾在华盛顿特区和盐湖城上学，之后在堪萨斯州上了大学，还曾就读于纽约哥伦比亚大学法学院。他早年曾在《诡丽幻谭》《惊悚神奇故事》和其他一些通俗杂志上发表过作品，使用过许多笔名，风格也颇为多变，包括西部小说和犯罪小说。他还创作过漫画，包括第一期的《惊奇队长》（Captain Marvel）。随着相关的杂志纷纷停刊，他转而创作更多的历史小说、非虚构作品和悬疑小说。他在1946年击败威廉·福克纳（William Faulkner），获首届由《埃勒里·奎因推理杂志》设立的短篇小说大赛一等奖。他讲述美国内战中五名南方邦联士兵经历的历史作品《反叛自述》（Rebel Boast，1956年）获得普利策奖（Pulitzer Prize）提名，他还为与他同名的南方邦联将军韦德·汉普顿（Wade Hampton）写了传记《身穿灰色军装的伟人》（Giant in Gray）。他的作品集《更糟的还在后面》（Worse Things Waiting，1973年）获世界奇幻奖（World Fantasy Award）。1980年，他获颁世界奇幻终身成就奖。在二十世纪三十年代，他与奥扎克地区的学者和音乐家成为朋友，1951年移居北卡罗来纳州，他的写作很快也受此影响。《噢丑鸟！》（"O Ugly Bird!"）是关于阿巴拉契亚地区民谣歌手"歌谣家约翰"的系列故事中的第一篇。这些作品最早收录于

《谁害怕魔鬼？》（*Who Fears the Devil?*，1963年），该书是向音乐家巴斯科姆·拉马尔·伦斯福德（Bascom Lamar Lunsford，1882—1973）致敬之作。《歌谣家约翰》（*John the Balladeer*，1988年）收录了后来的作品。威尔曼对其他幻想作家的影响极大，包括他的朋友戴维·德雷克，后者写的"老内森"（Old Nathan）系列故事就是有意向威尔曼致敬的。［本套书第三册中的《傻瓜》（"The Fool"）一文即是德雷克的系列作品之一。］

噢丑鸟！

我想要告诉你们大家，昂塞姆先生长什么样子，然而我发誓，我还没开口，就觉得挫败不已。有时候言语是如此无力。要说出你对自己爱的女孩的感觉，你整个人会完全愣在那里，找不到合适的字句。昂塞姆先生和我从一开始就对彼此憎恶到了极点。这是爱与恨的一个相似之处。

乡下人所称的"小人"就是像他那样的人，意思是他人矮个子小。不过有时候，小人的"小"不光指身高，还有其他方面。昂塞姆先生的肩膀垮垮地耷拉着，还没有他那对大耳朵之间的距离宽。两条小细腿，膝盖向内弯，小腿往外撇，就像两把刀尖相对的镰刀。他的脖子细得跟胡萝卜似的，上面顶着的脑袋就像一个肿胀的浅色葫芦。头发稀疏苍白，好似树苔。嘴巴合不拢，老是张开一点点，露出又长又直的牙。没什么下巴。右眼眯缝着，一副刻薄阴险的样子，左边的吊梢眉毛又将左眼拉得很大。他身材单薄，衣服倒是体面合身，就好像量身定制的。那些体面的衣服跟他整个人非常不搭，他那双修长柔软、泛着粉色的手也是，从来不需要干一丁点儿活的人才会有那样一双手。

现在你明白我的意思了吧？我说不出他长什么样子，只能说他看起来就招人讨厌。

我第一次遇到他的时候，正从那座高山的山顶下来，走的是一条动物穿行的小路——或许是一头鹿踩出来的。我打算继续穿过山谷，经过一个隘口，前往哈克山，我听说那儿有个无底潭。没什么特别的缘由，就只是有这个念头，想去而已。山谷里有不少树，在里面穿行的时候，我看到山坡下有些零零散散的地方，有小木屋，还有院子。

我满心希望没准能在其中一间木屋找到点儿吃的，因为我好一阵子都没东西吃了。我没钱，连一个铜板也没有，只有身上穿的工作衫、蓝色牛仔裤、磨破了的旧军鞋，还有我那把用绳子挂着的吉他。不过我了解山民。只要他们有吃的，对着谈吐像样的陌生人，肯定会分给人家一半。城里人就不一定了。

下坡的时候，我注意着路线，护着吉他，以防脚下一滑摔下去。一小时后，我到了第一个地方。那幢木屋有两间房，中间有供狗穿行的过道。再往前是一间小棚子，还有一个畜栏。男主人在院子里，跟一个人讲话，我后来才知道那个人就是昂塞姆先生。

"你一点儿肉都没有吗？"昂塞姆先生问那人，你绝对想不到他那种人的嗓音会是那样的，低沉宽广，十分悦耳，像大市镇教堂里的风琴。不过我又仔细地打量了他一眼——镰刀一样的罗圈腿，脑袋跟葫芦似的，穿着精致合体的衣服，显得苍白孱弱——决定还是不要请他唱歌来听了。尽管他个子小，但看着一副疯狂又危险的样子。而这地方的主人是个方颌的老绅士，他块头不小，看上去很强壮，却是一副吓坏了的模样。

"我今年手头挺紧的，昂塞姆先生，"他说道，他说这话时有种半乞求的神气，"我星期二才从盐水里捞出最后一点儿肉。我肯定还是希望到12月才杀猪。"

昂塞姆先生踱到畜栏那儿朝里看。那头猪显得挺友善，它抬起前蹄，扒着围板，哼哼唧唧，一看就知道是在找吃的。昂塞姆先生朝猪圈里吐了口唾沫。

"行吧，"他施恩似的说着，"但我想要一些肉。"

他迈着罗圈腿往回走，朝木屋走去。一只棕色木桶突兀地立在中间的过道上。昂塞姆先生一把掀开盖子，用粉色的手指尖捏起一些肉。"给我个袋子。"他对那人说。

男人很快进了屋里，又很快出来了，手里拿着袋子。昂塞姆先生撑开袋子，男人把肉捞出来，直到袋子装满。昂塞姆先生拧紧袋子口，男人用绳子扎住。最后，昂塞姆先生抬头，看见我抱着吉他站在那里。

"你是谁？"他问道，声音低沉。

"我叫约翰。"我说。

"约翰什么？"他没等我回答，"你从哪儿偷的那把吉他？"

"人家给我的，"我答道，"我自己用银线装的弦。"

"银的。"昂塞姆先生说，他那只眯缝眼睁大了一点儿。

"是的，先生。"我左手按住了弦，右手大拇指一拨银弦，

101

发出一声轻响。我开始现编一首歌：

> 昂塞姆先生，
> 他们听你吩咐行事——

"够了。"昂塞姆先生说，声音不像唱歌那般悦耳，我停下了没编完的歌。他放松下来，眼睛又恢复成眯着的样子。

"他们听我吩咐，"他说，有一半是对自己说的，"不错。"

我们彼此打量了一会儿。之后他转身，踱着步子出了院子，走进树林。等到他走出视线之外，房子的主人颇为友善地问我，他能为我做点儿什么。

"我只是过路的。"我说。我不想立马朝他要吃的。

"我听见你说你叫约翰，"他说，"刚巧我也叫约翰。约翰·布里斯托。"

"你这地方不错，布里斯托先生，"我环顾四周说，"你是佃农，都是租的地？"

"这房子和地都是我的。"他告诉我，我很意外，因为昂塞姆先生对他那副样子，就像刻薄的地主对待佃农一样。

"噢，"我说，"这么说那个昂塞姆先生只是个客人。"

"客人？"布里斯托先生哼了一声，"周边只要有活人，他都会去拜访。告诉人家他要什么，他们就给他什么。我还以为你认识他，所以这么快就为他唱起歌了。"

"嘻，我现编的。"我又拨弄了一下银弦，"很多新歌自然而然地出现在我的脑子里，我就把它唱出来。我就是干这个的。"

"我更喜欢老曲子。"布里斯托先生微笑着说。于是我唱噢丑鸟!

了一首:

> 我曾到过佐治亚,
> 待了不到三星期。
> 我爱上一个漂亮妞,
> 她也为我着迷。
>
> 她的嘴唇红似火,
> 她的眼睛褐又棕,
> 她的头发像乌云,
> 正如风雨快来临。

先生们,你们要是在现场就好了,看看布里斯托先生那一脸喜笑颜开的样子。他说:"老天,约翰啊,你着实是又会唱又会弹。听你弹唱真开心。"

"我只是尽力而为,"我说,"但昂塞姆先生不喜欢。"我想了想,然后问道:"他凭什么能在这个山谷里想拿什么就拿什么?"

"嘘,我不能告诉你。不过,他已经这么干好多年了。"

"没有人拒绝过他吗?"

"唉,有过。有一次,据说老吉姆·德斯布罗拒绝给他一只鸡。昂塞姆先生就用手指了指老吉姆的骡子,那会儿它们在犁地。可霎时间那群骡子的蹄子就一动也不能动,直到昂塞姆先生从老吉姆那儿拿到了鸡。还有一次,蒂莉·帕默小姐看见昂塞姆先生过来时,把刚烤好的蛋糕藏了起来。他用手指了指,她就说不了话了。从那天起直到她躺下咽气的那天,她再没说出过一个字。她能听见人家对她说的话,也能明白,但她开口的时候,就只能发出含含糊糊的声音。"

"这么说他是个巫术师,"我说,"也就是说,法律也拿他没办法。"

"没办法的,先生,离镇上这么远的地方的事情,就算法律规定也没用。"他看看装肉的袋子,那袋子还立在狗道上,"差不多到时间了,丑鸟该来取昂塞姆先生的肉了。"

"丑鸟是什么?"我问道,不过这个问题不劳布里斯托先生回答了。

那只鸟一定是先前就在我们头顶上方盘旋来着,它飞得很高,没有声音,这会儿它一头扎进院子里,就像鱼鹰扎进池塘里一样。

一开始我只看见它颜色很深,双翼沉重,比秃鹰大很多。然后我看出它的身体是灰黑色的,像湿的板岩,还看见它的身体像是光秃秃的,似乎只有宽大的翅膀上长着羽毛。随后我看到又细又长、像蛇一样的脖颈,鼓胀的脑袋,还有长长的喙。我还看到它的两只眼睛生在头的前面——像人一样朝前,而不是像鸟那样在两侧。

鸟爪够到了袋子,收紧抓牢,爪子呈粉色,十分光滑,每只脚爪上都有五个可以收拢的爪趾。

接着,它的双翅突然展开,如同狂风中的一块桌布,它再次疾飞而起,从树梢上方飞走了,带走了那袋肉。

"那就是丑鸟,"布里斯托先生对我说,他的声音很低,我将将能听见,"从我记事起,昂塞姆先生就跟它做伴了。"

噢丑鸟！

"这样的鸟我还从来没见过，"我说，"可真是太吓人了。你知道我看着它的时候，最吃惊的是什么吗？"

"估计我还真知道，约翰。它那对爪子看着就跟昂塞姆先生的手一样。"

"会不会是，"我问道，"像昂塞姆先生这样会巫术的人知道怎么把自己变成鸟的形态？"

但布里斯托先生摇摇满是灰发的头。"当他在某个地方的时候，有人看到丑鸟在另一个地方出现，这是大家都知道的。"他试图换个话题，"你的吉他上装的是银弦，我只听说过钢弦。"

"从前的时候，"我对他说，"银弦挺常见的。它的音色更美。"

我已经打定主意，不让他就这么转换话题。我拨了一下吉他上的一根弦，唱了起来：

> 丑鸟大家都曾听闻，
> 古怪又稀奇，
> 它日夜不停飞，
> 人们满心恐惧不已。

"约翰——"布里斯托先生想要打断我，但我继续唱道：

> 我来到此地绝非为了逃避，
> 我向你郑重保证：
> 不久我就要拧断
> 那该死的丑鸟的脖颈。

布里斯托先生一脸土色地看着我。他的手伸进衣服口袋里，抖个不停。

"我挺想请你留下来一起吃饭的，"他说，"但是——给，也许你最好还是自己买点儿什么吧。"

他给我的是一枚25分的硬币和一枚10分的硬币。我差点儿就把钱还回去了，但我看得出他是真心想让我拿着。于是我爽快地谢过了他，沿着昂塞姆先生走的那条林间小路离开了。布里斯托先生望着我离去，整个人似乎都缩成一团。

我的歌为什么会吓到他？我接着唱：

噢丑鸟！啊丑鸟！
你暗中监视，鬼鬼祟祟，偷偷摸摸！
这地方有你就没我，
不是你死就是我亡。

我一边唱，一边回想自己听过、看过或者猜测过哪些东西，也许有助于弄清楚丑鸟到底是什么。

巫师不是有动物伙伴吗？我读到过，也听人说起过这种动物，它们被称作巫宠。大多数都是猫或者黑狗之类的，不过也有鸟。

这可能就是秘密所在，或者在很大程度上是这样。因为丑鸟并不是昂塞姆先生本人，他不是借助巫术变化了形态来飞行的。布里斯托先生说了，有人看到过这一人一鸟同时出现在不同的地方。这么说，昂塞姆先生不可能把自己变成丑鸟。他们是关系亲密的伙伴，仅此而已。也可能是兄弟，因为丑鸟的爪子看

噢丑鸟！

上去很像昂塞姆先生粉色的手。

我意识到天上有什么东西在飞，呈大大的黑色V形。它在我上方来回飞，高度差不多到最高的那一小片絮状白云的一半。有一两次，它转了个弯，似乎想要扑向我，就像老鹰俯冲而下逮兔子那样，但它没有这样做。我抬头望着它，任由双脚探着路走，绕过了一丛山月桂，就看见昂塞姆先生坐在一片空地中间的一根烂木头上。

他那葫芦似的脑袋缩在细细的脖子上。他的手肘撑在弯曲的膝盖上，柔软、修长、粉色的手捂着脸，好像感觉很痛苦一样。看着他那副样子，我就觉得倒胃口。我走近他。

"你不觉得自己挺粗鲁的吗？"我问他。

"走开。"他像是倒吸了一口气，声音微弱，显得疲惫而虚弱。

"为什么？"我寻根究底地说，"我就喜欢这儿。"我坐在他旁边的木头上，把吉他横过来："我想唱唱歌，昂塞姆先生。"

我又编排了一番，一个字一个字地唱了起来：

> 他爸爸因为偷猪被绞死啦，
> 他妈妈被当成女巫烧死啦，
> 他唯一的朋友是丑鸟，
> 这个下流的儿子——

有什么东西像流星一样从我的头顶上方坠落下来，猛地击中了我。

那东西打到我的背和肩膀，把我撞得向前栽倒，一只手和一边膝盖着地。老天爷保佑，我没有跌在吉他上，把它压碎。我快速向前爬了几步，勉强站起身，仍是晕晕乎乎的，站立不稳，想看看到底怎么回事。

我看到了。那只丑鸟飞下来，把那袋肉扔到了我身上。这会儿它掠过空地，飞到低处的树枝那么高的位置。它的眼睛闪闪发亮地盯着我，嘴巴张开，像一把剪刀。我看到了它的牙齿，又小又尖，像雀鳝的牙齿。然后那只丑鸟朝我扑来，它的翅膀带起的风比冬天的风暴还要冷。

我想也不想，也没时间去想，猛地举起双手挡住它，而它退了回去，从我这边往回飞，就像在噩梦中出现过的最大、最可怕的蜂鸟。我已经昏了头，也吓坏了，无暇去想它为什么像那样后退。我用残存的理智庆幸它退回去了。

"滚。"昂塞姆先生呻吟着说，仍在他坐着的地方一动不动。

我只能不无羞愧地表示，我真的滚了。我举着双手，穿过那片空地，退到了另一头的小路上。然后我走到一半的时候想到，我知道自己的运气从哪儿来的了。丑鸟朝我扑来时，我顺手把吉他举了起来，而它有些不喜欢这把吉他。

再次走到小路上时，我回头看去。丑鸟停在木头上我刚刚坐的位置。它踱着步子靠近昂塞姆先生，有些亲近他的意味。我发誓，这幅景象可真是吓人得紧。他们靠得实在太近了。我转过身，跌跌撞撞地走了，我沿着小路下到山谷里，朝着山谷那边的隘口而行。

我发现了一条小溪，有一些石头做成了垫脚石，可以过河。我沿着溪流往下游走，到了溪流汇成的一个宽阔的池塘边。我跪在那儿洗了把脸——从水里的倒影看去，我的脸苍白得跟酸奶似的——然后我坐下来，背倚着一棵树，抱着吉他，歇了一会儿。

我浑身发抖。有那么一会儿，我的感觉肯定跟昂塞姆先生表现出来的感觉差不多糟，那会儿他坐在那根烂木头上，等着他的丑鸟以及……还有什么？

他那个时候是不是饿得要死了？还是生病了？要么他没准把自己那套邪法儿弄到自己身上了？我说不准是哪种。

但过了一会儿，我感觉好些了。我站起来，回到小路上，又沿着它走，一直走到一家商店门口，那估计是周边仅有的一家商店了。

那家店一面朝着一条粗糙的碎石路，可以供四轮马车通过，汽车也能走，只要你不介意车子没命地摇来晃去，我走的小路也跟这条路汇合，刚好经过商店门口。这幢房子不大，但挺好的，它由锯好的木板搭建而成，还上了漆，漆得很仔细。房子的地基是大石头，不是柱子，开放的前厅是有屋顶的，像一道门廊，里面放了张长凳，有人来了可以坐。

我打开门，走了进去。在这里的乡下地方，你会发现很多像这样的商店，这儿的人们没有把镇子建得太近。有两三个柜台。架子上放着罐装和袋装的货品。一个角落里挂着熏肉，另一个角落里是玻璃门的冰箱，里面存放着鲜肉。地上散放着很多桶，有的装着豆子，有的装着肉或者土豆。在一个柜台的最边上有块牌子，上面写着"美国邮政"，有一套差不多六个的信格，信就投在里面，还有几只香烟盒，盛着邮票和空白汇款单。这种地方就是这样的。

老板这会儿没在。只有一个女孩子在柜台后面，吓得直发抖,还有昂塞姆先生,就在我前面,正跟那个姑娘说他要什么。

他要的是那个姑娘。

"我才不在乎山姆·希弗是不是真把你留在这儿看店,"他说,声音还是很悦耳,"我要把你带走,他也管不了。"

然后他听见我进门的声音,他转过身,那只眯缝眼和另一只睁大的眼睛都盯着我,就像两个大小不一样的枪口。"又是你。"他说。

他又是一副身体硬朗、精力充沛的样子了。我用手漫不经心地拨了拨吉他的银弦,声音将将能让人听见,他的脸拧成一团,仿佛那声音让他肚子痛。

"温妮,"他对那姑娘说,"招待一下这个陌生人,打发他赶紧滚。"

她一脸惊恐,圆圆的眼睛流露出惧色。我心想,像她这么可人的面孔还真少见,这样惊恐的神色也是。她的头发又黑又密,就像大雨来临之前的雷云。在黑发的映衬下,她苍白的脸色显得更苍白了。她身材小巧,瑟缩在那里,满是恐惧,既害怕昂塞姆先生,也害怕他先前跟她说的话。

"你好,先生?"她对我说,声音很低,带着颤音。

"麻烦来一盒饼干,女士,"我选好了,指着她身后货架上的位置,"还有一罐那种小沙丁鱼。"

她把东西放在柜台上。我掏出布里斯托先生之前在小路上给我的那枚25分硬币,啪地把它拍在那个吓坏了的姑娘和昂塞姆先生之间的柜台台面上。

"滚开!"他尖声说,声音尖厉刻薄,像只蝙蝠。我看向他的时候,他猛地向后退开,几乎从柜台边退出去半个房间那远。就那么一下子,他的两只眼睛都睁得大大的。

"怎么了,昂塞姆先生,怎么回事?"我惊讶地问他,纯粹是出于好奇,"这就是一枚25分的硬币而已。"

我拿起硬币递给他,以便他能接过去好好看看。

但他一下子转过身,跑出了商店,像只兔子一样,一只被狗追着的兔子。

被他叫作温妮的姑娘倚着墙,好像连骨头都软了。我问她:"他为什么那样匆匆忙忙地走了?"

我把那枚硬币递给她,她接了过去。"这钱也不是什么可怕的东西,对吧?"我问道。

"它倒没吓着我,"她说着,叮的一声把钱收进老旧的收银机里,"吓到我的只有——昂塞姆先生。"

我拿起饼干和沙丁鱼罐头:"他在追求你吗?"

她哆嗦了一下,虽然店里挺暖和的:"我宁愿在洞里跟条蛇在一起,也比被昂塞姆先生追求强。"

"那干吗不直接告诉他,让他别烦你?"

"他才不会理。"她说,"他一直都是怎么高兴怎么来。没有人敢阻止他。"

"这我也听说了,"我点点头,"关于他把那些骡子定在原地的事,还有被他弄成哑巴的那个可怜的老太太。"我又说回刚刚谈到的另一个话题:"但他怎么会看到那枚硬币就跑了呢?我估摸他应该喜欢钱才对。"

她摇摇头,乌云般的头发也晃了晃:"昂塞姆先生从来不需要钱。他想要什么就拿什么,不用付钱。"

"包括你?"我问道。

"现在还不包括我。"她又哆嗦了一下,"估计他以后还要来的。"

我掏出布里斯托先生送我的那枚10分硬币:"咱们一块儿喝点儿可乐吧,你跟我。"

她把那10分硬币也放进了收银机。门口传来一声干巴巴的笑声,像石头嘎啦一下掉进黑黑的深井。我迅速看过去,只见外面两只长长的深色鸟翼飞掠而去。原来是丑鸟来窥探我们在做什么。

然而那个叫温妮的姑娘没看见,她边喝着可乐边笑着。我问她同不同意我在外面的长凳上打开我买的沙丁鱼罐头和饼干。她说可以。在外面,我小心地用罐头附赠的小楔子开了罐头,吃完了饭。然后我把空罐头和饼干盒子扔进一个垃圾桶里,调了调吉他弦。

温妮听到声音,走了出来。她告诉我怎么去隘口那边,以及去到更远的哈克山。她听人说起过那个无底潭,不过从来没去过。之后她静静地听我选好乐曲,唱了那首关于头发如同雷云的姑娘的歌。听着听着,温妮的脸红了起来,不再那么苍白了。

后来我们又聊起了昂塞姆先生和那只丑鸟,以及他们曾经同一时间在不同的地方被人看到的事。"但是,"温妮说道,"没有人见过他们两个一起出现。"

"我见过,"我对她说,"而且就在不到一小时前。"

我说了一通昂塞姆先生坐在那根烂木头上病恹恹的样子,还有丑鸟怎样轻轻落到他身边,依偎着他。

她安安静静地听着,眼睛盯着远处,就像在眺望远处的什么东西。我说完后,她说:"约翰,你说它紧紧地依偎着他?"

噢丑鸟！

"确实是的，"我又说了一遍，"你会觉得它是在想怎么直接爬进他的身体里面。"

"进入他的身体！"

"事实就是这样。"

她仍是那副凝望的样子，思索着。

"这倒是让我想起有一次我听人说到的巫族的事情，"她过了一会儿说，"有一类巫族，有时可以把某个东西放出去，大多是在一个暗室里。那个东西是他们身体的一部分，但可以变换成另一个人的形态和思想——偶尔也能变换成某种动物。"

"嘘，"我说，"既然你提到了，我也听说过同样的事情。有人觉得，这或许能解释路易斯安那关于狼人的那些传说。"

"动物的形态和思想，"她重复了一遍，"也没准是鸟儿的形态和思想。那种东西，他们称之为能……不是……灵……灵……"

"灵质[1]，"我想起了那个词，"没错。我还看过一本书，上面有图画，据说画的就是这种东西。它好像是活的一样。要是你抓住它或者打它、刺它之类的，它还会大叫。"

"会不会是——"温妮开口道，但一个悦耳的声音打断了她的话。

"要我说，他在这儿转悠得够久了。"昂塞姆先生在跟什么人说话。

他又回来了。三个男人跟在他身后，其中一个是布里斯托先

---

[1] 原文为"ectoplasm"，意思是细胞的外质，这里可以视作一种化用。——编者注

生，还有一个同样高大、迟钝的男人，宽肩膀，黝黑的短下巴，他后面是一个样貌温和的老人，一头光滑的灰白头发，白衬衫外面穿着一件老式的花边背心。

昂塞姆先生感觉像是这支队伍的头儿。"山姆·希弗，"他对那个灰白头发的温和老人低声说，"你喜欢让流浪汉跑到你的店附近游荡吗？"

老店主看看我，一脸沮丧。"你最好还是走吧，孩子。"他说道，跟背台词一样。

我把吉他放在身边的长椅上，动作非常小心。"你们这帮人真是恶心，"我说着，逐个盯着他们，"你们听凭这个有人生没人养的巫师召唤。任由他驱使着你们像狗一样攻击我，而我没有伤害任何人，也没做任何错事。"

"还是走吧。"老店主又说了一遍。

我站起来面对着昂塞姆先生，准备跟他打一架。他只是朝我笑了一声，就像音色很美的号角。

"你，"他说，"口袋里一毛钱也没有！你在那儿装什么样子？无论什么人你都对付不了。"

一毛钱也没有……

但我先前本来有一毛钱。我拿来给温妮和我自己买了可乐。那只丑鸟窥探的时候看到我把它花掉了，我的银币，先前吓到昂塞姆、令他不舒服的银币……

"把他的吉他拿走，霍贝。"昂塞姆先生发出命令，那个迟钝的男人应声而动，动作笨拙，但很迅速，他从凳子上一把抓起我的吉他，朝里面的门退去。

"好了，"昂塞姆先生咕哝着说，"这下就能对付他了。"

噢丑鸟!

他也跳了起来,抓住温妮的手腕。他拖着她出了门廊,朝小路走去,我听见她在抽泣。

"拦住他!"我大叫,那三个男人却只是站在那里看着,不敢动,也不敢出声。昂塞姆先生仍然用一只手拉着温妮,将脸转向了我。他抬起另外一只手,用粉色的食指对着我,像举起一把枪。

光是看到他那一大一小的两只眼睛,我就有种浑身没劲、晕乎乎的感觉。他要给我下咒,就像对骡子做的那样,就像对那个把蛋糕藏起来不给他的女人那样。我转身避开他的目光,觉得很不舒服,而且——当然,我也很害怕。我听见他咯咯地笑着,觉得他已经赢了。我迈了一步,刚好走到那个名叫霍贝的迟钝的男人旁边,他拿着我的吉他。

我飞快地向前跳了一大步,开始从他手里抢吉他。

"抓住那个东西,霍贝!"我听见昂塞姆有些咬牙切齿地说,还有布里斯托的声音:"当心,丑鸟来了!"

就在我身后的空中,它大大的黑色羽翼拍打着,如同风暴一般。但我一肘捣在霍贝的肚子上,从他手里抢过了吉他,一个急转,正对着被召唤到我面前的东西。

在一段距离之外的空地上,昂塞姆身形僵硬,直直地站着,就像古老法院门前的石像。他仍抓着温妮的手腕。丑鸟从他们中间直直地朝我冲过来,这真是世上最丑陋的玩意儿,又长又尖的喙直冲着我,如同一把尖刀。

我连脚趾都蜷了起来,死命用吉他砸向它。我摆出棒球手抡着球棒击球的架势。我全力一击,结结实实地砸中了它那颗凸出的脑袋,正好在尖尖的鸟喙上面、两只眼睛中间的位置,我听到了巨大的声响，我的乐器上抛光的木板撞成了碎片。

噢，先生们，那只丑鸟掉落在地！

它掉在地上，离门廊不远。

静静地躺着。

它那双长着羽毛的巨大翅膀朝两边伸展开，一动不动。它的喙像钉子一样插进了地面。无论是腿、双翅还是身体，都没有动弹一下。

但昂塞姆站在原地，抓着温妮，没命地尖叫起来，就好像什么东西一把撕开了他的身体，把他的心肝脏器都给扯了出来。

他没有动弹。我甚至不知道他尖叫的时候嘴是不是张开的。温妮用尽全身力气使劲一挣，踉跄着退后，挣脱了他。然后，感觉就像他全靠抓着温妮才得以站住似的，昂塞姆猛地倒下，脸朝下摔在地上，胳膊像丑鸟的双翼一样摊开，脸埋在土里，也像丑鸟的脸一样。

我仍然紧握着破掉的吉他的把手处，像握着根棒子一样，快步走到他身边，俯下身。"起来。"我厉声对他说，抓着他仅有的头发，把他的脸抬起来端详着。

只要看一眼就足矣。我打过仗，一眼就能分辨死人。我松开昂塞姆的头发，他的脸又落回土中，就像你知道的那样，那儿已经是它的归属了。

另外那个男人终于动了，像老人一样蹒跚着。这会儿他们对我不像敌人了，因为让他们那样行事的昂塞姆已经倒在地上死了。

接着，霍贝发出一声颤抖的惊呼，我们顺着他的目光看去。

丑鸟突然之间变成了一摊腐肉，正当我们看着的时候，它渗进了地面。我觉得它的身体好像变得模糊缥缈，我能透过它看到底下地上的卵石。我走近了些，不过我并不喜欢这样做。丑鸟在融化，像脏雪在热炉子上融化一样，只不过没有留下融化后的水迹。

它消失了，我们就这么看着，大感惊奇，也觉得非常难受，同时又很高兴看到它没了。地上什么也没留下，只有鸟喙戳出来的那个洞。我又走近了些，用鞋子把那个洞踩实了。

然后布里斯托单膝跪地，把昂塞姆翻了过来。那张死人的面孔上有横七竖八的线条，细细的，呈紫色，仿佛他被烤面包架或什么有格子的东西抽打过似的。

"咦。"布里斯托说。"哎呀，约翰，这些是你的吉他弦的印子，"他抬头看着我，"你的银吉他弦。"

"银的？"店老板说，"那些弦是银的吗？啊呀，朋友们，银器能杀死巫族。"

这就是了。我们大家马上都想起来了。

"没错，"霍贝说，"杀死女巫，不是得用银弹吗？或者绞死、烧死？杀死女巫的猫也要用银刀。"

"还得要用银钥匙才能把鬼关在外面，对不对？"布里斯托说，他起身跟我们站在一块儿。

我看了看破碎的吉他和垂下的银弦。

"你刚刚说的那个词叫什么来着？"温妮低声对我说。

"灵质，"我回答道，"就好像他的灵魂从他身体里出来——然后在他的身体以外被砸死了。"

接着我们谈到了更重要的事情：现在该怎么办。那几个男人做了决定。他们同意向郡政府报告说，昂塞姆的心脏停跳了，毕竟这也是事实。他们把这个故事讲了三四遍，以确保大家的说法都一样。他们说的时候很是振奋。对于一个邻居没了这件事，可能再没有比他们更高兴的人了。

然后他们极力表示对我的谢意。

"约翰，"布里斯托说，"要是你愿意留下，我们大家肯定都会很开心和自豪的。你解除了他对我们的诅咒，我们怎么谢你都不为过。"

"不必谢我，"我说，"我也只是为了自己保命。"

霍贝说，他想让我到他的农场去住，给我一半的股份帮他打理农场。山姆·希弗说要把那台旧收银机里所有的钱都给我。我感谢了他们。我对每个人说："不必了，先生，谢谢您的好意，还是不用了。"要是他们希望让警长和验尸官觉得他们说的是真的，最好忘记在昂塞姆的心脏停跳的时候，曾经有我这么一个人，这会对他们有帮助。不管怎么说，我决心要去看看那个无底潭。我真心难过的只有一样：我的吉他毁掉了。

但在我说这番话的时候，布里斯托已经飞奔而去。这会儿他回来了，带着他放在家里的一把吉他，他说要是我接受这把吉他，他会觉得很荣幸。那是把好吉他，音色很美。于是我把自己的银弦安上去绷紧，调好了弦，试了试音。

温妮以所有纯洁神圣的东西起誓，她这辈子每天晚上都会念我的名字为我祈祷，我跟她说，这样的话，无论受到什么样的恶魔攻击，我肯定都能安然无恙。

"恶魔攻击啊，约翰！"她的声音几乎有些颤抖，她的话真的是发自内心，"正是你把恶魔从这个山谷赶出去的呀！"

其他人都说，他们同意她说的话。

噢丑鸟！

"《圣经》上早就预言了你的出现，"温妮说，她的声音又变得温和了，"上帝派了一个人来，他的名字叫约翰——"

但她还是有些说不下去了，她满是乌发的脑袋垂了下来，我看见她嘴唇颤抖，两滴眼泪悄悄地从脸颊滚落。我大感窘迫，匆忙跟大伙儿道别。

我朝隘口的方向走去，边走边拨弄着我的新吉他。我的脑子里重新回荡起一首很古老的歌曲。我曾听人说，这首歌写在一本古老的书里，名叫《珀西的嬉戏》或是《珀西的遗迹》之类的：

> 姑娘，我从不喜欢巫术，
> 从未玩弄诡诈伎俩，
> 但永远坚持高尚，
> 坚持爱和荣耀，不使诡计……

虽然我忍着不让自己回头去看我即将永远离开的地方，但我知道，温妮在看着我，也一直在听，直到她不得不极力去捕捉我的歌声最后的、最微弱的尾音。

贺丹 译

读客科幻文库｜现代奇幻大书

亚伯拉罕·苏茨克弗（Abraham Sutzkever，1913—2010）出生于现在的白俄罗斯。由于第一次世界大战的爆发，1915年，他的家族逃往西伯利亚避难。二战爆发前，苏茨克弗居住在立陶宛的维尔纽斯，成为包括哈伊姆·格拉德（Chaim Grade）、雷泽·沃尔夫（Leyzer Volf）在内的意第绪语诗人和作家群体中的一员。1941年纳粹入侵时，苏茨克弗是囚禁于维尔纽斯犹太人区的六万名犹太人之一，他在那里参加了抵抗运动，协助走私武器，保存珍贵的手稿、书籍和艺术品。在此期间，尽管条件很艰苦，苏茨克弗依然坚持写作。"如果不写作，我就没有办法活下去。"1985年他接受《纽约时报》（*The New York Times*）采访时说道，"我在维尔纽斯犹太人区的时候，怀有一种信念——一如虔诚守戒的犹太人信仰弥赛亚——我相信只要我还在写作，还能做一个诗人，我就拥有一种对抗死亡的武器。"二战结束后，他在纽伦堡审判中出庭做证。后来，他居住在以色列，创办了意第绪语权威文学期刊《金锁链》（*Di Goldene Keyt*）。他的作品中被翻译成英文的有《烧毁的珍珠：亚伯拉罕·苏茨克弗的犹太区诗歌》（*Burnt Pearls: Ghetto Poems of Abraham Sutzkever*，1981年）和《A. 苏茨克弗：诗歌和散文选》（*A. Sutzkever: Selected Poetry and Prose*，1991年）。《歌斐木盒》（"The Gopherwood Box"）是他创作的一组散文诗中的一首，这组散文诗统称为《绿色水族馆》（*Green Aquarium*，

1953—1954年写于以色列,其意第绪语版本首次发表于《金锁链》),取材于苏茨克弗在维尔纽斯犹太区的生活以及他所挚爱的城市和人民惨遭毁灭的经历。

歌斐木盒

他已不记得是谁将这个秘密托付给了他。

也许是一个梦。

一只梦中的野兔,脚步如幻影,悄悄从一扇他忘记锁上的窗户钻进他的灵魂,向他道出了这个秘密。

又或许,他想道,是墓地那个老人咕咕哝哝说出来的——他住在陵墓里,等待自己的紫色胡须如一条结满浆果的花楸树枝一般向地下生长,钻入泥土,在死者身上扎根。

还有可能——他无法保证这种事没发生过——是一只布谷鸟鸣咽着用意第绪语向他吐露了秘密。

他记不清是谁了,总之有个声音在他耳边轻轻说了一个地方,鞑靼街上的一口井里,藏着一个歌斐木盒,里面装满了世界上最珍贵的钻石,其他任何宝石都不能与之媲美。

战火的余烬犹如一头史前巨兽的尾巴,依然在这座死城里拖曳。

焦黑的废墟上空,黏土般的云层将被烧毁的城墙团团包围,仿佛正在向地面降落,准备重建这座城市。

一天夜里，有一个人身穿自己用圣书散落的书页缝成的纸衣，从墓地走了出来，到鞑靼街去寻找那口井。

尽管他形单影只，歌斐木盒的故事却让他从骨子里感到温暖。

他没花太长时间就找到了那口井。月光淡淡地洒在发霉的井壁上，映出如闪电般分叉的霉斑。井架倒在一旁，犹如绞架跪倒在被绞死的人面前。

此人俯身往井里看去，什么也没有看到，因为井口被蜘蛛网封住了。

他撕开密密麻麻的蛛网，往井里投了一块石头，想测测它有多深。

井内传来了回音。

接着他从井上解下一根绳子，在一个钩子上打了个结，然后像烟囱清扫工钻进烟囱一样下到了井里。

井水是温热的，如同刚刚咽气的死人心脏。

伴着一声叹息，月亮像只紫色斑鸠振翅从井中浮起，就在这时，他发现了沉在水底的歌斐木盒。他把它塞进怀里，然后拉着绳子爬了上去，他的骨头像唱歌一样呜呜作响。

启明星宛如一滴鲜血，悬在他的身畔。

此人踏着火光闪烁的灰烬，一路奔向那片古老的墓地。

到了墓地，他才用双手取出那件宝物，摆在自己面前。他的心脏怦怦直跳，眼睛像野罂粟一样火红。

他看到了一具头骨。

古旧羊皮纸般的头骨，张着两个骇人的黑洞，嘴角咧开一抹仿佛有生命的狡黠微笑，从一片残骸中无声地注视着他。

"头骨,你的名字叫什么?"

它紧咬牙关,一言不发,最后他忍无可忍,像摩西摔石版[1]一样举起它用力摔在地上。

然而就在此时,他忽然意识到一件事:这具头骨的模样看上去像他的父亲。

他不住地吻着它带着鲜活微笑的嘴唇,滚烫的泪水夺眶而出,流进头骨的洞里。

亲吻它的时候,他感觉就像回到了家。他的血管里奏响了一首温暖的乐曲。

突然间,一股无形的力量将他推开:"不,那不是你的父亲,你父亲的长相不是这样的。"

他再一次用双手捧起头骨,像只挨了打的狗似的发出一声哀号:"你的名字叫什么?"

终于,他听到了自己的名字。

他觉得自己这么多年一直顶在肩上的头颅不是他的。

于是他把这具头骨套在自己的脑袋上,用双手按住它,身披他用圣书散落的书页缝成的纸衣,动身穿过死城,前去迎接救赎。

王知夏 译

---

[1] 《圣经》中的一个典故:摩西带着写有上帝戒律的石版从西奈山上下来,却发现自己的族人正在崇拜一头金牛,他一怒之下摔碎了石版。

读客科幻文库 | 现代奇幻大书

　　阿莫斯·图图奥拉（Amos Tutuola，1920—1997）是一位尼日利亚作家，也是第一位全球知名的用英语写作的非洲小说家。他的第一本书《喝棕榈酒的人》（*The Palm-Wine Drinkard*，1952年）的手稿偶然间到了当时在费伯出版社担任编辑的T. S.艾略特（T. S. Eliot）手上，受到艾略特的推荐出版，出版后又因狄兰·托马斯（Dylan Thomas）的一篇评论而获得极大关注。图图奥拉的第二部小说《我的鬼丛林历险记》（*My Life in the Bush of Ghosts*，1954年）也很快出版。这两部小说是他迄今为止知名度最高的作品，因其别具一格的语言风格，以及将约鲁巴族民间故事与图图奥拉自身想象力融合，而受到毁誉参半的评价。之后他打入欧洲和北美市场的非洲小说则更偏向于现实主义，语言更加直白，政治立场明确，图图奥拉的声誉因此有所滑落，不过他还是继续出版了《丛林中的羽毛女》（*Feather Woman of the Jungle*，1962年）、《约鲁巴民间故事》（*Yoruba Folktales*，1986年）和《乡村巫医和其他故事》（*The Village Witch Doctor and Other Stories*，1990年）等作品。近几十年来，图图奥拉的作品（尤其是他的前两本书）重新赢得了赞誉，年轻一代的约鲁巴人、尼日利亚人以及其他非洲作家明显有向他诡谲多变、充满想象力的小说手法靠拢的趋势，其中最突出的可能要数本·奥克里（Ben Okri）。图图奥拉的影响力远远超出了非洲地区，获得布克奖（Booker Prize）的牙买加小说家

我的鬼丛林历险记（节选）

马龙·詹姆斯（Marlon James）在接受美国公共广播公司采访时表示，他的"文学感受力很大程度上是由阿莫斯·图图奥拉和查尔斯·狄更斯（Charles Dickens）塑造的"。

我的鬼丛林历险记
（节选）

进入鬼丛林

我钻进灌木丛的时候，没办法在一个地方停留，因为刺耳的枪声步步紧逼，我只能不停地往远处跑，跑到距离我哥哥把我放下的公路大概十六英里[1]的地方。我一路狂奔了快十六英里，那恐怖的声响依然追着我不放，我继续往前跑，不知不觉间踏入了一片可怕的灌木丛，人们都管它叫"鬼丛林"，因为那时候的我少不更事，还不懂"恶"与"善"的分别。

"鬼丛林"是个惨绝人寰的地方，高鬼一等的凡人绝不会踏足其中。但在敌人的枪声逼迫下，我只顾往远处跑，压根儿没有察觉到自己已进入"鬼丛林"的地界，再加上我涉世未深，不知道这片丛林的可怕，也不知道凡间的人禁止入内。我刚一进去就停下了脚步，吃了我哥哥在我们分开前留给我的两个水果，

---

1 英美制长度单位，1英里约为1.61千米。——编者注

因为我这一路上饿坏了。吃完水果后,我开始在这片灌木丛中没日没夜地徘徊,直到遇见一段上升的斜坡,坡面几乎完全被茂密的灌木和杂草覆盖,无论白天黑夜,都是一片漆黑。这座小山坡的每一块地方都很干净,就像有人打扫一样。可我已经受够了漫无目的地游荡,打算就地躺下睡一觉,于是我俯下身去,想更仔细地看看这面山坡,然而,我什么也没有发现。但等我平躺下来以后,我清清楚楚地看到山坡上有一个入口,通往它的内部。

这个入口的外观像一座房子的房门,它有一条闪闪发光的门廊,仿佛时刻都被人用金属抛光剂擦拭。门廊也是用金属做的。但由于我太年轻了,还没有"善"与"恶"的观念,还想当然地以为这里住着哪位因犯罪而被逐出城镇的老人,所以我进了门,朝里面走去,最后到了一个分岔口,这里连着三条通道,每条通道的尽头都有一个房间,因此前面有三个房间。

第一个房间的外观是金色的,第二个房间是银色的,第三个房间是黄铜色的。而当我不知所措地站在通往三条通道的分岔口时,从那三个房间里分别窜出了三种香喷喷的味道。由于我在进入这个洞之前就很饿了,而且一路上也没吃什么东西,所以我开始闻来闻去,想找出三种香味中最香的一种,然后就能以最快的速度去最香的那个房间。我站在分岔口,自然而然通过鼻子闻到,从金色房间里冒出来的气味就像里面有人在烤面包和鸡;我又闻了闻,黄铜色房间的气味像在煮米饭、土豆和其他带甜汤的非洲食物;而从银色房间窜出来的气味则像是炒山药、烤鸡,还有烤蛋糕的味道。我想直奔冒出非洲食物香味的房间,因为我最爱的还是我故乡的食物。但当时的我并不知道,我

我的鬼丛林历险记（节选）

内心的想法会一丝不差地传到这三个房间的主人耳朵里，所以就在我的身体往散发非洲食物香味的房间（黄铜色房间）移动的一瞬间，那三个没有门窗的房间冷不防打开了，出现了三个鬼，每一个都鬼鬼祟祟地瞅着我，用手指示意我上他那儿去。

他们如此苍老、如此憔悴，叫人很难相信他们是有生命的活物。于是我站在分岔口上，右脚悬在半空中，害怕地荡来荡去，目光望向他们。我惊讶地打量了他们一番之后发现，金色房间的主人是一个外表是金色的鬼，黄铜色房间的主人是一个黄铜色的鬼，而银色房间里的则是一个银色的鬼。

他们全都用手指着我，让我过去，而我最想去的是铜鬼那儿，因为非洲食物的气味从他的房间向我涌来。可当金鬼看到我转向铜鬼的时候，他立即用一束金色的光照亮了我全身，劝告我不要去找铜鬼，因为每个鬼都想把我收为仆人。于是，在他给我的身体打上金光以后，我看了看自己，还以为自己变成了金子，因为我浑身上下金灿灿的。由于他放出的金光，现在我又最想去找金鬼了。可我刚朝他那边微微一动，铜鬼就把他的铜光照在了我身上，这又动摇了我去找金鬼的念头，因为我的身体正在变成跟黄铜一模一样的颜色，这时我的身体亮得不得了，我都摸不着它在哪儿了。比起金色的光，我更喜欢这种铜光，于是我又往铜鬼的方向走去，可就在此时，银色的光芒突如其来地照亮了我，又让我停下了脚步。这束银光如同白雪一般耀眼，让我身体的每一寸皮肤都变得透明起来，于是在那一天，我弄清楚了自己身体里有多少根骨头。可正当我开始数骨头时，三个鬼把他们各自的光一齐照在我身上，照得我进退不得。由于这三个老鬼一齐朝我放光，我开始像轮子一样在这个岔道口打起转来，因为这三种光无论哪一种，我都一样喜欢。

就这样，我在这个分岔口跟跟跄跄转了快半小时的圈，不过铜鬼比另外两个鬼要聪明一些，他熄灭了照在我身上的铜光，这样一来我就有了一点儿喘息之机，可以转去其他两个鬼的方向。不用说，当金鬼看出了我无法同时跑两场赛跑之后，他也从我身上收回了自己的光，这下我终于得以沿一条跑道径直跑向银鬼。可在我快要到达银鬼的房间时，铜鬼和金鬼忽然像发信号一样，开始朝我发射他们的光。看到我受到了另外两个鬼的干扰，另一边的银鬼也不甘示弱，用他的银光给我发起了信号。然后我再一次停下脚步，眼睁睁地看着他们每隔两三秒就用各自的光照我一下，给我发送信号。

虽然我对这三种颜色的光都同样欣赏或者说是赞赏，但我更欣赏另一样东西，那就是美食。铜鬼烹制的是我家乡的食物，而我的肚子又饿极了，所以我进了他的房间。当他看到我最终进了他的房间时，他乐坏了，给了我和黄铜颜色一模一样的食物。可这三个老鬼都想收我做仆人，另外两个鬼，也就是金鬼和银鬼，都不乐意让我给铜鬼当仆人——就因为铜鬼给了我最喜欢的食物——于是他们都跑到铜鬼的房间，互相争执起来。最后他们三个互不相让地紧紧抱住我，害我连气都喘不上来。他们抱着我吵了快三个小时，在房间里来来回回地拉扯我，差点儿把我扯成了三截。我开始哭起来，并且哭得越来越大声，把附近所有男鬼和女鬼都引到了他们的房子里，不到二十分钟，这座房子就再也挤不下更多闻讯前来调解争端的鬼了。不过当别的鬼赶到这里，看到他们在房间里一边大吵一边把我扯来扯去时，别的鬼都劝他们放开我，三个鬼马上放开了我。

我的鬼丛林历险记（节选）

然后，来劝架的那些鬼让三个老鬼排成一排，接着让我从他们里面选一个做我的主人，这样他们之间就不会再有分歧了。于是，我站在这三个鬼面前，看看这个，看看那个，我的心脏剧烈跳动着，心跳声传到了在场所有鬼的耳朵里，于是来劝架的鬼全都围到我身边，好仔细听听我的心在说些什么。可是，当这些奇妙的生灵听懂了我的心声之后，他们警告我不要用嘴做出选择，因为他们认为用嘴说出来的答案会偏向三个鬼中的一个。与此同时，我的心怦怦跳个不停，活像一个电报员在用电报机发送信息。

事实上，我的心一开始就告诉我要选站在最右边的银鬼，如果是用嘴说，我的嘴只会选拥有非洲食物的铜鬼，这就叫偏心。而就在这时，我定睛看了看所有来劝架的鬼，发现他们之中有好多都没有手，有的鬼没有手指，有的鬼没有脚和胳膊，没法走路，只能蹦着前进。有的鬼的脑袋上没有眼睛和耳朵，但我惊异地发现无论白天还是黑夜他们都在到处闲逛，从来也没有迷过路。也正是在这一天，我有生以来头一次见到光着身子的鬼，他们并不为自己的赤身裸体感到羞耻。

无数这样的鬼站在我面前——有的没有头，有的没有眼睛，仿佛一群玩偶——惊诧地注视着我。因为他们听到了我的心跳传达出来的选择，所以逼着我选银鬼，最后当我选了银鬼时，他高兴极了，径直冲向我，把我扛在肩膀上带回了他的房间。可是其他两个鬼还是不服这帮和事佬所做的裁决，于是一起冲到了银鬼的房间，又打了起来。他们打得太凶了，场面十分惨烈，以至于在那片夹杂着大树的灌木丛中盘桓的生灵们全都呆立在原地，一动也不敢动，连微风都止住了。直到吵闹声惊动了远处一个很恐怖的鬼——他的身上几乎爬满了各种各样的虫子,他把它们当成衣服穿——当他进入房子的时候,三个老鬼依旧打得难解难分。

臭 鬼

他浑身上下每个部位都寄居着许许多多的蛇、蜈蚣和苍蝇,还有蜜蜂、黄蜂和不计其数的蚊子绕着他飞来飞去,这一团团苍蝇蚊虫叫人很难看清他原来的模样。总之,这个天知道打哪儿冒出来的恶鬼一进屋,他的鬼味以及体味立刻让我们一哄而散,逃得远远的,过了几分钟才返回来,可那股气味还是令在场者忍不住想跑,因为他身上沾满了屎和尿,还湿漉漉地滴着被他杀了吞进肚子里的动物们腥臭的血。他的嘴一直张着,他的鼻子和眼睛都叫人不敢直视,因为他不仅脏得要命,还散发着恶臭。他的名字叫"臭鬼"。不过最让我不寒而栗的是,这"臭鬼"的手指上像戴戒指一样挂着好多蝎子,蝎子还都是活的,还有许多条毒蛇像一串串珠链似的挂在他脖子上,他把一条又粗又长的巨蟒当成腰带系在他的兽皮裤子上,而且那条蟒蛇也是活的。

当然,一开始我并不知道他是统领第七鬼城所有臭鬼的王。他一进屋,他们(金鬼、银鬼、铜鬼)马上住了手。然后,他把他们从刚才打架的房间里叫了出来,三个鬼走出房间,站在他面前,他问他们发生了什么,听完事情的原委之后,他叫我从房间里出去,当时我正躲在房里,被他那股恶臭和骇人相貌吓得

我的鬼丛林历险记（节选）

如坠白日噩梦。他们喊我到他跟前去，而当我站到他面前的时候，他的臭味熏得我用双手捂住了自己的眼睛、鼻子和嘴巴。然后他告诉他们，他可以把我切成三块，给三个鬼每鬼分一块，这样他们就不会再有异议了。而当我听到他说要把我切成三块时，我当场晕了过去，过了一个多小时，我的心脏才恢复跳动。

还好上天仁慈，这三个老鬼一点儿也不满意他的裁决，休息了几分钟后，他们又打了起来。

所以我还算走运，他们没同意让他把我切成块，而当他看到他们还是不依不饶地打个不停时，他便伸出他滚烫的手抓住我，把我塞进他挂在左肩上的大袋子里，拔腿就走。而当他把我扔进袋子时，我身上沾满了他在灌木丛中杀死的动物们腥臭的血。袋子里臭气熏天，满是蚊子、小蛇和蜈蚣，一刻也不让我安宁。我就这样离开了金鬼、银鬼和铜鬼，而我在"鬼丛林"所遭的罪就是从他们的屋子开始的。他从三个鬼那里离开后，一直走到了天黑，然后突然停了下来，大声在心里寻思道，是要把我整个吃掉，还是先吃一半，另一半留到夜里再吃？之前他扛着我在灌木丛里赶路时，就费尽心机想杀一只树丛中的动物充饥，因为他没办法在当天赶回他的城镇，也就是臭鬼们的第七鬼城。

尽管他扛着我在丛里赶路时，用尽手段想要杀死途中的动物，他身上的臭味却暴露了他的行踪，因此没等他现身，动物们就纷纷跑开了。他连一只动物都没能杀死，除非有动物睡死过去。但幸运的是，正当他为要不要吃掉我而做思想斗争时，恰好有一只动物路过，他马上追了上去，追到半路，看到一只奄奄一息的动物，它完全无力挣扎了，于是他停下脚步，狼吞虎咽地啃了起来。出乎我意料的是，他还从这动物身上割下一些肉块，切碎了喂给他全身上下的蛇之类的活物吃。吃饱后，他便把剩下的动物残骸连同血块一起扔进袋子里，重重地砸在我的脑袋上。接着，他便站起身继续赶路。可当他在灌木丛里继续赶路时，他身上那些蛇因为没吃够他刚才给的肉，全都往袋子里钻，飞快地咬一口他扔进袋子里的肉，再飞快地溜出去，以免他起疑心。它们还误咬了我好几口，因为它们不能在袋子里停留，怕引起它们主人的怀疑，进而招致他的惩罚。但自打我在那只动物路过前听到他在心里琢磨要不要吃掉我之后，我就打算把手从袋子里伸出去，抓住一棵歪脖子树低垂的树枝，因为他有时得在比较低的灌木丛下面爬行一两英里，这给了我可乘之机，也就是说，我计划从他手里逃脱。

而等到他赶了两小时的路以后，我觉察到天已经很黑了，于是从袋子里直起身，探头往外看，伺机抓住一棵歪脖子树的树枝。因为如果我直接从袋子里跳出来，就会让他起疑，或是想起我在袋子里这件事，而我觉得他可能已经忘了我的存在，如果到时候被他逮个正着，他就会想起要把我给吃了。在袋子里老老实实地待着很难，想从袋子里出去难上加难，因为天色太暗了，我一边直起身向外窥视，一边在他往前移动的同时寻找可以抓住的树枝。但那些蛇老是钻进钻出的，它们一看到我，就想把我给一起吃了，我赶紧缩回了袋子深处，过了几分钟我再次往外看，它们又把我赶了回去，我甚至都没来得及呼吸一口新鲜空气。

就这样，它们阻挠着我，让我无法按计划行事，一直等到了一个地方，那里有一帮其他类型的鬼聚在一起开会。他停住脚步，在他们身边坐了下来，但他坐在了我身上，因为没有多余的板凳了。

他们讨论了好几个小时的国家大事，然后他从我身上站了起来，并从袋子里拿出了剩下的肉，摆在他遇到的这群鬼面前，他们一起吃了起来。正当我祈祷着让他别想起我，别把我当成那些肉似的拿给这群鬼分而食之的时候，一个下等的鬼带来了一只很大的动物，作为礼物进献给了他们。而当他在我身上坐下时，我几乎无法呼吸，要不是有他用来系兽皮裤子的那条蟒蛇，我肯定会被他压死的，因为单凭我一个人根本托不起也撑不住他的重量。大约到了凌晨两点，他们的会议结束了，所有鬼都起身返回各自的城镇。会议结束后，他从我身上站了起来，把袋子扛回肩上，然后继续往他的鬼城走去。当他在灌木丛中急匆匆地赶路时，一路上所有的动物都逃得远远的，因为他身上的臭味太浓了。动物隔着四英里远就能闻到他身上浓烈的气味，然后生出警觉。而我一直在袋子里没有出来。到了第三天，他终于到达了他的城镇，也就是第七鬼城。

我在第七鬼城的遭遇

进城后，他回到自己的房子里，然后把我从袋子里放了出来。这时我清楚地看到，他全家人都在发臭，他的房子也是臭的，所以他把我从袋子里放出来以后，我整整半小时都没法呼气。我仔细观察这个臭气熏天的小城，发现它最奇妙的一件事就是，当天出生的所有婴儿也都散发着和动物尸体一样的气味。这座发臭的小城孤零零地坐落在丛林中，远离其他所有鬼城。无论什么东西，只要被这里的臭鬼挨到，立刻就会变臭。所以，对于不是臭鬼城出身的鬼来说，出门碰见臭鬼是一件很倒霉的事。同样的，如果臭鬼在路上遇到其他种类的鬼，他的臭气没能把他们熏跑，那也挺不吉利的。臭鬼王把我从袋子里放出来的时候，给了我一些食物，但我没法下咽，因为他给的食物闻起来太臭了。尽管吃不下东西，我还是请求他给我一些水，因为自从跟我哥哥分开，踏入"鬼丛林"之后，我连一口水都没有喝过。结果，他们却给我端来了尿，因为尿就是他们的饮用水，被他们储存在一口大锅里，我自然也拒绝了喝尿。我发现这个房子里面到处都是蚊子、黄蜂，还有各种苍蝇和毒蛇，它们妨碍了臭鬼走路。而且这里的白天就像夜晚一样黑，黑暗引来了无数条蛇，爬得满屋都是，就像是他们收来驯养的一样。

在这座鬼城，我看到他们有一个"臭味博览会"。整个城镇及其周边所有的鬼每年都要聚集起来，举办一次别开生面的"臭味博览会"，最臭的鬼将会得到最高的奖赏，并且从夺冠那天起就被奉为鬼王，因为所有臭鬼都崇尚肮脏而非洁净之物。

到了夜晚，他用尽浑身力气把我推到他家的一个房间里，在他把我推进门的一瞬间，我看到眼前一屋子密密麻麻的苍蝇、蛇以及其他五花八门的害虫，吓得直往后退。可当我退到他身边时，他又把我推了进去，然后关上了房门。他把我推进去并关上门的那一刻，那些恶心的蛇虫立即爬满了我全身，让我在这个房间里几乎迈不开腿。我躺下来想睡一觉，地上连张垫子都没有，我请求他们给我一块罩布用来盖住身体，那样一来也许能遮住一些气味，让我能够入睡，或者至少能够呼吸，但他们一

我的鬼丛林历险记(节选)

听到"罩布"这个词,全都惊叫道:"什么叫——'罩布'?"看到他们这样的反应,我自然而然地想起了我并不在我母亲身边,也不在自己故乡的城镇。由于虫蛇肆虐,再加上从四面八方涌入房间或吹进这座房子的臭气,我连一分钟都没睡,片刻也不得安宁,就这样睁着眼直到天明。不过,早上我从房间出去,走到阳台上时,见到了两千多个臭鬼,他们从第七鬼城的各个行省赶到首府,恭喜我的主人交了好运,因为把我带回他家或他的城镇说明他运气很好。

我立即从房间里走了出去,他们围成一圈坐着,让我坐在他们中央,就这样把我紧紧包围起来,向我投来惊异的目光。而我隔一分钟才能呼吸一口气,因为他们的气味太冲了,他们自己倒是沉醉其中,就像沐浴着香水或薰衣草的芬芳。

在这群客人面前,我的主人把我变成了好几种动物。首先,他把我变成一只猴子,我爬上果树,为他们摘下了水果;接下来,他把我变成了狮子,然后依次是马、骆驼、奶牛,以及头上长角的公牛;最后又把我变回原来的样子。变这套戏法期间,他的妻子们一直在做各种食物,并把做好的饭菜和鬼喝的酒端到他们围坐的地方,这些鬼把我当成玩偶一样盯着我瞧,因为他们打从鬼胎出来就从未见过一个凡间的大活人。没有一个鬼出声,一个个像玩偶似的一动不动地看着我,他们的酒食也臭不可闻,端过来的时候几乎完全被苍蝇覆盖,难以看清究竟是些什么东西。等所有的鬼都吃饱喝足以后,他们围着我兴高采烈地跳起了鬼舞,一边打鼓,一边用手拍打我,唱着鬼歌,一直闹到深夜才散场。然后,从第七鬼城各行省来的鬼回了各自的省,从本城来的鬼回了各自的家。随后,臭鬼王又收到了不计其数的消息和贺词，还有许许多多的贺礼，都来自年事已高或因故无法出席这次"幸运庆典"的鬼。

在他召开"幸运庆典"后的第四天，他的长子过来了，那是个独臂的鬼，嘴里没有牙，光头像抛过光一样闪闪发亮，他把我领出了房子，带到前屋。接着他的父亲过来了，用一个护符施了个法术，冷不防地把我变成了一匹马，然后把缰绳套进我嘴里，并拿一根粗绳子把我拴在了一个树桩上。之后他回屋披上了一大块布，那布是用一种昂贵至极的鬼叶子缝制的，只有他才有资格用如此名贵的布，因为他是所有臭鬼的王，而所有臭鬼都不懂欣赏凡人的衣裳。过了一会儿，他带着他的两个随从出来了，不管他去哪儿，那两个随从都跟着。然后，随从把我从树桩上解开，他跨上我的背，两个随从手里拿着鞭子跟在后面，一边鞭打我一边在灌木丛里行进。他披着一身树叶无情地骑在我身上，让我感觉仿佛有千斤之重。

然后，他骑着我去了好几个鬼城，依次问候所有参加了和没能参加他的"幸运庆典"的鬼，每到一户鬼家，他就从我身上下来，进屋和那些在"幸运庆典"上与他一起寻欢作乐或是送了他礼物的屋主寒暄一番。他会在屋子里待上一个小时，把我和随从留在外面，这期间附近其他鬼，无论老少全都聚集过来，目瞪口呆地围观我。不时会有年轻鬼或小鬼用手指或棍子戳我的眼睛，想要引起我的注意，或是让我叫出声来，以便听听我的声音是什么样的。他每进一座房子都要待上差不多一个小时，因为他要和他拜访的每个鬼喝酒聚餐，尽兴之后，他们再一起出来参观我半小时。然后，他会毫不留情地骑上我，他的两个随从开始用鞭子抽我，整个鬼城的男男女女见状都会朝我大喊大

我的鬼丛林历险记（节选）

叫，就好像见了贼一样。但当他们这样冲我嚷嚷，我的主人就会开心地弹跳起来，当着这些看客的面狠狠地踹我，一直到出了那个城镇。

午后两点，他到了一个村庄，这里也属于臭鬼城的辖区，他从我身上下来，走进了全村最大、最漂亮的一座房子，这座房子属于这个村的村长。他进去了没几分钟，一个用鼻子说话、肚子垂到大腿上的鬼走了出来，这个瘆人的家伙给我拿了些马饲料，里面有高粱，还有很多树叶。而我自从被我的主人从三个老鬼那儿带走后，就没吃过一口东西。所以，我吃了我这辈子从没尝过的高粱，但我没法吃叶子，因为我并不是一匹真正的马。吃完高粱，又来了一个可怕的鬼，他的眼睛一直在流眼泪，淌了一身水，一张血盆大口长在脑袋后面。他拿来掺了石灰石的尿要喂我喝，因为他们那里不用普通的水喂马，普通的水对于他们来说太干净了。但由于我一直被拴在烈日下暴晒，口渴得不得了，所以还是尝了一口，但当我发现那是加了石灰石的尿时，我立马移开了嘴。这还不算最要命的惩罚，最要命的是，当我被拴在大太阳底下时，村子里所有年轻的鬼都跑过来，在我身上爬上爬下，好像我是一棵树似的，因为他们看到我变成一匹马时，感觉非常惊奇。

到了晚上八点左右，我的主人和村里几个德高望重的鬼一起从房子里走了出来，围观了我几分钟后，他便把他收到的所有礼物都挂在我身上，然后跨上了我的背。由于当时天太黑了，所以在返回他家的路上，我在树丛中磕磕绊绊地乱冲乱撞，将近凌晨一点才到达他的城镇。到家后，他因为喝高了，没办法把我变回原来的样子，他的随从干脆把我拴在外面的树桩

137

上过夜。之后他们全散了，把我孤零零地留在那儿，被密密麻麻的蚊子覆盖，而我却没有手去驱赶它们，就这样一直挨到天明。还好到了早上，他过来把我变回了人形。

几分钟后，他给我拿来了他们臭烘烘的食物，我勉强吃了几口。可等我吃了点儿东西之后，他又把我变成了骆驼的模样，之后他的儿子们把我用作交通工具，让我驮着沉重的货物送去二十英里到四十英里远的地方。可是，当其他臭鬼发现我还有这样的用途时，他们全都来向我的主人租借我，让我给他们把货物运到很远的地方，晚上再驮着更重的货物回来。但由于我分身乏术，无法同时满足所有鬼的需要，所以他们开始轮流使唤我，我从白天到黑夜为一半的鬼卖命，从黑夜到白天又属于另一半鬼。在受他们使唤的这段日子里，我连一分钟都没休息过。

消息一传十，十传百，很多鬼城里其他类型的鬼也都听说了我的事，他们全都想看看我变成的马，于是便邀请我的主人去参加一个会议，这样一来，他们就能见识到他是如何骑着我去他们的城里参会的——鬼不管什么时候都喜欢开会。但这样一来，他就得把我从骆驼变成马，因为骆驼只能驮货物，而我一直是骆驼的模样，所以他先把我变成了人。把我变成人之后，他就走开了，去拿缰绳，因为等把我变成马，他要把缰绳套进我嘴里。可他刚一走开，我就看到了他藏护符的地方，他就是用那个护符施法，随心所欲地把我变成各种动物或生物，于是我拿走了护符，塞进了我的口袋里，这样他也许就再也不能把我变成任何东西了。上天仁慈，他从屋子里出来以后，忘了带上护符，他以为他已经把护符装进了他那条总是扎着大蟒蛇腰带的

我的鬼丛林历险记（节选）

兽皮裤子口袋。而在到达离他的城镇大概六英里远的一座山之前，他都不会把我变成马，他打算爬上山以后，再把我变成一匹马，然后从那里骑着我去他受邀参加会议的鬼城。

他从房子里出来以后，直接把我往他挂在肩上的大袋子里一塞，没有这个袋子他哪儿也去不了，因为它是第七鬼城历任统治者的标志性装束，是臭鬼独一无二的所有物。他把我装进袋子之后，随即步履不停地赶往他们邀请他去的那座鬼城。他爬上山顶以后，向右一拐，然后蹲下身开始拉屎。而我在袋子里一直思考着如何才能从他手里逃脱，过了一会儿，我想起我已经拿走了他的护符，他只有靠它才能把我变成他需要的动物，所以现在他再也没有能力把我变成一匹马了。于是，我直接从袋子里跳了出来，一落地，撒腿就跑，在灌木丛里不要命地狂奔。他看见我跑掉了，立刻起身来追我，嘴里还大声喊道："啊！凡间的活人跑了，这下我要怎么才能抓住他？噢！这下叫我骑什么去开会？邀请我的鬼们全都等着看我骑马呢。噢！早知如此，我就先把他变成马再出门了。可要是我这脑袋能帮我想想办法抓住他，我就把他永远变成马，从今往后再也不把他变回来了。啊！这下我要怎么才能抓住他呢？"而在他死命追着我还叫嚷着那些话的同时，我也念念有词："啊！我要如何才能摆脱这个想抓住我并把我永远变成马的臭鬼呢？要是现在被他抓住了，是不是就意味着我永远都不能再回到我的故乡，永远都见不到我的母亲了？"

可是无论什么样的鬼都比凡人跑得快，所以没等他放慢脚步，我就没力气了，而眼看他就要追上我，眼看他的手已经碰到我的头正要一把拽住它的时候，我用了离开他家前从藏匿处拿的护符。就在我用它施法的一瞬间,它把我变成了一头长角的奶牛,而不是一匹马,可我忘了一件事——用了它以后我就再也变不回凡人了,因为我不知道他曾用来把我变回人的另一种护符在哪儿。不消说,变成牛之后,我的力气自然更大,跑起来也比他要快,但他依然发疯似的追着我不放,直到精疲力竭。正当他要放弃追我的时候,我又碰上了一头饥肠辘辘的狮子,它正在灌木丛中四处搜寻猎物,一看到我,立马把我当成它的猎物,朝我冲了过来。可在它追着我跑了大概两英里之后,我又落入了一群牧牛人之手,他们把我当成了他们很久以前丢失的一头奶牛,一下子就抓住了我,因为他们的动静太大,吓得狮子一溜烟跑掉了。然后他们把我赶进了他们的牛群中间,让我跟它们一块儿吃草。牧牛人以为我是他们走失的牛,并把我赶入了牛群,而我再也无法把自己变回人的模样。

王知夏　译

巨翅老人

加夫列尔·加西亚·马尔克斯（Gabriel García Márquez, 1927—2014），哥伦比亚作家、1982年诺贝尔文学奖得主。他的长篇小说《百年孤独》（One Hundred Years of Solitude）是二十世纪最著名的虚构作品之一，后来被认定为魔幻现实主义的代表作品。马尔克斯一开始是记者，他于1955年写的一系列新闻报道引起了巨大争议，以至于他不得不离开哥伦比亚，去往欧洲做一名驻外记者，而这些报道最终结集为《一个海难幸存者的故事》（The Story of a Shipwrecked Sailor，1970年）。"在新闻报道里，"他在《巴黎评论》（The Paris Review）的一次采访中说道，"区区一个捏造的事实就会损害所有工作。相反，在小说中，一个真实案例可以使得整部作品拥有正当性。这就是唯一的差别。作家的决心是关键所在，小说家可以做任何他想做的事，只要他能让人们相信它。"因为政治动荡，马尔克斯直到二十世纪八十年代才得以安全返回哥伦比亚，他当时在那里买下了房产，但晚年的大部分时间都住在墨西哥。马尔克斯去墨西哥的米却肯州参观时，看到印第安人制作稻草天使，这个场景为他提供了灵感，他之后便创作出了短篇小说《巨翅老人》（"A Very Old Man with Enormous Wings"）。这篇小说于1955年首次用西班牙语发表，随后收录在英语短篇小说集《枯枝败叶和其他故事》（Leaf Storm and Other Stories，1972年）中。小说的副标题为《写给孩子们的故事》，它是马尔克斯最受喜爱的作品之

读客科幻文库｜现代奇幻大书

一，讲述了一个神秘感人的故事，整体风格既像新闻报道又像寓言故事。

巨翅老人

　　雨下到第三天，家里打死了太多只螃蟹，佩拉约不得不蹚过积水的院子，好把它们都扔到大海里去，因为刚出生的婴儿整晚都在发烧，家人觉得是这些死螃蟹带来的瘟病。从周二开始，世界一直阴沉沉的。海和天灰蒙蒙一片。海滩上的细沙三月时还是亮闪闪的，如今也成了混杂着臭鱼烂虾的泥汤。中午时分的天光也很昏暗，导致佩拉约扔完螃蟹回来时，根本看不清在院子最里面呻吟着、蠕动着的是个什么东西。他不得不走得很近，才发现是一个年迈的男子，头朝下趴在烂泥里，费劲地挣扎着，但是一双巨大的翅膀碍手碍脚的，让他怎么都爬不起来。

　　那个可怖的场景把佩拉约吓得够呛，他赶紧跑去找自己的妻子埃丽森达，她正在给生病的宝宝敷毛巾。佩拉约把她拽到院子最里面，两人惊愕得说不出话来，默默检查了半天那个趴在地上的身体。只见他穿得像个捡破烂的，光秃秃的头顶只剩几根花白的头发丝，嘴里的牙也没有几颗了。这副落汤鸡的可怜样子让老人失去了所有的庄重感。大秃鹫般的翅膀脏兮兮的，羽毛也七零八落，像陷在烂泥里再也飞不成了。佩拉约和埃丽森达如此全神贯注地检视着老人，以至于很快就不再觉得惊讶，最后竟觉得他熟稔起来。两人试探着和他说话，他倒也回答，但讲的是一种谁也听不懂的方言，声音倒是好听，应该是个远航者。两人就这么完全忘记了那双不合时宜的翅膀，得出了一个很合乎逻辑的结论：他肯定是哪艘受风暴侵袭的外国航船上孤零零的海难幸存者。然而，等两人叫一位对人世间的生死之事无所不知无所不晓的女邻居过来看时，那女邻居只扫了一眼就纠正了两人的错误结论。

"这是个天使，"她对二人说，"肯定是为了孩子来的，可是这个可怜的家伙实在太老了，才被雨给打落下来。"

第二天，所有人都知道佩拉约家里逮住了一个活生生的天使。据那位智慧的女邻居的观点，现在这个时代的天使都是天堂里密谋叛乱后幸存下来的逃亡者，但他们不忍心就因为这个把他乱棍打死。佩拉约一个下午都拿着法警的警棍在厨房密切关注着他，晚上躺下之前，他把他从泥坑里拖出来，和母鸡们一起关在用铁丝网围着的鸡窝里。半夜雨停了之后，佩拉约和埃丽森达继续打螃蟹。不久后，孩子醒来，烧退了，也想吃东西了。此时两人心里升起一股宽容慷慨之情，毅然决定把天使放在一个木筏上，备上够三天吃喝的淡水、食物等补给，把他推到公海上，让他听由命运的安排。但第二天天刚蒙蒙亮，他们来到院子里时，发现邻居们都围在鸡窝前，戏弄着天使，毫无虔诚可言，还从铁丝网的孔里给他扔食物，仿佛他根本不是什么神奇生物，而是一个马戏团的动物。

贡萨加神父听到这个超乎寻常的消息后很震惊，七点前就赶来了。这个点到的这批看热闹的没有一大早那一拨轻浮，并且还对关着的这个家伙的未来做了各式各样的推测。思想最简单的那些觉得他肯定会被任命为世界首脑，另一些莽夫则认为他会被提拔为五星上将，赢下所有的战争。有几个异想天开的则期待着能用他来配种，那样就能在地球上创造一种长着翅膀还很博学的新型人类，这些人将来就能担负起统治整个宇宙的职责。可是贡萨加神父在做牧师之前是个身强力壮的樵夫。他探过铁丝网，嘴里先念念有词地诵了一遍教义要理，接着请求佩拉约夫妇把门打开，好让他就近检查一下那个可怜的家伙。在一堆被震住的母鸡里，他倒更像一只巨大的老母鸡。只见他卧在一个角落里，展开翅膀，晒着太阳，周围遍布着一大早来的那拨人扔给他的果皮和吃剩的早点。对来自世人的不恭敬行为，他完全不在意，当贡萨加神父走进鸡窝用拉丁语向他问好时，他那双古老的眼睛几乎抬都没抬，只用自己的方言嘟囔了点儿什么。神父看他听不懂上帝的语言，也不知道向上帝在人间的代理人行礼，开始怀疑他是个冒牌货。后来他又上前仔细检查了一番，发现近看的话，他太像一个人类了：身上有一股长时间露宿野外的恶臭，羽毛背面布满了寄生的藻类，表面的大羽毛被尘世的风暴折损得乱七八糟，怎么看他这副可悲的模样都没有一点儿能跟天使们的崇高和尊贵沾上边。然后神父就从鸡窝出来，对前来看热闹的人群做了一个简短的布道，告诫他们过于天真会有危险。他提醒人们，魔鬼总是诡计多端，经常利用聚众狂欢的机会来迷惑不谨慎之人。他分析道，如果翅膀并不是区别一只雀鹰和一架飞机的本质要素，那就更不能作为识别天使的标识。尽管如此，他还是承诺说会给主教写一封信，好让他给教皇陛下再写一封信，到时候就由最高法庭来做最终判决。

神父的慎重并没有在这些贫瘠的心灵里引起丝毫涟漪。俘获天使的消息传播得如此之快，以至于才过了区区几个小时，院子里就熙熙攘攘像个市场，后来不得不派来带着刺刀的军队驱散这些差点儿连房子都掀了的人群。埃丽森达打扫完热闹过后留下来的一地垃圾，累得直不起腰，这时她忽然想起一个绝妙的主意：何不把院子围起来，每个想进来看天使的收五分钱？

好奇的人群里甚至有从马提尼克岛来的。还来了一个流动的杂耍班子，里面有个表演空中飞人的杂技演员，嗡嗡地从人群头顶荡来荡去好几次，可是没人理他，因为他的翅膀不是天使的那种，而是星球蝙蝠的那种。加勒比地区最可怜的病人们也都前来求医：一个从小就开始累计自己心跳、如今数字都不够用的可怜女人，一个被星星的噪声折磨得睡不着觉的牙买加人，一个在睡着的情况下半夜起来把自己白天做的东西都毁掉的梦游症患者，以及其他病情没这么严重的人。在这灾难般让大地都震颤的无序之中，佩拉约和埃丽森达累并幸福着，因为在不到一个星期的时间里，他们挣的钱就填满了所有的卧室，就算这样，等着进门的朝圣者队伍都排到天边去了。

天使是唯一一个没有从这件由自己引发的大事件中捞到好处的人。在这个寄人篱下的窝里，祭拜用的油灯和蜡烛让他紧紧贴着铁丝网，被地狱般的炎热熏得昏昏的，他的时间全都用来想办法找个舒适的地方和姿势卧着了。刚开始，他们试着让他吃樟脑粉，因为根据智慧的女邻居的说法，这种东西是天使的专属食物，可是他特别不喜欢。之前那些来忏悔的人给他带的土豆做的午餐，他也不喜欢，连尝都没尝。后来发现他只吃茄子泥,也不知是因为天使就吃这个,还是因为他是个老人,只能吃这个。他身上唯一神奇的特质好像就是耐心。尤其是刚开始的时候,那些母鸡在他翅膀上啄来啄去,寻找着在那里繁殖的来自天上的寄生虫,还有那些残疾人从他身上揪下羽毛用来擦拂残疾的地方,甚至还有最虔诚的那些人朝他扔石头,就为了让他站起来好看一眼他的全身。唯一一次惹怒他的是有人拿着给牛身上烙印的烙铁去烫他,因为那次他连着好几个小时一动不动,大家都以为他死了。他被烫醒了,用谁也听不懂的语言咒骂了一通,两眼含泪,翅膀扑扇了几下,来自鸡窝的鸡粪和来自月球的灰尘搅在一起,掀起一阵旋风,还有一阵仿佛不属于人世间的狂风,引起人们的恐慌。尽管许多人觉得他的反应不是因为愤怒,而是因为疼痛,但自那以后人们都小心翼翼的尽量不惊扰他,因为大多数人现在都明白他的逆来顺受可不是一位隐退的英雄的耐性,而是一场大灾难来临前的暂时宁静。

在认定此囚犯究竟为何物的最终裁决下来之前,贡萨加神父只得苦口婆心地劝阻众人停止种种匪夷所思的轻浮行为。但是从罗马来的信函不慌不忙,丝毫没有紧迫感。时间都被用来搞清楚囚犯有没有肚脐,他的方言是不是跟阿拉米语有什么关联,他有多少次能成功站在针尖上[1],或者他会不会就是一个长了翅膀的挪威人。要不是一桩意外事件的发生,这些避重就轻的信件肯定得无穷无尽持续到时间的尽头,神父的烦恼还不知道什么时候是个头儿。

---

[1] 源自欧洲中世纪经院哲学家、神学家讨论的一个问题:一个针尖上可以站几个天使?

巨翅老人

　　这些在加勒比地区流动的杂耍班子本就花样百出，那几天镇上又多了一个因为违背父母意旨而变成蜘蛛的女人，那个场景真是凄惨。进去看蜘蛛女的门票非但比看天使的门票便宜，而且还允许就她的身世向她提各种各样的问题，还能前前后后仔细检查，好让人们对这种可怖情形的真实性毫不怀疑。她是一只恐怖的狼蛛，有绵羊那么大，长着一个悲伤的少女的头颅。但令人心碎的不是她古怪的样子，而是她在讲述自己的不幸细节时流露出来的那种发自内心的难过：当她还是个小女孩时，有一天从父母家里逃出来去参加舞会，她未经允许跳了整整一晚上的舞，回家路上经过了一片树林，一声可怕的雷鸣将天空劈成两半，然后从裂缝里迸出一道硫黄闪电，把她变成了一只蜘蛛。她唯一的食物就是那些好心肠的人喂到她嘴里的碎肉丸子。同样都是奇观，但蜘蛛女就算不是出于本意，也理所当然地压下了天使的风头，因为她那么富有人性意味的真实感和可怖的惩戒意义，而反观那位天使，对人充满轻蔑，都不肯屈尊看凡人一眼。此外，为数不多的那些据说是由这位天使施予的神迹也表明他脑子不大好使，比如那位视力没有恢复反而长了三颗新牙的盲人，那个最终还是没法走路却差点儿中了大奖的残疾人，以及那个伤口里长出了向日葵的麻风病人。这些只起到安慰作用的神迹看起来更像是用来消遣的恶作剧，已经让天使的名声大打折扣了，如今这个变成蜘蛛的女人算是彻底让他名誉扫地。贡萨加神父就是这样彻底治好了自己的失眠，而佩拉约家的院子又恢复了连下三天雨、螃蟹满屋爬那段时间的孤寂。

　　这家的主人也没什么可抱怨的。用这段时间挣下的这一大笔钱，他们盖了座两层楼的宅邸，有阳台，还有花园，门口砌着很高的台阶，冬天里螃蟹就爬不进来了，窗户上也都安了铁条，以防天使钻进来。佩拉约在离镇子很近的地方建了一个养兔场，永远地辞掉了那份辛苦的法警工作，而埃丽森达则给自己买了亮闪闪的高跟鞋，还有很多溜光水滑的丝绸连衣裙，那个时候，这种裙子是最令人艳羡的贵妇们在星期天才穿出去的衣服。鸡窝是唯一不值得关注的东西。有时他们用消毒液把鸡窝清洗一遍，再在里面熏一些没药[1]，倒不是看在天使的面子上，而是为了驱散那个肮脏地方的恶臭，这种味道现在像幽灵一样弥漫在家里的各个角落，而且新家也已经慢慢变旧了。一开始，当宝宝刚学会走路时，他们看着他，不让他靠近鸡窝。但慢慢地，他们就忘了担忧，对那种臭味也习以为常，宝宝还没开始换牙就已经钻进鸡窝去玩了。鸡窝的铁丝网已经腐朽，一块一块地剥落下来。天使对孩子像对其他凡人一样，也是一副毫无兴致的样子，但是孩子再淘气胡闹，他都默默忍耐着，温顺得像是只没什么兴致的老狗。两人同时感染了水痘。给孩子看病的医生忍不住也过来给天使听诊，发现他的心脏有很多气声，肾里也有很多杂音，简直不敢相信他竟然还活着。然而，更让医生吃惊的是他翅膀生长的方式，在完全是人类机体的地方那么自然而然地长出来，医生无法理解为什么其他人长不出这么一对翅膀。

　　孩子到了上学的年龄时，鸡窝因为日晒雨淋早已坍塌得不成样子。天使像个没人管的垂死之人，拖着脚步东走走，西走

---

[1] 橄榄科植物没药树的树脂，常被当作香料使用。——编者注

走,有时候钻进卧室,被人用笤帚赶出来,转眼就又在厨房出现。好像他同时能出现在许多地方,甚至让人觉得他会分身术,复制自己后同时出现在家里所有的地方。忍无可忍的埃丽森达经常出离愤怒地喊叫着,说住在这个挤满天使的地狱真叫人痛苦。他现在几乎不能吃东西了,一双古老的眼睛也日渐混浊,走路总是撞在柱子上,最后的几根羽毛也脱落得只剩下羽毛杆子了。佩拉约给他一张毯子盖着,还好心地由他睡在屋檐下。那时他们才注意到他整晚都在发烧,还说胡话,听着像是挪威老人的绕口令。这是为数不多的让他们倍感惊恐的时刻,因为他好像马上就要死了,连那位智慧的女邻居也不知道该怎么对待死了的天使。

然而,他不仅活过了对他来说最糟糕的这个冬天,而且随着晴天的到来,他的情况好像还有所好转。他待在院子最远处没人看得见的角落里,连着几天一动不动。十二月初,他的翅膀上开始长出一些巨大的、坚硬的羽毛,类似那种难看、衰老的大鸟的羽毛,看起来更像是年老体衰带来的又一种不幸。可是他自己应该很清楚身上为什么会出现这些变化,因为他小心翼翼不让任何人发现,也尽量不让人听到有时在夜晚的星空下他唱的那些航海者的歌谣。一天早上,埃丽森达正在为午餐切洋葱片,这时一阵好像是来自公海的风刮进了厨房,她赶紧从窗户探出头去看,惊讶地看到天使正在试着起飞,动作非常笨拙。只见他的指甲在菜园子里犁出一道沟,他狼狈地扑扇着翅膀,但只能扑棱几下,仿佛在空中找不到抓手,根本飞不起来,扑腾半天,差点儿把屋檐给掀翻。但最终他还是腾空而起。看到他越过镇子最远处的几所房子的上空,像只衰老的秃鹰在那里勉强维持着各种让人胆战心惊的飞行姿势,埃丽森达这才放心地松了口气,为自己,也为他。她继续看着他,直到切完洋葱,又继续看了一会儿,直到根本不可能再看见,因为此刻他已经成为海平线上一个靠想象才能看到的黑点,此后再也不会在她身边碍手碍脚了。

卢云 译

泽纳·亨德森（Zenna Henderson，1917—1983）是一位作家，也是一位小学教师。她生于美国亚利桑那州，一生中大部分时间也在那里度过。除了在小学教书以外，她还曾给驻扎在法国的美国空军士兵的孩子当老师，二战期间还曾在一个日裔美国人拘留营任教。她创作的大部分故事的背景都设定在教室里。她从小作为摩门教徒长大，在不同时期曾经信奉多个基督教派，她的作品经常展现出对于信仰和道德品行问题的关注。她于1951年开始在《奇幻与科幻杂志》上发表作品，很快就以"天外来民"（The People）系列故事而闻名——该系列故事的主角是坠落在地球上的外星人，它们有着人类的外表，但具备超能力。《随心所欲盒》（"The Anything Box"）于1956年在《奇幻与科幻杂志》上发表，其背景设定与《天外来民》中的许多故事一样，都是在美国西南部的乡村地区，也同样有着对儿童的关注，同时相比亨德森创作《天外来民》时常用的笔调，这篇作品的道德感显得较为模糊和晦暗。

随心所欲盒

我对苏-琳恩这个孩子单独上了心应该是在差不多开学第

周的时候。当然了,我之前就留意过她叫什么名字,也会无意识地注意她的生长发育情况、能力如何以及可能的成绩表现,就跟其他老师在开学前几周留心学生的情况一样。据我观察下来,她心性较为成熟,能力颇佳,成绩方面也无须担忧,于是我就把她归到了其他"不必操心"的孩子那一类(除了有那么一刻,我心里闪过一个念头,想着"太安静了些"),直到开学那段日子的兵荒马乱平息了一点儿。

我还记得注意到她的那天。那会儿我整个人瘫坐在椅子上,想喘口气儿,先前我在引导孩子们用热乎乎的小手完成复杂艰巨的任务——将蜡笔涂在合理的范围之内。整个教室里充斥着那种轻松愉快的嗡嗡声,一班孩子奋力挥笔,还不知道他们除了把"蓝色"涂在纸上,同时也涂进了自己的记忆。我正想着,我手里差不多三十五个一年级学生的面貌习性各色各样,每个人都开始展露出个性,这时我第一次注意到了苏-琳恩——真正留意到她。

她已经涂完了自己的画——像平常一样,比其他孩子快很多——正坐在她的桌子边,面朝着我这边。她的大拇指碰到了桌子,其他手指弯着,就像手里拿着什么东西似的——那东西足够大,她的手指尖都合不到一起;而且有棱有角,她的手指像抓着拐角一样弯曲着。她手里的东西令人愉快,而且十分宝贵,从她捧着的时候那副温柔的样子就能看出来。她身体微微前倾,肋骨下缘的位置靠着桌子,眼睛看着双手之间的桌面,完全入了神。她的神情轻松愉悦。她的嘴角扬起,露出一个温柔的微笑,就在我看着的时候,她抬起眼睑,看向了我,脸上带着分享快乐的热切表情。

然后她的眼睛眨了眨,突然之间垂下眼帘。她的手飞快地伸进桌子里,又飞快地抽了出来。她把大拇指和食指捏在一起,慢慢地摩挲着。之后她把手放在桌面上,一只手盖着另一只手,垂下眼睛盯着自己的手,摆出完全否认、故作无知的样子,小朋友们可以极其坚决地摆出这副姿态。

这件事引起了我的好奇,我开始注意苏-琳恩。随着我有意观察她,我可以说,她大多数空闲时间都是在盯着两手之间的桌面,她的举动非常不显眼,我在忙碌之中不太会注意到。即使是最有意思的折纸游戏,她也匆匆忙忙地完成,然后就沉浸在注视中。在休息时间里,戴维将她推倒了,她的膝盖流着血,一直流到了脚踝处,她打着绷带,脸上还带着泪痕,一头扎进了自己手中那总能轻易寻得的慰藉里——请原谅我用这样的表达——几分钟后,她恢复如常,神情平静,眼泪也没有了。我觉得戴维推她是因为她总盯着一个地方看。前一天他曾经来找我,脸红红的,一副扭捏的样子。

"老师,"他脱口说道,"她总看!"

"谁总看?"我一边漫不经心地问,一边核对我书里的词汇表,想着我怎么会漏掉了"哪里"这个词,这是令人头大的疑问词之一,孩子们很容易搞不清楚。

"苏-琳恩。她总看个不停!"

"看你?"我问道。

"这个嘛——"他用食指在鼻子底下一蹭,鼻涕在上嘴唇留下一道清晰可见的痕迹,他接过我递给他的纸巾,放进口袋里,"她总看着自己的桌子,还说谎。她说她能看见——"

"能看见什么?"我的好奇心一下子就起来了。

"任何东西,"戴维说,"那是她的随心所欲盒。她能看见自己想看到的任何东西。"

"她总看东西,碍着你了吗?"

"好吧,"他扭了扭身子,然后他突然大声喊了起来,"她说她看见一条狗咬我,因为我拿了她的铅笔——她说过。"他又匆忙往回找补。"她觉得我拿了她的铅笔。我只是看到——"他的眼睛朝下看,"我会还回去的。"

"我希望如此,"我笑了笑,"如果你不想让她看你,那就不要做这样的事。"

"狡猾的女孩子。"他嘟囔道,然后重重地踏着步子回到他的座位上。

因此我觉得,第二天他推倒她是为了被狗咬的事情报复她。

在那之后,我有几次走到教室后面,随意地走到她旁边,但她总是要么看到,要么感觉到我过来了,手飞快地一动,就把证据抹掉了。只有一次,我觉得自己看到什么东西一闪——她的拇指和食指在阳光里掠过,应该就只是她的手指而已。

小孩子不会无缘无故地逃避退缩,虽然苏-琳恩并没有任何明显的典型孤僻表现,我还是开始对她产生了好奇。我观察她在操场上的举止,看她在那里表现如何。结果,我更加迷惑不解。

她的行动非常有规律。在休息时间,最开始的时候,一大群孩子一拥而入,跑到操场上,她也跟着大家一起,高喊尖叫,跑来跑去,躲闪着其他孩子,完全看不出那个孤僻的苏-琳恩的影子。然而过了大概十分钟,她就会脱离人群,头发蓬乱,脸蛋红红的，满身尘土，一只鞋子的鞋带散着，然而如同有某种魔法一般，突然之间她的头发也顺了，身上的灰尘也没了，一点儿脏兮兮的地方都看不到了。我真希望自己也能有这样的魔法。

而且她就在那里，安详平静，镇定自若，坐在楼梯边上窄窄的小台阶上，在那个位置，楼梯刚好与我们门口那根优美的仿科林斯柱式的石基浑然一体。她双手拢着不知道什么东西，全身心沉浸在她看到的东西上，以至于每次上课铃响起的时候，她都会吓得一激灵。

而每一次，在她汇入冲向门口的其他孩子中间之前，她会做出把手伸进口袋（如果她有口袋的话）的动作，或者伸到树篱和房子之间窄窄的窗台那里。显然，她那个随心所欲盒必须收起来，但她从来不需要回去取。

她放在窗台上的东西引起了我的强烈好奇，有一次，我真的走了过去，在脏兮兮的窗沿上摸了一把。我一脸蠢相地跟着班上的孩子们进了大厅，擦掉手指尖的尘土，苏-琳恩眼神一闪，饶有兴味地瞥了我一眼，嘴角并没有笑意。孩子们排着队一拥而入，而她的手顽皮地在身前摆成一个方方的形状，大拇指轻轻地抵着某种有形的东西。

我也笑了，因为她骗到了我，显得这么高兴。这种行为虽然也可以说是一种孤僻表现，但显然无伤大雅，于是我也抛开了心里那种担忧。这种形式比我能说上来的其他表现还好一些。

也许有朝一日我能学会闭嘴。我真希望在那个漫长的下午之前，我就已经学会了这点。那天我们几个小学老师在一起工作，房间里充斥着浓重的打印机的刺鼻味道、印度墨那股酸臭味儿、香烟飘荡的烟雾，大家滔滔不绝地聊着天，而我被艾尔法引起了话头,聊起了怎样处理学生的行为问题。她粗鲁、没完没了地抱怨班上的男孩子吵闹喧哗,女孩子们则永远喋喋不休,这都是常见的问题,而我——我真是蠢死了——拿苏-琳恩举例,向她说明什么样的行为才是最值得担忧的,远不是那些活泼好动的孩子的喊叫吵闹。

"你是说,她就坐在那里,盯着虚空看?"艾尔法的声音粗哑,换成了她盘问别人时的语调。

"呃,我看不到任何东西,"我承认道,"但她显然能看见。"

"但这就是出现了幻觉!"她的声音高了一个度,"我曾经读过一本书——"

"是。"玛琳娜从桌子另一侧倾身过来,把烟灰掸到烟灰缸中,"这事儿我们都听过一遍又一遍了!"

"喊,"艾尔法冷哼道,"总比从来不读书强。"

"我们一直等着,"玛琳娜从鼻子里喷出烟来,"等你换一本书读的那天。这本书肯定长得要命。"

"噢,我不知道,"艾尔法凝神思考,额头上现出了皱纹,"也就差不多——"然后她面皮一红,怒冲冲地别开了脸,不再看玛琳娜。

"关于我们的讨论,"她尖声说道,"据我看来,感觉这个孩子有严重的人格障碍,甚至是精神病之类的……"她眼神闪烁,思索着该怎么说。

"噢,我不知道。"我说,由于突然之间觉得有必要替苏-琳恩辩解,我竟然重复了她刚刚那句话。"她有点儿特别。很多孤僻的孩子都显得忧虑重重,总是缩着肩膀,一副'别打我'的神情，但她没有那样的表现。"我极其痛心地想起自己去年带过的一个孩子，现在在艾尔法班上，我在他身上费了那么多功夫，然而他现在又因为总遭到斥骂而再度陷入沉默，"她像是个快乐的孩子，很有适应力，只是有这一点点奇特之处。"

"嗯，要是她在我班上，我会担心的。"艾尔法说。"我很高兴我手下的孩子全都很正常。"她满意地叹了口气，"我觉得我也没什么可抱怨的了。我很少遇上有问题的孩子，最多也不过就是动个不停，还有嘴巴说个不停，只要吼一嗓子或者扇一巴掌，他们立马就老实了。"

玛琳娜吸引了我的目光，她一脸嘲讽，和我一起盘算艾尔法班上那些孩子，我转过身，叹了口气。她真是够开心的——不过我估计，她的无知也有帮助。

"关于那个女孩子，你最好做点儿什么，"艾尔法离开房间时尖声说道，"以后她可能会慢慢地变得越来越严重。恶化，书上好像是这么说的。"

我认识艾尔法已经很久了，我以为自己清楚，她的话基本上都不能当真，然而我还是开始担心，心系苏-琳恩。也许这真的是一种根本性的紊乱失调的状况，比我以前遇到过的那些普通的问题更严重。也许一个孩子会带着温和的、心满意足的微笑，然而内心某个地方仍然滋长着疯狂的蛆虫。

或者，老天呀，我大胆地对自己说，没准她真的有那么一个随心所欲盒呢。没准她真的在注视着某个珍贵的东西。我有什么资格去否定这样的事情？

一个随心所欲盒！你在随心所欲盒里会看到什么呢？内心深处的渴望？我又一次看到苏-琳恩把手弯起来的时候，觉得自己的心猛地一跳——就那么一下。我深吸一口气,让自己坐在椅子上纹丝不动。那是她的随心所欲盒,我在里面并不能看到自己内心的渴望。或者,也许能?我一手托着脸颊,在我的日程安排表上信手涂鸦。我想知道究竟要怎样——这也不是第一次了——才能摆脱这些乱七八糟的想法?

然后我感觉到一个小小的身形出现在我的手肘旁边,我一转脸,看到了苏-琳恩那双大眼睛。

"老师?"她的声音像呼吸一样,几乎微不可闻。

"什么事?"我看得出来,出于某种原因,苏-琳恩在这一刻对我敬爱有加。也许是因为她的小组那天早上读了新的书。也许是因为我注意到了她的新裙子,上面的花边让她显得非常柔美可爱,或者也可能只是因为深秋的金色阳光照在她的桌子上。总之她对我爱意满满,而鉴于她不像大多数孩子那样随意地拥抱或是轻易献上湿乎乎的吻,她把爱意放在拢着的双手里,带给了我。

"看到我的盒子了吗,老师?这是我的随心所欲盒。"

"哇!"我说道,"我能拿着它吗?"

毕竟,我曾经捧在手上的东西很多——有时满怀温柔,有时忧虑重重,有时又勇敢无畏——包括魔力老虎、活的响尾蛇、龙牙、可怜的死去的小蝴蝶,还有索杰伊在某个寒冷的早上掉下来的两只耳朵和一个鼻子。这些东西我一样都看不到,就像我看不见随心所欲盒一样。但我小心翼翼地从她手里接过了那团方方正正的虚空,让自己的手势和脸上的表情都显得温柔。

而我接到手时就感觉到了分量和实质,这是个实实在在的东西!

随心所欲盒

我吃惊之下，差点儿手一松让它掉下去，但苏-琳恩担心的吸气促使我抓住了它，我用自己的手指拢住这个宝贵的、温暖的东西，朝下看去，穿过一层淡淡的亮光，一直看到苏-琳恩的随心所欲盒里面。

> 我光着脚，在飒飒作响的草丛间奔跑。我绕过角落那棵虬曲的苹果树时，裙角飘拂，钩到了雏菊上面。温暖的风拂过我两边的脸颊，在我耳边轻笑。我的脚步飞快，然而心飞得更快，欣喜地融化在一阵温暖之中，他的手臂——

我闭上眼睛，使劲咽了口唾沫，我的手掌紧紧地贴着随心所欲盒。"它可真美！"我低声说，"太神奇了，苏-琳恩。这东西哪儿来的？"

她伸出双手，猛地将盒子拿了回去。"是我的，"她一脸不服地说，"这是我的。"

"当然了，"我说道，"小心哟。别掉了。"

她微微一笑，做了个把东西放进口袋里的手势。"不会的。"她拍了拍扁扁的口袋，回到座位上。

第二天，她一开始不敢看我，怕我会说些什么，或是脸上露出某些表情，又或者以某种方式提醒她，这在她现在看来肯定会显得是一种背叛，但我只是像平常那样微笑着，并没有显出一副知道了什么秘密的样子，于是她也放松下来。

过了差不多一晚上，我倚在自己家里洒满月光的窗台边，让头发挡着脸，不让我的脸显露在过于炽烈的辉光之下，我想起了那个随心所欲盒。我能不能自己也做一个？我能不能将自己内心这种痛苦的等待、渴望、无声的呐喊框起来，做成一个随心所欲盒？我放下手里的东西，把两只手合拢，大拇指相对，直立的食指之间框住了天际的一部分黑暗。我直直地盯着这个空空的方形区域，直到眼泪都流了下来。我叹了口气，笑了一下，在夜色里探出身体，让我的手框住了我的脸。我离魔法如此之近——感受到它在我手指尖时的震颤，然后又受到很大约束，令我感知不到它。我转身离开窗前——背对着光明。

没过多久，艾尔法又成功地勾起了我对苏-琳恩的担忧。我们有时一起执勤，一天早上，孩子们在冷冽的空气中跑来跑去，满脸红扑扑的，而我们冻得有些发抖，她在我耳边低语了一句："是哪个孩子？就那个不正常的。"

"我班里没有不正常的孩子。"我说道，这句话还没说完，我的声音变得尖锐起来，因为我突然意识到她指的是谁。

"得了，我觉得呆愣愣地盯着虚空就是不正常，"她话里那股子尖酸刻薄都要溢出来了，"是哪个？"

"苏-琳恩，"我不情不愿地说，"她在攀爬架那里玩呢。"

艾尔法打量着倒吊在攀爬架上的苏-琳恩，她膝盖弯曲，钩着攀爬架荡来荡去，短裙从光着的粉色双腿倒垂下来，盖住了半边脸。艾尔法紧紧拢着冻得发紫的枯瘦的手，朝手上呵气。"她看着挺正常的。"她说。

"她就是正常的！"我没好气地说。

"得了，干吗对我大吼大叫！"艾尔法大叫道，"是你自己说她不正常的，又不是我——这里是不是该用主格的'我'？我老记不住。不是我？不是本人？"

上课铃救了艾尔法,让她幸免于可怕的结果。我从来不知道一个人能够如此安然地对最基本的东西一无所知,然而又对琐碎的小事如此敏感。

但她成功地再次激起了我对苏-琳恩的担忧,几天后,这种担心爆发,变成了苦恼。

苏-琳恩那天上学时睡眼惺忪,显得很安静。她一样作业也没完成,在课间休息时还睡着了。我心中暗骂电视和汽车影院的恶劣影响,觉得她晚上好好睡一觉就会没事了。然而第二天,苏-琳恩大哭起来,一把将戴维从椅子上推倒。

"怎么回事,苏-琳恩?"我把搞不清状况的戴维拉起来,拉住苏-琳恩的手。她挣脱了我,又冲向戴维。我还没回过神,她两手抓住戴维的头发,把他从我手里拉了出去。她两手一翻,将他整个人抵在墙上,然后握着拳头,按住了流泪的双眼。整个教室在震惊之中一片静默,而她跌跌撞撞地走到反思角那里,背对着全班,坐在那把小椅子上,她把头靠着墙角,无声地抽泣,不时大声抽噎。

"到底怎么回事?"我问已经吓呆了的戴维,他叉开双腿坐在地上,拨弄着被拔掉的一撮头发,"你干了什么?"

"我就说了'抢劫犯的女儿',"戴维说,"报纸上说的。我妈妈说她爸爸是抢劫犯。他们把他关进监狱,因为他抢了一家加油站。"他一脸不知所措,不知道要不要哭。一切发生得太快,他还没弄清楚自己有没有受伤。

"给人家起绰号可不好,"我有气无力地说,"回你的座位上去吧。我一会儿再跟苏-琳恩谈。"

他站起来,小心翼翼地坐在椅子上,揉着乱糟糟的头发,想要对眼前的局面再小题大做一番，但又不知道该怎么做。他试着扭了扭脸，想看看能不能挤出眼泪来，但没挤出来。

"狡猾的女孩子。"他嘟囔道，同时想甩掉手上那撮头发。

接下来的半个小时里，我忙着处理班里的事情，同时留意着苏-琳恩。她不一会儿就停止了抽泣，僵硬的肩膀也放松了。她的双手轻轻放在腿上，我知道，她正在她的随心所欲盒里得到慰藉。后来我们谈了话，但她满心伤痛，彻底向我封闭了心扉，我们之间完全没有交流。我说话时，她安静地坐在那里看着我，放在腿上的双手有些颤抖。不知为什么，看见一个小小孩童的手抖成那样，我的心直发颤。

那天下午我正带着学生阅读，却被一声惊叫吓了一跳，我抬起头，正好看见苏-琳恩受惊的眼神。她迷惑地四下看着，又低头看看自己的手——空空的双手。然后她冲到反思角的位置，在椅子底下摸了摸。她慢慢回到座位上，两只手拢着，托着某个看不见的有重量的东西。显然，这是她第一次必须去拿随心所欲盒。那天下午剩下的时间里，我一直有种隐隐的不安。

接下来的几天里，与她的谈话没什么结果，我只能让苏-琳恩心不在焉地参加活动，仅止于此。她一有机会就沉浸在她的随心所欲盒中。而且，如果她不得不将它放在某个地方，就必须回去取。她越来越不愿意从这些白日梦中醒来，最后终于有一天，我不得不把她摇醒。

我去找了她妈妈，但她听不懂我说什么，或者不愿意听，她让我觉得自己就像愚蠢轻佻的长舌妇，非要将她的思绪从她丈夫那里拉过来，尽管我压根儿就没提到他——或许也正是因为我没提他。

"要是她不学好,你打她好了,"她最后说,她抱着的婴儿哭个不停,她疲惫不已地将婴儿从一边腿上换到另一边,拂开前额蓬乱的头发,"无论你怎么做,我都没问题。我的烦心事儿已经够多了。现在我实在没精力操心孩子们了。"

好吧,苏-琳恩的父亲被定了罪,关进了州监狱。第二天上学还不到一个小时,戴维就走了过来,笨拙地踮着脚,冒着打断阅读小组活动会让我发火的风险,粗声粗气地耳语道:"苏-琳恩又睁着眼睛睡觉了,老师。"

我们回到桌子边,戴维溜回他的椅子上,旁边的苏-琳恩毫无知觉。他伸出一根手指,警告地戳了戳她:"我说过我会去告发你的。"

接下来的景象令我们骇然,她应声倒地,直挺挺的,像个玩偶娃娃一样,从椅子上往侧面摔了下去。她摔在地上发出砰的一声,身体随即松弛了,无力地躺在绿色的沥青地砖上——她就像一个薄纸糊成的玩偶娃娃,一只手仍然做出握着什么东西的手势。我拉开她的手指,感觉到魔力在我重重的触碰之下消散,她几乎哭了出来。我把她抱到医务室,我们用湿毛巾给她擦了擦,还不住地祈祷,她终于睁开了眼睛。

"老师。"她虚弱地低声叫道。

"在呢,苏-琳恩。"我握住她冰凉的双手。

"老师,我差点儿就进到我的随心所欲盒里了。"

"没有,"我答道,"你进不去的。你太大了。"

"爸爸在那里,"她说,"还有我们以前住的地方。"

我久久地注视着她苍白的脸。我希望自己接下来的话是出于对她真正的关心。我希望自己说话时那种严厉的态度不是因为嫉妒，或者想起了艾尔法神神道道的话。"那只是玩罢了，"我说，"就是好玩而已。"

她的手在我手中抗议地挣扎着。"你的随心所欲盒只是为了好玩。就像戴维放在课桌里的小牛，或者索杰伊的飞机，还有课间的时候追着你们大家的大熊。这些都只是为了好玩而已，但不是真的。你可不能认为它是真的。那只是为了玩。"

"不！"她否认道，"不是！"她疯狂地哭喊，在小床上蜷缩起身子，睁着泪汪汪的眼睛仔细地看，她在枕头下面摸索着，又在盖着的粗毛毯底下到处找。

"它在哪儿？"她叫着，"它在哪儿？把它还给我，老师！"

她猛地冲向我，拉开我紧握的双手。

"你把它放哪儿了？你把它放在哪里了？"

"没有什么随心所欲盒。"我干巴巴地说，想抱住她，我觉得自己也跟她一样心碎不已。

"是你拿的！"她抽泣着，"你从我这里把它拿走了！"她从我怀里挣脱了出去。

"你能不能还给她？"护士耳语道，"要是她这么难受的话？不管是什么——"

"只是想象的东西而已，"我几乎有些愠怒地说，"我没办法把不存在的东西还给她。"

太年幼了！我痛苦地想道。她太小了，不明白心底的欲望只是像玩似的。

医生当然没发现有任何异样。她妈妈不以为意地觉得她只是一时晕过去了，苏-琳恩第二天又回到了学校，瘦瘦小小，无精打采,两眼无神地看着窗外,手掌平放在桌子上。我对着她苍白的脸颊发誓,我绝对绝对不会再夺走任何人的信念,除非能用更好的东西代替。我给了苏-琳恩什么?有什么东西能比我从她那里拿走的更好?我怎么会知道,她的随心所欲盒是为了度过生命中像这样的艰难时刻?而现在又该怎么办?现在我已经将它从她那里夺走了。

好吧,过了一段时间,她又开始正常地完成游戏,后来也玩了起来。她恢复了微笑,但不再大笑。她行动如常,颇令人满意,只不过她犹如一根被吹灭的蜡烛。那点火光消失了,去了信念之光所去的地方。她也不再朝着我会心微笑,不再对我怀着满溢的爱。在我碰到她的时候,她肩膀微微耸动,躲开了。

然后某一天,我突然意识到苏-琳恩一直在教室里找东西。她动作隐秘,显得很随意,四处搜寻,找遍了教室的每一寸地方。她找了所有的拼图箱子,每一团黏土,每个架子和橱柜,所有的箱子和袋子。她很有章法,检查了每一排书,每个孩子的课桌,直到最后,差不多过了一星期,她已经看过了教室里所有的东西,除了我的桌子。然后,我每次拉开某个抽屉时,她会突然之间出现在我的手肘边。趁我将抽屉关上之前,她的眼神飞快地、锐利地扫视一圈。但如果我试着挡住她的目光,那眼神就倏然消失了,而她来到我桌子边肯定都有合情合理的缘故。

她又相信它了,我充满希望地想着。她不肯接受随心所欲盒已经不在的事实。她还是想要它。

但它已经没了,我疲倦地想。它是真的、千真万确的不见了。

由于睡不好,我觉得昏昏沉沉的,无论做什么都带着深深的伤感。有时候，等待是太过沉重、难以背负的包袱。孩子们做游戏时开心地吵吵闹闹，而我对着窗外沉默不语地深思，直到极力让自己笑起来。那笑声太勉强，简直要消散成别的什么东西了，于是我赶紧回到自己的桌子边。

倒是正好可以趁这时候扔掉些没用的东西，我想着，顺便看看能不能找到我之前小心收起来的那根彩色粉笔。我把手伸进桌子右边最底下的抽屉，里头乱得如同蛮荒之地。这个抽屉很深，里面什么都有——任何可能临时需要找个地方放的东西。我跪在地上，扒拉出剩下的"冰霜杰克[1]"图画、一把坏掉的玩具枪、一条被咬过的红丝带、一卷玩具手枪的子弹、一只条纹袜子、六张数字卡片、一个橡胶垫、一本《路加福音》、一把迷你煤铲、万圣节南瓜灯的图样，还有一只粉色的塑料鹅鹈。我找回了自己的爱尔兰亚麻手帕，我本来以为再也找不到了，还有索杰伊的成绩单，他先前郑重其事地跟我说，他拿在手上的成绩单被风吹走了，落在一架喷气式飞机上，打破了音障，声音大得将整架飞机都震成了碎片。在那一堆乱七八糟的东西底下，我摸到一个方方正正的东西。噢，太开心了！我想着，原来我把彩色粉笔放这儿了！我两手翻飞，把那些纸张统统扒拉出来，晃了晃抽屉，取出那个盒子。

  我们又在一起了。在户外，整个世界是一片令人迷醉的白色荒野，风温柔地吹着，穿过窗户，在温暖的光线背景中，湿润的白皙手指轻轻敲打。在里面，所有焦

---

[1] 西方民间传说中的霜雪精灵。——编者注

虑和等待、分离和孤独都结束了,被遗忘了,它们那种巨大的存在因为一个肩膀的慰藉、紧握的双手的温暖而缩减了——对离别的恐惧已经无处可寻,消失无影,再也不需要独自承受一切。这是快乐的结局。这是——

这是苏-琳恩的随心所欲盒!

随着幻梦渐醒,我狂跳不已的心渐渐平复下来——意识到这一点,我的心跳又再次加快。原来它在这儿!在我放杂物的抽屉里!它一直都在这里!

我摇摇晃晃地站起来,将那个看不见的盒子藏在我的裙摆里。我坐在座位上,小心地将盒子放在我的桌子中间,用双手的手掌盖住,免得自己再次高兴得沉浸其中不能自拔。我看着苏-琳恩。她即将完成折纸,她折得很好,但一点儿也不开心。接下来她就会耐心地坐着,把手放好,直到有人让她去做别的事情。

艾尔法会赞许这样的场面。而且很有可能,我想着,艾尔法在她有限的生命里,就说对了这么一次。我们或许需要"幻觉"来让自己生活下去——我们所有人,不过像艾尔法那样的人除外——然而一旦我们走火入魔,试图强行让自己的身体进入心之所向的永无之地……

我回想起苏-琳恩瘦小僵硬的身体,像洋娃娃一样从椅子上跌下来。凭借她深切的愿望,她发现了——或是创造了?谁也说不清——对孩子来说太过危险的东西。我可以轻而易举地让她的眼里重新满溢那样的快乐,然而代价会是什么?

不,我有责任保护苏-琳恩。只有成熟的人——经历了悲伤和孤独的成熟,这些是苏-琳恩才刚刚开始体会的——才可信赖，能够安全、明智地使用随心所欲盒。

我的心怦怦直跳，开始挪动我的双手，让手掌从盒子的顶上往下滑，贴着侧面——

我还没看到什么东西，就又将手挪了回来，现在我已经几乎学会忘掉对内心深处渴望的那惊鸿一瞥，那是以伤害另一个心灵为代价而获得的。

我坐在桌子边，浑身颤抖，喘不上气来，我的手掌汗津津的，感觉就像我离开这间小小的教室，长途跋涉了一番。或许我的确经历了长途跋涉。或许我在转瞬之间已经见识了整个世界上的所有王国。

"苏-琳恩，"我叫道，"你做完以后能来我这里吗？"

她点点头，面无笑容，剪掉了女教师玛丽玩偶裙子边缘的最后一点儿多余的纸。她没有多看自己的手工作品一眼，将剪刀小心地插进剪刀盒，把纸屑揉成一团，走向桌子边的废纸篓。

"我有东西给你，苏-琳恩。"我说着，把手从盒子上拿开。

她的眼睛垂下，望着桌面。然后她又抬头漠然地看着我："我已经有手工纸了。"

"你喜欢吗？"

"喜欢。"这个谎言也太直接了。

"很好，"我也同样说了谎，"不过瞧这儿。"我双手拢住随心所欲盒。

她深吸了一口气，小小的身体整个僵住了。

"我找到它了，"我急切地说，害怕她发怒，"我在最底下的抽屉里找到的。"

她的胸膛倚着我的桌子，双手被紧紧地压在中间，眼睛直勾勾地盯着那盒子。她脸色发白，带着那股令人心疼的渴望，孩子们把脸贴在圣诞节的橱窗上时就是这副神情。

"能把它给我吗？"她小声说。

"这就是你的。"我说着，将盒子递了过去。她仍然靠在自己手上，眼睛看着我的脸。

"能把它给我吗？"她又问了一遍。

"行！"这么扫兴的结果让我有些不耐烦了，"但是——"

她眼睛一闪。我还没说什么，她已经感觉到了我的保留意见："但你一定不能再试图进入它了。"

"好的，"她说，这个词伴随着一声长长的、如释重负的叹息，"好的，老师。"

她拿起盒子，充满爱意地将它放进小小的衣袋里。她从我桌边转身，朝自己的桌子走去。我嘴角翘起，微笑起来。在我看来，似乎她整个人突然之间都变得积极向上了——就连她那头太妃糖色的直发的发梢也是如此。她整个人特有的那种微妙的明亮气场又回来了。她走路轻快，几乎脚不点地。

我重重地叹了口气，手指在桌面上勾画着随心所欲盒的形状。苏-琳恩会选择先看什么呢？这对她来说一定像久旱遇甘霖一样吧。

一个小小的身形出现在我肘边，我吓了一跳。那是苏-琳恩，她的手指小心翼翼地在身前拢出盒子的形状。

"老师，"她软软地说，声音里再没有那种平淡的空虚，"任何时候你想要我的随心所欲盒，只要说一声就好。"

我极其惊愕，难以置信，一时不知道说什么。她这会儿还不可能有时间看随心所欲盒呢。

"哇,谢谢你,苏-琳恩,"我终于说道,"太谢谢了。我偶尔肯定会非常想要借用它。"

"你现在要吗?"她问道,做出递给我的手势。

"不,谢谢你,"我压抑着哽咽,"我已经用过一次了。你去吧。"

"好的。"她喃喃地说,"老师?"

"什么事?"

她害羞地朝我倾身过来,她的脸颊靠着我的肩膀。她抬起头,用温暖、坦诚的眼睛望着我,然后突然将两条手臂绕过我的脖子,短暂而笨拙地拥抱了我一下。

"小心!"我低声道,被她的蓝色裙子的领角挠得直笑,"你会再弄丢它的!"

"我不会的,"她也笑了,拍拍裙子上那扁扁的口袋,"再也不会,永远不会了!"

贺丹　译

兰诃玛的萧条时期

弗里茨·莱伯（Fritz Leiber，1910—1992），美国作家、演员和国际象棋高手。他的父母都是演员，在莱伯的早期生活中，他似乎喜欢效仿父母，因为他在芝加哥大学学习哲学的课余时间，会跟着剧团巡回演出，偶尔在电影［包括1936年葛丽泰·嘉宝（Greta Garbo）的经典影片《茶花女》（*Camille*）］中扮演小角色。到了二十世纪三十年代中期，他的学业逐渐荒废，他便开始创作短篇小说。1939年，莱伯在约翰·坎贝尔编辑的颇具影响力的奇幻杂志《未知》上发表了他的第一篇作为职业小说家写作的短篇小说《二人历险记》（"Two Sought Adventure"），这是"法夫赫德与灰猫"（Fafhrd and the Gray Mouser）的第一个故事。这两个角色是后来许多故事的主角，这些故事重新定义了剑与魔法故事的可能性，为乔安娜·拉斯（Joanna Russ）的"爱丽克斯"（Alyx）和塞缪尔·德拉尼（Samuel R. Delany）的"内华隆"（Nevèrÿon）系列故事，以及角色扮演游戏《龙与地下城》奠定了基石。法夫赫德是一个大个子野蛮人、剑士和歌手，而灰猫则是一个小盗贼，精通魔法，更精通兵刃，他们的世界是奈原，二人的冒险经常涉及兰诃玛城。莱伯在他的创作生涯中证明了自己是一位多才多艺、文采斐然的作家，他的作品获得过五次雨果奖、三次星云奖、两次世界奇幻奖和英国奇幻奖（British Fantasy Award），还有布莱姆·斯托克终身成就奖（Bram Stoker Award for Lifetime Achievement）、世界奇幻终身成就奖、美

171

国科幻和奇幻作家协会大师奖（Grand Master status with the Science Fiction and Fantasy Writers of America），并在去世后入选科幻小说名人堂。《兰诃玛的萧条时期》（"Lean Times in Lankhmar"）于1959年发表在《奇幻》（*Fantastic*）杂志上，并在莱伯的作品集《迷雾中的剑》（*Swords in the Mist*，1968年）以及多部"法夫赫德与灰猫"系列作品集中再版。本篇是该系列中最幽默的故事之一，但也对友谊纽带进行了严肃的探索。

兰诃玛的萧条时期

很久很久以前，在奈原世界的黑袍之城兰诃玛，羽化归天之年的两年后，法夫赫德和灰猫分道扬镳。

究竟是什么原因导致高大好斗的野蛮人和短小精干、神出鬼没的盗贼王子反目成仇，导致这对情同手足的冒险搭档关系破裂，目前还不得而知，当时人们对此有很多猜测。有人说他们是为了一个女孩争吵。还有人说，他们是因为瓜分从放债人穆尔什那里抢来的珠宝而发生了争执，但这种说法更站不住脚。《卷轴》中的斯里斯认为，他们之间的冷战在很大程度上反映了一种巨大的超自然力量，这种力量当时存在于灰猫的恶魔导师、脸上无眼的谢尔巴和法夫赫德的外星多蛇纹石守护者、七只眼睛的宁格布勒之间。

最可能的解释与穆尔什假说完全相反，那就是兰诃玛的日子不好过，冒险很少，也不吸引人，而两位英雄已经进入了新的人生阶段：生活窘迫的人希望把最稀有的追求和快乐与某些谨慎的活动结合起来，以获得经济上和精神上的安全感，不过很少能两者兼得。

这种理论认为，两人关系疏远的主要原因是生活无聊，缺乏安全感，以及对于如何妥善处理这些负面情绪持不同意见。这种理论或许可以解释甚至归纳出一个荒唐的说法：这两位战友因为法夫赫德名字的正确拼写而闹翻了，灰猫倔强地倾向于用简单的兰诃玛语等效词"法费尔德"，而这个名字的主人则坚持认为，只有原来那个辅音充满口腔的组合，才能继续让他觉得听起来和看起来都满意，而他出于那种半文盲的野蛮感知方式，也会觉得这样合适。生活无聊且缺乏安全感的人会无的放矢。

可以肯定的是，他们的友谊虽然没有彻底破裂，但却变得非常冷淡；他们的人生道路虽然都在兰诃玛继续向前，却出现了巨大的分歧。

灰猫加入了普尔格的麾下。普尔格是一个正在崛起的小宗教勒索者，是兰诃玛黑暗地下世界的领主，他向所有想要成为神灵的地方小神的祭司征收贡品，而拖欠贡品的小神在今后的祭祀活动中会发生各种令人不快、不安和反感的事情。如果祭司不付钱给普尔格，他的神迹就会失灵，他的信众人数和募捐额也会急剧下降，而且他很有可能被打得皮开肉绽、粉身碎骨。

众神街从沼泽门通往远处的码头和神堡。在普尔格的三四个同伴和一两个苗条舞女的陪伴下，灰猫成了兰诃玛众神街上一道熟悉而又不祥的新风景线。他仍然身穿灰衣，头戴兜帽，随身携带猫爪匕首和解剖刀,但匕首和弯刀却一直插在鞘中。很久以前,他就知道威胁通常比实施威胁更有效,因此他的活动仅限于处理谈话和现金。"我为普尔格代言!普尔格!嘿!"这是他惯用的开场白。后来,如果圣人变得不服从或过分热衷于讨价还价,并且到了有必要殴打圣徒和中断仪式的时候,他就会示意恶霸们采取惩戒措施,而他自己则袖手旁观,一般是与随从女孩慢条斯理地冷嘲热讽,还经常嚼着甜点。几个月过去了,灰猫越来越胖,舞女们则越来越苗条,眼神也越来越顺从。

另一边,法夫赫德把长剑横在膝盖上折断了(严重割伤了自己),撕掉了衣服上所剩无几的装饰品(暗淡无光、毫无价值的金属碎片)和破烂的毛皮,摒弃了烈酒和一切享乐(他已经有一段时间只喝少量啤酒,也不跟女人在一起),成了壶神伊塞克的唯一祭司布瓦德雷斯的唯一侍祭。法夫赫德的胡子疯狂生长,直到和他齐肩的头发一样长,他身材变得瘦削,脸颊和眼窝凹陷下去,声音也从男低音变成了男高音。有些人私下说这是他痛苦自残的结果,然而事实并非如此——虽然这些人最后知道他割伤了自己,但对于割伤的部位却信口开河。

兰诃玛城里的诸神(可以说是居住或驻扎在这座不朽之城中的神灵和神灵候选人,而不是兰诃玛的神灵,后者是非常不同的,也是最隐秘和最可怕的事物)有时看起来就像东方大沙漠中的沙粒一样多。他们中的绝大多数最初都是人,或者更严格地说,有那些过着苦行僧式的生活,幻觉缠身,最后痛苦且狼狈地死去的人的记忆。人们会有一种印象,自创世以来,他们的祭司和使徒(甚至是神灵本身,这并没有什么区别)就源源不断地穿越同一片沙漠、沉沦之地和大盐沼,会聚在兰诃玛城低

兰诃玛的萧条时期

矮厚重的拱形沼泽门下,与此同时,还要在东方强盗和明戈尔异教徒的手中遭受各种不可避免的折磨,如阉割、矐刑、石刑、钉刑、钉十字架、五马分尸等。人们忍不住认为,这群暴徒简直是专门被创造出来执行这些酷刑的。在这些受尽折磨的神圣人群中,有一些是术士和巫师,他们在为自己的准黑暗邪神寻求地狱般的永生,还有极少数的原初女神——通常都是些据说曾被虐待狂魔法师奴役数十年,被整个明戈尔部落蹂躏的少女。

在经历了强盗和明戈尔人更为实质但没那么残酷的筛选之后,兰诃玛本身,尤其是前面提到的那条众神街,就成了原初诸神的剧场,更确切地说,是原初诸神的智力和艺术的试验场。一个新神(他的一个或多个祭司)将从沼泽门开始,沿着众神街或多或少地慢慢前进,在街上租用一座庙宇或抢占几码[1]鹅卵石路面,直到找到合适自己的位置。只有极少数神能到达毗邻神堡的地区,加入兰诃玛城里的诸神中的贵族阶层,尽管城里的诸神已经在那里居住了几个世纪甚至上千年,但他们仍然是过客(兰诃玛的神灵既令人嫉妒又神秘)。可以公正地说,一部分小神会在沼泽门附近上演一日游,然后突然消失,也许是去寻找观众不那么挑剔的城市。大多数小神能走到众神街的一半左右,然后又被迫慢慢后退,每移动一寸一码都要苦苦抵挡,直到他们再次退回到沼泽门,从兰诃玛和人们的记忆中永远消失。

法夫赫德选择侍奉的壶神伊塞克是兰诃玛最卑微、最失败的神之一,确切地说,是地方小神。壶神伊塞克在兰诃玛居住了大约十三年,其间只在众神街上前进了两格,现在又退回来

---

[1] 英美制长度单位,1码约为0.91米。——编者注

了,即将被人们遗忘。不要把壶神伊塞克与无臂伊塞克、焦腿伊塞克、无皮伊塞克或其他众多形形色色的肢体残缺不全的同名神灵混为一谈。事实上,他不受欢迎的部分原因可能是他的死亡方式——上拉肢架——被认为并不特别引人注目。一些学者将他与"壶中伊塞克"混为一谈。"壶中伊塞克"是一位完全不同的小圣徒,他声称自己的不朽之处是被监禁在一个不太宽敞的壶中长达十七年。壶(壶神伊塞克的壶)本应装有来自西利瓦特蓄水池的和平之水,但显然没人渴求它。事实上,如果你想寻找一个一无所成的过气神灵的好例子,你很难找到比壶神伊塞克更好的选择,而布瓦德雷斯正是失败祭司的典型——沉默,衰老,常感愧疚,喃喃自语。法夫赫德之所以对布瓦德雷斯情有独钟,而不喜欢任何一个比他更有前途、更活跃的圣人,是因为他曾看到布瓦德雷斯在(就布瓦德雷斯所知的)无人注意的情况下拍了拍一个聋哑孩子的头,这件事(可能在兰祠玛是独一无二的)深深地印在了这个野蛮人的脑海中。除此以外,布瓦德雷斯还是一个平平无奇的年迈体虚的老头。然而,当法夫赫德成为他的侍祭后,情况开始发生了一些变化。

首先,法夫赫德最不可否认的贡献是,从他第一天出现起,他就给人留下了深刻的印象,他衣衫褴褛,满身是血(因为他折断长剑的时候被割伤了)。在众神街的沼泽门一端,老妇人、孩子和形形色色的乌合之众组成了气味难闻、吵吵闹闹、变化无常的朝拜人群,而他将近七英尺的身高和依然好战的仪态举止在人群中显得格外显眼。人们不禁会想,如果壶神伊塞克能吸引到这样的崇拜者,那么这个小神一定有着不为人知的美德。法夫赫德令人敬畏的身高、肩宽和仪态举止还有另一个优势：他可以在晚上的仪式结束后，躺在鹅卵石路面上睡觉，为布瓦德雷斯和伊塞克占据一块非常体面的地方。

就在这个时候，无赖和流氓们不再肘击布瓦德雷斯，也不再向他吐口水了。法夫赫德近来的性格是最平和的，毕竟，壶神伊塞克是一位著名的和平之神，但法夫赫德却对这些礼节有一种野蛮的好感。如果有人胆敢对布瓦德雷斯放肆，或者扰乱伊塞克的各种祭祀仪式，他就会发现自己被抬走，然后被放到别的地方，如果需要的话，还会遭遇一记表示警告的重击，算是某种非正式的笞刑。

因此，布瓦德雷斯和他的神性在被遗忘的边缘得到了完全出人意料的喘息机会，他本人也因此变得神采奕奕。他开始每周进食两次以上，并开始梳理他稀疏的长胡须。不久，他的衰老就像旧斗篷一样从身上褪去，只有他那双发黄的眼睛深处还闪烁着疯狂而顽固的光芒，他开始以前所未有的热情和自信来宣讲壶神伊塞克的福音。

与此同时，排在第二位的法夫赫德，很快就开始为推广壶神伊塞克的崇拜做出更多的贡献，而不仅限于他的身材、仪态和作为保镖的杰出才能。两个月来，他一直自我封闭，保持绝对的沉默，甚至连最简单的问题也不肯回答布瓦德雷斯，布瓦德雷斯起初对他的巨大转变迷惑不解。两个月后，法夫赫德买了一把破旧的小七弦琴，把它修好后，他开始定期在所有礼拜仪式上吟诵《壶神伊塞克的信条和历史》。他从不与布瓦德雷斯竞争，不吟诵任何连祷文，也不妄想以伊塞克的名义祈福。事实上，他在担任布瓦德雷斯的侍祭时总是跪在地上保持沉默，但当头顶的布瓦德雷斯在仪式间隙冥想时，他会坐在仪式区下方的鹅卵石上,用他那把小七弦琴弹出悠扬的和弦,用高亢、悦耳、浪漫的声音吟唱。

法夫赫德是来自寒冷荒原的北方男孩,他的家乡在兰诃玛的极北之地,隔着内海、八城森林地带和巨魔山脉。法夫赫德曾在"唱歌的吟唱诗人学校"(叫这个名字是因为他们的声音是男高音,虽然他们只是吟诵而不是歌唱)接受训练,而不是在"咆哮的吟唱诗人学校"(他们的声音是男低音)。法夫赫德自然从小就习惯了这种朗诵风格,谦逊的他在回答少数自己可以回答的问题时,也使用这种风格。这就是法夫赫德的嗓音发生变化的真正原因,也是唯一的原因。那些知道他是灰猫那声音低沉的剑友的人,为此总说他的闲话。

随着法夫赫德一遍又一遍地讲述,壶神伊塞克的历史逐渐发生了变化,变得更像一个北方英雄的传奇故事,不过在某些方面比较低调含蓄,没有过度夸张,而且变化是循序渐进的,就连布瓦德雷斯也难以吹毛求疵。伊塞克小时候没有杀死过龙和其他怪兽,这违背他的信条,他只是和它们一起玩耍,和海怪一起游泳,和巨兽一起嬉戏,骑着双足飞龙、狮身鹰首兽和骏鹰在无边无际的天空中飞翔。作为一个人,伊塞克也没有在战场上击溃国王和皇帝,他只是让国王、皇帝和战战兢兢的大臣们目瞪口呆,因为他在布满毒剑尖的战场上大摇大摆地走来走去,在炽热的熔炉中立正站着,在沸腾的油罐里踩水,同时用完美、押韵的诗句进行关于兄弟之爱的庄严布道。布瓦德雷斯的伊塞克在拉肢架上被肢解后,很快就死掉了,只在临死时说了几句善意的训诫。而法夫赫德的伊塞克(现在的伊塞克)在身体开始严重衰弱之前,已经拉断了七个拉肢架。人们认为他已经死掉，为他松绑的时候，他立刻用手掐住主刑人的喉咙，他的双手仍然力量十足，因此能够轻松掐死那个恶人，即便这人是他族人中的摔跤冠军也无力挣扎。然而，法夫赫德的伊塞克并没这么做，这又违背他的信条，他只是把主刑人象征职务的粗铜管从颤抖的脖子上扯了下来，把它拧成了一个精美绝伦的壶形标志，最后让自己的灵魂从身体中逃脱，进入永恒的精神世界，继续狂野奇妙的冒险。

如今住在兰诃玛城里的绝大多数神灵都来自东部大陆，或者至少来自夸马尔周围同样衰败的南部国家，因此他们在人间的化身都是相当羸弱的类型，无法承受几分钟的绞刑或几个小时的钉刑，对熔化的铅或带刺的飞镖也没有什么抵抗力。此外，他们也不热衷于创作浪漫的诗歌或与奇怪的野兽英勇搏斗。因此，在法夫赫德的诠释下，壶神伊塞克迅速赢得了人们的关注，并在不久之后赢得了越来越多信仰不稳定、被众多神灵迷惑的人群的虔诚追捧，这一点不足为奇。特别是，壶神伊塞克带着他的拉肢架站起来，背着架子大步走动，把架子弄断，然后主动把双臂举过头顶，平静地等待着，直到另一个拉肢架准备好并绑在他身上……这一景象在许多搬运工、乞丐、工作单调乏味的杂役，以及这些人的孩子和长辈的梦想与幻想中占据了重要的位置。

凭此人气，壶神伊塞克不仅很快重新走上了众神街——这本身就是一项罕见的壮举——而且他的前进速度比当今任何神都快。几乎每次祭祀，布瓦德雷斯和法夫赫德都能把他们简陋的祭坛向神堡的一端多挪动几码，因为他们不断增多的信众挤满了暂时供奉给吸引力较弱的神的区域，而经常迟到和不知疲倦的崇拜者让他们可以一直不停地祭祀，直到黎明时分天空泛红，一夜之间能重复十几次祭祀仪式，并前进大致相当的码数。不久之后，他们的信众构成开始发生变化。腰包越来越鼓的人出现了——雇佣兵和商人、阔气的盗贼和小官员、珠光宝气的歌妓和贫民窟的贵族、剃着光头的哲学家，他们对布瓦德雷斯纠缠不清的论点和伊塞克毫无道理的信条嗤之以鼻，却又暗暗为这个老头儿和他的大个子诗人侍祭显而易见的真诚所震撼……随着这些财力雄厚的新信徒的到来，普尔格那些铁面无情的雇佣工，以及其他混迹在宗教领域的鹰派人物不可避免地出现了。

不用说，这也给灰猫带来了不小的麻烦。

只要伊塞克、布瓦德雷斯和法夫赫德待在沼泽门的吆喝范围，就没什么好担心的。到了收钱的时候，法夫赫德捧着双手围着信众转，如果有收获的话，多半是些发霉的面包皮、快烂掉的蔬菜、破布、小树枝、碎木炭，极少数情况下会收到一些弯曲有凹痕的绿色铜币，从而引起惊叹的叫喊声。这种买卖就连比普尔格更低级的勒索者都不屑一顾，而法夫赫德对付那些想在沼泽门附近扮演强盗老大的废柴蠢货也毫不费力。灰猫不止一次地劝告法夫赫德，目前还是很理想的状态，但伊塞克在众神街上继续前进只会招致极大的不快。灰猫是个谨慎的人，而且极具先见之明。他喜欢（或者说相信自己喜欢）自己新获得的安全感，几乎胜过爱自己。他知道，作为普尔格的新雇员，他仍然受到这位伟人的严密监视，任何与法夫赫德继续保持友谊的表象（因为大多数外人都认为他们已经吵得不可开交）总有一天会对他不利。因此，当他在非工作时间（白天，因为宗教在兰诃玛基本上是一种夜间点着火把进行的活动)沿着众神街闲逛时,他似乎从不直接与法夫赫德说话。尽管如此,他还是会看似偶然地走到法夫赫德附近,表面上从事一些完全无关的私人工作或娱乐(或者偷偷地跑来幸灾乐祸地嘲讽他的大仇人的庄园沦陷了,这作为灰猫的第二道防线,以防普尔格提出可能的指控),但他会设法从嘴里挤出相当多的谈话,法夫赫德如果有话说,也会以同样的方式回答,不过对法夫赫德而言,此举大多是出于心不在焉,而非出于谨慎。

"听着,法夫赫德。"灰猫第三次在这样的场合说,同时假装研究一个瘦骨嶙峋、肚子鼓起的乞丐女孩,似乎在猜测吃瘦肉和做健身运动能否让她拥有一种罕见的野孩之美,"听着,法夫赫德,这里有你想要的东西,应有尽有。我想这是你编写诗歌并对着傻瓜高声念的好机会。但不管你想要的是什么,你必须在沼泽门附近得到它,因为世界上唯一不在沼泽门附近的东西就是钱,而你告诉我你不想要钱。你真是个傻瓜!不过,让我告诉你吧。如果你让布瓦德雷斯再靠近神堡一点儿,哪怕是一粒石子的距离,不管你要不要,你都会得到钱。不管你是否愿意,也不管你把钱包捂得多紧,对小贩的叫卖声充耳不闻,你和布瓦德雷斯都必须用这些钱买东西,你们要买的东西就是麻烦。"

法夫赫德只是轻轻哼了一声,相当于耸耸肩。他透过浓密的胡须,目不转睛地低头看着自己修长的手指正在有力而细致地摆弄的东西,但他的大手背遮挡了灰猫的视线。"顺便问一句,那个老傻瓜吃得还好吗?"灰猫继续问道,他又凑近了一些,想看清法夫赫德在摆弄什么,"还是那么固执?还是执意要带伊塞克去神堡？呃……对生意上的事还是那样不通情理？"

"布瓦德雷斯是个好人。"法夫赫德低声说。

"这似乎越来越成为问题的症结所在。"灰猫带着某种嘲讽的恼怒回答道，"但听着，法夫赫德，没必要改变布瓦德雷斯的想法。我开始怀疑，即使谢尔巴和宁格布勒联手，也未必能实现那场宇宙革命。你可以自己完成所有需要完成的事情。只要在你的诗歌中加点儿悲伤的调子，在伊塞克的信条中加点儿失败主义。即使是你，现在也一定厌倦了这种将北方的坚忍克己与南方的以苦为乐荒谬地结合在一起的做法，想要换换口味。对真正的艺术家来说，一个主题和另一个主题一样好。或者，更简单的办法是，在你的重要之夜，别让伊塞克的祭坛沿着众神街前进……甚至后退一点儿！当你有大批观众时，布瓦德雷斯就会非常兴奋，那个老傻瓜根本不知道你要去哪个方向。你可以像井蛙一样前进。或者，最明智的做法是，在把收来的东西交给布瓦德雷斯之前，先准备好分成。我可以在一早晨的时间里教会你必要的技巧，不过你真的不需要，用你那双大手就可以藏住任何东西。"

"不。"法夫赫德说。

"随你便吧。"灰猫轻描淡写地说道，但并非毫无感情，"如果你愿意，就去找麻烦，如果你非要找死，那就去死。法夫赫德，你在摆弄什么东西？不，别递给我，你这白痴！让我看一眼就行。用黑袍挡住！这是什么东西？"

法夫赫德没有抬头，也没有其他动作，他用双手捧着侧向一边，仿佛在向灰猫展示一只被捕获的蝴蝶或甲虫。乍一看，他确实像是在小心翼翼地展示一只罕见的大甲虫，金色的甲壳微微发亮。

"这是献给伊塞克的祭品。"法夫赫德喃喃地说,"一位虔诚的女士昨晚献上的祭品,她在精神上嫁给了神。"

"是的,兰诃玛一半的年轻贵族也是如此,但不全是精神上的。"灰猫低声呵斥道。"我一眼就认出是莱斯尼亚的双螺旋手镯。顺便提一句,据说是伊斯玛的双胞胎公爵送给她的。你对她做了什么才得到它的?等等,不要回答。我知道……背诗!法夫赫德,事情远远比我想象的糟糕。如果普尔格知道你已经得到了金子……"他把声音压得更低,"但你用它做了什么?"

"把它做成圣壶的样子。"法夫赫德回答,他把头压得更低,双手张开得更大一些,微微倾斜。

"原来如此。"灰猫生气地低声说,柔软的黄金被拧成了一个非常光滑的奇怪的结,"做得还不错。法夫赫德,我真搞不懂,六个月来,你睡觉时都没有曲线抵着你,怎么还能对曲线保持如此微妙的感觉?毫无疑问,这种事情自相矛盾。先别说话,我有个主意。我对着黑肩胛骨(善良的神灵)发誓,法夫赫德,你一定要把那件不值钱的佩饰给我,我好把它交给普尔格。不,请听我说完,然后再考虑清楚!不是为了里面的金子,不是作为贿赂,也不是作为第一次分成的一部分,我不是在向你或布瓦德雷斯要这个,只是作为一件纪念品、一件展示品。法夫赫德,我最近开始了解普尔格了,我发现他有一种奇怪的多愁善感的气质,他喜欢从他的客户那里得到小礼物、小奖品……呃……我们有时称之为客户。那些古董一定都是与我们刚才谈到的神有关的物品——圣杯、香炉、银丝骨骼、珠宝护身符,诸如此类。他喜欢坐着,一边看陈列这些东西的架子,一边做梦。有时候我觉得普尔格在不知不觉中获得了信仰。我敢肯定,如果我把这个小玩意儿带给他,他必定会对伊塞克产生好感。他会让我对布瓦德雷斯好一点儿,甚至有可能把贡金的问题推迟……嗯,至少可以等多前进三四格再说。"

"不。"法夫赫德说。

"那就这样吧,我的朋友。跟我来吧,亲爱的,不然我给你买块牛排吧?"第二句话是灰猫用他惯常的嗓音说的,当然是对那乞丐姑娘说的,她的反应是露出一种已经习以为常的、疲倦不堪的惊恐神情,"不是鱼排哟,小馋猫。你知道还有其他种类吗?亲爱的,把这枚硬币给你妈妈,然后过来。牛排摊在前面四格。不,我们不坐轿子,你需要锻炼。再见了,找死的人!"

尽管最后这句悄悄话的语气表明的是"不再过问你的事",但灰猫还是想方设法拖延那个邪恶的清算之夜来临,他为普尔格的恶霸们设计了更紧迫的任务,并声称各种各样的预兆显示不利于立即清算布瓦德雷斯的账目,因为普尔格除了已经染上粉红色的伤感色彩,最近还染上了灰色的迷信色彩。

当然,如果布瓦德雷斯在金钱问题上有点儿现实主义精神,就根本不会有什么难以解决的问题。当真正的危机出现时,即使是最肥胖、最贪婪的祭司,抑或是最瘦弱、最不谙世俗的圣人,也几乎无一例外地表现出这种现实主义精神。但布瓦德雷斯冥顽不灵,正如我们所暗示的那样,这可能是他看似摆脱衰老之后唯一残留的症状,不过这是最令人感到麻烦的症状。他连一枚生锈的铁提克(兰诃玛最小的硬币)都不会给勒索者,反正他是这么吹嘘的。更糟糕的是,如果有可能的话,他甚至不会花钱为伊塞克租用华丽的家具和庙宇,而这对于在街道上努力前进的神灵来说几乎是强制性要求。相反,他声称要把收集到的每一枚铁提克、每一枚青铜阿戈尔、每一枚银斯梅杜克、每一枚金里尔克,还有每一颗镶嵌在琥珀中的钻石格鲁迪奇都省下来,为伊塞克买下神堡尽头最好的神庙。事实上,那是被誉为兰诃玛最古老、最强大的神之一,无形的万物倾听者阿尔斯的神庙。

不用说,这个疯狂的挑战已经传得尽人皆知,从而进一步提高了伊塞克的知名度,让他的信徒越来越多,至少在一开始,这些人纯粹是出于好奇而来。关于伊塞克在众神街上能走多远多快的赔率(兰诃玛的人们经常赌这种东西)开始疯狂地上下波动,因为这件事已经远远超出了貌似精明的赌徒们本质上有限的想象力。布瓦德雷斯开始蜷缩在伊塞克的棺材(最初是一个旧大蒜袋,后来变成了一只小木桶,上面有一条放硬币的缝隙)周围的排水沟里睡觉,法夫赫德蜷缩在他身边,每次只有一个人睡觉,另一个人休息的同时也在看守。

有一次,灰猫几乎决定割断布瓦德雷斯的喉咙,以此作为唯一可以摆脱困境的办法。但他知道,这种行为对他的新职业是一种不可饶恕的罪行,因为这不利于生意,而且如果追查到他身上,哪怕是些许的怀疑,也肯定会彻底毁掉他与普尔格以及其他所有勒索者的关系。必要时,他必须对布瓦德雷斯动粗,甚至严刑拷打,但同时也必须把他当成一只会下金蛋的鹅来对待。此外,灰猫还预感到,把布瓦德雷斯赶走并不能阻止伊塞克。只要有法夫赫德,伊塞克就不可对抗。

事情最终到了紧要关头,或者说到了第一个紧要关头,迫使灰猫不得不出手，因为他不可避免地意识到，如果他再不为普尔格咬住布瓦德雷斯不放，那么竞争对手就会下手，尤其是巴沙拉特。作为兰诃玛宗教界的头号勒索者，普尔格当然要抢占先机，但如果他拖延的时间太久（不管是出于什么预兆，还是什么要养肥祭品的理由），那么布瓦德雷斯就会成为其他勒索者的牺牲品，尤其是普尔格的主要竞争对手巴沙拉特。

因此，就像经常发生的那样，灰猫为避免邪恶的夜幕降临所做的努力，只会让最终降临的夜幕变得更黑暗、更狂暴。

当巴沙拉特向普尔格发出最后警告的前一夜终于来临的时候，一直希望在最后一刻能得到某种奇妙灵感的灰猫采取了在某些人看来可能很软弱的做法。灰猫让那个被他取名为莉莉布莱克的乞丐女孩和他的其他一些手下散布谣言说，阿尔斯神庙的司库正准备乘坐一艘租来的黑色单桅帆船横渡内海，并带走全部资金和大量贵重物品，包括一套镶嵌着黑珍珠的祭坛陈设。而这套祭坛陈设是最高领主的妻子赠送的，还没有与普尔格分成。他安排好了散播谣言的时间，以便在他和四个全副武装的恶霸出发去找伊塞克之后，谣言能通过无懈可击的渠道传回他的耳中。

顺便提一下，阿尔斯的司库其实是为钱发愁，而且他确实租了一艘黑色单桅帆船。这不仅证明了灰猫编造的故事确实有鼻子有眼，也证明了按照地主和银行家的标准，布瓦德雷斯在选择伊塞克未来的神庙时做出了非常明智的选择，不管是出于偶然，还是出于与他那顽固的死脑筋共存的某种奇怪的精明。

灰猫不能把他的手下全部调走去抓阿尔斯的司库，因为他必须从巴沙拉特手中保住布瓦德雷斯。不过，他可以分兵，因为他几乎可以肯定，普尔格会认为他的行动是目前最好的策略。他派了三个恶霸，明确指示他们把布瓦德雷斯绳之以法，而他自己则仅带着最少的卫兵，跑去拦截所谓盗窃财物逃跑的司库。

当然，灰猫也可以自己去对付布瓦德雷斯，但这意味着他必须亲自打败法夫赫德，或者被法夫赫德打败。虽然灰猫想为他的朋友竭尽全力，但他更在乎自己的安全，就只能稍微多做一点儿。

正如我们所说，有些人可能会认为，灰猫这样做是把他的朋友丢给了恶狼。然而，我们必须始终牢记，灰猫了解法夫赫德。

这三个恶霸并不了解法夫赫德（灰猫挑选他们就是出于这个原因），但他们对事态的发展感到高兴。独立的任务总是意味着取得辉煌成就的机会，因此也意味着晋升的机会。他们等待着仪式间隙的第一段休息时间，此时难免会有很多人来往推挤。然后，第一个腰间别着一把小斧头的恶霸直奔布瓦德雷斯和他的木桶而去，这位圣人把他的木桶当作祭坛，为此还在木桶上蒙上了神圣的大蒜袋。第二个恶霸拔剑对法夫赫德发出威胁，他与这大个子保持着一定的距离，小心翼翼地监视着法夫赫德。第三个恶霸则像妓院里的鸭母一样戏谑、粗鲁地向人群发出响亮的警告，并警惕地注视着他们。兰诃玛的居民深受传统的束缚，他们不会干涉勒索者的一切合法活动——尤其是头号勒索者——即使是最受欢迎的祭司被勒索也无动于衷。但偶尔会有外地人和疯子出头（不过在兰诃玛，即使是疯子一般也会尊重传统）。

会众中没有人看到接下来发生的关键事情，因为他们的目光都集中在第一个恶霸身上,他一只手轻轻掐住布瓦德雷斯的脖子,另一只手用斧头指着木桶。只听一声惊叫和一声"咔嗒",用剑刺向法夫赫德的第二个恶霸已经扔掉了剑,摇晃着自己的手,就像剑让他感到疼痛似的。法夫赫德不慌不忙地抓住他肩膀上松垮的衣服把他拎了起来,接着两大步跨到第一个恶霸面前,拍掉他手中的斧头,同样把他拎了起来。

这是一个令人印象深刻的场面:这位身材魁梧、面容憔悴、满脸络腮胡子的侍祭,身穿未染色的驼毛长袍(一位信徒最近赠送的礼物),屈膝站立,双脚张开,每只手都高高举起一个挣扎的恶霸。

尽管这的确是一个令人印象深刻的场景,但却为第三个恶霸提供了可乘之机,他立即拔出弯刀,面带杂技演员一样的微笑,向人群挥挥手,朝法夫赫德两腿形成的钝角的顶端猛冲过去。

想到这无比沉痛的一击,人群不由自主地颤抖尖叫起来。

只听见扑通一声闷响,第三个恶霸的剑掉了。法夫赫德没有改变姿势,拎着手里的两个恶霸往中间一扫,砰的一声,他们的脑袋撞在了一起。他以同样娴熟的动作再次将他们分开,让他们分别倒向两边围观的人群,他们失去了知觉。然后,他似乎仍然不慌不忙地走上前去,拎起第三个恶霸的脖子和大胯,把他扔到人群中更远的地方,还撞倒了站在那里饶有兴趣地看热闹的巴沙拉特的两个随从。

全场鸦雀无声,持续了三秒钟,然后响起了热烈的掌声。虽然受传统束缚的兰诃玛人认为勒索是非常正当的,但他们也认为一个奇怪的侍祭创造奇迹完全符合他的性格,他们从不吝啬为精彩的表演鼓掌。

布瓦德雷斯用手指揉着自己的喉咙，仍然有点儿喘不过气来，但他还是露出了憨厚的笑容。当法夫赫德最终盘腿坐在鹅卵石上低头感谢会众的掌声时，这位老祭司立刻开始了布道，他在布道中多次暗示，天界的伊塞克正准备亲自降临兰诃玛，这让人群更加激动。布瓦德雷斯的侍祭击溃了三个恶霸，他将此归功于伊塞克的威力，并解释为神灵即将转世的某种预兆。

鸽派战胜鹰派的最重要的结果，是一次在银鳗旅馆的密室里进行的小小的午夜会议，会上，普尔格先是热情地赞扬了灰猫，然后又冷冷地斥责了灰猫。

他称赞灰猫拦截了刚刚登上黑色单桅帆船的阿尔斯的司库，但司库并不是为了逃离兰诃玛，而只是为了和几个狂热的同伴以及与女神伊拉拉的同名高级女祭司一起度过一个水上周末。不过，他还真的带了几件镶着黑珍珠的祭坛陈设，显然是作为送给女祭司的礼物，而灰猫不失时机地没收了这些宝贝，然后祝愿这支神圣的队伍享受愉快的假期。普尔格判断，灰猫的战利品大约是平时的两倍，这个数字似乎可以合理地解释司库的违规行为。

他斥责灰猫没有提醒那三个恶霸有关法夫赫德的事情，也没有详细指导他们如何对付那个大个子。

"孩子，他们是你的伙计，我根据他们的表现来评判你。"普尔格用父亲般实事求是的语气对灰猫说，"对我而言，如果他们失败了，就等于你失败了。你很了解那个北方人，孩子，你应该让他们接受训练，学会应对他的花招。你很好地解决了主要问题，但却忽略了一个重要细节。我希望我的队长们有好的策略，但我要求的是完美无瑕的战术。"

灰猫低下了头。

"你和这个北方人曾经是战友。"普尔格继续说道，他身体前倾，探过凹痕累累的桌子，低垂着下唇，"你不会还对他心慈手软吧，孩子？"

灰猫挑了下眉毛，张大鼻孔，缓缓摇头。

普尔格若有所思地搔搔鼻子。"那我们明晚就去。"他说，"必须给布瓦德雷斯树立一个榜样，一个像明戈尔胶一样粘得牢靠的榜样。我建议，一开始就让格里利割断那个北方人的脚腱。不能杀他，他是能带来钱的人。而脚踝肌腱被割断后，他仍然可以用手和膝盖四处挪动，从某种意义上讲，这样甚至更吸引人。你觉得如何？"

灰猫眯着眼睛思考了三秒，然后大胆地说："不好。我不得不承认，这个北方人有时会使出连我都未必能对付的战斗技巧，那是任何文明人都无法预料的突发奇想的狂暴招数。格里利或许能抓住他，但如果没抓住呢？我的建议是，让我在黄昏时分把他灌得烂醉如泥，这样他就不会碍事了。这让你理所当然地认为我可能还对这个男人心慈手软，但我仍然这样说，因为这是我最好的建议。"

普尔格皱起了眉头："你确定你能做到吗，孩子？人们说他已经戒酒了。他就像大乌贼一样黏着布瓦德雷斯。"

"我可以把他引开。"灰猫说，"这样我们就不用为了布瓦德雷斯的事情冒险和他打架。战斗总是充满变数。你可能本来只打算把人吊起来，最后却不得不割断他的喉咙。"

普尔格摇摇头："那样的话，下次我们的收款人去收钱的时候，还得和他纠缠。我们不能每次都把他灌醉，太麻烦了，而且看起来很弱。"

"没必要。"灰猫自信地说，"一旦布瓦德雷斯开始付钱，那个北方人就会乖乖就范，跟着付钱。"

普尔格继续摇头。"你在猜测，孩子。"他说。"哦，你尽力了，但还是在猜测。我希望这笔交易能顺利完成。我说过，要树立一个榜样。记住，孩子，我们明晚真正的主角是巴沙拉特。他肯定会去的，不过我猜他会站在最后一排，你听说过那北方人是怎么搞定他的两个手下的吗？我喜欢那样。"他咧嘴大笑，然后又立刻严肃起来，"那我们就照我说的做，好吗？格里利十拿九稳。"

灰猫耸耸肩，不动声色地说："如果你这么说的话，那要知道，有些北方人残废后会自杀。虽然我觉得法夫赫德不会，但也有可能。不过，即使考虑到这一点，我还是要说，我们的计划有八成机会能完美实现，八成。"

普尔格怒不可遏地皱起眉头，他那双像猪一样眼眶通红的小眼睛紧紧盯着灰猫。最后他说："你确定能把他灌醉吗，孩子？十成？"

"我能做到。"灰猫说。他想了好几个额外的理由来支持他的计划，但他没有说出来。他甚至没有补充说"十二成"，不过他很想这么说，他正在学习这些词。

普尔格突然向后靠在椅子上大笑起来，这标志着他们会议的业务部分已经结束。他拧了一下站在他身边的裸体女孩。"上酒！"他命令道，"不，不是我给顾客准备的那种含糖的泔水，而是放在绿色神像背后的真酒，齐兹没告诉你吗？来，孩子，陪我喝一杯，然后跟我讲讲这个伊塞克。我对他很感兴趣。我对他们都很感兴趣。"他漫不经心地朝着桌子那头雕刻精美的旅行箱里闪烁着暗光的宗教古董架子挥挥手。他皱皱眉头，这与他谈业务时的皱眉头截然不同。"这个世界上有超出我们理解的东西。"他语重心长地说，"你知道吗，孩子？"伟人摇摇头，又摆出一副截然不同的表情。他迅速陷入了最深沉的哲学思考中。"有时候，我也想知道。孩子，你和我都知道……"他又朝箱子挥挥手，"这些都是玩具。但人对它们的感情……是真实的，对吧？这些感情可能很奇怪。这些感情中的一部分很容易理解，小孩看到妖怪会瑟瑟发抖，傻瓜们看到表演会目瞪口呆，希望看到鲜血或一点儿脱衣服的场面；但另一部分却很奇怪，祭司们胡言乱语，人们呻吟着祈祷，然后某种东西就产生了。我不知道那是什么东西，我希望我知道，我想……但这很奇怪。"他摇摇头："任何人都会感到奇怪。就喝你的酒吧，孩子……看着他的杯子，姑娘，别让它空了……跟我讲讲伊塞克。我对他们都很感兴趣，但现在我想听听他的事。"

普尔格丝毫没有暗示，在过去的两个月里，他每周至少有五个晚上，在众神街的各个无光的房间里，躲在挂着窗帘的窗户后面观看伊塞克的仪式。而这件事连灰猫也不知道。

于是，当一缕好似玫瑰丝带一样粉白相间的晨曦从黑暗、恶臭的沼泽冲上天空时，灰猫找到了法夫赫德。布瓦德雷斯还在水沟里抱着伊塞克的木桶打鼾，但那个大个子野蛮人醒着坐在路边，手抓着下巴上的胡子。已经有几个孩子远远地聚了过来，不过没有其他人在户外。

"这就是那个他们捅不死也砍不死的人？"灰猫听到其中一个孩子低声说道。

"就是他。"另一个孩子回答。

"我真想偷偷溜到他身后，用这根针戳他。"

"我打赌你会的！"

"我猜他的皮肤像铁一样。"一个长着大眼睛的小女孩说。

灰猫忍住狂笑，拍了拍最后那个孩子的头，然后径直走到法夫赫德身边，对着鹅卵石间塞满的垃圾做了个鬼脸，挑剔地蹲了下去。虽然他近来变肥的肚皮在腿上堆积成了一个相当大的垫子，但他仍然可以轻松蹲下。他用低得孩子们听不见的声音开门见山地说："有人说伊塞克的力量在于爱，有人说在于诚实，有人说在于勇气，还有人说在于令人作呕的虚伪。我相信我已经猜到了唯一正确的答案。如果我是对的，你就与我共饮美酒。如果我错了，我就脱下缠腰布，宣布伊塞克是我的神和主人，并成为侍祭的助手。打赌吗？"

法夫赫德端详着他，说："成交。"

灰猫伸出右手，隔着脏兮兮的驼毛轻轻拍打了法夫赫德的身体两下，一下拍在胸口，一下拍在两腿之间。每一次都发出微弱的"扑通"声，并隐约伴有"叮当"声。

"明斯沃德的胸甲和高奇的腹股沟甲。"灰猫说，"每件都有厚厚的衬垫，能消除响声。伊塞克的力量和无坚不摧就在于此。六个月前，你可穿不上它们。"

法夫赫德一脸茫然地坐着。然后，他的脸上绽放出灿烂的笑容。"你赢了。"他说，"我什么时候履行赌约？"

"今天下午。"灰猫低声说，"布瓦德雷斯吃饭和打盹儿的时候。"他轻轻哼了一声，站起身来，轻盈地从一块鹅卵石踩到另一块鹅卵石上。很快，众神街变得热闹起来，法夫赫德被一群好奇的人包围着，但今天对兰诃玛来说是个非常炎热的日子。到了午后，众神街上已经空无一人，就连孩子们也在寻找阴凉地。

布瓦德雷斯和法夫赫德一起念叨了两遍《圣职者连祷文》，然后把手放在嘴边，向人们要饭，苦修者的习惯总是让他喜欢在这个不舒服的时候吃饭，而不是在凉爽的晚上。

法夫赫德离开了，不一会儿就端着一大碗炖鱼回来了。布瓦德雷斯看到鱼居然这么大，不禁眨眨眼睛，但还是大吃一顿，吃完打了个饱嗝，对法夫赫德告诫了几句后就蜷缩在木桶旁。他几乎立刻就打起了呼噜。

一声低语从他们身后低矮宽阔的拱门中传来。法夫赫德起身悄悄走进了门廊的阴影里。灰猫握住他的胳膊，引导他走向几个挂着门帘的门洞中的一个。

"我的朋友，你汗流浃背。"他轻声说，"告诉我，你穿盔甲是真的出于谨慎，还是作为一种金属'苦行衣'？"

法夫赫德没有回答。他对灰猫拉开的门帘眨眨眼睛。"我不喜欢这里。"他说，"这是个风月场所。我可能会被人看见，那些思想肮脏的人会怎么想？"

"为小孩和色鬼挂上门帘。"灰猫轻描淡写地说，"再说，你还没被人看见呢。进去吧！"

法夫赫德答应了。厚重的门帘被拉到他们身后，房间里只剩下高高的百叶窗透进光亮。当法夫赫德眯着眼睛看向半明半暗的房间时,灰猫说:"我已经支付了这地方一晚上的租金。这里很隐蔽,也很近。没有人会知道。你还能要求什么呢?"

"我想你是对的。"法夫赫德不安地说,"但你已经在租金上花了太多钱。你要明白,我的小伙计,我只能和你喝一杯。虽然你骗了我,勉强算是吧,但是我付钱。不过只能喝一杯,小伙计。我们是朋友,但我们有各自的路要走。所以只喝一杯,最多两杯。"

"当然。"灰猫咕哝道。

房间里的物品在法夫赫德游移的灰色视野中逐渐增多。有一扇内门(也拉上了门帘)、一张窄床、一个脸盆、一张矮桌和一把凳子,凳子旁边的地板上有几个短脖子、大耳朵的矮胖人形。法夫赫德数了数,脸上再次绽放出灿烂的笑容。

"你刚才说,为小孩挂上门帘。"他用从前的男低音轻声咕哝着,继续盯着那些石瓶里的陈酿,"我看到了四个小孩,灰猫。"

"当然。"灰猫附和道。

当灰猫取来的蜡烛在一摊蜡油里忽明忽暗、摇曳不定时,法夫赫德已经喝干了第三个"小孩"。他把它举过头顶,接住了最后一滴,然后像拍打一个大羽绒球一样,轻轻把它拍飞。当它的碎片在地板上炸开时,他坐在床上深深弯下腰,低到胡子都蹭到了地板上。他用双手紧紧抓住最后一个"小孩",小心翼翼地把它举到桌子上。然后,他拿起一把短刃刀,眼睛紧紧盯着自己手中的工作,目光不可避免地聚焦在一起,从"小孩"的脖子上一片片地抠出最后一点儿树脂。

法夫赫德看起来已经完全不像一个侍祭,哪怕是一个行为不端的侍祭。喝完第一个"小孩"之后，他就脱光衣服准备行动。他的驼绒长袍被扔到房间的一个角落，软垫盔甲被扔到另一个角落。他只穿着曾经是白色的缠腰布，看起来就像一个精瘦的末日狂战士，又像是澡堂里的野蛮国王。有一段时间，百叶窗里一直没有光照进来。现在有了一点儿火把的红光。夜晚的喧闹声已经开始，而且不断增加，零星的笑声、小贩的叫卖声、各种祈祷的召唤声……还有布瓦德雷斯用他那粗哑悠长的嗓音一遍又一遍地叫着"法夫赫德！"，但他的呼喊已经停止了一段时间。

法夫赫德处理树脂的时间太长了，就像处理金箔一样。灰猫只好忍住几声不耐烦的呻吟，但他还是露出了胜利的微笑。他确实动了一次，在蜡烛即将熄灭时，用它的蜡芯点燃一根新蜡烛。法夫赫德似乎没有注意到照明光线的变化。此时灰猫想到，他的朋友无疑是借着酒精的亮光看清了一切，所有勇敢的醉鬼都是用这种亮光来照亮道路的。

北方人毫无征兆地高高举起短刀，刺进软木塞的中心。

"去死吧，假的明戈尔人！"他一边嚷嚷一边把刀尖扎在瓶塞上，顺手一扭，拔出瓶塞，"我喝你的血！"他把石瓶举到嘴边。

根据灰猫的计算，法夫赫德喝了大约三分之一的酒后，突然把酒瓶放在了桌子上。他的眼珠向上翻，一阵幸福的痉挛过后，全身的肌肉都在颤抖，接着他巍然向后倒下，就像一棵缓缓倒下的大树。脆弱的床发出不祥的嘎吱声，但并没有被重负压垮。

然而，这并没有完全结束。法夫赫德粗长杂乱的眉毛间出现了一道焦虑的皱纹，他仰起头，一双充血的眼睛从鹰巢一样蓬乱的头发里恶狠狠地向外窥探，搜索着房间。

法夫赫德双眼的目光最终聚焦在最后一个石瓶上。一条肌肉发达的长臂伸出来，一只大手紧紧按住瓶盖，把它放在床沿下，不再放手。然后，他闭上眼睛，脑袋最终向后垂下，面带微笑，开始打鼾。

灰猫起身走过来。他翻开法夫赫德的一只眼皮，满意地点点头，然后摸摸法夫赫德的脉搏，又点点头。他的脉搏像外海的浪花一样缓慢而强烈地跳动着。与此同时，灰猫的另一只手以一种平时司空见惯但此时完全不必要的灵巧和艺术的手法，从法夫赫德的缠腰布的褶裥中抽出一件闪闪发光的金器，灰猫先前瞥见过这东西藏在那里。他把它藏进灰色外衣下摆的一个秘密口袋里。

这时，有人在他身后咳嗽了一声。

这一声咳嗽听起来像是故意的，灰猫没有一跃而起，只是原地不动地转过身来，动作缓慢而曲折，就像蛇神庙里的舞者一样。

普尔格站在里面的门口，穿着黑银条纹长袍，戴着蒙面斗篷，手里拿着一张镶着宝石的黑色假面，将之微微贴住他的脸。他正神秘地看着灰猫。

"我没想到你能做到，孩子，但你做到了。"他轻声说，"你在一个明智的时间向我修补了你的信用。嗨，威金，夸奇！嗨，格里利！"

三名随从跟在普尔格身后溜进了房间，他们穿着和主人一样华丽的深色衣服。前两个人矮壮敦实，但第三个人瘦得像黄鼠狼，个子比灰猫还矮，他警惕地瞪着灰猫，目光中充满敌意。前两个人配有小十字弓和短剑，而第三个人没有武器。

"你有绳子吗，夸奇？"普尔格指着法夫赫德，继续说道，"把这个人绑在床上，一定要把他那粗壮的胳膊绑结实。"

"不绑他更安全。"灰猫说道。他刚开口，普尔格就打断了他的话："别紧张，孩子。这项工作仍由你负责，但我会在你身后看着你。没错，我会随着你的进展修改你的计划，按照我的想法修改细节。这对你是很好的训练。任何称职的队长都应该能在将军的眼皮底下行动，即便其他下属在偷听训斥。我们就当是考试吧。"

灰猫感到惊慌且疑惑。普尔格的行为存在一些他完全无法理解的地方，有些地方甚至自相矛盾，仿佛这位头号勒索者的内心深处正在进行一场秘密的斗争。他显然没有喝醉，但他那双像猪一样的小眼却闪烁着奇异的光芒。他看起来一副神经兮兮的样子。

"我怎么辜负了你的信任？"灰猫尖声问道。

普尔格咧嘴笑了笑。"孩子，我为你感到羞愧。"他说，"高级女祭司伊拉拉对我讲了关于那艘黑色单桅帆船的全部故事，你如何从司库那里把它转租出去，作为回报，你允许他保留着珍珠头饰和肚兜。你如何让明戈尔的奥尔夫把船开到另一个码头。伊拉拉生司库的气，因为司库对她冷淡了，或者害怕了，不肯给她那些黑色的便宜货，所以她才来找我。更要命的是，你的莉莉布莱克把同样的故事告诉了她喜欢的格里利。怎么样，孩子？"

灰猫交叉双臂，向后仰着头。"你自己也说过，分头行动就够了。"他告诉普尔格,"我们随时可以使用另一艘单桅帆船。"

普尔格低声笑了很久。"别误会。"他最后说,"我喜欢我的队长是那种想要有个避难所的人,如果他们不这样,我会怀疑他们的脑子。我希望他们是那种非常担心自己宝贵的皮囊的人,但首先要担心我的皮囊!别担心,孩子。我想我们会相处得很好。夸奇,绑好了吗?"

两名身材魁梧的随从将十字弓挂在腰间,他们的工作进展得很顺利。法夫赫德的胸部、腰部和膝盖被绳索紧紧捆绑在床上,他的手腕被拉到与头顶齐平,紧紧绑在床的两侧。法夫赫德仍然平静地仰卧着打呼噜。当他的手被从床下的瓶子上拉出来时,他稍微动了一下,呻吟了一声,但仅此而已。威金正准备捆住北方人的脚踝,但普尔格表示这就够了。

"格里利!"普尔格叫道,"你的剃刀!"

这个长得像黄鼠狼一样的随从似乎只是把手在胸前一挥,手里就多了一把闪闪发光的方头刀片。他微笑着走向法夫赫德赤裸的脚踝。他抚摸着脚踝下粗壮的肌腱,恳求地看着普尔格。

普尔格紧紧地盯着灰猫。

一种难以忍受的紧张感让灰猫觉得浑身僵硬。他必须做点儿什么!他用手背捂住嘴,打了个哈欠。

普尔格指着法夫赫德的另一头。"格里利!"他重复道,"给这个人刮脸!全刮干净!把他剃得像鸡蛋一样!"然后,他靠向灰猫,用一种口无遮拦的信任口吻说:"我听说胡须能吸引人的力量。你这么认为吗?没关系,我们走着瞧。"

即使理发师可以像格里利一样敏捷得让人不寒而栗,而且毫不在乎昏暗闪烁的光线，要剪掉一个健壮男人的头发和胡子，然后剃得光光亮亮，也需要相当长的时间。这段时间足以让灰猫用无数种不同的方法来评估情况，但他仍然找不到最终的答案。有一点从各个角度都可以看出，普尔格的行为毫无理性可言。泄露机密，当着手下的面指责一个队长，提出一个白痴的"测试"，穿着怪异的节日服装，捆绑一个烂醉如泥的人，现在又迷信地给法夫赫德刮胡子，简直是胡闹……为什么？这就好像普尔格是故弄玄虚，打着策略精明的幌子在举行某种阴森恐怖的仪式。

有一件事灰猫可以肯定：当普尔格被蛊惑、被下药，或不管是被什么东西迷倒后，他再也不会相信任何一个和他一起经历过这件事情的人，尤其是灰猫。承认自己好不容易得到的安全感一文不值，这个结论令人难过，但却无比现实，灰猫不得不得出这个结论。因此，即使在这个灰衣小个子男人继续困惑的时候，他也在庆幸自己经过一番糟糕的讨价还价后得到了黑色单桅帆船。也许藏匿处很快就会被发现，他怀疑普尔格是否已经发现了奥尔夫藏船的地方。与此同时，他必须随时防备普尔格的背叛，防备普尔格的随从在他们的主人难以预料的突发奇想下取他性命。因此，灰猫决定，他们（尤其是格里利）能够对自己和其他人造成的伤害越小越好。

普尔格又笑了起来。"咦，他像个刚出生的婴儿！"头号勒索者惊叹道，"干得漂亮，格里利！"

法夫赫德没有胸毛，看起来的确年轻得令人吃惊，而且更像大多数人心目中侍祭应有的样子。他看起来甚至显得浪漫而英俊，但格里利可能过于狂热，把他的眉毛也剃光了，这让法夫赫德光秃秃的脑袋显得非常苍白，看上去酷似一尊大理石半身像被安放在一具活生生的身体上。

普尔格继续笑着说："没有血迹，没有，一点儿也没有！这是大吉之兆！格里利，我爱你！"

这也是千真万确的，尽管格里利速度极快，但他一点儿也没有划伤法夫赫德的脸和头。毫无疑问，一个被剥夺了割断另一个人腿筋的机会的人会鄙视任何轻微的切割伤，甚至认为那是对自己人格的玷污。灰猫猜测大概是这么回事。

灰猫注视着他那被剃光头的朋友，几乎想笑出声来。然而这种冲动连同他对自己和法夫赫德安全的强烈担忧瞬间被一种感觉吞没了——整件事有些不对劲，不仅从一般标准看不对劲，而且从深层意义上看也不对劲。剥光法夫赫德的衣服，刮掉他的胡子，把他绑在摇摇晃晃的窄床上……有问题，有问题，有问题！他再次意识到，普尔格在不知不觉中进行着一种可怕的邪术仪式，而且这次的意识更加强烈。

"嘘！"普尔格举起一根手指叫道。灰猫顺从地和三个随从以及他们的主人一起听着。外面的嘈杂声减弱了，有一阵子几乎停止了。然后，透过挂着门帘的门口和红灯下的百叶窗，传来了布瓦德雷斯粗犷高亢的声音，他开始念诵《长祷文》，人群中也回应着喃喃的叹息声。

普尔格用力拍拍灰猫的肩膀。"他准备开始了！是时候了！"他喊道，"命令我们吧！孩子，我们会看到你的计划有多周密。记住，我会在你身后看着你，我希望你在布瓦德雷斯布道结束、开始收钱的时候出击。"他皱着眉头看着格里利、威金和夸奇。"服从命令，我的队长！"他严厉地警告道，"只要他一声令下就跳出去！除非我撤销命令。来吧，孩子，快点儿，开始发号施令！"

普尔格说着又把宝石假面举到他的面前，灰猫恨不得一拳打在他的宝石假面中间，打在他的胖鼻子上，让他飞出这个像疯人院一样的指挥部。但是，灰猫要考虑法夫赫德，他被剥光了衣服，剃光了胡子，捆在床上，喝得醉醺醺的，极度无助。灰猫只得从外门走出去，示意随从和普尔格跟着他。他并不感到惊讶，因为在这种情况下，很难说什么样的行为才会令人惊讶。几人按照灰猫的指示跟了出来。

灰猫示意格里利为其他人拉开门帘。他回头瞥了一眼，只见最后一个离开的夸奇俯身吹灭蜡烛，并在这一动作的掩护下从床沿下抓起剩三分之二的酒瓶，然后带走了。出于某种原因，灰猫觉得这种天真无邪的偷窃行为是最近发生的所有离谱事件中最玄乎的错误。他真希望有什么神灵能让他真正信任，这样他就能在吞没他的怪异难名的直觉之海中祈求神灵的启迪和指引。但不幸的是，灰猫没有这样的神灵。因此，他只能孤身一人投身于那片奇异的海洋，碰碰运气，凭着一时的灵感，不假思索地去做所有事。

因此，当布瓦德雷斯在观众的叹息声（以及异常多的叫好声和嘘声）中吟诵《长祷文》时，灰猫确实忙得不可开交，他在为一出自己完全不了解情节的戏剧布置背景和人物。他很熟悉这里的阴影处，几乎可以悄然无踪地从一处遮蔽之下的黑暗中溜到另一处，而且他有兰诃玛一半小贩的托盘，可以当作舞台道具。

除此之外，他坚持要亲自检查夸奇和威金的武器，包括短剑和剑鞘、小十字弓和装箭矢的小箭筒，以及看上去像是搞恶作剧的短箭。当《长祷文》被悲恸地念完时，舞台已经布置好了，但是何时何地、以何种方式拉开帷幕，谁是观众，谁是演员，仍然不确定。

总之，这是一个令人印象深刻的场景：长长的众神街向两边延伸，通往远处被火炬照亮的绚丽人偶世界，低低的云朵在头顶飞舞，淡淡的薄雾从大盐沼飘过，远处雷声隆隆，伊塞克以外的神灵祭司的哀号和咆哮、妇女和儿童的嬉笑声、小贩和报童的叫卖声相互交织，庙宇里袅袅升起的香火味、小贩托盘上油腻腻的油炸食品的香味、火把冒出的烟味，以及衣着华丽的女士身上的麝香味和花香味全部混杂在一起。

伊塞克的听众，加上许多被昨晚高手侍祭的事情和布瓦德雷斯的疯狂预言吸引来的人，把大街堵得水泄不通，只留下一条通往两边带顶柱廊的狭窄通道。兰诃玛社会的各个阶层都有代表，破衣烂衫和貂皮大衣，赤脚和镶有宝石的凉鞋，雇佣兵的武器和哲学家的魔杖，涂着稀有化妆品的面孔和风尘仆仆的脸庞，饥饿的眼睛、饱食的眼睛、虔诚狂热的眼睛和疑神疑鬼的眼睛，通通聚集在此处。

布瓦德雷斯在吟诵完《长祷文》后，气喘吁吁地站在街边，街对面房子的低矮拱门是醉醺醺的法夫赫德睡觉的地方。他颤抖的手放在挂上大蒜袋的木桶上，木桶现在既是伊塞克的棺材，也是他的祭坛。信徒们有的盘腿而坐，有的蹲坐，有的跪坐。人挨人，人挤人，挤得他几乎没有行走的空间。

灰猫把威金和夸奇安排在街中心一辆翻倒的鱼贩的手推车旁边。他们来来回回地传递着夸奇拿到的石瓶，毫无疑问，这在一定程度上是为了让他们周围的臭味更让人容易忍受，尽管每当灰猫注意到他们的围兜时，那种神秘的不对劲的感觉就会再次出现在他的脑海中。

普尔格在法夫赫德房间的低矮拱门边选择了一个地方作为他的位置，他称之为"岗位"。他把格里利留在身边，而灰猫则在准备工作完成后蹲在附近。普尔格的宝石假面在这个环境中并不显眼，有几个女人戴着假面，还有几个男人也戴着，在茫茫人海中只是几个五彩斑斓而毫无表情的点。

这当然不是一片平静的人海。有不少观众似乎对大个子侍祭的缺席深感恼火（并且在冗长的祈祷中发出嘘声和嘲笑），即便是常客也怀念侍祭的鲁特琴和他用甜美的男高音讲的故事，并在焦急地交流着各种怀疑和猜测。只听有人喊道："侍祭在哪里？"顷刻间，半数观众都在高呼："我们要侍祭！我们要侍祭！"

布瓦德雷斯把双手遮在眼睛上方，认真地望着街上，假装看见有人来了，然后突然戏剧性地指了指那个方向，仿佛在示意他们要找的人来了，这才使他们安静下来。人群伸长脖子，挤来挤去，试图看清布瓦德雷斯在装什么蒜，随之停止了呼喊。此时，老祭司开始了他的布道。

"我来告诉你们我的侍祭发生了什么事！"他喊道，"兰诃玛已经吞噬了他。兰诃玛这个邪恶的城市，这个酗酒、纵欲和腐败透顶的城市！兰诃玛，这个恶臭的黑骨头城市！"

这最后一句亵渎兰诃玛的神灵的话（尽管住在兰诃玛城的诸神可以被无限制地侮辱，但提起兰诃玛的神灵的人会死得很惨）再次震惊了众人，让人们鸦雀无声。

布瓦德雷斯举起双手,抬头面向低垂的流云。

"哦,伊塞克,慈悲伟大的伊塞克,请垂怜你卑微的仆人,他现在孤身一人,无依无靠。我曾有一个侍祭,为你保驾护航,但他们把他从我身边夺走了。伊塞克,你向他讲述了你的生平和秘密,他有耳朵能聆听,有嘴巴能吟唱,但现在,黑魔鬼抓住了他!哦,伊塞克,可怜可怜他吧!"

布瓦德雷斯向人群张开双手,环顾四周。

"伊塞克在世时是一个年轻的神,一个只谈论爱的年轻的神,然而,他们把他绑在拉肢架上。他用圣壶为所有人带来了和平之水,但人们打碎了它。"此时,布瓦德雷斯用了很长的篇幅来描述,比他平时的描述要生动得多(也许他觉得自己必须弥补他那吟唱诗人出身的侍祭的缺席)。他描述了壶神伊塞克的生平,尤其是他经历的磨难和死亡,直到听众中几乎所有人的脑海中都浮现出伊塞克在拉肢架上(确切地说,是一连串的刑架上)的景象,所有人想到壶神的痛苦时都至少感到关节剧痛。

妇女和壮汉潸然泪下,乞丐和杂工号啕大哭,哲学家捂着耳朵。

布瓦德雷斯的哀号达到了令人颤抖的高潮:"当你在第八个拉肢架上献出你宝贵的灵魂时,啊,伊塞克,当你残缺不全的双手将你受刑人的项圈塑造成无比美丽的壶时,你只想着我们,啊,圣洁的青年。你只想让我们这些饱经磨难、丑陋畸形的人生活得更美好,让你可怜的奴隶生活得更美好。"

听到这些话,普尔格从拱门一侧跟跟跄跄地向前走了几步,拖着格里利一齐跪倒在肮脏的鹅卵石上。他黑银色条纹斗篷的帽子落在肩上,镶满宝石的黑色假面从他脸上滑落,他已经情不自禁地泪流满面。

"我放弃其他所有神灵。"头号勒索者抽泣着说,"从此以后,我只侍奉温柔的壶神伊塞克。"

狡猾的格里利蜷曲着身子蹲在地上,努力避免被肮脏的路面弄脏身体,他像看疯子一样盯着他的主人,但不能也不敢挣脱普尔格牢牢抓住他手腕的手。

普尔格的举动并没有引起大家特别的注意,在当时,人们很容易就会改变信仰,但灰猫却注意到了,尤其是普尔格前进了几步后,他离灰猫近在咫尺,灰猫简直可以伸手拍拍普尔格光秃秃的脑袋。灰衣小个子男人感到了某种满足,或者说松了一口气,如果普尔格一段时间以来是伊塞克的秘密崇拜者,那么他的迷恋就可以得到解释了。与此同时,一种类似于怜悯的情感涌上他的心头。灰猫低头看了看自己的左手,发现自己从秘密口袋里拿出了从法夫赫德那里偷来的金饰。他很想把它轻轻放在普尔格的掌心。他想,如果普尔格在宗教情感的闸门打开的那一刻,接过他心目中的神的美丽绝伦的纪念品,那将是多么恰到好处,多么震撼人心,多么完美无缺。但金子就是金子,一艘黑色的帆船和其他颜色的游艇一样需要保养,所以灰猫抵制住了诱惑。

布瓦德雷斯张开双手,继续说:"啊,伊塞克,我们喉咙干渴,渴求你的甘泉。你的奴隶们咽喉干裂,乞求一口你壶里的水。我们愿意用自己的灵魂来换取一滴水,让我们在这座被黑骨头诅咒的邪恶城市中得到清凉。啊,伊塞克,请降临吧!给我们带来你的和平之水!我们需要你,我们想要你。啊,伊塞克,来吧!"

最后的呼吁充满了力量和渴望,跪拜的人群逐渐跟着参与,他们满怀崇敬的心情高声呼喊,声音越来越大,不断重复,如痴如醉:"我们要伊塞克!我们要伊塞克!我们要伊塞克!"

尽管布瓦德雷斯关于干燥的喉咙、干裂的咽喉、治愈的水滴和小口啜饮的言论可能为他开辟了道路,但正是这种抑扬顿挫而强有力的呼喊,最终穿透了法夫赫德醉卧在黑暗中的那颗被酒精麻痹的大脑的意识核心。总之,法夫赫德突然颤抖着苏醒过来,脑子里只有一个念头——再喝一杯。他还有一个清晰的记忆——还剩下一些酒。

令他有些不安的是,他的手并没有放在床沿下的石瓶上,不知为什么却放到了耳朵旁边。

他伸手去拿瓶子,却愤怒地发现自己的手臂动弹不得,有什么东西或什么人控制着它。

这个大个子野蛮人没有在这些琐碎的事情上浪费时间,他使劲翻了个身,想立刻挣脱束缚他的东西,钻到床沿下放酒的地方。

他成功地把床连同他自己一起翻倒了。但这并没有困扰他,也丝毫没有晃动他麻木的身体。让他困扰的是,他感觉身边的酒不见了,鼻子闻不到,眯着眼睛看不到,脑袋撞不到……当然,也没有他记忆中为这种紧急情况准备的一夸脱[1]或更多的酒。

几乎与此同时,他模糊地意识到,不知怎么回事,他和他睡觉的地方是连在一起的,尤其是他的手腕、肩膀和胸部。

---

[1] 英美制容量单位,1英制夸脱约为1.14升,1美制湿量夸脱约为0.95升。

不过，他的双腿似乎还算自由，只是膝盖处有些束缚，而且由于床恰好有一部分倒在矮桌上，床头又靠在墙上，他现在胡乱地扭动身体，其实是把自己和床一起拉了起来。

他眯着眼睛四处张望。挂着门帘的长方形门口那儿一片昏暗。他立即向门口走去。他第一次试图通过时被床挡住了，他一下子就被挡在门内，这让他非常恼火，但通过闪避和侧身，他终于成功了，用脸推开了他面前的门帘。他迷迷糊糊地想，自己是不是瘫痪了，喝下的酒全灌进了胳膊里，还是某个术士给自己施了魔法——四处走动时不得不把手腕举到耳朵上，这无疑有辱人格。此外，他的脑袋、脸颊和下巴都莫名其妙地发冷，这可能是被施黑魔法的另一项证据。

门帘终于从他的头上移开了，他看到前方有一个相当低矮的拱门，隐约可见成群的人跪在那里，摇晃着身子，而他对他们毫无印象。

他又弯下腰，笨拙地穿过拱门，然后站直了身子。火把几乎亮瞎了他的眼睛。他停下来，站在那里眨眨眼睛。片刻之后，他的视线稍稍清晰了一些，他看到的第一个能认出的人是灰猫。

他现在想起来了，最后一个和他一起喝酒的人就是灰猫。出于同样的原因，法夫赫德那长蛆般的大脑在这件事上确实运转得很快，灰猫一定就是拿走他那一夸脱或更多"午夜药水"的人。一股熊熊的怒火在他心中燃烧，他深深吸了一口气。

法夫赫德看到的就是这样。

然而，沉醉于神灵、吟唱和哭泣中的人群看到的景象却是截然不同。

他们看到的是一个身材魁梧的人，双手被高高地绑在某个框架上。他肌肉发达，赤身裸体，只穿着一条缠腰布，剃光了头，脸庞如大理石一般洁白，看上去出奇地年轻。然而那大理石一样的脸上却是一副受尽折磨的表情。

如果还需要别的理由（实际上几乎不需要）来让他们相信这就是他们用热情执着的呼喊召唤来的神灵——神圣的伊塞克——那么，当这个近七尺高的幽灵用雷鸣般的低沉声音呼喊时，就已经足够了。

"壶在哪里？壶在哪里？"

这时，人群中少数还站着的人立刻跪倒在地，甚至干脆匍匐在地。朝相反方向跪下的人则像受惊的螃蟹一样转过身来。包括布瓦德雷斯在内的二十余人晕倒在地，其中五个人的心脏永远停止了跳动。至少有十二个人永久性地疯了，不过此刻他们看起来和其他人没什么两样，这十二个人中包括七个哲学家和兰诃玛最高统治者的一个侄女。人群在惊恐和狂喜中齐齐跪倒在地，他们匍匐着，扭动着，拍打着胸脯和太阳穴，用手捂住眼睛，并透过几乎并拢的手指缝惊恐地窥视，就像在看一道令人无法忍受的强光。

也许有人会反对说，至少应该有几个人认出他们面前的这个人就是布瓦德雷斯的大个子侍祭。毕竟身高没错。但请考虑一下其中的差别：侍祭满脸胡须，蓬头垢面，而幽灵却没有胡须，光头，而且奇怪的是，连眉毛都没有；侍祭总是身穿长袍，而幽灵几乎一丝不挂；侍祭总是用甜美高亢的嗓音讲故事，而幽灵则用几乎低了两个八度的音调厉声咆哮。

最终的结论是，幽灵被绑了起来，当然是被绑在拉肢架上，用受刑者的声音呼唤他的壶。

人们不约而同地谦卑地低下了头。

只有灰猫、格里利、威金和夸奇很清楚面前的幽灵是谁。（普尔格当然也知道，但他在某些方面是最敏锐的，而且现在已经坚定地皈依了伊塞克教，他只是认为伊塞克选择以法夫赫德的身体来显现自己，而他，普尔格，则是在神的指引下为这个计划准备好了这具身体。他充分认识到自己在伊塞克转世计划中的重要地位，心中充满了对神的谦卑之情。）

然而，他的三名随从却丝毫没有被宗教情绪所打动。格里利暂时什么也做不了，因为普尔格仍然用狂热的力量紧紧抓住他的手腕。

但威金和夸奇是自由的。虽然他们的头脑有些迟钝，也不太习惯主动行动，但他们很快就意识到，那个本该被挡在外面，以免破坏他们神神道道的主人和他那狡猾的灰衣队长的好戏的大个子出现了。此外，他们很清楚法夫赫德如此愤怒地喊的壶是什么壶，既然他们知道是自己偷走的，而且还喝了个精光，自然很可能心怀愧疚，担心法夫赫德很快就会看到他们，从束缚中挣脱出来，向他们复仇。

他们匆忙拉起十字弓，拿出方镞箭，跪下瞄准，然后将弩箭直射法夫赫德赤裸的胸膛。人群中有几个人注意到了他们的举动，对其恶行发出尖叫。

两支箭射到了法夫赫德的胸膛，弹了出去，掉在鹅卵石上，这很自然，因为这是两支打鸟的方镞箭（箭头是用木头疙瘩做的，用来击落小鸟），灰猫给他们的箭筒装满了这种方镞箭。

众人被伊塞克的刀枪不入惊得目瞪口呆，欢呼雀跃。

虽然打鸟的方镞箭即使在近距离射击时也很难伤到人的皮

肤,但一个刚喝了大量酒、身体麻木的人被射到仍会感到强烈的刺痛。法夫赫德痛苦地咆哮着,抽搐着伸开双臂,挣断了绑在他身上的架子。

人群歇斯底里地欢呼起来,因为在伊塞克的侍祭经常吟诵的伊塞克的戏剧中,这又是一个恰当的动作。

夸奇和威金意识到,他们的远程武器不知怎么搞的变得毫无杀伤力,但他们太笨了,或者酒量太差,看不出这种变化有什么玄机或可疑之处,于是他们抓起短剑,冲向法夫赫德,想趁他还没来得及从那张破床的碎片上挣脱出来,把他砍倒。而法夫赫德正一脸茫然地试图挣脱床架。

夸奇和威金冲上前去,但几乎立刻就停住了,摆出一种非常奇怪的姿势,就像人们用力拽着自己的腰带,想把自己拉到空中一样。

短剑无法出鞘。明戈尔胶确实是一种强力黏合剂,灰猫心想,无论自己用什么招,都要让普尔格的随从处于无法伤害任何人的境地。

然而,灰猫没办法拔掉格里利的尖牙,因为那个小个子非常机灵,普尔格一直把他紧紧扣在身边。此时,格里利怒气冲冲,唾沫横飞,从他那心醉神迷的主人手中挣脱出来,抽出剃刀,向法夫赫德扑去。法夫赫德终于清楚地意识到是什么东西在拖累他,他正兴高采烈地用膝盖和脚顶着鹅卵石把床上最后一块讨厌的木头打碎。与此同时,人群持续不断地疯狂欢呼。

但灰猫蹿得更快。格里利看到灰猫冲过来,转身攻击这个灰衣人,佯攻了两下,然后一记劈砍险些命中。但随即,他就失血过多,顾不上继续攻击了。猫爪匕很窄,但它和其他匕首一样能割断喉咙（不过它的刀尖并不像一些没有想象力的学者所说的那样有尖锐的弯钩或倒刺）。

在与格里利的较量中，灰猫站的地方离法夫赫德非常近。小个子男人意识到，他的左手还握着法夫赫德制作的金壶，而这个东西此刻在灰猫的脑海中引发了一系列灵感，使得他的动作接连不断，就像一连串的舞蹈。

他反手拍拍法夫赫德的脸颊，引起大个子的注意。然后，他蹿到普尔格面前，左手画出一道戏剧性的弧线，仿佛要把什么东西从裸体的神身上传递到勒索者手里似的，然后他把那件金色的小玩意儿轻轻放在普尔格祈求的手指上。（当所有普通的价值尺度都失效的时候，黄金会变得一文不值，不管这段时间是多么短暂，即便对灰猫来说也是如此。）

普尔格认出了那件圣物，欣喜若狂。

但是，灰猫已经穿过了街道，来到伊塞克的棺材祭坛前。布瓦德雷斯躺在祭坛旁边，昏迷不醒，但面带微笑。灰猫拽下大蒜袋，跳到小木桶上，在上面跳起舞来，一边叫喊着吸引法夫赫德的注意，一边指着自己的脚。

法夫赫德看到了那只木桶，正如灰猫所希望的那样，这大个子并不认为它与伊塞克募集的钱有任何关系（他的脑子里还没有想过这些事情），而是认为木桶里头可能有他想要的酒。他高兴地大叫一声，急忙穿过大街向木桶冲去，他的崇拜者们有的慌忙躲开他，有的在他光着脚踩到自己时发出幸福的呻吟。他抓起木桶，举到嘴边。

在众人看来，伊塞克似乎是在喝自己的钱箱子，对于一个神来说，这种用来吸收崇拜者的供品的方式有些不同寻常，但绝对吸人眼球。

法夫赫德困惑而又厌恶地吼了一声,举起木桶,把它摔在鹅卵石上,不知是出于纯粹的沮丧,还是他认为木桶里装着酒,这很难说,但就在这时,灰猫又引起了他的注意。这个小个子男人从一个废弃的托盘上抓起两大杯啤酒,正把醉人的酒液在两个杯子之间来回倒来倒去,直到高高堆起的泡沫顺着杯壁流下。

法夫赫德把木桶夹在左臂下,许多酒鬼都有一种奇怪的谨慎习惯——喜欢心不在焉地抓着东西不放,尤其是可能装着酒的东西。法夫赫德又追着灰猫走了,灰猫躲进了最近的门廊的黑暗中,然后又跳了出来,带着法夫赫德绕着喧闹的人群转了一大圈。

从表面上看,这几乎不是一个有启发性的奇观:一个大神跌跌撞撞地追赶着一个灰衣小恶魔,试图抓住一杯总抓不着的啤酒。但是,兰诃玛人已经用了二十多个不同的寓言和象征主义的幌子来看待这一场面,其中有几种后来被写进了学术性很强的卷轴中。

第二次穿过门廊时,伊塞克和灰衣小恶魔没再出来。一大片混杂着期待和恐惧的呼喊声持续了好一会儿,但这两个超自然生物并没有再出现。

兰诃玛到处都是迷宫般的小巷,众神街的这一段尤其多,其中有些小巷幽暗迂回,通往遥远的码头。

但是伊塞克的信徒,无论是老一辈还是新皈依者,在分析他们的神消失的原因时,基本上都不会考虑这些世俗的途径。神灵有自己进出时空的通道,突然莫名其妙地消失是他们的天性。对于一个在人间的主要人生剧目已经上演过的神来说,短暂的再次出现是我们所能期望的，事实上，如果他逗留太久，从而拖延了"再次降临"的时间，可能会让人感到不舒服，对每个人的神经都会造成太大的压力。

看到伊塞克幻象的一大群人迟迟没有散去，这也是意料之中的事情，他们有很多话要相互倾诉，有很多事情要揣摩推测，也难免要相互争论。

人们后来才想起夸奇和威金亵渎神灵的攻击行为。尽管有些人已经把这件事看作寓言故事的一部分，但他们还是报了仇。两个恶霸在被一通拳打脚踢后幸免于难。

格里利的尸体被毫不客气地抬走，扔进了第二天早上的遗体推车。他的故事结束了。

布瓦德雷斯从昏迷中苏醒过来，普尔格热切地俯身看着他，在很大程度上，正是这两个人塑造了伊塞克教后来的历史。

长话短说，普尔格成了伊塞克的大总督，为彰显伊塞克的更大荣耀不懈努力，他胸前始终佩戴着神创造的金色壶徽，作为身份标志。他在皈依温和的神后，并没有像一些道德家所期望的那样放弃他的老本行，而是投入了比先前更大的热情继续从事这项工作，毫不留情地勒索伊塞克以外的所有神的祭司，并死死压制他们的发展。在伊塞克教最成功的时候，它在兰诃玛拥有五座大神庙，还有许多小神庙。名义上由布瓦德雷斯领导的祭司队伍不断壮大，而布瓦德雷斯却又恢复了衰老的模样。

在普尔格当政的整整三年里，伊塞克教繁荣了整整三年。但是，普尔格不仅以敲诈勒索为幌子对住在兰诃玛城的所有其他神灵发动圣战，他的最终目的是将他们驱逐出这座城市，如果可能的话，会将他们驱逐出这个世界，而且他甚至怀有推翻

兰诃玛的萧条时期

兰诃玛的神灵,或者至少强迫他们承认伊塞克的统治的阴暗计划……当人们知道了(由于布瓦德雷斯一些不谨慎的胡言乱语)这一切,当这一切都变得显而易见时,伊塞克教的厄运就注定了。伊塞克再临三周年纪念日那天,夜幕降临,浓雾弥漫,所有聪明的兰诃玛人都在这样的夜晚拥抱着室内的炉火。大约午夜时分,整座城市都传出了可怕的尖叫声和凄厉的号叫声,同时伴随着厚重的大门被打碎和沉重的砖石被砸碎的声音。有些人战战兢兢地坚持说,这期间还有骷髅行走的咔嗒声。一个从阁楼窗户向外窥视的青年在癫狂地死去之前还活了一阵子,他说自己看到了许多身穿黑色长袍的人影在街道上大步流星地行进,那些人的手脚和五官都是乌黑的,骨瘦如柴。

第二天早上,伊塞克的五座神庙空荡荡的,破烂不堪,他的小神龛也都被推倒了,而他的众多神职人员,包括他古老的大祭司和野心勃勃的大总督,也都消失得无影无踪,淡出了人们的视野。

时间回到整整三年前的一个黎明,我们看到灰猫和法夫赫德从一条漏水的小破艇爬上了停泊在大鼹鼠河对岸的一艘黑色单桅帆船的驾驶舱,大鼹鼠河从兰诃玛和赫拉尔河东岸流出,注入内海。在上船之前,法夫赫德先把伊塞克的木桶交给了面无表情、脸色蜡黄的奥尔夫,然后心满意足地把小艇完全推入水中。

原来,灰猫带着法夫赫德跨城跑了一圈,然后又领着他在小艇上当了一回桨手,轻松麻利地干了一阵船奴的活儿(他那几乎一丝不挂的精瘦身材确实很像船奴),这才让他的脑袋彻底摆脱了酒气,不过他的脑袋还是疼得厉害。灰猫奔跑了一阵,看起来还是有点儿不舒服，几个月来的懒惰贪吃确实让他的身体状况糟透了。

尽管如此，二人还是和奥尔夫一起扬帆起航。很快，一阵冰冷清新的咸咸的海风从右舷吹来，吹着他们径直远离了陆地和兰诃玛。奥尔夫给法夫赫德盖上厚厚的斗篷，灰猫则在晨曦中迅速转向伊塞克的木桶，他决心先拿走战利品，以免法夫赫德产生愚蠢的宗教思想或北方贵族的疑虑，再把木桶扔进大海。

天还很黑，灰猫的手指没有摸到木桶顶端的投币口，于是他把这个令人愉快的沉甸甸的东西翻倒，里面塞得满满的，连叮当声都没有发出。另一头似乎也没有投币口，不过好像有一段文字，大概是用兰诃玛象形文字烧灼刻写的。但天仍然太黑，看不清文字，而且法夫赫德从他身后走过来，于是灰猫急忙从单桅船工具架上取下一把重斧头，敲碎一块木头。

一股刺鼻的芳香液体喷涌而出，散发着最熟悉的气味。木桶里装满了白兰地，一直装到桶顶，所以没有咕噜咕噜地响。

过了一会儿，他们才看清烧灼的文字，上面简洁明了地写道："亲爱的普尔格，把你的悲伤淹没在这桶白兰地中吧。——巴沙拉特"

不难看出，昨天下午，二号勒索者曾有绝佳的机会来调包。那时众神街冷冷清清，布瓦德雷斯吃了一顿丰盛得不同寻常的鱼，快要昏昏沉沉地睡着了，法夫赫德则离开了他的岗位，和灰猫一起狂饮美酒。

"这就解释了为什么巴沙拉特昨晚不在现场。"灰猫若有所思地说。

法夫赫德赞成把木桶扔到海里，不是因为失去战利品而失望,而是对桶里的东西感到厌恶,但灰猫把木桶放在一边,让奥尔夫封好存放起来。他知道这种厌恶迟早会结束。不过,法夫赫德强迫他们答应,只有在最紧急的情况下才能使用这种火辣辣的液体,比如烧毁敌船。

红彤彤的太阳高悬在东方的波涛上。在红日的照耀下,法夫赫德和灰猫几个月来第一次真正地四目相对。广阔的大海环绕着他们,奥尔夫握着缆绳和舵柄,沉默不语。二人的目光中都流露出一种奇怪的羞怯,因为他们都突然想到,自己已经把朋友带离了在兰诃玛选择的人生道路,也许那才是最适合他们的人生道路。

"我想,你的眉毛会再长出来的。"灰猫最后很无厘头地说。

"的确会的。"法夫赫德咕哝道,"等你减掉肚子上的赘肉时,我就会有一头浓密的头发了。"

"谢谢你,鸡蛋头。"灰猫回答道,然后微微一笑,"我对兰诃玛没有任何遗憾。"他撒了一个弥天大谎,但也不完全是谎言。"我现在明白了,如果我留在兰诃玛,就会走上普尔格和所有这些伟人的老路:肥胖,权力至上,被手下的队长困扰,被虚情假意的舞女蒙蔽,最后投入宗教的怀抱。至少我摆脱了最后一种慢性病,它比肥胖更可怕。"他眯着眼睛仔细地打量着法夫赫德,"你呢,老朋友?你会想念布瓦德雷斯,想念你的鹅卵石床,想念你每晚编的故事吗?"

单桅帆船急速向北驶去,咸咸的海雾向法夫赫德袭来,他皱起了眉头。

"不。"他最后说,"总有其他故事可以编。我出色地侍奉了一个神，给他穿上了新衣，然后我又做了第三件事。谁会在做了这么多事之后又去当一个侍祭呢？你看，老朋友，我真的是伊塞克。"

灰猫挑了挑眉毛："是吗？"

法夫赫德一本正经地点点头。

张羿　译

梦之城

迈克尔·穆考克（Michael Moorcock），生于1939年，英国作家、编辑，从1964年担任《新世界》（New Worlds）杂志的编辑时就开始对科幻小说及广泛意义上的文学作品产生重大影响。他支持并鼓励后来被称为"科幻新浪潮"的先锋之作。他极为多产，每种体裁的作品几乎都有涉猎，因此对他的职业生涯进行简短概括是不可能的事。长期以来，穆考克一直对剑和魔法类故事深感兴趣，这种兴趣可以追溯到他早期出版的某些作品，如剑客索扬的故事，见汇编文集《索扬》（Sojan，1977年）。1961年，《梦之城》（"The Dreaming City"）首度发表在《科学奇幻》（Science Fantasy）杂志上，穆考克在文中引入了"梅尼波内的艾尔瑞克"这个人物，从某种程度上而言，他是对野蛮人柯南（Conan the Barbarian）的戏仿：在一个走向衰败的世界里，有一位患有白化病的孱弱皇帝，但他同时也是一名魔法师，他发现了一柄名为"风暴引"的剑，这柄剑可以给他带来健康和力量，但他必须以灵魂向其献祭，最后导致毁灭。1961年至1964年，穆考克先后出版了九篇短篇及中篇小说，对艾尔瑞克的生活进行了描写。随后，在1972年，他又出版了小说《梅尼波内的艾尔瑞克》（Elric of Melniboné），讲述了关于艾尔瑞克出身的故事，此后还出版了不计其数的文集和小说。其中，有许多作品都为艾尔瑞克在《梦之城》之前时期的生活提供了种种细节。

读客科幻文库 | 现代奇幻大书

梦之城

引　言

　　梅尼波内光明帝国统治着世界，繁盛了万载。在史书问世之前，抑或终结之后，你怎么想都行，在这一万年内，光明帝国一直欣欣向荣。倘若你愿意的话，不妨心存希望，想想地球不堪回首的往昔，或者思考未来。然而，只要你肯相信这可怕的真相，那么，时间便只是当下面临的苦楚，而且还将永远如是。

　　在无形无相、名为"时间"的恐怖之物的蹂躏下，梅尼波内终于沦亡了，被年代较晚的国家所接替：伊尔米奥拉、希戈思、迈达克、萨勒姆。然后是人们的记忆所及的诸国：乌尔[1]、印度、埃及、亚述、波斯、希腊、罗马——以上诸国都出现在梅尼波内之后，但国祚能延续万年的，一个也没有。

　　也没有任何一国懂得施展令人畏惧的秘术，亦即在古国梅尼波内盛行的不为人知的魔法。没有哪一国动用过这种力量，也不知该如何运用。统治了地球一百个世纪之久的唯有梅尼波内一国而已，后来，帝国因为可怕的符文铸造物而动摇，比人力更强大的力量向其发起了攻击，他们认为，梅尼波内统治的时间已经过久。于是，帝国分崩离析，帝国的子民也风流云散。他们在地球上四处流浪，留下为数不多的子嗣，就这样慢慢死去，慢慢忘记了法力高强的祖先所掌握的秘密，世人对他们又

---

[1] 古代美索不达米亚南部苏美尔人的重要城邦。

恨又怕。其中一位梅尼波内人就是带笑的艾尔瑞克，他是一个玩世不恭之人，会陷入痛苦的沉思，又不乏突如其来的幽默，他是傲气凌人的废墟王子，是卑微的亡国之族的主君，也是梅尼波内支离破碎的皇族的最后一个儿子。

艾尔瑞克，眼神忧郁的流浪者，与世界战斗的孤独战士，凭借着自己的才智和符文剑"风暴引"为生。艾尔瑞克，梅尼波内的末代君王，奇诡而美丽的神灵最后的崇信者——是无所顾忌的掠夺者，也是愤世嫉俗的杀戮者——被深沉的悲伤折磨着，头颅中嵌入的知识会把不及他的人变成喋喋不休的白痴。艾尔瑞克，铸造疯狂的人，对激动人心的乐事浅尝辄止……

第一章

"几点了？"黑须男子猛地扯下镀金头盔，扔了出去，并不在意头盔掉落在哪里。他脱下皮制的护手，走近熊熊烈火，让热气渗入冻僵的骨骼。

"午夜已经过去很久了。"火焰旁聚集的装甲战士中有一个人低吼道，"你还那么肯定他会来吗？"

"据说他是个说话算话的人，但愿这种说法能叫你心安。"

开口的是个脸色苍白的高挑青年。这番话从他薄薄的唇间吐出，有些不怀好意。

他咧嘴一笑，龇出狼一般的利齿，直视着新来那人的眼睛，奚落他。

新来的人耸了耸肩，转身走开："确实如此——哪怕你说的是讽刺的反话,雅里斯。他会来的。"他的口气倒像是想让自己感到安慰。此时,围在火堆旁的共有六人,第六个名叫斯密奥根,亦即紫城之主、斯密奥根光头伯爵。这个男人身材矮壮,年约五旬,面有疤痕,脸上长着浓密的黑须。他阴郁的双眼闪烁着光芒,粗笨的指头紧张地拨弄着长剑,剑柄很华丽。他头顶上光秃秃的,因此得名光头伯爵,华贵的镀金铠甲外披着一件羊毛斗篷,宽松的斗篷染成了紫色。

斯密奥根用沙哑的嗓音说:"他对自己的堂弟没有半点儿情分,早就已经怀恨在心。伊尔孔篡了位,坐在他的红宝石王座上,反倒昭告天下,称他为不守法度的叛国贼。艾尔瑞克要想夺回王位和新娘,就需要我们帮忙。我们可以信任他。"

"今晚你倒是满怀信任哪,伯爵,"雅里斯淡淡一笑,"在这种动荡的年代,这一点很难得。依我说——"他停顿了一下,深吸一口气,凝视着各位战友,抓住了他们最典型的特征。贾科尔之主达米特面庞瘦削,洛米尔之主法丹噘着厚嘴唇,他的目光从他们身上掠过,然后望向火焰。

"你就说吧,雅里斯,"维尔米尔之主纳克隆的面容颇有贵族气派,他急不可耐地催促道,"孩子,要是值得一听的话,咱们就听听你要说什么。"

雅里斯将目光投向花花公子吉库,后者无礼地打了个哈欠,挠了挠长鼻子。

"好吧!"斯密奥根不耐烦了,"雅里斯,你要说什么?"

"依我说,我们应该现在就动手,不要再浪费时间等艾尔瑞克来寻开心了!他准是在离这儿一百英里外的哪个酒馆里笑话我们呢——要不就是在跟龙族的王子密谋,看要怎么给我们下套。这次突袭，我们已经筹划了多年。留给我们发动攻击的时间没多少了——我们的舰队太庞大，过于惹眼。就算艾尔瑞克没有出卖我们，要不了多久，探子们很快就会往东边跑，去向龙族示警，告诉他们，有一支集结起来对付他们的舰队。我们可能会赢得一笔惊人的财富，征服全世界最大的商业城市，夺得无法估量的财富；可我们要是等上太久的话，也可能会惨死在龙族王子手中。咱们还是别再按兵不动了，趁着我们的战利品还没有听说我们的计划，没有召集援军，这就扬帆起航吧！"

"雅里斯，你的疑心病总是太重。"维尔米尔之主纳克隆慢吞吞地说，同时打量着这个面容紧绷的年轻人，谨慎的言语中带着几分反感，"只有艾尔瑞克才认识通往秘密港口的迷宫通道，他要是不在，我们就到不了伊姆瑞尔。艾尔瑞克要是不和我们一起去，我们的努力就毫无希望，纯属白费功夫。我们需要他。我们必须等他，不然就得放弃计划，返回家乡。"

"至少我愿意冒险，"雅里斯喊道，他眼梢上挑，怒火从眼中喷涌而出，"你们一个个都老了。夺取财宝靠的不是小心谨慎和深谋远虑，而是迅猛的杀戮、不计后果的攻击。"

"傻瓜！"达米特的声音在被火光照亮的大厅里回荡，他的笑容很疲惫，"年轻的时候，我也说过这种话——没过多久，我就损失了一支出色的舰队。凭借计谋和艾尔瑞克的知识，我们不光可以拿下伊姆瑞尔，还会拥有一支最强大的舰队，在龙海上纵横驰骋，自从梅尼波内的旗帜在世界各国飘扬以来，还从来没出现过这么厉害的舰队。瞧瞧我们这些人吧——世上最强的海上领主，每个人都拥有上百艘快船。我们的名字家喻户晓，令人生畏，我们的船队在几十个小国的海岸上横行。我们掌握着权力!"他攥紧硕大的拳头,冲着雅里斯的脸晃了晃。他的语气变得冷静了些,他恶狠狠地笑了笑,瞪着那个年轻人,字斟句酌地说:"可是,少了艾尔瑞克的力量,这一切都无足轻重,毫无意义。这就是知识的力量——假如那个受过诅咒的词我非用不可的话——这就是在梦中领悟的魔法之力。他的祖先了解那座迷宫,它可以保护伊姆瑞尔免受从海上发起的袭击。他的祖先把这个秘密传给了他。梦之城伊姆瑞尔,在和平中做梦,他们的梦会一直做下去,除非我们找到一个向导,带领我们驾船穿过暗藏危险的水道,通往城里的港口。我们需要艾尔瑞克,这一点我们明白,他也明白。事实就是这样!"

"先生们,这样的信任可真是温暖人心哪。"厅门口传来一道浑厚的声音,带着讽刺的意味。六位海上领主猛地转头,朝门口望去。

雅里斯与梅尼波内的艾尔瑞克对视时,他的自信消失得无影无踪。那是一双饱经沧桑的眼睛,长在眉清目秀、朝气蓬勃的面孔上。雅里斯打了个寒战,转过身去,背对着艾尔瑞克,他宁愿去看明亮的火光。

斯密奥根伯爵揽住他的肩膀时,艾尔瑞克露出了热情的笑容。他们俩之间存在某种友谊。他朝另外四人倨傲地点了点头,向火堆走来,步履轻快,风度翩翩。雅里斯闪到一边,让他过去。艾尔瑞克身材高大,宽肩窄臀,长发束起,别在颈后,不知是出于什么原因,他打扮得倒像个南方的蛮夷。他脚蹬一双长及膝盖的软麂皮长靴,佩戴着做工奇特的银质胸甲,上身是蓝白格子的亚麻短上衣,下面是猩红色的羊毛裤,外罩一件沙沙作响的绿丝绒披风,腰间挎着黑铁铸成的符文剑,这就是令人闻风丧胆的魔剑"风暴引",以异域的古老魔法锻造而成。

他这身奇装异服花里胡哨,缺乏品位,面部皮肤显得敏感脆弱,手指修长,双手简直可以称为纤细,这身花衣裳与他这样的外貌并不相称,然而,他却偏偏要卖弄一下这身打扮,因为这凸显了他的身份——不属于任何群体,是个局外人,是个无家可归的流浪汉。不过实际上,他没有必要把自己打扮得这么具有异国风情,因为单凭眼睛和皮肤便足以表明他的身份。

梅尼波内的末代国君艾尔瑞克是位不折不扣的白化病患者,从一个不为人知的可怕源头汲取力量。

斯密奥根叹了口气:"好吧,艾尔瑞克,我们什么时候突袭伊姆瑞尔?"

艾尔瑞克耸了耸肩:"随你的便,我不在乎。给我点儿时间就行,等我办几件事。"

"明天?我们明天开船如何?"雅里斯的语气犹豫不决,他已经发觉,在刚才被自己指责为背信弃义的这个人身上,潜藏着一股奇异的力量。

艾尔瑞克笑了笑,没有理睬那年轻人的话。"得三天时间,"他说,"三天……可能还不够。"

"三天!可是到那个时候,伊姆瑞尔就该接到警报了,就会知道我们在这儿!"谨慎的胖子法丹发话了。

"我会确保你们的船队不被人发现。"艾尔瑞克许诺道,"我得先去趟伊姆瑞尔,然后再回来。"

"三天你根本走不完吧——最快的船也来不及。"斯密奥根目瞪口呆地说。

"用不了一天,我就能到梦之城。"艾尔瑞克轻声说,语气却是一锤定音。

斯密奥根耸了耸肩:"既然你这么说,那我就信你——可是,在发动突袭之前,为什么还必须去城里看一眼呢?"

"斯密奥根伯爵,我自己也有觉得内疚的地方。不过别担心,我不会出卖你的。我会在袭击中亲自领头,这一点你大可放心。"他那张脸惨白得像张死人脸,在火光的映照下显得阴森可怖,红眼里闪动着幽光,一只瘦削的手紧紧攥住符文剑的剑柄,呼吸似乎变得越发费力,"五百年前,伊姆瑞尔在精神上陷落了——它很快就会彻底陷落——直到永远!我还有笔账要算。我之所以要帮你,仅仅出于这一个原因。你也知道,我提的条件很少——你们要把这座城市夷为平地,我指定的那两个人都不能受伤。我指的是我堂弟伊尔孔和他妹妹西莫丽尔……"

雅里斯的薄唇干得难受。从很大程度上而言,父王的早逝使他形成了外强中干的做派。那位海上的老王驾崩了,留下年纪轻轻的雅里斯,成了他的土地和船队的新主君。对于自己是否有能力指挥这样庞大的王国,雅里斯根本没有把握。他努力装出一副比实际更自信的模样。此时他说:"艾尔瑞克大人,我们要怎么把船队藏起来呢?"

梅尼波内人倒是回答了这个问题。"我会替你们藏起来的,"他答应道,"我现在就着手去办这件事。不过,你们要确保手下的所有人都先下船。斯密奥根,你能做到吗?"

"能。"敦实的伯爵嘟囔了一声。

他和艾尔瑞克一起离开了大厅,将另外五人留在厅内。大厅里的火烧得极旺,但留下的五人却觉得这里弥漫着一股冰冷的末日气息。

"这道峡湾我们比谁都熟,但根本找不到可以藏身的地方,他怎么能把这么庞大的船队藏起来呢?"贾科尔之主达米特百思不得其解。

他的问题无人回应。

几人忐忑不安地等待着,火堆无人照管,先是忽明忽暗地闪烁起来,最后熄灭了。斯密奥根总算回来了,在木地板上重重地跺着脚,发出巨大的声响。他周身笼罩着一种挥之不去的恐惧,如同几乎触手可及的雾霭。同时,他颤抖得厉害,浑身剧烈起伏着,呼吸急促。

"嗯?艾尔瑞克是不是一下子就把船队藏起来了?他都干了些什么?"达米特不耐烦地说,没有理会斯密奥根这副狼狈样。

"他把船队藏起来了。"斯密奥根只说了这么一句,他的声音很小,像个虚弱无力的发烧病人。

雅里斯走到厅口,想隔着峡湾的斜坡远眺一下燃着众多篝火的地方,试图辨认出船上的桅杆和索具的轮廓,却什么也看不见。

"夜雾太浓了,"他喃喃地说,"我看不出我们的船到底是不是停在峡湾里。"接着,只见浓雾中隐约出现了一张苍白的脸,让他不由自主地倒抽了一口冷气。"你好,呃,艾尔瑞克大人。"他结结巴巴地说,注意到梅尼波内人绷紧的脸上汗水涔涔。

艾尔瑞克踉跄着从他身边走过,进了大厅。"拿酒来,"他喃喃地说,"要办的事我已经完成了,我为此付出的代价可不小。"

达米特取来一壶嘉德珊烈酒，用颤巍巍的手往一只雕花木头高脚杯里斟了些。他一言不发地把杯子递给艾尔瑞克，后者飞快地一饮而尽。"现在我要睡一觉。"他说着，在一张椅子上坐下来，舒展开身体，把绿斗篷裹到身上。他闭上了那双令人不安的深红眼瞳，在极度的疲劳下陷入了熟睡。

法丹急忙跑到门口，关上门，把沉重的铁闩拽下来插好。

那天晚上，六个人谁都没怎么睡。次日早晨，门上的铁闩已然撤去，椅子上也不见了艾尔瑞克的踪影。他们走到厅外时，雾实在太大，尽管互相之间相距还不到两英尺，但他们很快就再也看不见别人了。

艾尔瑞克叉开双腿，站在狭窄海滩的卵石上。他回头瞧了瞧通向峡湾的入口，看见雾还在越变越浓感到很满意，只不过雾气仅仅遮蔽了峡湾，把庞大的船队掩藏了起来。其他地方的天气则依旧晴朗，头顶是冬日暗淡的太阳，阳光直射着悬崖上的黑色岩石，海岸线上尽是这种崎岖的悬崖。前方的海面单调地起伏着，犹如沉睡的水之巨人的胸膛，在冷冷的阳光下，灰蒙蒙的清澈海水闪闪发亮。艾尔瑞克用手指摩挲着黑色宽刃剑的剑柄上凸起的符文，一阵平稳的北风吹来，钻进墨绿色斗篷宽松的皱褶，吹得斗篷围绕着他高大瘦削的身躯打转。

前一天夜里，他在召唤雾气时耗尽了全身气力，与昨晚相比，这位白化病人自觉身体状况有所好转。他虽然精通自然魔法的技能，却并不具备祖辈的力量储备，梅尼波内的历代巫皇在统治世界时，都曾拥有过那样的力量。他的祖先虽把知识传授给了他，但他们神秘的生命力却没有传承下来，他所知晓的许多咒文和秘语都无法发挥作用,因为无论是在灵魂还是在肉身层面,他都缺乏施展它们所需的力量。尽管如此,在世上的所有其他人当中,艾尔瑞克只知道一个人的知识水准能与他相匹敌,此人便是他的堂弟伊尔孔。想起曾经两度辜负他信任的堂弟,他握着剑柄的手攥得更紧了。他强迫自己先专心完成眼前的任务:念诵咒语,帮助他航行到驭龙师岛。那座岛上只有一座城市——美城伊姆瑞尔,它也正是海上诸王集结起来攻击的目标。

海滩上停泊着一艘小小的帆船,是艾尔瑞克自己的小艇,结实耐用,做工奇特,远比外观看上去坚固得多,年头也要久远得多。潮水正在退去,汹涌的海浪拍打着帆船上的木头,艾尔瑞克意识到,要想施展有所助益的魔法,他几乎没剩下多少时间了。

他绷紧身体,将识神清空,从幽暗的梦魂深处召唤出秘语。他摇晃着身子,瞪大的双眼对眼前的景物视而不见,双臂猛地向前一伸,在空中画出危险的手势,口中开始发出毫无起伏的咝咝声。他的音调缓缓升高,就像远处几乎听不见的暴风逼近时的尖厉声响——然后,他的声音骤然升高,直到变成朝着天空狂啸,连空气也随之震颤抖动。黑影开始缓慢地汇聚,它们在艾尔瑞克的身体周围疾掠飞奔,没有片刻停顿,他迈开僵直的腿,朝帆船走去。

他的啸声无休无止,不似人类发出的声音,他召唤着风的精灵:微风之灵希尔弗、狂风之灵沙纳、旋风之灵赫哈尔珊。它们无形无相,朦胧难辨,在他周围旋转着,他用祖先传下来的异域语言召请它们施以援手,在很久以前的梦中探索期间,为了换取它们的效劳,他的祖先与诸位精灵达成了不可思议、难以想象的契约。

艾尔瑞克上了船，四肢仍然僵硬，他像自动机器一样，手指顺着船帆向上摸索，系好缆绳，把自己绑在舵柄上。然后，平静的大海中掀起一道巨浪，越升越高，直到浪头高过帆船顶部。海水落下来，砸在帆船上，汹涌的浪花随之发出一声巨响，把小船卷起，冲进了大海。艾尔瑞克坐在船尾，眼中一片空茫，嘴里依旧哼唱着可怕的魔法之歌，空气的精灵鼓起风帆，吹得小船在水面上飞也似的前进，凡人的船绝不可能达到这样的速度。与此同时，获释的精灵发出可怕的尖叫，叫声震耳欲聋，始终充斥于帆船周围的空气中，海岸消失了，所见唯有开阔的海面。

第二章

就这样，身为梅尼波内王族的末代王子，艾尔瑞克与风之精灵同船而来，回到了仍由自己族人统治的最后一座城市——最后一座留存着梅尼波内建筑的城市。其余所有了不起的城市都化作废墟，被世人所遗弃，只有隐士和遁世之人还留在那些地方。艾尔瑞克离开峡湾不过短短几小时，老城中距海较近的高楼便已出现在眼前，呈现出影影绰绰的粉红和微不可察的黄色，到了驭龙师岛的近海，精灵们离船而去，逃回了位于世界最高峰之间的秘密巢穴。这时，艾尔瑞克从出神状态中清醒过来，眺望着自己出生地的这些华美高楼，心中重新生起了惊叹，即使相隔如此遥远的距离，也能看出它们的美丽，宏伟的海堤、宽阔的大门、五门迷宫，还有高墙间蜿蜒的通道，其中只有一条道通往伊姆瑞尔的内港，上述防线依旧拱卫着这里的高楼。

艾尔瑞克心里清楚，尽管对路线了如指掌，但自己可不敢冒险从迷宫中穿过，进入港口。他决定不走迷宫，而是把船驶到海岸线北边更远的地方，停泊在一处熟悉的小海湾里。他用灵巧的双手和坚定的毅力操控着小船，驶向隐蔽的海湾，那里被一片灌木丛所遮蔽，灌木上结满了可怕的蓝浆果，对人类而言，这种浆果无疑是有毒的，因为它们的汁液会首先使人失明，然后慢慢地让人发疯。蓝浆果名叫"诺伊德尔"，只生长在梅尼波内的土地上，还有一些罕见的致命植物也是如此，它们的混合物让孱弱的王子得以续命。

一缕缕轻盈的云彩低垂在天际，在绘满阳光的天空中缓缓流动，就像纤细的蛛网，被一阵突如其来的微风吹拂着。整个天地间呈现出蓝、金、绿、白诸色，显得五彩缤纷，艾尔瑞克把船拖到海滩上，呼吸着冬日洁净而凛冽的空气，感受着树叶和下层灌木腐烂的气息。不知什么地方，有只母狐正在用吠叫声向伴侣表达它的快乐，艾尔瑞克心中觉得遗憾，他那人员日渐凋零的族人不再欣赏自然之美，反倒宁愿待在城市附近，将大量的时间耗费在借助药物作用的昏睡上、研究上。沉浸在梦里的并非这座城市，而是城中文明程度过高的居民。抑或城市与居民已经融为一体？艾尔瑞克嗅着冬季浓郁而清新的芳香，心中无比庆幸自己放弃了与生俱来的王权，没有继续统治这座城市——他生来就是这里的主君。

反倒是他的堂弟伊尔孔摊开手脚，肆意躺在美城伊姆瑞尔的红宝石王座上，他痛恨艾尔瑞克，因为他心知肚明，这个白化病人虽然厌恶王冠和王权，却仍是名正言顺的龙岛之王，而他伊尔孔只是个篡位者,不是如梅尼波内的传统所要求的那样,是由艾尔瑞克选中的继位之人。

然而,艾尔瑞克有更正当的理由痛恨他的堂弟。正是出于那些理由,这座壮丽辉煌的古城才即将沦陷,粉、黄、紫、白的高楼即将化作齑粉,繁华帝国的最后一块碎片也会随之彻底覆灭——假使艾尔瑞克的复仇之路以胜利告终,那么各位海上领主就会大计得逞。

艾尔瑞克迈开大步,向内陆走去,走向伊姆瑞尔,他在柔软的草地上步行了数英里,太阳在大地上投下赭色的暗影,如同棺材上的柩衣,然后夕阳沉落,取而代之的是没有月色的暗夜,充斥着凶兆,令人恐惧。

终于,他到达了这座城市。鲜明的黑色剪影引人注目,无论是在构想还是在建设方面,这都是一座宏伟壮观的城市。它是世上最古老的城市,由艺术家建造而成,被视作一件艺术品,而非徒具功能的住所,但艾尔瑞克知道,在许多窄街陋巷里,隐藏着脏乱不堪的地方,伊姆瑞尔的历代领主任凭许多高楼空置,也不让城里的私生人口住进去。驭龙师也所剩无几,身上流淌着梅尼波内血脉的人更是寥若晨星。

这座城市在建造时顺应了原本的地形,外观上具有不可分割的整体性,蜿蜒的小巷盘旋而上,延伸到山顶,那里傲然矗立着一座巍峨的城堡,城堡有许多尖顶,建造它的古代艺术家早已被人遗忘,这是艺术家最后一件至高无上的杰作。然而,在美城伊姆瑞尔听不见生命发出的声音,只有令人昏昏欲睡的荒凉。这座城市陷入了沉睡——在药物的刺激下,驭龙师、他们的夫人以及专用的奴隶都在做梦,壮观的梦境惊人地恐怖,他们在梦境中学习无法施展的技能,而剩下的人则恪守着宵禁令,被扔在铺满稻草的石头上,尽量不做梦。

艾尔瑞克的手始终不离剑柄左右,他悄悄穿过城墙上一扇无人把守的大门,进了城,开始小心翼翼地穿过街道,往上走去,沿路经过蜿蜒的小巷,走向伊尔孔宏伟的宫殿。

风从龙楼空荡的房间里呼啸而过,有时听到脚步声传来,艾尔瑞克便不得不抽身移步,退到暗影更深的地方躲藏,因为这表明一队卫兵即将经过,而他们的职责是确保宵禁令得到严格遵守。他经常听到狂笑的回音从某座高楼里传出,楼中仍然闪耀着火炬明亮的光芒,在墙上投下令人不安的奇怪影子。他还屡屡听见令人不寒而栗的尖叫,以及如同白痴发出的狂喊,那是某个可怜的奴隶为了取悦主人,正在以极度痛苦的方式死去。

艾尔瑞克并没有被这些声音和阴暗的景象吓倒,反倒心存感激。他仍然是梅尼波内人——如果他愿意夺回王权的话,也仍然是他们名正言顺的主君——尽管他有种说不清道不明的冲动,想去外面的世界游历一番,体验一下没那么复杂精妙的乐趣,但他仍然抛不开身后历经万载的文明,曾经辉煌的文明同样残忍无情,在他入睡的时候,它的智慧仍在增长,祖先的脉搏仍在他带有缺陷的血管里有力地跳动着。

艾尔瑞克不耐烦地敲着那扇沉重的黑色木门。此刻,他已经来到了宫殿,站在小小的后门前,谨慎地环顾四周,因为他知道,伊尔孔早已下令,只要他进入伊姆瑞尔,就格杀勿论。

门后传来吱呀一声,是门闩发出的锐响,木门悄无声息地向内打开。艾尔瑞克面前出现了一张布满皱纹的瘦削面孔。

"是国王吗？"那人凝视着外面的夜色，悄声询问。他身材高挑，骨瘦如柴，修长的四肢上疙疙瘩瘩，当他走近时，手臂和腿移动的姿势很难看，他机警地睁大眼睛，想瞧一眼门口的人。

"是艾尔瑞克王子。"白化病人说，"但你忘了，坦格尔波内斯，我的朋友，红宝石王座上坐着一位新国王。"

坦格尔波内斯摇了摇头，稀疏的头发披散在脸上，他猛地把乱发向后一捋，闪到一边，让艾尔瑞克进门："不管谋权篡位的人怎么说，龙岛的国王只有一个，名字叫作艾尔瑞克。"

艾尔瑞克没有理会他的话，却露出了淡淡的笑容，等着那人把门闩重新插好。

"陛下，她还在睡觉。"坦格尔波内斯一边喃喃低语，一边顺着没有灯光的楼梯往上爬，艾尔瑞克跟在他身后。

"我猜到了。"艾尔瑞克说，"我可没低估我那位好堂弟的法力。"

这时，两个人默不作声地往上走，终于来到一条走廊上。火炬的光芒摇曳闪烁着，火光反射在大理石壁上。艾尔瑞克与坦格尔波内斯一起蹲在一根柱子后面，他看见自己关注的那个房间由一名弓箭手把守着。此人身材魁梧，保持着清醒和警觉，从长相来看，应当是个阉人，他没有头发，身体肥胖，闪闪发亮的蓝黑色盔甲紧紧箍在肥肉上，但他的手指扣着短骨弓的弓弦，弦上还搭着一支纤细的箭。艾尔瑞克猜测，这是一名训练有素的阉人弓箭手，是失音卫队的一员，而失音卫队是艾尔瑞克麾下最精锐的战士。

坦格尔波内斯曾经向年少时的艾尔瑞克传授过击剑和射箭的技艺，他知道这里有人守卫，也早已做好了应对的准备。他预先在柱子背后藏了一张弓，此时，他悄无声息地拾起那张弓，弯弓放在膝盖上，装好弓弦，搭箭在弦，对准守卫的右眼放了出去——恰在此时，那阉人正好朝他的方向转过身来。这一击落了空。当啷一声，箭尖撞到了那人的头盔，落在地面铺着芦苇的石头上，没有造成任何伤害。

于是，艾尔瑞克迅速动手，向前一跃，拔出符文剑，剑上陌生的力量在他体内汹涌而过。阉人原本指望用骨弓抵挡住劈来的符文剑，但长剑呼啸着，黑色钢铁挥出一道灼热的弧线，斩断了骨弓。守卫上气不接下气，厚实的嘴唇湿漉漉的，喘息着要大喊。当他张嘴时，艾尔瑞克看到的情况果然不出他所料：此人没有舌头，是个哑巴。他自己的短剑已然出鞘，勉强挡开了艾尔瑞克的下一剑。两剑相撞处火花四溅，风暴引嵌进了阉人锋利的剑刃，那把魔剑上附有亡灵魔法，似乎被赋予了独立的生命，劈得那阉人一个踉跄，向后退开。金属响亮的碰撞声在短短的走廊里回荡，艾尔瑞克诅咒命运，在方才那千钧一发之际，命运竟偏偏让这人转身。他无声无息地运剑，冷酷地突破阉人笨拙的防卫。

阉人只能隔着旋转的黑刃，隐约瞥见自己的对手，剑刃看似轻盈如风，长度相当于他那柄短剑的两倍。他发疯似的想看清袭击自己的人是谁，觉得好像认出了那张脸。接着，如泉水般喷出的一阵猩红液体遮住了他的视线，剧烈的疼痛从他脸上传来，然后出于某种阉人必然有的对宿命论的热衷，他冷静地意识到，自己就要死了。

艾尔瑞克站在阉人臃肿的尸体旁，从头骨中拔出剑锋，在死者的斗篷上擦拭着沾染的血迹和脑浆。坦格尔波内斯已经明智地不见了踪影。艾尔瑞克可以听见咔嗒咔嗒的脚步声，是脚蹬凉鞋的人正沿着楼梯向上飞奔。他推开门，走进房间，屋内摆着一张大床，悬着华丽的绣帷，床的两头点着两支小小的蜡烛。他走到床边，低头看着躺在床上的黑发姑娘。

艾尔瑞克的嘴抽搐了一下，奇异的红瞳中涌出了亮闪闪的泪水。他浑身颤抖着，转身走回门口，还剑入鞘，重新插好门闩，然后才又回到床前，跪倒在沉睡的女子身边。

她的五官和艾尔瑞克一样精致，像是从同一个模子里刻出来的，但她额外多了一种细腻的美感。她呼吸轻浅，不是在疲倦之后自然入睡，而是被她哥哥的邪恶法术所催眠。

艾尔瑞克伸出手去，温柔地把她玉指纤纤的手握在掌中，举到唇边，亲吻了一下。

"西莫丽尔。"他喃喃低语，在他念出的这个名字里，有一种痛苦的渴望在悸动，"西莫丽尔——醒醒。"

女子一动不动，她的呼吸依旧轻浅，双眼依然紧闭。艾尔瑞克在可怕的狂怒中簌簌发抖，苍白的五官扭曲狰狞，红色的眸子燃烧着怒火。他紧紧抓住她的手，那只手软弱无力，跟死尸的手相差无几，他一直这样紧紧抓着，直到不得不松开，因为害怕会把她纤细的手指捏断。

一个士兵大声叫喊着，开始用力敲门。

艾尔瑞克把姑娘的手放回她胸前，站了起来，不解地朝门口瞥了一眼。

一道更刺耳、更冷酷的声音打断了士兵的喊声。

"出什么事了？有谁来打扰我正在睡觉的可怜妹妹？"

"伊尔孔，黑暗的地狱之子。"艾尔瑞克自言自语。

士兵含混不清地嘟囔了几句，伊尔孔提高了嗓门，隔着门大声叫道："不管在里面的是什么人，只要被我逮住，肯定得死上一千回。你别想逃。我的好妹妹要是受到任何伤害，那你就永远也死不成，这一点我可以向你保证。但你会向你的神灵祈祷，只求一死！"

"伊尔孔，你这个没用的吹牛大王，你威胁不了我，咱们俩的黑魔法水平不相上下。是我，艾尔瑞克，你名正言顺的主君。钻回你的兔子洞去吧，不然我就召唤天上、地上和地下的所有力量，炸你个片甲不留！"

伊尔孔笑了起来，笑声有些迟疑："这么说，你回来了，又想唤醒我妹妹。这样的企图不仅会害得她送命，还会把她的灵魂打入地狱的最深层——你倒是可以心甘情愿地跟着下去！"

"以阿尔纳拉的六乳起誓，用不了多久，你就会品尝到死上一千回的滋味。"

"够了。"伊尔孔提高了嗓门，"士兵们——我命令你们破门而入，活捉那个叛国贼。艾尔瑞克，有两样东西你再也得不到了，一是我妹妹的爱，二是红宝石王座。剩下的这点时间你就尽情享受吧，因为你很快就要向我卑躬屈膝，并祈求能在灵魂的痛苦中得到解脱！"

艾尔瑞克没有理会伊尔孔的威胁，而是注视着房间里狭窄的窗户，窗口的大小恰好能容一人钻过。他弯下腰，在西莫丽尔的唇上印下一吻，然后走到门口，默不作声地抽掉门闩。

门上传来一声巨响，是一名士兵在奋力撞门。门开了，撞门的人向前一扑，脸朝下摔倒在地。艾尔瑞克拔出长剑，高高举起，向那战士的脖颈斩去。头颅从那战士肩膀上弹落，艾尔瑞克用低沉浑厚的声音高喊道:"亚略!亚略!我向你献上鲜血和灵魂——现在请救救我!全能的地狱公爵,我把这个人献祭给你——救救你的仆人,梅尼波内的艾尔瑞克!"

三名士兵紧紧挤在一起,先后进了房间。艾尔瑞克向其中一人发动了攻击,把他的半张脸都给劈了下来,那人发出了骇人的尖叫。

"亚略,黑暗之主——我向你献上鲜血和灵魂。救救我,伟大的主!"

在这个昏暗的房间较远的角落里,一层更黑的雾气开始缓缓汇聚。但士兵们越逼越近,让艾尔瑞克难以抵挡。

他口中不停地高声呼唤着高层地狱之主亚略的名字,几乎是下意识地这样呼唤着,因为士兵的数量太多,他寡不敌众,越退越远。伊尔孔在他们身后嘟囔着,既愤怒又懊丧,他催促着手下,依然要活捉艾尔瑞克。这就让艾尔瑞克占据了一点儿小小的优势。符文剑闪耀着一种奇异的黑色光芒,尖厉的啸声让听到的人莫不感到刺耳。这时,又有两具尸体倒在了屋里铺着地毯的地板上,他们的血浸湿了精致的地毯。

"向我主亚略献上鲜血和灵魂!"

黑暗的薄雾冉冉升起,开始汇聚成形,艾尔瑞克朝角落里扫了一眼,尽管早已习惯了这诞生自地狱的恐怖模样,但他还是打了个寒战。此刻,士兵们正背对着角落里的那东西,而艾尔瑞克站在窗边。那团东西没有固定的形状,是艾尔瑞克变幻无常的保护神不太雅观的一种显现形式,它又开始起伏晃动。艾尔瑞克辨认出了那奇怪得不堪入目的异形,胆汁上涌到他嘴里,当他驱赶着士兵们迎向那蜿蜒前移的邪物时,他尽力控制着不让自己发疯。

忽然间,士兵们似乎感觉到了背后有什么东西。其中四个转过身去,那可怕的黑雾最后向前一涌,将他们吞没,这时,那四人都发出了疯狂的尖叫。亚略蹲在士兵身上,吸走了他们的灵魂。然后,他们的骨头开始缓慢地弯曲断裂,几人仍然像野兽般大叫着,如同讨厌的无脊椎动物那样,扑通一下瘫倒在地:脊椎断了,但人还活着。艾尔瑞克转过身去,庆幸西莫丽尔仍在沉睡。他跳到窗台上,低头一看,绝望地发觉,窗口离地面有几百英尺的距离,他根本不可能从那条路线逃走。他转身冲到门口,只见伊尔孔吓得瞪大了眼睛,企图击退亚略,后者的形体已在逐渐隐没。

艾尔瑞克从他堂弟身旁硬冲过去,又看了西莫丽尔最后一眼,然后沿着来路疾奔,踩在血污里的脚直打滑。坦格尔波内斯在漆黑的楼梯尽头与他相遇。

"出什么事了,艾尔瑞克陛下?——里头怎么了?"

艾尔瑞克抓住坦格尔波内斯瘦骨嶙峋的肩膀,推着他下了楼梯。"没时间了,"他喘着气说道,"不过,趁着伊尔孔还在处理眼下的麻烦,我们必须抓紧行动。五天之内,伊姆瑞尔会进入一个全新的历史阶段——说不定是最后一个阶段。我要你确保西莫丽尔安然无恙。明白吗?"

"是,陛下,但……"

他们已经走到了门口,坦格尔波内斯抽去门闩,把门打开。

"我没时间再说别的了,得趁着这会儿能逃的时候赶紧逃。五天之后,我会再回来——带着我的同伴。到那个时候,你就会明白我的意思了。把西莫丽尔带到达普特娜楼去,在那儿等我。"

说完,艾尔瑞克便离开了,迈着轻快的脚步奔入了夜色,垂死之人的尖叫声依然在他身后的黑暗中回荡。

第三章

艾尔瑞克站在斯密奥根伯爵麾下旗舰的前端,不见半点儿笑容。自从他重返峡湾之后,舰队出海以来,他说出的话只有命令,而且用的都是最简洁的语句。海上领主们窃窃私语地说,他心中藏着深仇大恨,这种仇恨侵蚀了他的灵魂,把他变成了一个危险的人,无论是作为战友还是敌人,莫不如此。就连斯密奥根伯爵也躲避着这个喜怒无常的白化病人。

劫掠者的船首朝东驶去,海面一片漆黑,在被照亮的水面上,四面八方都有船只在起舞,看着就像巨大的海鸟投下的影子。在海上游荡的战船有五百余艘,外形相差无几,每一艘都又窄又长,建造时追求的是速度,而不是为了作战,因为这些船的用途是在海岸线上劫掠,以及贸易往来。船帆兜住风推动船前进,新帆布颜色鲜亮:橙、蓝、黑、紫、红、黄、白、浅绿。每艘船都配备了十六名以上的桨手,每名桨手同时也是战士。船上的船员也是袭击伊姆瑞尔的士兵——由于海上国家人口不足,每年在常规袭击中还会损失成百上千的人,所以优质的人力不能浪费。

在这支庞大船队的中央位置,航行的是一些体量较大的船只。这些战船的甲板上装有巨型弹射器,用于轰击伊姆瑞尔的海堤。斯密奥根伯爵和其他领主傲然望着麾下的船只，艾尔瑞克却只是直视着前方，终日不眠，也几乎不动，他苍白的脸忍受着盐雾和海风的拍打，苍白的手紧握着剑柄。

劫掠船稳稳地向东驶去，朝着龙岛和惊人的财富奋勇前进——抑或是朝着地狱般的恐怖场景。在命运的驱使下，他们不屈不挠地划啊划，船桨齐声，溅起浪花，胀鼓鼓的船帆在顺风中绷得紧紧的。

他们向前驶去，驶向美城伊姆瑞尔，去蹂躏并劫掠世上最古老的城市。

船队启航两天后，便已望见了龙岛的海岸线，武器的叮当声取代了哗哗的桨声，这支强大的船队正准备去完成神志正常的人认为不可能实现的任务。

人们吼叫着，将命令从一艘船传向另一艘船，船队开始集结成战斗队形，然后，船桨在沟槽中吱嘎作响，此时风帆已然收拢，船队再次开始笨重地向前移动。

这一日天气晴朗，空气冷冽而清新，从海上诸王到帆船桨手，人人都在考虑近在眼前的未来和可能产生的后果，个个的心情都紧张而兴奋。蛇形的船首弯曲着，探向高大的石堤，是它挡住了通向海港的第一道入口。石堤高有近一百英尺，顶上建有塔楼，在塔楼后方，城市里形似花边的尖塔远远地闪烁着光芒，相形之下，这道石堤比那些尖塔更为实用。石堤中央有扇宏伟的城门，仅仅允许伊姆瑞尔城的船只通过，而穿过迷宫的路线则对外严加保密，就连入口的确切位置也不为世人所知。

此时，隐约可见的海堤高高矗立于船队上方，堤上的守卫惊诧不已，一个个手忙脚乱，匆匆跑向各自的岗位。对他们而言，遭受袭击的危险简直无法想象，然而，袭击者偏偏就在眼前，直奔美城伊姆瑞尔而来，这是一支浩浩荡荡的船队，为他们平生所仅见！守卫们各就各位，身上的黄色披风和苏格兰短裙沙沙作响，青铜铠甲叮当有声，但他们的动作有些勉强，表现得不知所措，仿佛不肯承认眼前的景象是真实的。他们带着绝望的宿命感就位，心中明白，即使这些船只永远进不了迷宫，他们自己也无法活着见证劫掠者的失败。

海堤指挥官戴维姆·塔尔坎是个敏感的人，热爱生活以及其中的诸般乐趣。他眉宇轩昂，相貌英俊，蓄着一缕细细的须髯，外加一撮小胡子。他身披青铜铠甲，头盔上插着一根长长的羽毛，看上去气色不错。他不想死。他向自己的下属下达了简明扼要的命令，下属有条不紊地奉命而行。他关切地倾听着从远处的船只上传来的叫喊，不知这帮劫掠者第一步会采取什么行动。没过多久，他就等到了答案。

当先的某艘船上，弹射器发出刺耳的弹拨声，弹射臂猛地向上挥起，弹出一块巨石，那石头不慌不忙地朝海堤飞来，结果力道不够，没有砸中，哗啦一下落进了海里，溅起一片水花，海水拍打在石堤上，泛起一团泡沫。

戴维姆·塔尔坎狠狠咽了口唾沫，尽量不让声音发抖，命令己方的弹射器还击。随着砰的一声巨响，释放绳断开，一只铁球向敌人的船队飞去，以牙还牙。海面上的船只密密麻麻，铁球必然弹无虚发，结结实实地击中了贾科尔之主达米特的旗舰，砸烂了甲板上的木头。伴着伤者和溺水者的哭喊，不过短短数秒之内，那艘旗舰便已沉入水中，达米特也随船葬身大海。有些船员被捞到了别的船上，但伤员却无人搭救，任其溺水而亡。

另一架弹射器发出了声响,这一次,一座挤满弓箭手的塔楼被砸了个正着。塔楼上的砖石迸裂,苟延残喘的人落入了下方冲刷着石堤的海浪,在泡沫飞溅的海水中送了性命,这一幕委实令人作呕。这一次,伊姆瑞尔城的弓箭手被同袍之死激怒了,细细的箭雨连绵不断地向敌人射去,装饰着红羽的箭杆如饥似渴地插入皮肉,痛得一众劫掠者鬼哭狼嚎。然而,对方也毫不吝惜地以箭雨回敬,更多的弹射石砸向塔楼和守军,摧毁了他们唯一的战争机器和部分石堤,没过多久,堤上便只剩下寥寥几人。

戴维姆·塔尔坎还活着,但黄色上衣已经被鲜血染红,左肩上还插着一根箭杆。第一艘撞击船顽强地朝着宏伟的木门驶去,往那扇门上冲撞着,撞得它摇摇欲坠,这时他还活着。第二艘船紧贴着撞击船驶入,挡在撞击船与木门之间,冲进了木门,从入口滑行而过。也许是由于传统惯例被打破,令人既愤怒又恐惧,可怜的戴维姆·塔尔坎在海堤边缘不慎踏空,尖叫着落到了斯密奥根伯爵的旗舰上,在甲板上摔断了脖子,当时,这艘旗舰正耀武扬威地穿过大门。

现在,撞击船为斯密奥根伯爵的船让出了一条路,因为在穿过迷宫时,必须由艾尔瑞克带路。在他们前方,隐约出现了五个高耸的入口,形状和大小都差不多,黑黢黢的,如同张开的血盆大口。艾尔瑞克指向左起第二个入口,桨手们划了几下,开始把船划进幽暗的洞口。他们在黑暗中航行了数分钟。

"点火!"艾尔瑞克喊道,"把火点起来!"

火把早已备好,现在被人点燃。众人发现,他们正置身于一条巨大的通道里,这条通道是在天然岩石上开凿而成的,向四面八方蜿蜒而去。

"挨近点儿,别离太远。"艾尔瑞克下令道,洞穴里有回音,将他的喊声放大了二十倍。火把朝昏暗的洞顶吐出长长的火舌,闪耀着明亮的火光,映得艾尔瑞克的脸如同一副面具,由阴影与跳跃的火光交织而成。可以听到他身后的人们正敬畏地喃喃低语,随着更多的船只进入迷宫,燃起火把,艾尔瑞克看得出来,有些火把正摇摆不定,因为手持火把的人受迷信的观念影响,吓得瑟瑟发抖。艾尔瑞克透过摇曳的阴影扫视着眼前的景象,感觉有些不安,他的双眼映着明亮的火光,闪烁着狂热的光芒。

通道越来越宽,眼前又出现了另外几个洞口,船桨划动着前行,溅起稀里哗啦的水花,那声音单调得可怕。"正中的那个入口。"艾尔瑞克吩咐道。船尾的舵手点点头,操控着船身,向艾尔瑞克指定的入口驶去。洞顶高耸在众人头顶上方,洞穴里一片阴森而不祥的寂静,耳中唯闻人们的窃窃私语,以及船桨溅起的水声。

艾尔瑞克低头盯着冰冷漆黑的海水,打了个寒战。

最后,他们再次驶入了灿烂的阳光下,人们抬头向上望去,只见巍峨的墙体高大雄伟,十分令人惊叹。墙上蹲着更多的弓箭手,皆身穿黄衣,披着青铜铠甲。斯密奥根伯爵的船带领船队驶出阴暗的洞穴时,在冬季寒冷的空气中,火把仍在燃烧,箭矢开始向下方狭窄的峡谷射来,刺穿了众人的咽喉和四肢。

"加快速度!"艾尔瑞克吼道,"加快划船的速度——现在,速度就是我们仅有的武器。"

尽管伊姆瑞尔人的箭矢给匪船上的船员造成了惨重的伤

亡，但桨手们倾身伏于桨上，拼命划桨，船开始加速。现在，高墙拱卫的海峡笔直地向前延伸，艾尔瑞克看见了前方伊姆瑞尔的码头。

"快些！再快些！我们的战利品就在眼前！"

然后突然间，这艘船突破了高墙的包围，进入了港口平静的水域，直面码头上严阵以待的战士。船停了下来，等待援军冲出海峡，加入队伍。等到二十艘船相继通过，艾尔瑞克才下令向码头发动攻击，此时，风暴引在一声长鸣中出鞘。旗舰的左舷撞上了码头，箭矢如雨点般射向船身。艾尔瑞克的四面八方皆是呼啸的箭雨，然而，当他带领着一群大呼小叫的劫掠者踏上陆地时，他却奇迹般地毫发无伤。伊姆瑞尔的刀斧手聚集在一起，迈步上前，与劫掠者们正面对峙，但显而易见，他们几乎无心应战——袭击发生的过程太令他们不安了。

艾尔瑞克的黑刃带着狂暴的力量，斩向领头那名刀斧手的喉咙，砍下了他的头颅。风暴引再次品尝到鲜血的滋味，发出恶魔般的厉啸，在艾尔瑞克手中抽动起来，搜寻着可以啃噬的新鲜血肉。白化病人苍白的唇边挂着冷酷的浅笑，他眯起眼睛，一视同仁地对战士们予以迎头痛击。

他打算把作战的事丢给他带进伊姆瑞尔的那些人，因为他自己还有别的事要办，而且要赶紧去办。在黄衣军身后，矗立着伊姆瑞尔的一座座高楼，它们闪耀着柔和的色彩——珊瑚粉、浅灰蓝、灿金、淡黄、雪白、淡绿，美不胜收。艾尔瑞克的目标便是其中一座塔楼——达普特娜楼。他曾经吩咐坦格尔波内斯将西莫丽尔带到楼里去，他知道，在目前的乱局中，此事有望成功。

艾尔瑞克在企图阻拦他的人中劈出了一条血路,众人纷纷后退,在灵魂被符文剑吞噬时发出骇人的嘶吼。

此时,艾尔瑞克已经冲出人群,把他们留给向码头蜂拥而来的劫掠者手中明晃晃的利刃,他顺着蜿蜒的街道奔跑,凡是意图拦路者,一律挥剑格杀。他就像个脸色惨白的食尸鬼,衣衫褴褛,浑身是血,盔甲上带有缺口和划痕,但他在曲折街道的鹅卵石上一路飞奔,终于来到了达普特娜楼前,这座塔楼又窄又高,混杂着暗淡的蓝色与柔和的金色。楼的大门开着,说明里面有人,艾尔瑞克冲入门内,进了一楼宽敞的大厅。无人在此迎候。

"坦格尔波内斯!"他大叫道,即便是在他自己耳中,他的喊声也是震耳欲聋,"坦格尔波内斯——你在吗?"他大声呼唤着仆人的名字,三步并作两步地跳跃着上楼。到了三楼,他听到一个房间里传来低沉的呻吟,便蓦地停下脚步:"坦格尔波内斯——是你吗?"艾尔瑞克大步向那个房间走去,听到一阵哽咽的喘息声。他推开门,看见那老人躺在房间光溜溜的地板上,想要止住从体侧一道巨大的伤口里涌出的鲜血,却徒劳无功,他心中一阵作呕。

"出什么事了,伙计,西莫丽尔在哪儿?"

由于疼痛和悲伤使然,坦格尔波内斯的老脸显得有些扭曲。"她……我……我照您的吩咐把她带来了,主上。但是——"他咳了一声,血顺着他干瘪的下巴往下淌,"但是……伊尔孔王子……他……他抓住了我……他肯定是一路跟着我们到这儿来的。他……把我打倒,把西莫丽尔带回去了……说她在巴尔内兹贝特楼里待着就很安全。主上……我很抱歉……"

"你是该抱歉。"艾尔瑞克恶狠狠地回嘴,然后又放软了语气,"别担心,老朋友——我会给你和我报仇的。既然知道伊尔孔把西莫丽尔带到哪儿去了,我就还能找到她。谢谢你的努力,坦格尔波内斯。愿你在最后那条河上的漫长旅程平安无事。"

他猛地转过身,离开了房间,奔下楼梯,又冲到街上去了。

巴尔内兹贝特楼是王宫里最高的一座楼。艾尔瑞克对那里颇为熟悉,因为从前他的祖先就是在那座楼里研究黑暗魔法,进行可怕的实验。他想到伊尔孔可能会如何对待自己的亲妹妹,不禁打了个寒战。

城里的街道上显得异常寂静,空旷得不可思议,但艾尔瑞克没时间去思考为何如此,而是朝着王宫飞奔而去。他发现大门无人看守,宫殿的主入口空无一人。这一点也极不寻常,但对艾尔瑞克而言却是件幸事,他走了熟悉的路,朝楼顶的最高层爬去。

最后,他来到一扇闪闪发亮的黑水晶门前,门上既没有门闩,也没有把手。艾尔瑞克疯狂地用魔剑往水晶门上劈砍,但水晶似乎却只是随之流动,又重聚成形。他的劈砍毫无作用。

艾尔瑞克绞尽脑汁,试图回想起陌生的口令词,那个词可以让这扇门打开。他不敢让自己陷入出神的状态——在那种状态下,只要过一段时间,他就能念出口令——只能在潜意识里搜寻,好把那词从脑海里挖出来。这样做固然危险,但除此以外,他几乎无法可想。他面容扭曲,全身从上到下都在颤抖,就连脑子似乎也开始发颤。吐出那个词的时候,他的声带在咽喉里抽搧着,胸口也随之起伏。

他把这个词从喉咙里硬挤出来,整个身心都因为这份重压而感到疼痛。然后他大吼一声:"我命你——开门!"

他知道,门一旦打开,堂弟就会发现他的存在,但这个险他非冒不可。水晶膨胀起来,有节奏地跳动着,如水般沸腾,然后开始向外流动,流入虚无,流入超越了物质宇宙和时间的某处所在。艾尔瑞克庆幸地吁了口气,进入了巴尔内兹贝特楼。可是,当艾尔瑞克挣扎着爬上台阶,向正中央的厅堂走去时,有一团令人毛骨悚然的诡异火苗正在他周围翻卷,四周缭绕着奇特的乐音,一种神秘的音乐在他脑海中悸动、呜咽、敲击。

他看见伊尔孔赫然就在头顶上方,正斜眼望过来,手里也握着一柄黑色符文剑,与艾尔瑞克手中的那柄剑恰是一对。

"见鬼!"艾尔瑞克用低沉的声音无力地说,"看来,你已经夺回了哀思刃——好吧,你要是够胆的话,就拿它兄弟来试试它的力量吧。我是来毁灭你的,堂弟。"

风暴引发出一声奇特的呻吟,盖过了与吞卷的骇人火焰相伴而起的那种尖厉的神秘乐音。符文剑在艾尔瑞克紧握的拳头里扭动挣扎,令他难以掌控。他用尽全身力气,冲上最后几级台阶,向伊尔孔猛地挥出一剑。在诡异的火焰之外,四面八方,上上下下,全是黄绿色的熔岩,正在沸腾冒泡。环绕在两人周围的唯有烟雾缭绕的火舌,以及潜藏在火焰后的熔岩——他们脱离了尘世,面对着彼此,打响了最后一战。熔岩沸腾起来,开始缓缓向内渗漏,驱散了缭绕的火焰。

双剑相击,迸发出一声可怕的尖啸。艾尔瑞克觉得整条手臂直发麻,刺痛的感觉令人作呕。艾尔瑞克觉得自己仿佛变成了一个傀儡，不再是自己的主人，他的行动被这柄剑所左右。风暴引带着持剑的艾尔瑞克，呼啸着越过它的兄弟剑，在伊尔孔的左臂上划出一道深深的伤口。他哀号一声，痛得瞪大了双眼。哀思刃向风暴引发起了反击，在艾尔瑞克左臂相同的位置上留下了伤痕。他痛苦地呜咽着，却仍在继续上行，下一剑伤的是伊尔孔的右侧，换作其他任何一个人，这凶猛的一击都足以毙命。这时，伊尔孔大笑起来，笑得像个言语含混的恶魔，来自最邪恶的地狱深处。他的心智终于崩溃了，现在，艾尔瑞克占了上风。但被他堂弟召唤出的厉害魔法仍未消散，艾尔瑞克觉得自己仿佛被一个巨人捏住了，在乘胜追击时，他遭到了那巨人的碾压。伊尔孔的血从伤口里喷涌而出，也洒了艾尔瑞克一身。熔岩正慢慢隐去，此时，艾尔瑞克看到了通向中央那间厅堂的入口。在他堂弟的身影背后，还有另一个人影在动。艾尔瑞克倒吸了一口冷气。西莫丽尔醒了，正满脸恐惧地冲着他尖叫。

风暴引仍然自顾自地画出一道黑色的弧线，制住了伊尔孔所持的兄弟剑，击溃了篡位者的防线。

"艾尔瑞克！"西莫丽尔绝望地喊道，"救救我，现在就动手，不然我们注定会永远不幸。"

艾尔瑞克被姑娘的话弄糊涂了，他无法理解其中的意义。他毫不留情地驱赶着伊尔孔，朝上方的厅堂走去。

"艾尔瑞克——把风暴引收起来，插入剑鞘，不然我们就又要分离了。"

然而，即使还能掌控手中呼啸的剑刃，艾尔瑞克也不会就这么将它收起来。仇恨支配着他，在把剑插入剑鞘之前，他要先把剑插进堂弟那颗邪恶的心。

这时,西莫丽尔流着眼泪向他恳求,但艾尔瑞克无能为力。原先的伊姆瑞尔王伊尔孔现在口水直滴,变得状似白痴,听到妹妹的哭声,他转过身去,斜睨着她,咯咯地笑着,伸出一只颤抖的手,抓住了姑娘的肩膀。她挣扎着想要逃脱,但伊尔孔仍然拥有邪恶的力量。趁着对手分心的当口,艾尔瑞克用剑深深地刺穿了他的身体,几乎把他的上半身拦腰斩了下来。

然而,令人难以置信的是,伊尔孔仍然活着,哀思刃仍在与艾尔瑞克的符文剑缠斗,他从那柄剑刃中汲取着生命力。末了,他把西莫丽尔猛地向前一推,她尖叫着撞上了风暴引的剑尖,成了剑下亡魂。

接着,伊尔孔爆发出最后一阵刺耳的咯咯声,黑色的灵魂号叫着,下地狱去了。

塔楼恢复了原有的宁静,所有的火焰和熔岩都踪影全无。艾尔瑞克觉得头晕目眩,无法厘清自己的思绪。他低头看着兄妹俩的尸首。起初,在他眼里,这仅仅是一男一女两具尸体而已。

接着,他的头脑渐渐清明,悲惨的真相开始浮现,他像头野兽一般发出了伤心的悲叹。他刚刚杀死了心爱的姑娘。符文剑从他手中跌落,剑身上沾染了西莫丽尔的鲜血,丁零当啷地顺着楼梯下落,他完全没有理会。此刻,艾尔瑞克抽泣着,扑倒在死去的姑娘身边,将她抱入怀中。

"西莫丽尔。"他呻吟道,全身都在抽搐,"西莫丽尔——是我杀了你。"

第四章

　　艾尔瑞克回望着伊姆瑞尔的废墟，那座城市正在坍塌倾颓，喷吐着火焰，发出轰隆隆的响声，他催促汗流浃背的桨手们加快速度。船帆还未展开，一股方向相反的风就鼓起了风帆，吹得船身猛然震荡起来。艾尔瑞克只好死死抓住船舷，以免被甩入海中。他回望着伊姆瑞尔，意识到自己现在真的成了无根之人，觉得喉咙一阵发紧。他不仅成了叛徒，还动手杀女人——虽然那并非他的本意。在盲目的复仇欲望中，他失去了唯一爱过的姑娘。现在结束了，一切都完了。他无法展望未来，因为他的未来与过往紧密相连，如今，他的过往实际上就在身后的废墟里，燃着熊熊的火焰。他的胸中有呜咽搅动，却流不出泪来，他抓住船舷的手又收紧了几分。

　　他不情愿地回想着西莫丽尔。他把她的尸体放在长榻上，将塔楼付之一炬。然后他回到战场，发现劫掠者们大获全胜，他们零零星星地回到船上，满载着战利品和掳来的姑娘，一路上兴高采烈地朝着美丽的高楼开火。

　　他们摧毁了帝国最后一件有形的标志——可以表明那个宏伟辉煌的光明帝国曾经存在过，而这是他造成的。他觉得自己的大部分存在也随之而去了。

　　艾尔瑞克回望着伊姆瑞尔，突然间在周围跳跃的火焰中，一座像精美的花边般华丽的塔楼崩塌了，一阵更加深沉的哀伤随之淹没了他。

　　他破坏了纪念先辈的最后一座伟大丰碑，他们是他的族人。或许有一天，人们会再次学会如何建造又窄又高的坚固塔楼,像伊姆瑞尔那样的高楼,可是现在,随着梦之城在崩塌时发出雷鸣般的巨响,随着梅尼波内一族的迅速衰落,这些知识正在消失。

可是驭龙师呢?他们和手下的金船都没有与来袭的劫掠者遭遇,只有他们的步兵在那里守卫这座城市。他们是不是把船藏进了秘密的水路,趁着劫掠者蹂躏城市时逃向了内陆?他们战斗的时间太短,不可能是真的战败了。这未免也太轻松了些。现在船队正在撤退,他们是不是在筹划着发动迅雷不及掩耳的反击?艾尔瑞克觉得,他们或许会有这样的计划——说不定与龙有关。他打了个寒战。梅尼波内人已经驾驭了这种野兽千百年,此事他没有跟其他人提过半句。就在此刻,可能就有人正在开启地下龙窟的大门。他不再去想此事,将注意力从令人不安的前景上转移开。

船队驶向大海时,艾尔瑞克依旧悲伤地望着伊姆瑞尔,他在无声地缅怀祖先建造的城市和死去的西莫丽尔。想起她死在自己剑尖的情景,他心中又掠过一阵激烈的悲痛。他回想起当初他从她身边离开,到扬国去冒险,她曾告诫他,如果在一年的时间里暂别王权,让伊尔孔以摄政王的身份登上红宝石王座,那他们两人面临的命运就已经注定。他痛骂自己,悔不当初。接着,一阵窃窃私语传遍了船队,如同远处隆隆的雷声,他猛地转过身,一心想弄清引起惊慌的原因。

三十艘金色的梅尼波内战船从迷宫的两个出口冒了出来,出现在港口两侧,船上装有风帆。艾尔瑞克明白了,这些战船之前必定隐藏在别的航道里,等待着在船队返程时再发动攻击,而这时他们已经满足了胃口,也耗尽了体力。战船气势恢宏,是梅尼波内的最后一批船只,当初造船的秘密早已无人知晓。这些战船具有一种年代感和蛰伏的力量,每艘船上都装有四五排巨桨,它们快速地划动着,将劫掠者的船只团团围住。

艾尔瑞克所在的船队似乎在他眼前变小了,在闪闪发亮的高大战船壮观的气势映衬下,他们的船如同一堆随浪起伏的木屑。这些船装备精良,蓄势待发,而劫掠者一方则已经疲惫至极。艾尔瑞克知道,只有一个办法能拯救船队里的一小部分船只:他只能召唤一阵妖风来鼓动风帆。多数旗舰都在他周围,他此刻占据了雅里斯的旗舰,因为这年轻人喝得酩酊大醉,结果在一个被掳来的梅尼波内乡下丫头的刀下送了性命。紧挨着艾尔瑞克这艘船的是斯密奥根伯爵的船,这位矮壮的海上领主皱着眉头,心里一清二楚,他和他的船虽然在数量上占有优势,却经不起海战。

但是,召唤能吹动众多船只的风却是件危险的事,因为它会释放出巨大的力量,魔法师稍有不慎,就会被驾驭狂风的精灵所反噬。但眼下的路仅此一条,如若不然,金舰船头上激荡起水波的攻城槌就会把劫掠船撞成浮木。

艾尔瑞克鼓足力气,开始吐出那些流传中的名字,它们古老而可怕的名字由众多元音构成。他这次不是不敢冒险进入出神状态,因为他必须留神观察风之精灵有无反噬的迹象。他召唤精灵的声音时而高亢得像塘鹅的鸣叫,时而又像冲向海岸的浪涛轰隆隆的咆哮,风之力隐约的形状开始从他迷离的眼前掠过。他的心在胸腔里剧烈地跳动着,两腿发软。他使出浑身气力,召唤出一阵狂风,那风在他周围发出毫无章法的狂暴尖啸，甚至就连梅尼波内的巨型战船也被吹得前后摇晃。然后，他指引着狂风，使之灌进了大约四十艘劫掠船的船帆。还有许多船他无力援救，因为它们甚至都不在他所处的大范围内。

但有四十艘船逃脱了攻城槌猛烈的撞击，在呼啸的风声和四分五裂的碎木中，它们在海浪上跃动着前进，狂风噼里啪啦地鼓荡着船帆，吹得桅杆吱嘎作响。船桨从桨手的手中被撕碎了，在每一艘劫掠船后方白花花的尾迹上留下了一路破碎的木片。

猝然间，他们冲出了梅尼波内的战船缓慢聚拢的包围圈，在大海上发疯似的全速疾驰，所有船员都感觉到了空气中的异样，瞥见了周围奇形怪状的柔软物体。在帮助他们的这些生灵身上，有种令人不安的邪恶感，它们迥然相异的性质让人生畏。

斯密奥根向艾尔瑞克挥手致意，感激地咧嘴一笑。

"我们安全了，多亏了你，艾尔瑞克！"他隔着海水高喊，"我就知道，你会给我们带来好运的！"

艾尔瑞克没有理睬他。

现在，满心要复仇的驭龙师们开始追赶。较之于有魔法相助的劫掠船队，伊姆瑞尔金船前进的速度几乎毫不逊色。在吹动船队前进的狂风之下，还有一些劫掠船的桅杆裂开了，落入了敌手。

艾尔瑞克看见一只只巨大的金属抓钩闪烁着暗淡的光泽，从伊姆瑞尔战舰的甲板上甩出，伴随着被压断的木头发出哀鸣，砰的一声落入了他身后那支残破无力的船队。火焰从驭龙师船上的弹射器中飞跃而出，全速冲向许多奔逃的劫掠船。灼热的火焰散发着恶臭，像熔岩一样，咝咝作响地从甲板上穿过,像硫酸腐蚀纸张一样腐蚀着木板。人们发出阵阵尖叫,徒劳地拍打着熊熊燃烧的衣服,有些人跳进了水里,海水却无法熄灭这样的火焰;有些人沉入海中,即使在海面以下,火焰依然在燃烧,一路勾勒出他们下坠的轨迹,人和船如同着了火的疲惫飞蛾,扑腾着沉入海底。

有些劫掠船的甲板没有遭受火焰的侵袭,却被劫掠者的鲜血所染红,怒不可遏的伊姆瑞尔战士顺着抓绳摇荡而下,落在劫掠者当中,挥舞着巨剑和战斧,给这帮海匪造成了严重的破坏。伊姆瑞尔人的箭矢和标枪从伊姆瑞尔战舰高耸的甲板上激射而下,刺进了小船上惊慌失措的众人体内。

艾尔瑞克看到了这一切,因为他和他的船只开始缓慢地赶超伊姆瑞尔人的前导舰——梅尼波内舰队的指挥官马古姆·科利姆司令所在的旗舰。

此时,艾尔瑞克抽空给斯密奥根伯爵递了句话。"我们的船速比他们快!"他朝着旁边的那艘船大喊,叫声盖过了呼啸的狂风,而斯密奥根却只是站在船上,瞪大了双眼,直盯着天空,"但是要让你的船往西开,不然我们就完了!"

斯密奥根没有回答。他仍然仰望着天空,眼里充满恐惧,在此之前,这个男人还从未感受过被恐惧噬咬的战栗滋味。艾尔瑞克不安地顺着斯密奥根的目光望去,随后便看到了它们。

毫无疑问,那是龙!虽然那些巨型爬行动物远在几英里外,但艾尔瑞克仍能辨认出庞大的飞天怪兽具有的特征。那些濒临灭绝的怪物平均翼展有三十英尺宽。它们的躯体形状如蛇,头上长着窄窄的鼻子,可怕的尾巴像鞭子一般,从头至尾有四十英尺长,虽然没有像传说中那样喷出火焰和烟雾,但艾尔瑞克知道，它们的毒液是可燃的，一旦沾上木头或织物，就会起火。

伊姆瑞尔的战士们骑在龙背上。他们手持长矛般的刺棒，吹着奇形怪状的号角，在波涛汹涌的海面和宁静祥和的蓝天上奏出奇妙的音符。在离金色舰队不远处，此刻相距半里格[1]的地方，为首的巨龙飘然下落，绕着气势磅礴的金色旗舰盘旋，在空中拍击着龙翼，发出闪电般的噼啪声。

金船在泛着白色泡沫的怒涛中颠簸，带有鳞片的灰绿色怪物则在金船上方翱翔。在万里无云的天空的衬托下，这条龙的身影一览无遗，艾尔瑞克可以清晰地看到它。驭龙师向马古姆·科利姆司令挥舞着刺棒，那是一根纤细的长矛，即使隔着这么遥远的距离，长矛上带有黑黄人字纹的奇特三角旗也很显眼。艾尔瑞克认出了三角旗上的徽记。

那徽记代表龙穴之主戴维姆·特瓦，艾尔瑞克青年时代的朋友，是他在率领部下为美城伊姆瑞尔报仇雪恨。

艾尔瑞克隔着海水向斯密奥根吼道："现在，这些就是你们面临的主要危险，尽可能抵挡一下吧！"人们几乎不抱什么希望地动手准备，好击退这新的威胁，铁器发出哗啦啦的响声。妖风对上迅捷的飞龙就没什么优势了。现在，戴维姆·特瓦显然已经跟马古姆·科利姆商量好了，他用刺棒朝着龙的喉咙狠狠一戳，这条巨型爬行动物猛地往上蹿去，开始上升。它后面还跟着另外十一条龙，此时也纷纷向上飞去。

船员们向各自信奉的神灵祈祷奇迹出现，这时，群龙开始无

---

[1] 欧洲和拉丁美洲一个古老的长度单位，用于海上时，1里格通常被认为是3海里，约5.56千米。——编者注

情地向劫掠者的船队扑来，动作看似十分悠然。

他们的命运已经注定。这样的事实无可逃避。每一艘劫掠船都难逃厄运，这次行动纯属白费功夫。

在尖啸的妖风施加的压力下，劫掠船上的桅杆仍在继续弯曲，艾尔瑞克可以看见人们脸上绝望的表情。现在，他们完全束手无策，只能就这么等死……

艾尔瑞克竭力想摆脱脑海中盘旋的不确定感。他拔出刻有符文的风暴引，感受着剑身上潜藏的力量，那股邪恶的力量正在悸动。可是现在，他痛恨那股力量，因为它害得他亲手杀死了他心中唯一珍视过的人。他意识到，自己的力量有很大一部分都要归功于父辈传下的这柄黑铁剑，假如没有这柄剑，自己就会变得无比孱弱。他患有白化病，也就是说，他缺乏正常人的生命活力。等到脑海中的那团迷雾被对危险的恐惧所取代以后，他狠狠地诅咒着自己标榜的复仇之举，诅咒着自己同意率队突袭伊姆瑞尔的那一天，尤其是激烈地诅咒着死去的伊尔孔，还有他扭曲的嫉妒心，正是这种嫉妒心引发了从头至尾这一连串的悲惨事件。

可是现在，无论怎么骂都为时已晚。群龙扑啦啦的振翅声响彻天空，那帮怪物在逃窜的劫掠船上空若隐若现。他非得做出决定不可了——虽然对生命毫无眷恋，但他不愿死在自己的族人手里。他向自己保证，真到了那个时候，他只会自行了断。他一边做出决定，一边在心里唾弃自己。

恶龙的毒液灼烧着滚滚而下，击中了落在队末的那艘船，就在这时，他唤回了妖风。

他使出浑身解数，将一股更猛烈的狂风引向自己的船帆，没了妖风相助，别的船猝然停了下来，他的那些战友茫然无措，隔着海水大声叫喊，绝望地询问他为何要这样做。此时，艾尔瑞克的船逃得飞快，或许可以摆脱群龙。他希望如此。

他抛下了曾经信任过他的人斯密奥根伯爵，眼睁睁地望着毒液从空中倾泻而下，碧绿和绯红的烈焰将他活活吞没。傲气凌人的废墟王子艾尔瑞克逃走了，大声抽泣着，不去考虑将来的事。他诅咒狠毒的诸神，在那个暗无天日的日子里，他们闲来无事，为了消遣，便造出了像他这样有知有觉的活物。

在他身后，最后残存的几艘劫掠船突然迸发出骇人的光焰，尽管他这艘船上的船员逃脱了战友的命运，为此略感庆幸，但他们仍然面带指责地看着艾尔瑞克。他继续抽泣着，没有理会他们的目光，强烈的悲痛煎熬着他的灵魂。

过了一夜，他们的船逃离了驭龙师及其操控的野兽，摆脱了可怕的反扑，终于转危为安。在一座名为潘唐岛的海岛岸边，艾尔瑞克站在船尾沉思。人们打量他的目光里流露出恐惧和憎恨，他们纷纷低语着，称呼他为叛徒、无情无义的懦夫。他们似乎忘记了自己曾经的恐惧，也忘记了他的决定让这艘船安然脱险。

艾尔瑞克沉思着，用双手握住黑色的符文剑。风暴引不是一柄普通的战刃，这一点早在多年前他就知道了，可是直到现在他才发觉，这柄剑拥有的感知力比他想象中的更为强大。然而，他很确定自己对它存在高度的依赖，意识到这一点，他心如刀绞。这柄剑的力量令他又恨又怕，因为它曾经令他的头脑和精神陷入混乱。他双手握剑，心中迟疑，痛苦地逼迫自己权衡牵扯到的各项因素。假如没有了这柄不祥的剑，他就会失去尊严，甚至或许还会失去生命，却也有可能体会到纯粹的休息带来的宁静；而只要这柄剑还在，他就会拥有法力和力量，却也会被领入厄运缠身的未来。他会享受到力量的滋味，但永无宁日。

他呜咽着深吸了一口气，在莫名的担忧的驱使下，他把剑扔进了洒满月光的大海。

令人难以置信的是，那柄剑竟然没有下沉。它甚至都没有在水面上漂浮起来，而是剑尖向下，笔直地插入海中，就此停住不动了，剑身微颤，就像嵌进了木头似的。那剑在水里不住地抽动，有一段六英寸长的剑刃浸在海水中，开始发出怪异的鬼哭狼嚎之音，凶狠的剑啸声令人胆寒。

艾尔瑞克哽咽地骂了一声，伸出修长洁白、闪闪发亮的手，试图重新握住那带有知觉的地狱之刃。他的手越伸越长，身子远远探出栏杆，却抓不住那柄剑——它仍然离他有数英尺之遥。他喘着粗气，一种令人厌恶的挫败感压倒了他，他从船舷上掉了下去，一头扎进冰冷刺骨的海水中，用奇特的姿势向上下起伏的剑刃奋力游去。他被打败了——剑赢了。

他游到剑旁，伸手抓住剑柄。剑柄刚一回到手中，艾尔瑞克便感觉到有股力量重新缓慢地渗入疼痛的身体。然后，他意识到，自己和风暴引是相互依存的，因为他固然需要借力于剑，但剑也要依附于他，剑离不开运剑之人——如果无人挥舞，剑也同样无能为力。

"看来，我们非得捆在一起不可了。"艾尔瑞克绝望地喃喃自语，"被地狱锻造的锁链捆绑，被由命运拨弄的环境束缚。也好，那就这样吧——听到梅尼波内的艾尔瑞克和他的宝剑风暴引之名，人们就有了颤抖和逃跑的理由。我们是同类，是抛弃了我们的时代所造就的产物。就让这时代有理由痛恨我们吧!"

艾尔瑞克恢复了力气,将风暴引收入鞘中,那剑乖乖地贴在他身侧。然后,他在水中有力地划动着,开始朝那座海岛游去。那些被他留在船上的人松了口气,猜测着在这片陌生的无名海域荒寂的水面上,等待他的究竟是生还是死……

罗妍莉　译

克罗诺皮奥与法玛的故事

胡里奥·科塔萨尔（Julio Cortázar，1914—1984），阿根廷作家，创作涵盖长篇小说、诗歌、散文和短篇小说。他出生在布鲁塞尔，一生中大部分时间都生活在法国。他和家人在第一次世界大战结束后返回阿根廷，而科塔萨尔是在布宜诺斯艾利斯之外的地方长大的。他1946年的短篇小说《被占的宅子》（"Casa Tomda"）曾在博尔赫斯担任编辑的文学杂志上发表，之后的一篇短篇小说《恶魔的梦呓》（"Las babas del diablo"，1958年）还启发了米开朗基罗·安东尼奥尼的著名电影《放大》（*Blow Up*，1966年）。作为一个小说家，科塔萨尔最广为人知的作品是《跳房子》（*Hopscotch*，1963年），这部小说可以不按章节顺序随意阅读。虽然科塔萨尔在法国居住期间不断访问阿根廷，但1970年，阿根廷军方以其短篇小说不符合主流价值观为由正式禁止他回国。1983年，政府放宽限制之后，科塔萨尔最后一次访问阿根廷。科塔萨尔经常在他的短篇小说中使用幻想来探索虚构、语言和现实的问题，用幻想推动读者采用新的思考和观看方式。在1981年的一次采访中，科塔萨尔说："文学作品必须扮演煽动者的角色，也就是说，它必须在读者心中制造一定程度的焦虑，让读者知道事情并不像他们一直认为的那样——它们可能截然不同。除此之外，作者还必须对读者有信心，正如人们常说的那样，作者要粗暴地、猛烈地、不加美化地向读者展示事情。这也是我一直努力在做的。"《克罗诺皮奥与法玛的故事》（"Cronopios and Famas"）收录在1961年科塔萨尔出版的同名作品中，后于1969年首次翻译成英语。

克罗诺皮奥与法玛的故事

旅　行

当法玛出去旅行时，他们在一个城市过夜的习惯如下：第一个法玛到酒店去谨慎探查一下房间价格、床单质量和地毯颜色；第二个法玛到警察局做一份三人名下动产和不动产的公证书，包括其携带行李中物品的清单；第三个法玛到医院去抄一份值班医生的名单，并记录下他们的专长。

结束这些细致工作后，旅客们相聚在城市的中心广场，互相交换一下观察心得，然后去咖啡厅喝上一杯开胃酒。但在此之前，他们会手挽手转着圈跳舞。这种舞由此得名"法玛的快乐舞曲"。

当克罗诺皮奥去旅行时，他们发现酒店都满了，火车已经开了，下着瓢泼大雨，出租车要么不愿意载他们，要么收取极高的费用。克罗诺皮奥并不会因此而沮丧，因为他们认为任谁都会遇到这种事情。就寝之前，他们会相互致意："非常美的城市，太棒了。"然后整晚都梦见城市里举行盛大的节日，而他们也会受邀参加。第二天他们起床时心情愉悦。克罗诺皮奥就是这么旅行的。

艾斯佩兰莎总是喜欢久坐，让人或者物到她们这里旅行，这就好比雕像，你得去参观它们，因为它们自己懒得动。

记忆保存法

法玛想要保存记忆时，他们进行如下防腐处理。记忆的细枝末节都固定好后，用一条黑床单从头到尾裹起来，然后把它靠着客厅的墙放置，配上一个标签写着"前往基尔梅斯[1]的远足"，或者"弗兰克·辛纳特拉[2"]。

而克罗诺皮奥则与之相反，他们性格温暾，做事毫无条理可言，他们任凭记忆散落在房子里，高兴地叫喊着，而他们自己在这片喧闹之中泰然自若。每当有哪个记忆跑过来，他们就温柔地摸摸它，对它说："别磕着碰着了。"还会说："小心台阶。"这就是为什么法玛的家里总是安静整洁，而克罗诺皮奥家里总是喧嚣一片，不停地有关门的撞击声。邻居们总是对克罗诺皮奥颇有微词，而法玛则总是体谅地摇摇头，然后走过去看看所有的标签是不是还在原处。

---

[1] 阿根廷布宜诺斯艾利斯省的一座城市，位于首都布宜诺斯艾利斯以南17公里处。
[2] 美国著名男歌手和奥斯卡奖得奖演员。

挂　钟

　　一个法玛有一个挂在墙上的挂钟，每周他都要万分仔细地给挂钟上发条。一个克罗诺皮奥从旁经过，看到挂钟后笑了起来，然后回到家，发明了一个洋蓟挂钟，或者野洋蓟挂钟，两种叫法都可以，也都得有。

　　这位克罗诺皮奥的洋蓟挂钟是那种特别大的洋蓟。洋蓟蒂插在墙上的一个小洞里固定住。洋蓟无数的叶子标识着现在的钟点以及所有的钟点，因此这位克罗诺皮奥只要掰下一片叶子就知道一个钟点。因为他是从左往右顺次掰过去的，所以叶子标识的钟点总是正确的。新的一天到来，这位克罗诺皮奥就开始掰新的一圈叶子。等掰到菜心的时候时间已经无从计算，看着洋蓟无尽的紫粉色菜心，这位克罗诺皮奥感到万分满足，就拌上油、盐和醋将洋蓟吃掉，然后在墙壁的小洞里再固定好另一个挂钟。

午　餐

　　一位克罗诺皮奥可没少费力气，这才制作了一个生命测温仪。这是一种介于测温计和地形测量仪，也介于分类卡和简历的发明。

　　比如，这位克罗诺皮奥在他家里招待一位法玛、一位艾斯佩兰莎，还有一位语言学教授。他用自己的发明测量出法玛是"亚生命"，艾斯佩兰莎是"近生命"，那位语言学教授则是

"中生命"。而至于这位克罗诺皮奥本人，他认为自己有那么一点儿"超生命"，但这种定义是出于诗学角度而非现实角度的考量。

午餐时，这位克罗诺皮奥听着他这几位来宾的闲聊，感到很有意思，因为所有人都觉得自己说的是同一件事情，而事实并非如此。"中生命"运用着类似精神、意识这样的抽象概念，而"近生命"则听得心不在焉——这个微妙的度极难把握。一点儿也不意外，"亚生命"总是在要芝士碎，而"超生命"则用斯坦利·菲茨西蒙斯切割法花了四十二个步骤切鸡。最后，几位生命相互告别，各忙各的去了，餐桌上只留下死亡的碎屑。

手　帕

有一位法玛非常富有，还有个女佣。这位法玛用完一块手帕就扔到纸篓里，用完另一块又扔到纸篓里，就这样把所有用过的手帕都扔到了纸篓里。等到都用完了，他就再买一盒。

女佣把这些手帕都收集起来留给自己用。她太讶异于主人的行为，有一天实在忍不住，就问他手帕的真正用途是否就是用来扔掉的。

"大蠢货，"法玛说，"你就不该问。从现在开始，你把我的手帕都洗了，这样我也可以省点儿钱。"

生　意

　　法玛开了一个水管厂，雇了很多克罗诺皮奥来卷水管和装运水管。克罗诺皮奥一到地方，就特别特别高兴。水管五颜六色，有绿色的、红色的、蓝色的、黄色的和紫色的，此外还有透明的。试用的时候，可以看到冒着泡泡的水流在水管里跑，有时候还会出现一只吓人一跳的昆虫。克罗诺皮奥开始大声叫喊起来，他们不想工作，想跳特雷瓜舞和卡塔拉舞。法玛很生气，马上执行了内部条例第21条、第22条和第23条，以免同样的情形再次出现。

　　因为法玛非常粗心，克罗诺皮奥伺机而动，用一辆卡车装走了很多很多水管。半路上他们每碰到一个女孩，就切一段蓝色水管送给她，好让她可以用水管跳绳。这样所有的街角都冒出特别漂亮的蓝色透明泡泡，每个里面都有一个女孩，活像转笼里的松鼠。女孩子的父母们想把水管拿走去浇花园，但后来发现狡猾的克罗诺皮奥把水管都扎了眼，水管里的水都四散洒落开来，根本浇不了。最后，父母们筋疲力尽，女孩子们就又回到街角跳啊，跳啊。

　　黄色的水管被克罗诺皮奥用来装饰各种纪念碑，绿色的则用来在玫瑰园里布下非洲式陷阱，好看看艾斯佩兰莎怎么一个接一个地摔倒，然后克罗诺皮奥就围着摔倒的艾斯佩兰莎在那里跳特雷瓜舞和卡塔拉舞，艾斯佩兰莎生气地责备他们的这种行为，嘴里说道："天杀的、残忍的克罗诺皮奥。残忍啊！"

　　克罗诺皮奥的本意并不想伤害艾斯佩兰莎，就把她们扶起来，送给她们红色的水管段。这样艾斯佩兰莎就可以回到自己家里，实现她们最大的渴望：用红色的水管浇绿色的花园。

法玛关闭了工厂，举办了一场宴会，宴会上充斥着悲痛的话语，服务生在无比哀伤的叹息声中来回穿梭着给宾客们上鱼肉。他们一个克罗诺皮奥都没有邀请，只请了那些没有摔倒在玫瑰园圈套中的艾斯佩兰莎，因为其他的艾斯佩兰莎都拿走了一截水管，法玛对这些艾斯佩兰莎非常生气。

慈　善

法玛总是能做出一些慷慨大方的举动，比方说，这位法玛就发现一个可怜的艾斯佩兰莎从椰子树上掉了下来，他把她扶上自己的汽车，带回自己的家，给她食物，还逗她乐，直到这个艾斯佩兰莎恢复了力气，敢再爬椰子树。这位法玛在做了这些事之后自我感觉非常良好。事实上，他做的也确实是好事，只是他想不到的是几天后那个艾斯佩兰莎会再一次从椰子树上掉下来。等那个艾斯佩兰莎再一次摔在椰子树下时，这位法玛在他的俱乐部里自我感觉依然良好，心里还回味着当初他是如何救助那个摔在树下的可怜的艾斯佩兰莎。

克罗诺皮奥的处事原则就不是慷慨大方。无论多么触动心灵的悲惨场景，他们都熟视无睹，就比方说，一个可怜的艾斯佩兰莎不会系鞋带，坐在马路牙子上痛苦地呻吟。这些克罗诺皮奥从这个艾斯佩兰莎身边经过，连看都不看她一眼，只是专注地盯着一团魔鬼的涎水般的蜘蛛网。指望这帮人，根本无法持续开展慈善事业，因此在慈善团体里，领导者都是法玛，图书管理员是一个艾斯佩兰莎。法玛出于他们的岗位职责，帮助了克罗诺皮奥很多，但他们毫不领情。

公共道路

一个可怜的克罗诺皮奥在路上独自开着他的车。车来到了一个十字路口，刹车失灵，和另一辆车撞上了。一个交警走过来，神情可怕地掏出一个蓝皮的小本子。

"你到底会不会开车？"警察咆哮着。

克罗诺皮奥盯着他看了一会儿，问道："您哪位？"

警察依然神情严肃，没动，但低头看了看自己的制服，好像想证实自己确实没出什么差错。

"什么意思？我哪位？你难道看不出来我是哪位？"

"我看到的是交警的制服。"这位克罗诺皮奥可怜兮兮地解释道，"您被这套制服遮住了，单凭制服我无法判断您是哪位。"

警察举起手想给他一拳，但当时他一手拿着小本子，一手拿着笔，这个样子他没能打出那一拳，而是转身来到克罗诺皮奥车子前面取下了车牌照。克罗诺皮奥非常窘迫，也很后悔卷入这场车祸，现在他们肯定会一直不停地问他问题，而他又不知道如何回答，因为他不认识问问题的人，而与不认识的陌生人之间又如何相互理解呢？

克罗诺皮奥与法玛的故事

克罗诺皮奥之歌

每当克罗诺皮奥唱起他们喜欢的歌,他们就会变得特别兴奋,导致他们经常任由自己被卡车或者自行车辗轧,从窗户坠落,丢掉口袋里的物品,甚至完全失去时间概念,不知今夕是何年。

当一个克罗诺皮奥唱起歌时,艾斯佩兰莎和法玛就跑过来听,尽管他们并不理解他的迷醉,而且通常情况下都会觉得眼前的场景匪夷所思,有伤风化。在人群包围之中,只见这位克罗诺皮奥抬起他小小的胳膊,仿佛托举起太阳,仿佛天空是个托盘,而太阳是施洗约翰的头,这样一来,克罗诺皮奥的歌声就好比裸体的莎乐美在给法玛和艾斯佩兰莎跳舞。法玛和艾斯佩兰莎惊得下巴都快掉下来,暗自思忖这要是让神父看见了,肯定会觉得太不符合社会规范了。但因为他们心地善良(法玛心地善良,艾斯佩兰莎则傻乎乎的),最终还是给克罗诺皮奥鼓了掌,迷醉中的克罗诺皮奥吓一跳,回过神来,看看四周,也开始鼓掌,真是个可怜的家伙。

故　事

一个小小的克罗诺皮奥在床头柜里找临街的门的钥匙,床头柜在卧室里,而卧室在房子里,房子在街上。克罗诺皮奥在此处停了下来,因为想上街的话恰恰得有当街的门钥匙。

一小勺

一位法玛发现美德是一种圆圆的、长了很多腿的微生物。他即刻给他岳母喝了一大勺。后果很可怕：这位女士不再尖酸刻薄地说三道四，还成立了一个俱乐部，专为那些迷路的登山者提供庇护，不到两个月的时间里，她的行为堪称楷模，这下子她女儿之前不太引人注目的缺点忽然就显现出来，让这位法玛非常讶异。最后他别无他法，只好给他妻子也喝了一勺美德，当天晚上他妻子就离他而去，因为她发现他特别粗鲁，一无是处，跟她眼前飘浮着的那些闪闪发光的男性道德典范简直没法比。

这位法玛思索了许久，最终喝下了整整一瓶美德，但依然跟以前一样孤独、忧郁。他在街上碰到他岳母或者妻子时，双方充满敬意地互相致意，离得远远的，甚至都不敢交谈，因为他们自己都太完美，生怕被玷污了。

照片照糊了

一位克罗诺皮奥正要打开临街的门，他把手伸进口袋里想拿钥匙，结果拿出来的却是一盒火柴。这位克罗诺皮奥特别沮丧，开始想，他想拿钥匙却发现是火柴，那如果到时候整个世界也都忽然不在各自的原位，结果就太可怕了。如果火柴能在钥匙待的地方，那他极有可能会发现钱包里放的是火柴，糖罐里装着钱，钢琴上撒满糖，电话簿里都是乐谱，衣柜里全是会员卡，床上扔满衣服，花瓶里塞满床单，电车上是满满的玫瑰，原野上遍布电车。这位克罗诺皮奥悲伤得无以复加,就跑去照镜子。但因为镜子摆得有点儿斜,他在镜中看到的是门厅的衣帽架,这下证实了他之前那些推断。他放声哭了起来,跪在地上,两只小手合十,也不知道为什么。隔壁的法玛赶过来安慰他,还有艾斯佩兰莎,但直到好几个小时之后,这位克罗诺皮奥才从绝望的情绪中缓过来,喝了人家递给他的一杯茶,喝之前他看了又看,认真检查了好一阵子,担心这杯茶可别是个蚂蚁窝或者一本塞缪尔·斯迈尔斯[1]的书。

优生学

克罗诺皮奥不愿意要孩子,因为一位克罗诺皮奥生下来做的第一件事就是对他的父亲破口大骂,因为他隐约看见父亲身上日益积累的不幸总有一天会降临到他的身上。

因为这些原因,克罗诺皮奥就去找法玛,让他们帮自己的妻子受孕,法玛总是很乐于帮忙,因为他们非常好色。此外,他们也认为这样有助于削弱克罗诺皮奥的道德优越感,但事实上他们大错特错,因为克罗诺皮奥总是按照自己的方式抚养孩子,不出几个星期,孩子身上所有跟法玛相似的地方就全都被去除。

---

[1] 英国著名作家和改革家,以说教类作品闻名。

她对科学的信仰

一个艾斯佩兰莎相信面相,比如扁鼻型、鱼脸型、大鼻孔型、脸色青黄型、浓眉型、知识分子型、理发师型等。她想把所有这些类型一次性分清楚,就把所有认识的人列了长长的名单,还把他们按照上面所说的类型分类。分好后,她拿起第一个类型,列表里是八位扁鼻型,这时她惊讶地发现事实上这些男孩还能分成三个亚类,分别是小胡子扁鼻型、拳击手扁鼻型以及办事员扁鼻型,三个亚型比例是3∶3∶2。她刚把他们按照新组分好(在圣马丁广场的保利斯塔咖啡厅,她费了很大劲把他们全都召集过来,也请他们喝了不少冰凉的马扎格兰咖啡)就发现第一亚型也并不齐整,因为其中两个小胡子扁鼻型是水豚扁鼻型,而剩下那一个确信无疑是日式扁鼻型。借助一顿美味的鳗鱼和鸡蛋夹心三明治,艾斯佩兰莎把他哄到一旁,然后把两个水豚扁鼻型归好类,待她正要把归好的类别记录在她的科研手册里时,两个"水豚"中的一个朝一边看,另一个朝反方向看,这下子艾斯佩兰莎和其他在场的人才察觉到第一个"水豚"很显然是一个短头颅的扁鼻型,而另一个的头型比起戴个帽子,更适合挂个帽子。这个次亚型就这么消解了,剩下的我们就别提了,因为这些人用马扎格兰咖啡已经打发不了,他们得喝啤酒鸡尾酒。时至今日,他们之间唯一相似的地方就是决意要让艾斯佩兰莎一直掏腰包请他们喝酒。

克罗诺皮奥与法玛的故事

新闻业千万别停

一位法玛在马黛茶行业工作得很辛苦,简直忙到无暇他顾。因此这位法玛常常倍感消沉,时不时就仰望苍天,哀叹着:"啊,太受罪了!我简直就是工作的牺牲品!对我这么一个勤勉劳作的典范,生活真是苦不堪言!"

听到这位法玛的哀叹,在他办公室做打字员的一个艾斯佩兰莎鼓起勇气走到他跟前,跟他说道:"萨莱纳斯好啊,法玛法玛。如果您工作理由的不了解,我左边口袋拿出解决办法现在就能。"[1]

这位法玛出于他们这个族类的友好天性,皱了皱眉,伸出了手。哇!简直太神了!整个世界盘根错节地在他掌心呈现,这下法玛就没有抱怨命运的理由了。每天早上,这位艾斯佩兰莎都带着一份新的神奇来上班,而法玛则端坐在自己的椅子上,每天要么收到一个开战宣言,要么收到一个和平宣言,要么两个同时收到;有时候会欣赏到一片精选自蒂罗尔州的风景,有时候是巴里洛切的或者阿雷格里港的,有时候几个地方的都能看到;此外还能看到某个发动机方面的创新消息,或者一次讲座,一张女演员或者男演员的照片,当然有时候男演员和女演员的照片同时都能看到,如此种种。所有这一切也就只需花上一个子儿,就能把整个世界买下来,确实很划算。

---

[1] 原文即存在语法错误。

公共服务的不便

大家来看一下信任克罗诺皮奥的后果。刚把一位克罗诺皮奥任命为电台总台长,他就把圣马丁大街的几个翻译召集过来,让他们把所有的文本、广告和歌曲都翻译成罗马尼亚语——一种在阿根廷不是特别大众的语言。

早上八点,法玛开始调收音机的频道,满心期待着听听新闻或者赫尼奥尔止痛片的广告,以及大厨牌食用油:"第一名食用油"。

他们确实听到了,不过是罗马尼亚语的,因此他们只听懂了商品的品牌。法玛大为吃惊,晃了晃收音机,但还是罗马尼亚语,甚至探戈舞曲《今夜我醉了》也是罗马尼亚语,就连打给电台总台长的愤慨的抗议电话也由一位小姐用罗马尼亚语回答,这下子更是让人一头雾水。

最高政府得知此事后,命人把那个如此玷污祖国传统的克罗诺皮奥给枪毙了。不幸的是,行刑队里全是征募来的克罗诺皮奥,他们非但没有朝电台前总台长射击,反而朝着聚集在五月广场的人群一顿扫射,枪法颇准,射倒了六个海军军官和一个药剂师。一个由法玛组成的行刑队赶来,那个克罗诺皮奥终于被妥善枪毙,他的继任者是一位非常著名的民歌作家,他还著有一篇关于灰质的文章。这位法玛在无线电台恢复了民族语言,但问题是法玛们已经对电台失去信任,现在几乎都不开收音机了。很多法玛本性非常悲观,早已购买了罗马尼亚语的字典和教材,还有关于卡罗尔国王[1]和卢佩斯库女士生平的书。尽

---

1 指罗马尼亚国王卡罗尔二世,他曾经为了和一位罗马尼亚军官的前妻卢佩斯库女士结婚而放弃了王位。

管最高政府非常恼火，罗马尼亚语还是成了一种时尚，就在那位克罗诺皮奥的墓碑前，一队队代表团偷偷过来凭吊，在那里洒下他们的热泪，并留下名片，上面充斥着布加勒斯特——一个以集邮爱好者和暴徒而闻名的城市——最常见的名字。

宾至如归

一个艾斯佩兰莎盖了座房子，她在门前铺了一块地砖，上面写着：欢迎来宾。

一个法玛盖了座房子，一般情况下他不会铺地砖。

一个克罗诺皮奥盖了座房子，根据习惯，他也在门厅铺上买来的或者定制的各色地砖。地砖铺设的方式使人可以按顺序阅读。第一个上写着：欢迎来宾。第二个上写着：房子虽小，心胸宽广。第三个上写着：宾客光临，蓬荜生辉。第四个上写着：家虽贫，意却暖。第五个上写着：本条废除所有之前所说。滚开，讨厌鬼！

疗　法

一个克罗诺皮奥取得了行医执照，在圣地亚哥-德尔埃斯特罗街开了一家诊所。很快一个病人前来就诊，跟他说这里疼，那里疼，晚上睡不着，白天吃不下。

"您去买一大束玫瑰花。"克罗诺皮奥说。

病人吃惊地离开了，但还是买了一束，结果病马上就好了。他内心充满感激，又去找克罗诺皮奥，一来是要付诊金，二来作为痊愈的明证，想送给他一束漂亮的玫瑰聊表心意。他刚一离开，克罗诺皮奥就病了，浑身疼，晚上睡不着，白天吃不下。

特立独行与循规蹈矩

一个克罗诺皮奥在阳台上准备刷牙，当他看到初升的太阳还有天空中飘浮着的美丽云彩时，心中充满了极大的喜悦之情，就使劲挤了一下牙膏管，里面的牙膏像一条玫瑰色的彩带一样喷了出来。牙刷上的牙膏已经堆得像一座山，克罗诺皮奥发现牙膏管口还留着很长一截，就伸出窗户甩了甩，玫瑰色的牙膏一块块从阳台掉到底下的街道。有几个法玛正聚集在那里就市政府的最新要闻发表高见，一小坨一小坨的玫瑰色牙膏落在他们的帽子上，与此同时，那位克罗诺皮奥则在上面的阳台上高兴地哼着小曲刷着牙。法玛对克罗诺皮奥那种令人难以置信的轻率行为甚为愤慨，决定马上召集一个代表团前去斥责。就这样，一个由三个法玛组成的代表团上了楼，到克罗诺皮奥家里把他严厉批评了一番，他们先是这么说的："克罗诺皮奥，你把我们的帽子弄坏了，你必须为此做出赔偿。"

之后，他们加重了语气："克罗诺皮奥！你不该这么浪费牙膏！"

探险家

三个克罗诺皮奥和一个法玛以洞穴探险为名组成一个团体,想要探寻一处地下泉水的泉眼。三人到了洞口,其中一个克罗诺皮奥先下去,另外几位在洞口用绳子拽着他。他下去时背着一个背包,里面放着他心爱的三明治(芝士夹心的)。两名肩负绞盘职责的克罗诺皮奥在上面一点一点地把他放下去,而法玛则在一个巨大的笔记本上记录着此次探险的各种细节。忽然传来了那位下去的克罗诺皮奥的第一个信号:他很愤怒,因为别人把三明治搞错了,里面夹的是火腿。他晃了晃绳子,要求把他拉上去。两名肩负绞盘职责的克罗诺皮奥难过地商量着该怎么办,只见法玛直直地挺起他令人望而生畏的胸膛,说道:"不行!"声音铿锵有力,把两位克罗诺皮奥吓得赶紧松开绳子跑去让他息怒。就在此时洞里传来了第二个信号,因为那个克罗诺皮奥刚好掉在了泉眼上,他就是在那个地方一把鼻涕一把眼泪地咒骂着,报告说一切都很糟糕,因为不管他怎么翻来覆去地看,在那些火腿三明治里竟然没有一个是芝士夹心的。

王子的教育

克罗诺皮奥很少有子女,可一旦有了子女,他们就头脑发昏,然后就会有一些非同寻常的事情发生。比如,有个克罗诺皮奥得了一个儿子,很快他就被震撼到了,心里确信他儿子是个能吸引所有美好事物的避雷针,血管里流淌着的化学物质应有尽有，散布着充满美术、诗歌和城市文明的岛屿。所以这个克罗诺皮奥在他儿子面前总是卑躬屈膝，然后对他说一些饱含恭敬的话。

可以想见，这个儿子对他的恨无以复加。

等到上学的年纪，他父亲就到小学给他报了名，这孩子在其他的小克罗诺皮奥、小法玛、小艾斯佩兰莎中间很开心。但随着中午的临近，他的情绪就开始逐渐变坏，因为他知道父亲会在门口等着他，一看到他就会举起双手，然后说出各种花样的话，比如："萨莱纳斯好啊，克罗诺皮奥克罗诺皮奥，所有儿子里最棒、最高、最红扑扑、最水灵灵、最受人敬仰、最刻苦勤奋的好儿子！"

这么一来，别的小法玛和小艾斯佩兰莎在人行道上都笑得直不起腰，而小克罗诺皮奥恨他父亲恨得牙痒痒，在以后的日子里，从第一次领圣餐到去服兵役这段时间之内，每天肯定会跟他父亲大闹一场。但克罗诺皮奥并不会因此而感到多么痛苦，因为他们以前也曾恨过他们的父亲，甚至给人感觉这种恨就是"自由"或者"广袤天地"的别称。

请把邮票贴在信封右上角

一个法玛和一个克罗诺皮奥是非常好的朋友，两人一同到邮局给他们的妻子寄信。多亏了托马斯·库克父子旅行社的业务，两位妻子目前正在挪威旅行。法玛很仔细地贴好邮票，又轻轻拍了几下确保贴牢了。可是克罗诺皮奥却惊叫了一声，把职员们吓一跳。他怒气冲冲地控诉邮票上的图案品位实在太差，看着令人恶心，还说谁也别想强迫他用这么可恶的东西玷污他用以表达对妻子纯洁爱情的信件。法玛很尴尬地待在一旁，因为他已经贴好了邮票。但是因为他和克罗诺皮奥是非常好的朋友，所以就想表示一下对他的支持。他壮着胆子对克罗诺皮奥说，尽管二十分邮票的图案随处可见，非常庸俗，但一比索[1]邮票的图案颜色看起来像是红酒沉淀物的颜色。可这些话根本无法平息克罗诺皮奥的怒火，他挥舞着信封，咒骂着那些目瞪口呆看着他的职员。最后，邮局经理出面解决此事，不到二十秒克罗诺皮奥就离开了。在大街上，他手握信封，心情沮丧。法玛已经偷偷把自己那封信投进了邮筒，这时候赶上来安慰他说："幸好我们的妻子是一起旅行的。我在信里说了你很好，所以你妻子肯定会从我妻子那里得知你的情况。"

电　报

一个艾斯佩兰莎和她妹妹交换了如下电报内容，双方分别在拉莫斯梅希亚[2]和别德马[3]。

你忘了拿加那利乌贼。蠢货。伊内斯。

---

[1] 一种历史上主要在西班牙与其前殖民地国家、地区所使用的货币单位。——编者注
[2] 阿根廷布宜诺斯艾利斯省的一座城镇。
[3] 阿根廷内格罗河省的首府，距离首都布宜诺斯艾利斯960公里。

你才蠢。我有储备。艾玛。

三份克罗诺皮奥的电报如下：

一不小心弄错列车，本应乘坐7:21的那班，却乘坐了8:24的，我在奇怪地方。邪恶的人数邮票。地方超级阴森。不相信电报能发出。可能会生病。跟你说了应该带热水袋。沮丧地坐在台阶上等待回程列车。阿图罗。

不。要么4比索60分，要么别买。如能再便宜，买两双，一双单色，一双条纹。

看到埃斯特尔姨妈在哭，乌龟病了。草根好像有毒，或者奶酪变质。乌龟这种娇弱动物，有点儿傻，不懂辨别。遗憾。

他们的自然故事

狮子和克罗诺皮奥

一个克罗诺皮奥在沙漠里遇到一头狮子，有了如下对话。
狮子："我要吃了你。"
克罗诺皮奥（特别害怕但是很有尊严）："好的。"
狮子："啊，这样不行。别跟我来殉道士那一套。要么哭，要么跟我搏斗，二选一。这样我是没法吃你的。快点儿放马过来。你无话可说吗？"

克罗诺皮奥什么话都没说，狮子有些疑惑，后来想到一个主意。

狮子："幸好我左脚上有根折磨了我很久的刺。你给我拔出来，我就放过你。"

克罗诺皮奥把刺给它拔了出来，狮子就走了，嘴里不情不愿地嘟囔着："谢谢，安德鲁克里斯[1]。"

秃鹰和克罗诺皮奥

一只秃鹰闪电般朝一个正从蒂诺加斯塔[2]经过的克罗诺皮奥俯冲过去，把瑟瑟发抖的克罗诺皮奥逼到一堵花岗岩墙角。秃鹰扬扬得意地开口说话，对话如下：

秃鹰："你敢不敢说我不英俊？"

克罗诺皮奥："您是我见过的最英俊的鸟。"

秃鹰："不够，再来。"

克罗诺皮奥："您比天堂鸟还要英俊。"

秃鹰："你敢不敢说我飞得不高？"

克罗诺皮奥："您飞翔的高度令人目眩，完全是超音速的，在平流层飞行。"

秃鹰："你敢不敢说我特别臭？"

克罗诺皮奥："您比整整一升的让-玛丽·法里纳古龙水还

---

1 安德鲁克里斯（Androcles）是古罗马的一个奴隶，他从主人家逃至森林里，遇见一头狮子，狮子没有吃他，而是求他将自己脚上的刺拔了。
2 阿根廷西北部卡塔玛卡省的一座城镇。

要香。"

秃鹰:"这家伙可真见鬼,回答得滴水不漏,我都无从下嘴啄他一下。"

花和克罗诺皮奥

一个克罗诺皮奥在田野上发现一朵孤零零的花。刚开始他想把它拔掉,但想到这种残忍没有任何意义,就在花旁跪下来,无忧无虑地同它玩耍。他是这么做的:轻轻抚摩它的花瓣,吹口气让它跳舞,像只蜜蜂一样发出"嗡嗡"的声音,闻它的香味,最后他躺在那朵花下,在极大的宁静中沉沉睡去。

花儿心想:"他真像一朵花。"

法玛与蓝桉树

一个法玛在树林里走,尽管他并不需要木柴,但依然贪婪地盯着那些树。树们心里特别害怕,因为它们非常了解法玛的习惯,所以都吓坏了。在这些树里,有一棵美丽的蓝桉树,法玛看到它后高兴地欢呼了一声,围着惊慌失措的蓝桉树跳起了特雷瓜舞和卡塔拉舞,然后这么说道:"叶子抗菌,冬日得健康,极卫生。"

他拿出一把斧头,朝着蓝桉树的肚子满不在乎地砍了几下。蓝桉树呻吟着,重伤濒死,其他的树听到它叹息着说:"想想看,这个蠢货本来只要买几片瓦尔达含片[1]就都解决了。"

---

[1] 一种含有桉、薄荷等成分的润喉糖。

乌龟与克罗诺皮奥

如今的世道,乌龟成了速度的狂热仰慕者,这很自然。

艾斯佩兰莎知道这一点,但她们无所谓。

法玛知道这一点,就嘲笑他们。

克罗诺皮奥知道这一点,因此每遇到一只乌龟,就把彩色粉笔盒取出来,在乌龟圆圆的龟壳上画一只燕子。

卢云 译

英提扎尔·侯赛因（Intizar Husain，约1925—2016），巴基斯坦作家，从事长篇小说、短篇故事、诗歌和新闻写作，通常被誉为最伟大的乌尔都语作家之一。在巴基斯坦之外，侯赛因最出名的作品是小说《巴斯蒂》（*Basti*，1979年），该书融合了神话和现实主义，对巴基斯坦的生活做出了极为动人的描写。侯赛因多年来一直笔耕不辍，持续出版作品，最终于2013年入围布克国际奖（Booker International Prize）决选名单，并在2014年被授予法国艺术和文学勋章（France's Order of Arts and Letters），得到了西方世界的认可。《变形记》（"Metamorphosis"）以乌尔都语写成，首次出版于1962年。它的标题让人联想到卡夫卡，但其形式在很大程度上借鉴了中世纪波斯语和乌尔都语史诗。

变形记

于是那天早上，阿扎德·巴赫特王子睁开眼，发现自己变成了一只苍蝇。那是一个人性灭绝的清晨，因为事物的表象消失了，隐秘的部分显现出来，有人甚至不知羞耻地赤身裸体。而

变形记

阿扎德·巴赫特王子被变成了一只苍蝇。

起初,王子以为自己是在做梦,然而,等到天一亮,梦就被遗忘了。他只剩下零星记忆,而当天色暗了下来,巨人回到城堡,发出雷鸣般的怒吼时,王子的身体开始收缩,变得越来越小。他不记得在那之后发生了什么。再后来,他连那之前的事都忘记了,因为他全心全意地爱着他要从城堡里救出来的美丽公主。可到了夜里,同样的事又发生了。巨人咆哮着冲进城堡:"我闻到了一个人的味道,我闻到了一个人的味道![1]"然后王子的身体开始缩小。到了早上,他发现自己又像前一天一样惶惑不安。这一切就像一场噩梦。他努力地去回忆噩梦的细节,却什么也想不起来。

如此度过了三个夜晚之后,王子非常焦虑:"真主安拉,这到底是怎么一回事?一到夜晚,我就失去了所有意识。难道有谁对我下了咒吗?"他自责道:"噢,你这懒惰的蠢货,你来这里是为了从白色巨人的魔掌中解救美丽的公主,现在连你自己也被他的魔网俘获了。"而后在一个黑暗时分,他看见公主转向他,念了一个咒语,他的身体随即开始缩小。尽管他拼命挣扎,想要保持他真实的形态,却还是像前几天夜里一样,越变越小。

到了早上,他感觉自己就像刚从一个可怕的梦魇中挣脱,但就像之前一样,前夜发生的很多事他都记不清了。他脑海里只剩下支离破碎的片段,他记得看到过公主的嘴唇翕动。他心中顿生疑窦:有人在暗中搞鬼。他转过身子愤怒地对她说:"噢,

---

1 原文"Manas gandh, manas gandh"应为古吉拉特语,是巴基斯坦的一种少数民族语言。

苦命的人儿。我只是想把你从白色巨人手中救出来。而你就是这样报答我的，给我下咒？"

公主想找借口搪塞过去，但并不能说服王子。他不断向她追问真相。最后，公主反唇相讥："你这个傻瓜！我每天所做的都只是为了你好！这个白色巨人与所有人类为敌。要是他看到你，一眨眼工夫，他就会把你吞进肚子里，然后没完没了地折磨你。所以到了夜里，我就把你变成一只苍蝇粘在墙上。即便如此，那个怪物还是整夜喊着'我闻到了一个人的味道，我闻到了一个人的味道！'。不过我对他说，如果他闻到了人的味道，那就吃了我吧，这才让他无话可说。早上他离开以后，我才把你变回人形。"

当王子得知自己每到夜晚就会变成一只苍蝇，而且还是一个女人为了救他的命，才把他变成那副模样，他的自尊心受到了伤害。这种状况叫他无法忍受。他怒火中烧，心想："唉，阿扎德·巴赫特，你曾经无比自豪于你高贵的血统，你的英雄壮举，你的男子汉气概。你自认为足智多谋、无所不知，应对任何事都游刃有余，然而今天，你的尊严已经扫地。有个怪物在欺压人类，而你呢，为了保住自己的性命，沦为了所有生命之中最卑贱的虫豸。"

他为此陷入深思，皱着眉头生闷气，先是生自己的气，然后又冲公主发火。他的愤怒让公主很是懊恼。（这里必须说明一下，公主与王子还不曾有过肌肤之亲，她许诺等他们逃出那位暴君的魔掌，再与他结合。因此，尽管心爱的人近在咫尺，王子却觉得可望而不可即，一直受到欲火煎熬。）所以这天，在受到王子的责难之后，公主伤心极了。她眼中噙满泪水，把头埋在王子胸前，哭了起来。王子的心顿时软了下来，他伸出手臂搂住她的脖子。两人的身体紧紧拥抱在一起，互相依偎着。他们的矜持与恐惧荡然无存。虽然还是白天，二人之间却如同新婚之夜一般。王子在她温暖的怀抱中忘我沉沦，直到城堡的墙壁在巨人的怒吼中开始震颤，他才抬起了头。他又开始收缩，哪怕竭力抗拒，他还是越来越小，最后只剩下一个黑点，变成了一只苍蝇。

到了早上，王子满心忧虑地醒了过来。他真的变成了一只苍蝇吗？人真的能变成一只苍蝇吗？想着想着，他心里充满了悲伤。他是人中的豪杰，艺术造诣深，科学素养好，英勇盖世无双。他出身高贵，地位显赫，率兵攻打的国家无一不臣服于他。但在白色巨人的城堡里，战无不胜的高贵王子变成了一只苍蝇。所以，阿扎德·巴赫特，你内在不过是只苍蝇。他想起了自己辉煌的过去，想起昔日的冒险、所向披靡的征战，还有他名扬世界的先祖。如今一切都显得那么遥远，恍如隔世。天黑以后，他又一次开始缩小，直到变成一只苍蝇。

就这样每到夜晚，巨人回到城堡，都会大喊"我闻到了一个人的味道，我闻到了一个人的味道！"。

公主则娇滴滴地答道："我就是一个人。吃了我吧！"然后巨人便会息怒，开始享受春宵，王子则以苍蝇的形态粘在墙上一整夜。到了早上，公主再把他变回人类。这就是王子的生活：白天做人，晚上当苍蝇。这样的生活让他深恶痛绝。公主努力抚慰他，她带他在花园里散步，送他水果和鲜花，因为白色巨人的花园里繁花盛开，果实累累。巨人的餐桌上也摆满了食物。当王子看到这一桌丰盛的大餐时，他像只苍蝇似的围着它打转。在他的冒险生涯中，他还是头一次见到如此饕餮盛宴。

于是，在白天，王子像苍蝇一样围着巨人餐桌上的美酒佳肴打转，到了夜晚，他就变成一只苍蝇，粘在墙上睡觉。白天就像情人的夜，因为公主会在他怀里，让他忘掉夜晚的一切屈辱。就这样，黑夜变得越来越漫长，白日变得越来越短暂。王子不得不在苍蝇的形体里停留更长时间。没过多久，有一日天还没黑，他就感觉自己变成了一只苍蝇。起初，这种感觉只不过是一瞬间的事，片刻之后，他就会想起现在还没有到晚上，他依然是人类的模样。然而，这种恍惚的瞬间开始一点一点延长。在公主温柔的臂弯里，有时他会突然觉得自己是一只苍蝇，然后公主会在他身下微微一动，他便猛然意识到四周的阳光，意识到自己还是个男人。再后来，即便在他的意识完全清醒的时候，这样的幻觉也开始出现。无论是在巨人的花园里采摘花果，还是在巨人的厨房里坐下享用珍馐，他都会不由自主地想："我还是个人吗？"然后，怀疑与恐惧就会如潮水般一波又一波涌上心头，将他淹没。

阿扎德·巴赫特王子拼命从怀疑与恐惧织成的罗网中挣脱，并伺机向巨人发起挑战。他奋力反抗，而每次他一有所行动，公主就会对他说："听着，跟巨人战斗是白费力气，因为他的生命不在他的身体里。他的生命在一只鹦鹉体内，而那只鹦鹉被关在一个笼子里，关鹦鹉的笼子挂在一棵树上，那棵树在七大洋彼岸的一座小岛上。白色巨人的生命就在那只鹦鹉的身体里。"

这个说法让阿扎德·巴赫特王子瞠目结舌。白色巨人生活在这里，可他的生命却在七大洋彼岸的一只鹦鹉的身体里，这怎么可能呢？他觉得难以置信，生命怎么能够脱离肉身存在？然后他开始思考自己的生命，莫非它存在于别处？莫非它在苍蝇体内？

他一连好多天都深陷于这样的思绪无法自拔。如何逃出城堡？如何跨越七大洋杀死那只鹦鹉？公主看他思考得如此入神，抱怨道："你的爱情消逝了，你打算背弃我。"王子疯狂地爱恋着她，慌忙向她保证他的忠贞不渝。而在日复一日的抱怨、誓言和告白中，逃跑的话题彻底被抛在脑后。

现在，阿扎德·巴赫特王子几乎成了任公主随意摆布的奴隶。没有她的明确许可，他连一片叶子都不会摘。只要她一声令下，他就会变成苍蝇，然后在她想要他变成人的时候，又恢复人形。有很多次，王子不等她施法就自己蜷缩起来，到了早上，哪怕已经恢复人形，他还是疲惫地躺在那里，无力去做任何事。虽然他已经脱离了苍蝇的躯壳，却没有彻底进入人类的皮囊，就像还缺少了什么似的。这段没有着落的日子一天天持续下去，他越来越萎靡，越来越无所适从。夜幕一降临，他不费吹灰之力就变成了一只苍蝇，但天亮之后，他得经过一段漫长而痛苦的过渡期，才开始进入人类的角色。刚刚过去的痛苦时光会停留在记忆里，久久挥之不去。有一天，在这样的精神状态下，他问了自己一个问题："我究竟是一只苍蝇还是一个人？"他是第一次从这个角度思考问题，顿时慌了神。他急忙安慰自己："我首先是一个人，然后才是一只苍蝇。白天是我的真实生活，夜晚只是一种幻觉。"他暂时放下心来，但很快疑惑又回到了他的心头："也许夜晚才是我真正的生活，白天只不过是一场化装舞会。"就这样，阿扎德·巴赫特王子又一次被恐惧与疑虑的罗网俘获。他连连发问："我的真身是什么？我真的是个人吗？真的只是为了谨慎起见，才把我变作一只苍蝇？还是说，我本来就是一只苍蝇，只是短暂地当了一会儿人？这也不是不可能。万物必须回归原点。而我，曾经是一只苍蝇，现在又回到了苍蝇的形态。"（这个想法让他感到恶心，于是他立即加以否认。）"但那样的话，我果真是一个人吗？"无论他怎么冥思苦想，就是找不出一个让自己信服的解释。最后，他下了一个模棱两可的结论：他既是一个人，也是一只苍蝇。

现在阿扎德·巴赫特王子既是人又是苍蝇了。于是作为苍蝇的他对作为人的他说："我在夜晚保护你。所以，你应当与我共享你的白天。"

作为人的他深思熟虑之后，答道："我听到了你说的话，我会让你进入我的白天。"

就这样他的日子染上了双重色彩。清晨，他经过一段漫长而痛苦的过渡期，终于恢复了人形，然后像苍蝇一样，扑向巨人餐桌上的香料、水果和精美菜肴。在极度的欢愉中，他将一切抛诸脑后。接着，白色巨人的暗影遮蔽他的意识，他开始感觉到自己的身体蜷缩了起来。他被关在城堡里，既畏惧巨人，又害怕惹公主生气，于是终日缩成一团，仿佛随时都准备变成一只苍蝇。要历尽千辛万苦，他才能恢复原样。他觉得自己正行走在一个黑暗的深渊边缘，随时都有可能踏错一步，变成一只苍蝇。

如今阿扎德·巴赫特王子作为苍蝇又作为人，对自己委曲求全的双重生活充满了憎恶。这个男人如同惊弓之鸟一般在深渊边缘徘徊，他说："我无论如何都要杀死巨人，以结束这种双重生活，我将重获自由。"但他已经失去了同白色巨人战斗的勇气。他制订好几十个计划：打倒巨人，离开城堡，穿越七大洋，拧断那只鹦鹉的脖子。然后，他将这些计划统统推翻。他抬头看了一眼高耸的城墙，想到自己孱弱的身体，想起了巨人的雷霆之怒，他的心像扇子一样摇摆起来。所以为何不彻底变作一只苍蝇呢？那样一来，城堡将失去意义，对巨人的恐惧也将不复存在。反正，巨人好像也不介意苍蝇的存在。然而，王子依然无法心安理得地接受这个想法，于是他继续在怀疑和恐惧之间徘徊，与此同时，他内心的苍蝇不断积聚着力量。黑夜的阴影在白日的光芒之上蔓延开来。

然后有一天，王子觉察到在他内心深处的某个地方，有一只小小的苍蝇正在发出急促的嗡鸣。他把这种感觉压了下去，只当自己的想象力在作怪。然而，他心里的嗡嗡声却越来越洪亮。所以，是这只苍蝇在他体内不断滋长。他感到恶心。那感觉就像是在自己的屎尿里打滚儿。他的生命，曾经如牛奶般纯净，如蜜糖般甜美，如今却被一只苍蝇污染了。

就这样，日子一天天过去，黑暗与光明的假面舞会继续进行。王子从未走出过城堡一步。因为城堡成了一张蜘蛛网。苍蝇扑扇着它小小的翅膀，抖动它针尖般的细腿，最后放弃了一切希望，倒悬在蛛网上。这张网开始渗入王子体内。他与外部世界的联系日渐微弱。蛛丝模糊了王子的记忆，他周围的世界也逐渐消失不见。他的故乡、他的子民，都如同一个个幻梦，慢慢沉入遗忘之海。他以前常常想到他的父王——诸王之王。曾经王子把他视作救星，一想起他就燃起希望。可如今，王子陷入了无穷无尽的迷惘，他的脑子里面结满了蛛网。他的父亲是谁？令他吃惊的是，他想不起自己父亲的名字了。"我父亲的名字是什么？我的名字是什么？名字，"他说，"是通往现实的关键钥匙。关键是现实又在何方？"

很久以前，有一只苍蝇。她正忙着打扫自己的房子，突然间想不起自己的名字了。她放下手里的活计，到处飞来飞去，挨家挨户找人打听自己的名字。无论到哪里，她都会遭到唾骂和驱赶。她来到了一只蚊子面前，问："蚊子啊蚊子，我的名字叫什么？"

蚊子答道："滚开。我怎么会知道你的名字？"

然后，苍蝇到了一头水牛跟前："水牛啊水牛，告诉我我的名字。"

但水牛非常自傲，她没有回答。她只是闭着眼，自顾自地咀嚼着，傲慢地甩了甩她的尾巴。而阿扎德·巴赫特王子绞尽脑汁回想自己的名字，却怎么也想不起来。于是，他脱离了他的现实世界，仿佛他作为王子的生活已经是前几辈子的事，现在他重新转世成了一个再平凡不过的生物，事情就是这么简单。他越思忖此事就越是焦虑不安。他问："我该如何将自己与其他生物区分开来？"他在自己的大脑里搜寻答案，却遇到了更多问题。他的名字叫什么？他父亲的名字叫什么？他周围的人都是谁？他的故乡在哪里？可他什么也想不起来。蛛网渗进他内心深处，在他体内蔓延。于是他宣布："我过去的身份已成为过去，我就是当下的我。"

所以，现在，他就是当下的他。而他内心的苍蝇比以往任何时候都更有力量，更纠缠不休。他内心的那个男人正在迅速隐没于晦暗的过去。每天回归人形的那段经历已然成了一种痛苦的折磨。一觉醒来，他总是感觉自己既肮脏又疲惫。他的身体痛得就好像前一天晚上被肢解过，而且从未复原。他会闭着眼睛，意识恍惚地躺很久，然后极不情愿地爬起来，只觉得浑身脏兮兮的，于是跑到花园的水渠里，在宛如最纯净的珍珠一般晶莹闪烁的水里洗澡。但洗完澡后，他又会想起前一天夜里的事，然后浑身不舒服。他觉得似乎有什么东西在他的意识之门后面没完没了地嗡嗡作响。他会把自己再清洗一遍，却丝毫无法减轻肮脏的感觉。恶心感时刻伴随着他，如影随形。

这种恶心成了他生命的一部分。他无时无刻不在作呕——对他自己作呕。在苍蝇的躯壳里度过一夜之后，他经过长时间的痛苦挣扎回到人形，然后虚弱地躺在那里，浑身麻木，孤立无援。仿佛一切事物都沾上了污秽——城堡的墙壁、树上的叶子、水渠里的水，甚至连公主也被玷污了。他感觉自己被埋在一堆苍蝇尸体下面。此时此刻，他已经没有力气反抗他心里的苍蝇了，它已经深深地侵入了他体内，直抵他的灵魂。有时候到了早上，他会怀疑公主是否忘了解除她的咒语，怀疑自己是否还粘在墙上。有时候，那只苍蝇似乎马上要冲出他的身体，将他整个人吞噬。所以，到了夜晚，他不等公主施完咒语就先蜷缩起来。早上恢复人形之前，他会昏迷好几个小时，意识全无。他无法相信，或者不如说，他无法确定自己已经脱离了苍蝇的形态，又变回了人类。移魂的过程一天比一天痛苦。现在，他从早到晚都为自己悬而未决的状态惶惶不安。因此，当夜幕降临，巨人回到城堡时，王子反而松了一口气。做苍蝇的时候，他感到既快乐又安心。

所以现在他觉得待在苍蝇的身体里更快乐，也发现变回人形是件痛苦的事。脱去了苍蝇的形体，就像是被灵魂抛弃。有一天，经过一阵解咒带来的剧痛之后，他终于离开了苍蝇之身，却未能彻底变成一个人。他陷入了一片混沌，感觉自己老了几百岁。这一整天，他都被各种疑问纠缠。他不是已经变成一个人了吗？还是说他仍然处于似人非人的状态？他一次又一次地走到镜子前，嘴里念叨着："我不是一个人。那么我是一只苍蝇吗？"（但他也不是苍蝇。）"所以我既不是人也不是苍蝇。那我是什么呢？也许我什么都不是。"他急得满头大汗，因为是一只苍蝇总比什么都不是要好。然后，他就无法继续思考了。

公主看到他凄惨的模样，吓得浑身发抖，她为这一切深感自责。她决定再也不把他变成苍蝇了。那天晚上，她只是把他关进了地窖里。

所以那一晚，公主没有把王子变成苍蝇，而是把他锁在地窖里。然而，当黑暗笼罩了大地，城墙随着巨人的狂怒而摇晃起来时，王子还是像往常一样感到恐惧，然后缩成一团。

那天晚上，巨人没有喊"我闻到了一个人的味道，我闻到了一个人的味道！"。公主有些摸不着头脑，以往她把王子变成苍蝇以后，巨人依然能闻到他身上的人类气味。然而今天，她没有把王子变成苍蝇，巨人却没有觉察到任何异样。阿扎德·巴赫特王子身上的人类气息去哪儿了？

就这样，充满迷茫与困惑的一夜过去了，天光终于破晓。巨人离开后，公主打开了地窖的门。她惊呆了，地窖里不见王子的踪影，只有一只又大又肥的苍蝇停在墙上。她茫然地站在原地，不知如何是好，她搞不明白，没有她的帮助，王子怎么能变成一只苍蝇。然后她念起魔咒，想把他变回人类，但魔咒没有奏效。那天早上，阿扎德·巴赫特王子一直保持着苍蝇的形态。就这样，阿扎德·巴赫特王子早上睁开眼，发现自己变成了一只苍蝇。

王知夏　译

世上的最后一条龙

　　托芙·扬松（Tove Jansson，1914—2001），芬兰作家、艺术家，尽管也为成年人写过六部小说和五本故事书，但她最著名的作品还是姆明系列儿童读物。扬松曾在斯德哥尔摩、赫尔辛基和巴黎学习艺术，做过作家和插画家。她第一部姆明题材的作品《姆明和大洪水》(The Moomins and the Great Flood)于1945年出版，刻画了姆明妈妈和姆明（家中幼子）这两个角色。直到第二部和第三部作品——《姆明岛的彗星》(Comet in Moominland，1946年)和《魔法师的帽子》(Finn Family Moomintroll，1948年)相继问世，这个系列才广为流行起来。1947年，扬松开始创作姆明系列漫画，后来这些漫画被翻译成英文，发表在《伦敦晚报》(The Evening News)上，为扬松赢得了更多的国际关注。她的连环画独立创作一直持续到1959年，此后，她开始与兄弟拉尔斯合作，从1961年至1975年，拉尔斯接替她完成了剩余的连环画作。拉尔斯还参与制作了一部动画电视连续剧，二十世纪九十年代，该剧为姆明一家带来了高涨的人气，尤其在日本广受欢迎。在完成了姆明系列的最后一部作品《十一月的姆明谷》(Moominvalley in November，1970年)后，扬松开始创作更多面向成人的小说，包括她最著名的成人小说《夏日书》(The Summer Book，1972年)。《世上的最后一条龙》("The Last Dragon in the World")收录于1962年出版的《姆明谷故事集》(Tales from Moominvalley)，讲述了姆明和最要好的朋友、流浪音乐家史力奇的故事。

295

世上的最后一条龙

一个星期四,也是三伏天里的最后一天,在姆明[1]爸爸的吊床树右边那片棕色的池塘里,姆明捉到了一条小龙。

当然啦,他做梦也没想过,竟然还能捉到龙。在水底的淤泥里,老是有些摇摇摆摆的小家伙划来划去,他曾经捕过几条,因为他想弄明白,它们游泳的时候腿是怎么动的,是否总是倒着游。可是,等到他逆着光将玻璃罐举起时,却发现罐里装的东西完全不是那么回事。

"以我永恒的尾巴起誓。"姆明敬畏地小声嘀咕了一句。他用两只爪子捧着玻璃罐,只知道目不转睛地盯着它看。

这条龙也就火柴盒那么大,在罐子里游来游去,透明的翅膀优雅地扇动着,如同金鱼鳍一样美丽。

但是,金鱼绝不会像这条小龙那样金光灿烂。它闪耀着黄金一般夺目的光辉,在阳光下看去,小脑袋是祖母绿的,眼睛是柠檬黄的,六条金灿灿的腿上各长着一个绿色的小爪子,尾巴上

---

[1] 长得像河马却不是河马的小精灵,跟家人和朋友一起住在神秘的姆明谷。

世上的最后一条龙

越靠近尖端的地方越绿。这真是一条奇妙的龙啊。

姆明将罐盖拧紧（盖子上有通气孔），小心地放下，搁在苔藓里。然后，他在罐子旁边平躺下来，凑近了细看。

龙向罐壁游来，张开小嘴，嘴里长满了细小的白牙。

它生气了，姆明心想。虽然是个小不点儿，它仍然生气了。我要怎么做，才能让它喜欢我？它吃什么？龙以什么为食呢？

他有点儿担心和焦急，把罐子捧起来抱在怀里，开始小心翼翼地往家走，以免龙撞到玻璃壁上受伤。它这么小，又这么纤弱。

"我会养你，宠你，爱你。"姆明低声说，"你可以睡在我的枕头上。等你长大了，开始喜欢我了，我就带你去海里游泳……"

姆明爸爸正在他的烟草地里干活儿。姆明随时可以把龙拿给他看，询问他关于龙的事情。不过，最好还是先不要了。暂且不要。可以先保密几天，直到它习惯了人为止，直到姆明先获得最大的乐趣：把它拿给史力奇[1]看。

---

[1] 姆明最好的朋友，除了冬天，一年三季都住在自己的帐篷里。他会独自去南方闯荡，也经常钓鱼。

姆明将罐子紧贴在身上,尽可能若无其事地溜达着,朝后门走去。其他人都待在前面,在游廊旁边。姆明蹑手蹑脚地往屋后的台阶上爬,就在此时,阿美[1]从水桶后面蹦了出来,喊道:"你拿的是什么?"

"没什么。"姆明说。

"是个罐子!"阿美伸长了脖子道,"里面装的是什么?你干吗要藏着?"

姆明飞奔上楼,进了自己的房间。他把罐子放到桌上。罐子里的水哗啦哗啦直晃荡,龙用翅膀裹住自己,缩成了一团。这时,它慢慢展开身体,露出了牙齿。

"这种事不会再发生了,"姆明信誓旦旦地保证,"太对不住了,最亲爱的宝贝。"他拧开瓶盖,好让龙看得更清楚些,然后他走到门口把门闩上。你永远不知道阿美能干出什么事来。

等他回到龙身边,它已经从水里爬了出来,坐在罐口上。姆明小心地伸出一只爪子,想摸摸它。

见状,龙又张开嘴,喷出了一小团烟。龙的红舌犹如火焰,从烟中忽地蹿出,又消失不见……

---

[1] 姆明一族的朋友,个子娇小,平时住在姆明家。

世上的最后一条龙

"哎哟!"姆明叫道,因为他被烧伤了。不严重,但很明显。他越发欣赏这条龙了。

"你生气了,对不对?"他低声问道,"你特别野蛮,特别残忍,特别邪恶,对不对?哦,你这个可爱的小乖乖——乖乖!"

龙喷了喷鼻息。

姆明爬到床底下,拖出了他的夜匣。夜匣里面装着几块小薄饼,眼下已经有点儿发干了,还有半片面包、一点儿黄油和一个苹果。他从每一样上面切下几小块,摆到桌上,绕着龙围成一圈。它嗅了嗅,鄙视地看了他一眼,然后突然以惊人的速度敏捷地冲到窗前,向一只巨大的八月蝇发起了攻击。

苍蝇不再嗡嗡叫了,开始发出刺耳的声音。龙已经用绿油油的小前爪捏住了苍蝇的脖子并朝它的眼睛喷了一小团烟。

接着,龙张开嘴巴,白色的小牙啪嚓一响,八月蝇消失了。龙咽了两口唾沫,舔舔鼻子,挠挠耳朵,一只眼睛讥讽地瞥了姆明一眼。

"你可真聪明啊!"姆明叫道,"我的小……臭臭!"

就在这时,姆明妈妈敲响了楼下的午饭锣。

"好了,乖乖等着我。"姆明说,"我一会儿就回来。"

他站了片刻,热切地看着那条龙,它看起来没有半点儿可爱的样儿。然后他悄声说:"小宝贝。"他说完便跑下楼,来到了外面的游廊上。

阿美的勺子还没沾到粥,就开口道:"有些人好像把秘密藏在神秘的玻璃罐里了。"

"闭嘴。"姆明说。

"我觉得,"阿美继续说,"有些人养了水蛭,或者木虱,或者为啥不是大得不得了的蜈蚣呢?一分钟繁殖一百倍那种。"

"妈妈。"姆明说,"你知道的,我一直想养一只喜欢我的小宠物,要是真养的话,那就应该养,或者会养……"

"一只木虱能啃多少木头呀?"阿美边说边在牛奶杯里吹泡泡。

"什么?"埋头看报的姆明爸爸抬头问道。

"姆明发现了一只新动物,"姆明妈妈解释,"它咬人吗?"

"它太小了,咬不了多狠。"她儿子含糊地咕哝着。

"它什么时候会长大?"美梅拉夫人[1]问道,"我什么时候可以瞅一眼?它会说话吗?"

姆明不作声了。现在,一切又都毁了。一个人应该有权保守秘密,再突然说出来给大家一个惊喜。可是,只要你住在家里,就既没有秘密也没有惊喜。他们从一开始就什么都知道,之后就什么乐趣也没有了。

"吃完午饭,我要到河边去。"姆明慢吞吞地说,语带轻蔑,轻蔑得就像龙那样,"妈妈,请告诉他们,不要进我的房

---

[1] 阿美和史力奇的妈妈。

间。要是造成什么后果,我不负责。"

"好,"姆明妈妈说着,看了阿美一眼,"活人谁也不准去开他的门。"

姆明不再说话,一脸严肃地把粥喝完。然后他出门穿过花园,来到桥上。

史力奇正坐在他的帐篷前,在一枚软木鱼漂上描画。姆明一看见他,立刻又为自己的龙高兴起来。

"哟,"他说,"家人有时候就是让人受罪。"

史力奇没把嘴里的烟斗取出来,只哼了一声表示赞同。在男性间友好的团结氛围里,他们默不作声地坐了一会儿。

"顺便问一句,"姆明突然说,"你在闯荡的时候遇到过龙吗?"

"显然,你指的不是蝾螈、蜥蜴或者鳄鱼,"史力奇沉默了许久才回答,"你问的是龙。没有,从来没遇见过。它们灭绝了。"

"可是,说不定还剩下一条呢,"姆明慢吞吞地说,"说不定有一天,有人会用玻璃罐把它捉住。"

史力奇用锐利的目光瞥了他一眼,发现姆明又是欢喜,又是兴奋,眼看就要憋不住了。于是,他十分简略地回答:"我不信。"

"就算它能喷火,它的体形可能也超不过火柴盒。"姆明打了个哈欠,接着说。

"嗯,当然了,这纯属幻想。"史力奇说,他知道惊喜是如何被准备的。

他朋友的目光越过了他，说道："一条纯金的龙，长着小小的绿爪子，它会忠心耿耿，到哪儿都跟着……"

然后，姆明一跃而起，喊道："是我找到的！我发现了一条属于我自己的真龙！"

他们向宅子走去，一路上，史力奇的表现经历了完整的转变，从怀疑到诧异再到惊奇。他真是无可挑剔。

他们上了楼，万分小心地打开门，走了进去。

水罐依旧立在桌上，里面的龙却不见了。姆明看了床底下，看了五斗橱背后，在地板上找了个遍，一边找一边呼唤："小朋友……我漂亮的、好看的……我的小不点儿，你在哪儿……"

"姆明，"史力奇说，"它坐在窗帘上呢。"

的确如此，它正高踞于靠近天花板的窗帘杆上。

"怎么会这样？"姆明惊恐地叫起来，"它绝不能掉下来……别动。等一下……别说话……"

他把床上的被褥拽下来，铺到窗户底下的地板上，然后拿起希米伦[1]的旧蝴蝶网，向龙伸出手去。

---

1 希米伦一族热衷于植物学，经常花时间收集植物或蝴蝶。

"跳啊!"他低声说,"小不点儿……别害怕,不会痛的……"

"你要把它吓跑了。"史力奇说。

龙打了个哈欠,咝咝地吐气。它在蝴蝶网上狠狠咬了一口,接着像台小发动机似的咕噜咕噜叫起来。忽然间,它在天花板下面扑扇着翅膀,开始兜着圈子飞。

"它在飞,它在飞!"姆明大叫,"我的龙在飞!"

"那是自然,"史力奇说,"不要这样到处乱蹦。待着别动。"

龙一动不动地悬在空中,龙翼变得不再透明,就像飞蛾的翅膀。然后,它突然俯冲下来,咬住了姆明的耳朵,姆明叫唤了一声,接下来,它径直向史力奇飞去,落到他的肩膀上。

它一点点挪动着,靠近了他的耳朵,闭上眼睛开始咕噜咕噜地叫。

"真是个好玩的家伙,"史力奇惊讶地说,"全身热乎乎的,还会发光。它这是在干吗?"

"它喜欢你。"姆明说。

下午,去看望阿美奶奶的科妮[1]回到了家,当然,她立刻便听说,姆明发现了一条龙。

它坐在游廊的桌子上,挨着史力奇的咖啡杯,正在舔着自己的爪子。除了史力奇以外,它把所有人都咬了个遍。而且,每次只要一对着什么东西发脾气,它就会在某个地方烧出个洞。

---

[1] 姆明的女友,经常住在姆明家。

"多可爱的小甜心啊！"科妮说，"它叫什么名字？"

"没什么特别的。"姆明嘟囔道，"只是一条龙罢了。"

他的爪子小心翼翼地越过桌子，摸到了一条金光闪闪的小龙腿。龙立刻转过身，朝着他咝咝吐气，喷出了一小团烟。

"多可爱啊！"科妮叫道。

龙跑到史力奇搁在桌上的烟斗旁，往烟斗里嗅了嗅。桌布上，它刚才坐过的地方烧出了一个圆洞，边缘是棕色的。

姆明妈妈说："我在想，它是不是也能烧穿油布呢？"

"当然可以，"阿美说，"只要等它长大点儿就行。它会替我们把房子烧掉的。"

她抓起一块蛋糕，龙如一团金色怒焰一般向她猛冲过来，咬住了她的手。

"你这……你这蜘蛛！"阿美号叫起来，用她的餐巾对着龙猛扇。

"说这样的话，你永远也上不了天堂。"美梅拉夫人立刻开口了。但姆明大叫一声，打断了她的话："这不是龙的错！它还以为，你想吃那只趴在蛋糕上的苍蝇呢。"

"你和你的龙！"阿美叫道，她的手疼得确实很厉害，"它甚至都不算你的龙，而是史力奇的，因为它只喜欢他！"

大家一阵沉默。

"我是不是听到小鱼苗吱吱叫了？"史力奇说着，从桌旁站了起来，"再过几小时，它就会知道自己属于哪儿了。好了，下去吧。飞到主人那儿去！"

可是，龙再次落到了史力奇的肩头，六只尖尖的爪子紧抠着不放，不停地发出咕噜声，像台缝纫机似的。史力奇用拇指和食指把它捏起来,塞到茶壶套底下。然后,他打开玻璃门,走到外面的花园里去了。

"哦,它会闷死的。"姆明说着,把桌上的茶壶套抬起了半英寸。龙冲了出来,疾如闪电,径直向窗户飞去,它坐在那里,爪子按在玻璃上,视线随着史力奇打转。过了一小会儿,它呜呜地哀鸣起来,从脖子到尾巴,金黄的身体都变成了灰色。

"大约七十年前,"姆明爸爸打破了沉默,"龙就从公众意识中消失了。我在百科全书里查了一下资料。最后活下来的是容易冲动的那个品种,它们点火的本领很强。它们极其固执,从来都不会改变主意……"

"谢谢你的茶。"姆明说着,从桌旁站起来,"我上楼去了。"

"亲爱的,我们把你的龙留在游廊上好吗?"姆明妈妈问,"还是你要把它带走吗?"

姆明没有回答。

他走到门口,把门打开。龙嗖的一声从他身边掠过,伴随一道亮光,科妮叫道:"哦!你再也抓不着它了!你这是为什么呀？我都还没好好瞅一瞅它呢！"

"去找史力奇吧。"姆明咬紧了牙关，"它会坐到他肩膀上的。"

"亲爱的，"姆明妈妈伤心地说，"我的小姆明。"

史力奇刚把鱼饵挂到鱼线上，龙就嗡嗡地飞过来，落到了他的膝盖上。因为找到了他，它欢天喜地，险些把自己拧成了结。

"好吧，这下可就尴尬了，"史力奇说着，挥手把这家伙赶开，"嘘，你走吧。回家去！"

不过，他自然知道这样毫无用处。这条龙永远也不会离开他。据他所知，它可以活上一百年。

史力奇有点儿难过地看着这闪闪发光的小东西，它正在竭力吸引他的注意。

"没错，你挺乖的，"他说，"没错，有你跟着肯定很好玩。可是，你没瞧见吗，姆明还在呢……"

龙打了个哈欠。它飞到他破旧的帽檐上，蜷成一团睡下了。史力奇叹了口气，把鱼线扔进河里。他的新鱼漂在水流中上下起伏，闪烁着鲜艳的红辉。他知道姆明今天不乐意钓鱼。全都被莫勒[1]拿走了……

几个小时过去了。

小龙飞走了，捉了几只苍蝇，又回到帽子上继续睡。史力奇钓到了五条湖拟鲤[2]和一条鳗鱼，因为鳗鱼闹腾得太厉害，他又

---

1 姆明谷的居民们害怕的一个怪物，其所到之处水陆都会结冰。
2 生活在欧洲和亚洲的一种廉价食用鱼，也是钓鱼者最常见到的鱼类之一。

把它给放了。

时近黄昏，一条船顺流而下。掌舵的是个年轻的希米伦。

"有收获吗？"他问。

"一般吧，"史力奇回答，"去远地儿吗？"

"哦，嗯。"希米伦说。

"把你的缆绳扔给我，"史力奇说，"你可能需要来几条鱼。用湿报纸包好，然后放到余烬上烤。还不算太难吃。"

"那你要什么？"希米伦问道，他不习惯白拿礼物。

史力奇笑了笑，摘下帽子，龙在帽子上睡着了。

"听好了，"他说，"你走多远，就把这个带到多远，找个苍蝇很多的好地方，把它留下。把帽子折起来，让它看着像个巢，然后放到灌木丛之类的东西底下，不要让这条龙受到惊扰。"

"一条龙，是吗？"希米伦怀疑地问，"它咬人吗？得多久喂一次？"

史力奇走进帐篷，拿着他的旧茶壶回来了。他把一簇草塞进去，随后把呼呼大睡的龙小心地放了下去。然后，他把壶盖牢牢盖好，说道："你可以时不时往壶嘴里塞几只苍蝇，有时还可以倒几滴水进去。要是水壶变热了，也别介意。给你。过几天，你就可以把它丢下了。"

"就换了五条湖拟鲤，这活儿可够辛苦的。"希米伦没好气地回答，然后把缆绳拖回船上去了。船开始顺水漂流。

"别忘了帽子，"史力奇隔着水面喊道，"它特别喜欢我这顶帽子。"

"不会，不会，不会。"希米伦说着便在拐弯处不见了踪影。

"总有一天，他会因为管闲事而吃亏的，"史力奇暗想，"说不定是他活该呢。"

日落后，姆明来了。

"你好。"史力奇说。

"好啊。"姆明淡淡地说，"钓鱼有收获吗？"

"一般吧，"史力奇回答，"你不坐下吗？"

"哦，我只是碰巧路过。"姆明咕哝道。

他停顿了一下。这回的沉默跟以前不同，带着苦恼和尴尬。最后，姆明问道："它在黑暗中会发光吗？"

"谁？"

"哦，那条龙。我只是觉得这个问题可能很有意思，像这样的爬行动物在黑暗中会不会发光？"

"我真的不知道，"史力奇说，"你最好回家看一眼。"

"可是，我把它放出来了呀。"姆明叫道，"它没来找你吗？"

"没，"史力奇说着点起了烟斗，"龙嘛，它们爱怎么着就怎么着。要知道，它们挺轻浮的，一旦在哪儿瞧见一只肥嘟嘟的苍蝇，就把什么都忘了。龙就这样咯，真没什么了不起的。"

姆明沉默了许久。然后，他在草地上坐下来，说道："可能你说得对。说不定走了倒好。嗯，是啊。我看很可能是这样，史力奇。你的新鱼漂，我觉得它在水里看着还不错。那个红的。"

"还行吧，"史力奇说，"我回头给你做一个。你明天打算来钓鱼吗？"

"那是当然，"姆明说，"自然要来的。"

罗妍莉　译

读客科幻文库 | 现代奇幻大书

    J. G. 巴拉德（J. G. Ballard，1930—2009）出生于上海，父母是英国人。在第二次世界大战期间，幼小的他被关进了日本平民战俘营，这段经历为他的半自传体小说《太阳帝国》(*Empire of the Sun*，1984年) 提供了灵感。在巴拉德眼里，战前的上海是个拥有现代科技和生活奢侈的地方。1945年，巴拉德搬到了饱受战争蹂躏的英国，这段经历深刻地影响了他后来作品的意象和基调。1956年，他在《新世界》杂志上发表了短篇小说《脱逃》（"Escapement"），首次引起了人们的注意。在二十世纪六十年代的科幻新浪潮运动中，巴拉德成了最杰出的代表人物之一，尤其以他所写的《终端海滩》（"The Terminal Beach"）、《你我及连续体》（"You and Me and the Continuum"）和《刺杀肯尼迪被视作一场下坡道赛车》（"The Assassination of John Fitzgerald Kennedy Considered as a Downhill Motor Race"）等故事著称。他早期的小说描绘了各种各样的环境破坏现象，随着备受争议的《撞车》(*Crash*，1973年) 和《摩天楼》(*High-Rise*，1975年) 的出版，他成了偶像式的人物，其影响力远远超出了科幻小说的范畴。巴拉德是超现实主义的忠实信徒，他在2007年写道："萨尔瓦多·达利（Salvador Dalí）是文化领域最后一位伟大的亡命徒，大概也是拜访我们这颗廉价而花哨的星球的最后一位天才。用不带偏见的眼光看看你周围吧，唉，你会发现，没有一个天才画家，抑或小说家、诗人、哲学家、作曲家，在未经我们许可的情况下，就占据了那样出类拔萃的位置。我认为，达利是二十世纪最伟大的画家。"超现实主义的影响在《溺亡的巨人》（"The Drowned Giant"）中体现得尤为强烈，本篇最早出现在巴拉德1964年的合集《终端海滩》中。这就像是超现实主义绘画中的一个故事，它发生在超现实主义的世界中，其灵感也来源于超现实主义的意象。巴拉德从未对巨人最主要的奥秘做过任何解释，也没有围绕着寻求解决方式和答案来构建情节，他反倒是给予了我们一些更奇特的事物，这些事物超越了理性，既让人不安，又令人感动。

溺亡的巨人

暴风雨过后的次日早晨，在距离城市的西北方五英里的海滩上，有一具溺亡巨人的尸体被冲刷到了岸上。最早将巨人出现的消息带回的是一位邻近的农人，随后，这条新闻得到了当地报社的记者和警方的证实。尽管如此，多数人对此仍旧持怀疑态度，包括我本人在内。然而，随着返回的目击者越来越多，他们信誓旦旦地表示巨人的体形确实高大，我们的好奇心终于按捺不住了。两点多，我们出发去海边的时候，我和同事们搞研究的图书馆几乎已空无一人，这一整天，随着巨人的故事在市里流传，不断有人从办公室和商店里涌出。

等我们到达海滩上方的沙丘时，岸上已经聚集了一大群人，远远望去，可以看见那具尸体躺在接近两百米外的浅滩里。乍看上去，对巨人体形的说法似乎夸大了不少。时值退潮，巨人的尸体几乎完全暴露在水面上，但看起来也就只比姥鲨稍大一点儿。他仰面躺在水中，双臂耷拉在体侧，一副正在安眠的姿势，似乎是在镜面般的湿沙上睡着了，苍白的皮肤在水面上映出了倒影，随着海水退去，这倒影也逐渐消退。在晴朗的阳光下，他的尸体熠熠生辉，犹如海鸟的白羽。

眼前的奇观令我和朋友们困惑不解，围观人群就事论事的解释也满足不了我们。于是，我们从沙丘往下走，来到了鹅卵石上。人人似乎都不愿接近巨人，可半小时后，两名脚踩涉水靴的渔夫穿过沙滩，走出了人群。他们矮小的身影走近躺在水中的尸体，这时，围观人群中忽然爆发出一阵嘈杂的喧闹声。与巨人一比，这两人渺小得不值一提。虽然巨人的脚跟有一部分沉在沙底，但脚的长度至少也是渔夫身高的两倍。于是，我们立刻意识到，在质量和体积上，这溺亡的庞大怪物跟最大的抹香鲸相差无几。

三艘小渔船已经驶达现场，升起了龙骨，停在离海岸大约四百米的地方。船员们在船头观察，他们的态度很谨慎，使得岸上的围观人群也不敢涉水穿过沙滩。每个人都已走下了沙丘，在卵石坡上不耐烦地等待着，急切地想要凑近些观看。巨人四周的沙子被水冲走了，形成了一个洞，就仿佛那巨人是从天而降似的。两名渔夫站在巨人硕大的脚掌之间，向我们招手，恰如尼罗河上的神庙中根根廊柱之间的游客。有那么一瞬，我担心巨人只是陷入了酣睡，兴许会忽然动弹一下，砰的一声将脚跟并拢，但他的眼睛只是呆滞无神地瞪着天空，对双脚之间与自己如出一辙的小人儿无知无觉。

然后，那几名渔夫开始绕着尸体转圈，信步从洁白的长腿侧面走过。巨人的手心朝天摊开，他们停顿了一下，仔细查看着他的手指，然后在他的手臂与胸膛之间不见了踪影，接着再次出现，他们俩端详着他的头，抬手遮住眼睛，仰面凝视着那希腊式的轮廓。巨人平缓的额头、挺拔的高鼻梁、上翘的嘴唇，让我联想到普拉克西特列斯[1]雕像的罗马摹品，他鼻孔上优美的涡纹越发凸显了其与不朽雕塑的相似之处。

蓦然间，人群中传来一声喊叫，上百人伸出手臂，指向大海。我吓了一跳，看见其中一名渔夫已然爬上了巨人的胸膛，此刻正在他胸口悠然踱步，同时还朝着岸边打手势。人群中爆发出一阵喧嚣，惊讶中夹杂着胜利的喜悦，所有人一拥而上，穿过沙滩，向前猛冲，鹅卵石纷纷下落，如同雪崩，巨大的声响掩盖了方才的喧哗。

巨人躺在海水里，占据的那一方水域足有田地那么大，我们走近了那仰卧的身影，在这死气沉沉的巨人身躯的威压下，原本兴奋的叽叽喳喳声又渐渐归于沉寂。他的四肢伸展着，与海岸形成了一个小小的夹角，腿离海滩更近一些，由于透视，他的身躯在视觉上显得有所缩短，掩盖了实际的身高。尽管有两名渔夫站在他的肚皮上，人群还是围成了一个大圈，三四个人为一组，试探着向他的手脚走去。

我和同伴们绕着巨人靠海的这一侧走，他的胸与臀高高耸立在我们头顶上方，如同一艘搁浅船只的船身。他色如珍珠的

---

[1] 古希腊杰出的雕塑家，一生创作了大量的雕像，多以大理石为材料。

皮肤浸泡在海水里，变得肿胀，皮肤底下掩藏着硕大的肌肉与筋腱的轮廓。我们从微屈的左膝下面走过，潮湿的海草缠绕在他膝盖两侧。他的上腹部松松搭着一条披巾，采用的是疏松织法，厚重的面料垂落下来，被海水漂成了浅黄色，依旧保留着些微的得体感。在阳光的炙烤下，披巾上腾起的蒸气带着一股海水浓烈的咸腥气，与巨人皮肤上散发出的芬芳却又浓烈的气息混合在一起。

我们在他的肩膀旁边停了下来，抬头凝视着他纹丝不动的侧颜。他的嘴唇微张，睁开的眼睛覆盖了一层云翳，仿佛注入了某种混浊的蓝色液体，但鼻孔和眉毛却呈现出精美的拱形，给这张面孔平添了一层华丽的魅力，同时掩盖了胸部和肩膀蕴含的那种野蛮的力量感。

巨人的耳朵悬在我们头顶上方的半空中，像雕琢出的门道。我举起手去抚摸悬垂的耳垂，就在这时，有人从前额的边缘冒了出来，低头朝着我高喊。我被这忽然冒出的人影吓了一跳，后退几步，这才看见有一帮年轻人已经爬到了巨人脸上，正你推我挤地在眼眶间进进出出。

此刻，人们已经爬满了巨人全身，他斜倚的臂膀成了供人上下的双层阶梯。他们以手掌为起点，沿着前臂走到手肘，然后爬过肿胀的二头肌，爬到平坦的胸肌上，光洁的胸膛上没有毛发，胸肌覆盖了胸膛的上半部分，成了供人游逛的步道。他们从这里继续向上，攀爬到巨人脸上，沿着嘴唇和鼻子双手交替着爬上去，也有的人从腹部折而往下，与跨坐在巨人脚踝上或在犹如一对廊柱的大腿上逡巡的那些人会师。

我们继续穿过人群，四下周游，停下来端详他伸出的右手。

掌心里蓄了小小一汪水，像是另一个世界留存下来的孑遗之物，被顺着手臂向上爬的人们不断踢散，变得越来越少。我试图读懂镌刻在皮肤上的掌纹，从中寻找解读巨人性格的某种线索，但由于组织变得肿胀，导致掌纹几乎消失了，也随之带走了所有的痕迹，我们既无法识别巨人的身份，也无法解读他最终落入的悲惨窘境。这只手的肌肉和腕骨尺寸都相当可观，显得手的主人毫无灵敏性可言。然而，手指却呈现出精细的弯曲，指甲也经过精心打理，每根指甲都修剪得很匀称，距离甲床不到六英寸，这表明他气质高雅，那张希腊式的面孔也印证了这一点。现在，镇上的人正坐在他脸上，就像一群苍蝇。

有个年轻人甚至站在鼻尖上，双臂在体侧挥舞着，朝下方的同伴们大喊大叫，但巨人庞大的面孔仍然保持着一如既往的沉静表情。

我们回到岸边，在鹅卵石上坐下，看着源源不断的人潮从城里涌来。已有六七艘渔船聚集在近海处，船员涉水穿过浅滩，好从更近的距离观察这个被风暴俘获的庞然巨物。后来，出现了一帮警察，他们心不在焉地企图封锁海滩。然而，等他们走到那仰卧的身影旁边后，便将这样的想法抛到了九霄云外。他们一起离开了现场，走的时候还困惑地回头看了又看。

一小时后，海滩上聚集了一千人，其中至少有两百人爬到了巨人身上，他们或站或坐，挤在他的手臂和双腿上，或是在胸膛和腹部转来转去，人群混乱不休。一大帮年轻人占据了头部，他们互相将对方从脸颊上往下推，顺着下颌光滑的平面滑下。两三个人骑在他的鼻子上，还有一个钻进了鼻孔，在里面发出狗一样的喊叫声。

当天下午,警察又回来了,在人群中为一队专家清出了一条路,这些是在大学里任职的科学专家,是大体解剖学和海洋生物学方面的权威。那帮青年和巨人身上的多数人都爬了下来,只剩下几个顽固的家伙,仍然高踞于巨人的脚趾尖和前额上。专家们围绕着巨人大步而行,频频点头,热切地磋商,警察在前面开路,驱赶着拥挤的围观者。当他们来到那只摊开的手边时,一名高级警官主动提出可以帮助他们爬到手掌上去,但专家们急忙表示反对。

他们回到岸上以后,人群再次爬到了巨人身上,到了五点钟,我们离开的时候,他们已经彻底占据了巨人的四肢,就像一群密密麻麻的海鸥,停落在一条大鱼的尸体上。

三天后,我再次来到了海滩。我在图书馆的朋友都回去工作了,他们将继续观察巨人的任务委托给了我,并请我准备一份报告。或许他们感觉到我对此事特别感兴趣,无疑,我确实也热切地希望回到海滩上去看看。这并不是什么恋尸癖作祟,因为在我眼中,从各个方面来看,这个巨人都还活着,甚至比许多前来围观的人更富有生机。他令我深深着迷的原因部分在于庞大的身躯,在于手臂和双腿的巨大体积,与他相比,我自己小小的四肢显得多么不值一提啊,但最重要的一点是巨人确实存在,这是个确凿无疑的事实。在我们的生活中,无论还有什么其他可以质疑之处,这个巨人(无论死活)都是绝对存在的,他让人得以一瞥近于绝对的世界,我们这些海滩上的看客只是绝对存在的微不足道的复制品,与完美相去甚远。

溺亡的巨人

我来到海滩上的时候，人的数量已经大为减少，有两三百人坐在鹅卵石上一边野餐，一边看着一群群游客穿过沙滩。连续不断的潮水将巨人向岸边推近了一些，令他的头和肩膀在浪花中朝着海岸摆动，于是显得他的身躯似乎倍加伟岸，巨大的躯体将停靠在他脚边的渔船衬得相形见绌。由于海滩凹凸不平，顶得他的脊椎微微拱起，胸腔扩展，头部后倾，形成了一种越发明显的英勇姿态。在海水的浸泡下，加之组织发生了肿胀，他的面孔显得更加光滑，没有之前那么年轻了。尽管巨人的面部奇大，无法判断其年龄和性格，但我上次来的时候看到的形状古雅的嘴巴和鼻子表明，这原本是位性情谨慎谦逊的年轻人。然而，从现今的模样来看，他至少已经步入中年初期。他的面颊肿胀，鼻子增厚，太阳穴鼓起了些，眼睛小了点儿，看起来像个营养充足的壮年人。即便是现在，从这样的迹象也可看出，尸体的腐烂正逐渐变得严重。

巨人的性格在死后进一步加速发展，仿佛他生前那些性格当中的潜在要素获得了充分的动力，在简短的最终概述中自行释放出来，继续蛊惑着我。它标志着巨人开始屈服于苛刻的时间系统，其余的人类在这套系统中都有属于自己的位置，犹如一个支离破碎的漩涡中无数扭曲的涟漪，我们有限的生命是这套系统的最终产物。我在正对着巨人头颅的卵石坡上找了个位置，在这个地方，我可以看到新来的人、孩子们在巨人的四肢上费力地攀登。

在上午的看客中，有不少身穿皮夹克、头戴布帽子的人，他们抬起头用专业的眼光挑剔地打量着巨人，用步子丈量出他的尺寸，手持浮木在沙滩上进行粗略的计算。我猜想，这些是公共工程部门和其他市政机构的人，毫无疑问，他们正在思考如何处理这坨庞大的沉料。

还有几个出现在现场的人打扮得更加光鲜，像是马戏团老板之类的人物，他们绕着巨人缓步溜达，手插在长大衣的口袋里，彼此之间连片言只语也没有。显然，即便是对他们无与伦比的事业而言，巨人的体积也过于庞大了。他们走后，孩子们继续顺着他的手臂和双腿跑上跑下，年轻人在仰面朝天的巨人脸上相互扭打，他们脚上的湿沙覆盖了他洁白的皮肤。

次日，我故意将参观的时间推迟到了下午临近黄昏之时，当我到达时，坐在卵石上的人数也就五六十个。巨人被水冲到了相距海岸更近的位置，现在离岸边只有六七十米了，他的脚撞坏了一道正在朽烂的防波堤上的栅栏。这里的沙滩质地更为坚硬，形成了一道斜坡，导致他的身体朝着大海方向倾斜，伤痕累累的脸转向一旁，姿势简直像仍有意识一般。卵石坡上立了一台混凝土沉箱，上面用钩环固定着一架巨大的金属绞车，我在绞车上坐下来，俯视着下方仰卧的身影。

现在，他苍白的皮肤失去了珍珠般半透明的光泽，夜间的潮水冲走了被人踩脏的沙粒，新的脏沙又溅落了他一身。手指缝里填满了一簇簇海藻，臀部和膝盖下面的空隙间堆积着垃圾和乌贼骨。尽管如此，巨人的五官还在不断肿大，他却仍然保持着如同《荷马史诗》中描写的那般伟岸身材。肩膀无比宽阔，双臂与双腿犹如巨柱，更将这位人物提升到了另一个维度，较之从前在我脑海中出现的凡人大小的传统肖像，这个巨人似乎更符

318

溺亡的巨人

合溺亡的阿尔戈英雄[1]或奥德赛英雄的真实形象。

我来到下面的沙滩上，穿行于一汪汪水潭之间，朝巨人走去。两个小男孩坐在他的耳孔里，在靠脚的那一头，有个青年独自一人，高高站在一根脚趾上，在我走近时打量着我。我之所以将参观的时间推迟，就是不想引起任何人注意，正如我所希望的那样，此外再也没人关注我了，岸上的那些人仍然在外套底下蜷缩着。

巨人朝天摊开的右手上布满了碎贝壳和沙粒，还能看到二十个左右的脚印。圆臀高耸在我头顶上方，彻底将大海隔绝于视野之外。我先前留意到了一股浓烈的芬芳，现在，那股气息变得刺鼻起来，透过不透明的皮肤，我可以看到凝固的血管纠缠盘绕，蜷曲如蛇。无论血管看上去多么令人厌恶，单是这种无休止的变形过程、这种在死亡中可以察觉到的生机，便足以赋予我踏上那具尸体的力量。

我将伸出的拇指当作楼梯扶手，爬到手掌上，开始往上攀登。皮肤比我预想的要坚硬，在我体重的压力下几乎不见凹陷。我沿着倾斜的前臂和胀鼓鼓的肱二头肌迅速往上走。溺亡巨人的面孔赫然出现在我右边，鼻孔像洞穴一样，双颊壮观的侧面则像形状怪异的火山锥。

我安全地绕过肩膀，脚踩到了胸膛形成的宽阔步道上，胸廓上的骨脊犹如巨椽。无数脚印在白皙的皮肤上留下了颜色渐深的瘀青，其中，人们的脚后跟践踏出的痕迹清晰可辨。有人在胸骨正中垒起了一座小沙堡，我爬上这座已经被部分毁坏的建

---

[1] 希腊神话中陪同伊阿宋搭乘"阿尔戈号"出海寻找金羊毛的船员。

筑，以便更好地看清巨人的脸。

那两个孩子现在攀到了耳朵上，正往右眼眶上爬，蓝眼球彻底被混浊的液体遮蔽了，视线似乎穿透了孩子们渺小的形体，对他们视而不见。从下面倾斜着看去，那张脸全然看不出半分优雅和安详，嘴唇苍白，下巴抬起，整张脸由硕大的肌肉支撑着，活像一艘巨型沉船断裂的船首。我这才第一次意识到，巨人的身体最后承受了何其剧烈的苦楚，这样的痛苦不会因为他对肌肉和组织的毁坏毫无知觉而有所减轻。这个承受着损伤的人处于绝对的孤独中，就像一艘遭到遗弃的船，被抛在空荡的海岸上，几乎听不到海浪的声音，这样的孤独让他的脸变成了一副面具，写满疲惫和无奈。

正当我向前迈步时，脚却陷进了软组织形成的沟槽里，一股恶臭的气体透过肋骨间的缝隙飘了出来。污浊的臭气笼罩在我头顶，如同一片云翳，我转身面向大海，想让新鲜空气清一清我的肺，却诧异地发现，巨人的左手被人截去了。

我迷惘地盯着那截发黑的残肢，而三十米开外，那个孤身一人的青年斜倚在高高的脚趾上，用残暴的眼神打量着我。

这只是一连串劫掠的开端而已。接下来的两天，我一直待在图书馆里，不知出于什么原因，并不愿意到岸边去，我意识到，我大概是目睹了一场壮观幻景正逐渐接近尾声。等到我再次穿过沙丘踏上卵石坡的时候，巨人离我已经只有二十米左右了。之前相距遥远时，在他被海涛冲刷着的身影四周曾经围绕着某种魔力，而在距离崎岖不平的鹅卵石这么近的地方，那股魔力的迹象却消失得无影无踪。尽管体形巨大，但由于身上的瘀伤和覆盖的污垢，他看起来也只是个放大了比例的普通人罢了，高大的身躯只会使他更加脆弱。

他的右手和右脚都被人砍掉了，装在手推车上，拖上了斜坡。我询问了挤在防波堤旁边的那一小群人，从他们口中了解到，干出这件事的是一家化肥公司和一家牛食制造商。

巨人残存的那只脚抬到了半空中，大脚趾上固定着一根钢锹，显然是在为第二天做准备。周围的海滩被二十来个工人搅得乱七八糟，手脚被拖走的地方留下了深深的车辙。黑乎乎的咸液从残肢中渗出，染黑了沙子和洁白的锥形乌贼骨。我踏着卵石往下走，注意到他发灰的皮肤被人刻上了好些滑稽的广告、纳粹十字标以及其他符号，似乎在这一动不动的巨人遭到肢解后，一波原本受到压抑的恶意忽然如潮水般汹涌而出。巨人一只耳朵的耳垂被一支木矛刺穿了，他胸口正中有一堆小小的火苗已经燃尽，将周围的皮肤都熏黑了，木头的细灰仍在随风四散。

一股难闻的臭气笼罩着尸体，这无法掩饰的腐烂迹象终于熏走了平时聚集在这里的年轻人。我回到卵石坡，爬上了绞车。如今，巨人的双颊肿胀起来了，挤得眼皮几乎合拢到一起，嘴唇也向后咧开，形成了一道巨大的裂口。曾经笔直的希腊式鼻子已经被踩弯压扁了，被无数鞋跟践踏过的鼻子陷进了肿胀的脸。

次日再到海滩去时，我发现巨人的头颅已经被斫去了，心里简直如释重负。

数周过后，我才再次前往海滩，早前，在巨人身上，我可以分辨出与人类的相似之处，此时，这种相似已消失了。凑近细看时，躺卧的胸腹分明还是人的样子，但四肢都被砍掉了，首先砍去的是膝盖和手肘，然后是肩膀和大腿，剩下的遗骸与无头的海洋动物相差无几——比如鲸鱼或鲸鲨。既然失去了之前的身份特征以及残存的那一丝微弱的人形迹象，看客的兴趣也随之消失了，海滩上几乎空无一人，只剩下一个上了年纪的拾荒者，还有一位坐在承包商的小屋门前的守夜人。

遗骸周围竖起了松松垮垮的木制脚手架，十几架梯子搭在脚手架上，在风中摇摆，周围的沙地上散落着一圈圈绳索，以及带有金属柄的长刀和抓钩，鹅卵石上沾满了鲜血、骨渣和碎皮，显得油腻腻的。

我向守夜人点头致意，他的目光越过燃着焦炭的火盆，脸色阴沉地落在我身上。整片区域都弥漫着刺鼻的气味——在小屋后面的大桶里，正炖着大块的肉脂。

在一台小型起重机的帮助下，两根大腿骨都被拖走了，起重机上搭着一块薄纱般的织物，正是之前盖在巨人腰上的那一块，残腿上留下一对张开的骨臼，像谷仓门一样大敞着。上臂、锁骨和阳具同样也被人迅速搬走了。胸腹部残余的皮肤上用柏油刷画出了一条条平行线，上腹部前面画出的五六个区域已经削掉了，露出巨大的拱形肋骨。

我离开时，一群海鸥从空中盘旋而下，落在海滩上，一面啄食着血迹斑斑的沙子，一面发出凶恶的鸣叫。

几个月后，当巨人出现的消息已被众人遗忘时，被肢解的各种身体碎片却开始在城市各处遍地开花。其中大部分都是骨

溺亡的巨人

头,肥料制造商发现碾碎巨人的骨头难度太高了,骨头的尺寸过大,关节上还附有巨大的肌腱和软骨,一眼就能辨认出来。不知是什么原因,较之后来截取的肿胀残肢,这些从尸体上剥下来的骨骸碎片似乎更能展现巨人最初的壮观本质。我隔着马路望向对面的肉类市场上最大的批发商贩,认出了门口两侧那两根硕大的腿骨。它们高高矗立在搬运工的头顶上,如同原始的德鲁伊教[1]中令人生畏的巨石。我眼前蓦地浮现出这样的幻象,仿佛看到在这些光秃秃的骨头支撑下,巨人翻身爬起,用膝盖大步流星地穿过市区的街道,沿途捡拾着残躯散落的碎片,重返大海。

几天后,在一家造船厂的入口,我看到了平放的左侧肱骨(右侧的那一根则搁在泥淖里,在港口的主商业码头下面的桩子之间一躺就是几年)。还是这一周,在一年一度的行会露天表演上,嘉年华的花车上展览了已经风干的右手。

不出意料,下颌被送进了自然历史博物馆。残余的头骨不见了踪影,不过,大概仍然藏匿于城市里的某处荒地,或是私家花园中——不久以前,当我沿着河水顺流而下时,在一座水畔花园中,我注意到巨人的两根肋骨搭成了一道装饰性拱门,可能是被错当作了鲸鱼的颚骨。游乐园附近,在一家售卖新奇事物的商店里,有一大块正方形的皮肤,晒得黝黑,刺满文身,尺寸约与印度毛毯相当,成了陈列玩偶和面具的背景幕布。我毫不怀疑,在这座城市的其他地方,在酒店或高尔夫俱乐部里,巨人的鼻子或耳朵就悬挂在壁炉上方的墙壁上,已经风干。至于那

---

[1] 基督教占据英国前,在凯尔特文化中占据统治地位的宗教组织。

根巨大的阳具，则落到了一家马戏团的奇物博物馆里，马戏团在本地与西北方向之间巡回往返。这雄壮的器官以其惊人的比例和一度拥有的能力，占据了一个完整的展位。讽刺的是，这玩意儿被错误地标成了鲸鱼的阳具，实际上，包括风暴过后最早看见他被冲到岸上的那些人在内，在大多数人的印象中——假如他们还有印象的话——他不过就是一只巨型海兽罢了。

　　残留的骨架被剔光了肉，仍然躺在海滩上，肋骨颜色发白，就像一艘废船上的木材。承包商的小屋、起重机和脚手架已经拆除，沿着海岸被冲入海湾的沙子掩埋了巨人的骨盆和脊椎。冬季里，高耸而弯曲的遗骨周围一片空寂，它们承受着碎浪凶猛的拍击，但在夏季，却为厌倦了大海的海鸥提供了绝佳的栖息之地。

罗妍莉　译

怪　物

莎图·沃尔塔利（Satu Waltari，1932—2014）是一位芬兰作家，她笔下的人物多为无所畏惧的年轻人。她经常旅行，从她的作品中可以明显地看出她对法国的喜爱，尤其是她的第一部小说《马比隆咖啡馆》（*Kahvila mabillon*，1952年），这部小说讲述了二战后芬兰学生在巴黎的故事。她后来的作品大多包含幻想元素，许多作品关注人类、动物和大自然之间的关系，尤其是她的最后一部小说《奇异的爱》（*Kumma rakkaus*，1968年），这部小说"献给马，如果它们识字，也许会喜欢"。二十世纪六十年代后，由于越来越不适应公众的关注和作家需要做的宣传工作，沃尔塔利停止了著书，淡出了公众的视线。《怪物》（"The Monster"）节选自她于1964年出版的小说《暮色中的旅人》（*Hämärän matkamiehet*）。

怪　物

这是一个美妙的夜晚。月亮快圆了，在漆黑的天空中闪闪发光，就像一个蹒跚学步的孩子的自画像。小孩子的自画像让人生气，它们无处不在，墙壁上、书皮上、所有能想象到的纸张上，总是画满了畸形错乱的图形。现在摆在她面前的这幅比较成功，是用上好的橙色蜡笔画的，这次它的眼睛和嘴巴位于脸的外缘之内，很协调，没有像疯兔子罗米画的那样，多半向外凸出。虽然矮胖墩只画过皇冠公主，但至少她画得稍微娴熟一些，从远处看，皇冠公主就像巨大的三角帐篷。她叹口气，把目光从天空移开。真的没有时间可以浪费了，有时候，夜晚似乎一眨眼就过去了。

昏暗的房间里，敞着的床铺泛着白光。枕头上有一个黑色的大洞，其实是一团棕色的唾沫。嘴里含着一块巧克力入睡可不是什么好主意。外面大厅里站着一个高大的白色虚影。

大厅镜子里是她自己的影像：一个身穿白色睡袍的女孩，睡袍一直拖到地板上。她叫薇薇安。起初，当她注意到学校课本封面上的名字时，她非常生气。每本书上都有用她笔迹写的同一个名字。如果不允许她保留自己的名字，那么至少可以叫她海伦娜、莱夫或博伊，任何稍微可以接受的名字都可以。她一辈子都没听说过有人叫薇薇安。不过，人们最终都会习惯各种各样的事情。但在第一天晚上，这确实让她非常生气。

即便如此，矮胖墩依然是个愚蠢透顶的名字。矮胖墩很快就睡着了，她把心爱的斑点毛毯拉起来盖在嘴唇上，轻轻打着鼾，皱着眉头做梦，赤裸的双脚伸出床外，就像一名战车御者仰面躺倒。薇薇安暗自窃笑。窗外，一匹马发出微弱的嘶鸣作为回应。很好。但她想，在穿衣服之前，她最好先检查一下，有时父亲会坐在床上读书，几乎一直读到天亮。

四周静悄悄的，一片漆黑。厨房里传来一阵刺耳的声音。布谷鸟钟上的小门吱呀一声打开了，布谷鸟跳出来说："咕咕，看

怪　物

看你，时间过得真快。"真气人！如果不凑近仔细看，你永远不知道它报的是三点钟，还是刚过了一刻钟。现在是三十三点。疯兔子罗米蜷缩在红丝绸被子里睡着了，口中叼着奶嘴，手里攥着另一个奶嘴。睡着的他看起来就像一个胖乎乎的婴儿。谁也想象不出他是如何打人、踢人、撕人、抓人、咬人和以同样的方式对待一切东西的，他平时就像一堆骨头和肌肉被释放出来，到处乱跑，就像真正的小白兔一样，总担心自己会迟到，错过一些令人兴奋的事情。当他睡着的时候，你甚至可以抚摩他的脸颊。

像往常一样，每当母亲又开始无休止的节食计划，梦见美食的时候，她身边总弥漫着淡淡的烤鸡香味。此刻她也在打鼾。

父亲的衣服散落在地板上，他正枕着两本外国书睡觉，还有一本摊开在脸上，身上盖着一堆毯子，像座小山，山顶上坐着一只不大不小的猫，它正眯着眼睛，抬起头，眨眨眼。此时的它没有被发现和被抓住的危险。

薇薇安悄无声息地快速跑回大厅，边跑边把辫子绑在头上，松松垮垮的辫子只会妨碍她戴头盔，还会被树木和灌木丛缠住。她扯掉睡袍，迅速穿上灰色长袖坎肩、紧身衣、铁链锁子甲、皮革护膝和护腿，弯下腰给皮鞋装上马刺。印着艾瑞戴尔猎犬徽章的镀金盔甲上，乱成一团的带子和扣子让她颇为头疼，于是她在腰间系上剑带，臀部一侧挂着匕首，另一侧挂着佩剑，先戴上灰色兜帽，然后又把装饰着翎毛和艾瑞戴尔猎犬图案的头盔戴在头上，检查面罩是否能上下自由移动，又戴上一双带金属护腕的长袖皮手套，从大厅的衣帽架上拿起弓箭，挎在肩上。仅仅几步敏捷的跳跃，她就又来到了窗前，直接一跃而下落到等候在窗下的黑马背上。马儿愉快地打了个响鼻,狂奔而去。

清新的夜风像柔软湿润的蕨叶一样拂过她的脸庞,空气呼啸着穿过头盔耸起的面罩和翎羽,穿过箭羽和马儿浓密的鬃毛。马儿急不可耐,不遗余力地欢快奔驰着,它并不在意桥下狩猎的蝙蝠正在无声地急速盘旋。哦,不,马儿抬起蹄子猛地一跃,整个身体舒展开来,他们一起像夜鹰一样轻松地飞过潺潺的小溪。转眼间,他们就爬上山坡,然后冲下草地。在森林的边缘,薇薇安把脸贴在骏马芳香的鬃毛上,以免低垂的树枝把她刮下马鞍。她轻轻抚摩着骏马丝绸般柔滑的脖颈,马儿的身体一阵战栗,突然飞奔得更快了。受惊的红鹿从栖息地冲了出来,一群野猪四散在黑暗的小路上,疯狂地尖叫着,薇薇安则开心地大笑。一只大鸟在树枝上站立不稳,俯冲到地面上,然后扇动着巨大的翅膀消失在树木的遮蔽中。

森林深处一片漆黑。马蹄时不时踩到青苔中的石头,发出耀眼的火花。薇薇安稍稍放慢了马的速度。如果马儿突然被爬满小路的树根绊倒,她会被摔在地上,那就太可怕了。尽管骑马其实并不比坐在农舍门口横放的干草袋上难多少。

"哦,不!不要停。"她焦急地喊道,"我亲爱的马儿,千万不要停。"她惊恐地说,一把抱住了马儿肌肉发达的热乎乎的脖子。马儿打了个响鼻,继续向前奔跑,仅仅几个跳跃,他们就越过了一片小沼泽。水花溅到她的膝盖,散发着泥浆和夜晚的味道。有一瞬间,她的骏马像极了农舍门口的干草袋,那只可怕的软绵绵的旧袋子,上面插着两根干枯的蓟草,就像一对耳朵。在沼泽的另一边,他们在月光下的小树林里停顿了片刻。薇薇安轻轻抚摩马儿颤抖的脖子以示感谢,她从耳朵下面丝绸般的皮肤一直抚摩到固定马鞍的胸带,马儿转过头,非常小心地用嘴唇碰碰她的脚。

"你是真实的。"她轻声说道,心中充满了无言的喜悦。她拍拍马腿,轻轻从马鞍上跳下来。只有当她双脚再次稳稳站在地上时,她才意识到自己浑身发抖,仿佛他们刚刚从可怕的危险中获救。她把头靠在马脖子上,抚摩着它强有力的胸脯,鼻孔里充满了它美妙而温暖的气息。

这匹马是属于她的,她要不要养它,能不能把它培育成世界上最勇敢、跑得最快的马,完全取决于她自己。一个不开心的念头就可能毁掉这一切。然而,即使有两个快乐的念头也不足以让这匹马长出一对翅膀,因为这样的生物根本就不存在。薇薇安惆怅地叹了口气。然后,她从白日梦中清醒过来,从头到尾仔细检查这匹马的毛发,拉拉缰绳,系紧鞍带,抬起马腿,确保没有尖锐的石头卡在马蹄上,用手指捋捋马儿的波浪形鬃毛和尾巴,用一束芬芳的蕨草拂去马儿身上的汗水。

马儿饮了几口泉水,他们在泉水中的倒影与水面上的星星交相辉映,她牵着马来到一块适合垫脚的石头旁,再次跳上马鞍。

"现在怎么办?"她自言自语道。他们本可以永远待在那里,就像爱发呆的红骑士[1]一样,在河边的渡口夜复一夜地坐在马背上思考,等待假想的敌人。夜莺在一丛山醋栗中歌唱,森

---

[1] 红骑士是欧洲中世纪的传说中一位穿着红色盔甲的骑士,他总是一个人孤独地行走在大地上,沉浸在自己的世界里。

林里弥漫着蝴蝶兰和苔藓的芬芳。马儿竖起耳朵倾听远处的动静，静谧安详的气氛就像一个安稳的梦。

薇薇安松开马脖子上的缰绳，摊开一张小地图，地图蚀刻在一张薄如纸片的柔软羊皮上，她把它放在马鞍袋里。

在昏暗的星光下，她甚至不用眯眼睛就能看清地图，因为它确实非常古老，因此简单易读，就像孩子画的一样。

"我们在国王森林，倒霉堡的左边，这里是沼泽。"马儿竖起一只耳朵听她说，"如果我们向前走一会儿，就会翻越黑山，到达一个标着三颗星的未知区域。"

她卷起地图，拿起缰绳，用马刺像羽毛一样轻碰马肚子。骏马后腿一蹬，兴奋地喷出鼻孔里的鼻息，向前飞奔而去。远处传来阵阵号角声。

"他们在池塘边。"薇薇安自言自语道，"国王在召唤小龙虾捕捞者，他们正在回家的路上。"

就在这时，他们来到了黑山，但在这排山丘的后面，一个可怕的意外正等着他们。流沙在黑暗中延伸，一望无际。

"好了，小家伙。"薇薇安对马儿说，当他们看到眼前的景象时，马耳朵不安地抽动着，"难怪这片领地一直无人涉足。"

马儿非常谨慎地把蹄子踩在沙地上，但就在那一瞬间，它又猛地把蹄子收回到沙地边缘，因为在它的蹄子所到之处，沙子自己动了起来，细小的沙粒开始陷入大地深处，流进下面的虚空，就像穿过一个巨大的沙漏，直到一块小石头堵住了洞口。之后，沙子表面又恢复了光滑，就像被施了魔法一样。不知情的旅行者可能丝毫不会担心。

"哼！"薇薇安不耐烦地叫道，"别紧张，轻轻地快步向前

怪 物

走。"她说着，把马儿引到沙地上。马儿在闪闪发光、沙沙作响的细沙上侧身前行，就像芭蕾舞者在刚生下的鸽子蛋上跳舞一样轻盈敏捷。他们像风一样飞奔，仅仅几分钟后，他们就穿越了流沙，安全地站在小树林边缘覆盖着帚石楠的坚实地面上。这片神秘未知的树林周围的沙地并不像远处看上去那么宽阔。薇薇安兴奋地笑着，拍拍马脖子。但现在，马儿已经不再理会这些原本令它非常愉快的亲昵举动了，它侧耳倾听，嗅着黑暗的树林。

"怎么了？"薇薇安问，她也在仔细倾听。就在不远处，她自己的声音从树后面回荡过来，仿佛撞到了一堵墙。树林上方一片漆黑，连星星也看不见。薇薇安战战兢兢地咳嗽起来。她的声音非常洪亮，仿佛他们正站在一个四周长满树木的大山洞里。不用她催促，马儿就开始慢慢向前走，穿过树林，有一条蜿蜒曲折的小路，似乎要把他们往下带到一个峡谷。四周长满了高大的蕨草，足足与马儿齐肩高。

"死神之手。"薇薇安低声说。她能感觉到自己的低语好似温暖的气息拂过脸庞。她把手伸到面前，摸索着崖壁上的黑色岩石，感觉完全不像石头那样冰冷，而是柔软且温暖，就像轻轻地擦过一个羽毛枕头。她让马儿停下来，从鞘中拔出匕首。

"正如我所料，是皂石。"她一边说，一边从岩石上挖出一块薄薄的石头，让它掉落在森林地面柔软的苔藓上。"我们一定是在某个山口或洞穴里。"她自言自语道。空气温暖潮湿，令人难以呼吸，她的内衣紧紧贴在后背上，实在太热了。突然，马儿吃了一惊，猛地一跃，他们就像子弹一样飞过一个深得令人头晕目眩的峡谷。空气一下子变得清新起来。薇薇安感到一股弥漫着异香的清新空气扑鼻而来。是丁香的味道，这让她想起了牙医。他们继续前行，一直下到峡谷里。"不过，我们怎么回去完全是另一回事。"她自言自语道，轻轻拍拍马脖子，让它平静下来。马儿抖动着缰绳，似乎很难受。

"我们休息一会儿吧，我的老朋友。"她说着，放下缰绳，跳下马鞍。他们来到树丛中的一片空地，这里非常适合休息，一股细细的清泉从岩壁上潺潺而下。

"吃点儿东西肯定不会错。"她说着，一屁股坐在一个柔软的小丘上。"下次我们再踏上这样的长途旅行时，就得带点儿零食吃了。"她一边说，一边在马鞍袋里翻找笔。她需要仔细地在地图上标出他们走过的路线，否则这次冒险将毫无意义。和往常一样，她找不到笔——在她住的房子里，一进门笔就不见了。不过，她还是从马鞍袋里拿出了一个漂亮的白色包裹，小心翼翼地把它打开，里面有一块熏猪肘。

她以前在什么地方见过这东西。昨天在特罗特杂货店里，她排队买口香糖时就盯着它看。

"哦，我的天！"她大声喊道。她宁愿待在世界上的任何地方，也不愿待在特罗特杂货店里盯着猪肘看。她不停地挥手，想驱散这个令人不安的念头，然后松了口气，意识到自己还坐在峡谷底部的小丘上。马儿正在她身边饮着泉水。"总之，我不是特别喜欢吃熏肉。"她说着，又把熏猪肘包了起来。

突然，她听到附近传来一阵奇怪的"噗噗"声，随后，声音停止了，她可以清楚地听到粗重的喘息声，好像附近有人哮喘病发作了。

"存在与否，"嘶哑而紧张的声音近在咫尺，"这是个问题。多么美丽的词句。但写下这些文字的人肯定没想到,对某些人来说,这可能是一个非常宏大的问题。就好像这些词句是写给我的一样。"这时,突然传来擤鼻涕的声音。

马儿听到之后,耳朵抽动一下,但似乎并不特别害怕。薇薇安站了起来。

"谁在那里?"为了安全起见,她握紧剑柄,鼓起勇气说道。声音听起来有点儿不真实,就像有人用枕头压着嘴巴说话一样。她慢慢走近。发出声音的人显然没有听到她的话,继续他的独白:"总之,'存在'只是一个动词。我在,你在,他在,她在。他确实不在这里,你也不在这里,所以我也不能确定我是否在这里。多么奇妙的想法!就像一个回环。"有人再次使劲地擤鼻子。

薇薇安正站在一个小山洞的洞口。一股难闻的陈腐气味不时随着微风从洞穴里飘出来,钻进她的鼻子里。那是一种没倒的垃圾桶的味道。在她脚边的地上,散落着各种被舔得干干净净的碎骨头和旧蛋壳。有些骨头和蛋壳边缘长满了绿霉。薇薇安伸长脖子往黑暗的山洞里看,突然,里头传来哗啦一声,好像有人掉了一个针线盒。

"哦!"那声音吃惊地喊道。薇薇安也吓了一跳,后退了一步,为了安全起见,她把剑拔出了一半。这时一个奇特的怪物从洞穴里跑了出来,差点儿就绊倒在她身上,她猛地后退几步。"哼,呜!"那怪物用恐怖的声音吼道。

马儿从刚啃过的短草丛中抬起头,茫然无畏地望着山洞。

"呜呜!"这怪物对着薇薇安大叫,随之喷出一股臭气,让她差点儿晕倒在地。这动物——假设它是动物的话——只比马稍大一些，但胖得多。它的四只又短又粗的脚上都长满了毛，就像熊掌一样，而它的背上除了半米高的脊鳍之外，都长满了墨绿色的疙瘩，形如新生的松果。它竖着像雄鹿一样的大耳朵，把又粗又长的脖子伸向薇薇安。它的黑眼睛被天鹅绒般的长眼睑遮住了，显然更习惯肮脏洞穴里的黑暗，而不适应外面的半明半暗，因为它的眼睛一眨一眨，好像在强忍眼泪。至于这只可怜动物的鼻子，就像一只小喇叭——与之相比，就连猪鼻子也像一朵即将绽放的玫瑰花蕾一样美丽。没错，那根本不是鼻子，就是一只喇叭。这只动物的脑袋上布满了肿块、疙瘩、抓痕和疮疤，还有一簇簇糙毛和小角。它的尾巴如蜥蜴的尾巴那样细长，末端消失在洞穴深处。

这怪物从头到脚打量着薇薇安，然后从鼻子里喷出一团湿漉漉的鼻息。

"这就够了，谢谢。"薇薇安厌恶地说。怪物盯着她，眼睛瞪得又大又圆。"也许你应该经常擤擤鼻子。"她抢先说道。

"呜！"怪物大声吼道。

"呜呜，你也晚上好。"薇薇安回答道，"我无意中听到了你的自言自语，所以我很清楚地知道你可以正常说话。"怪物看着她，有些伤心。

"很抱歉冒犯了你，除非万不得已，我一般不会这么粗鲁的。"薇薇安轻声说，"看来你的呜呜声是没完没了的。"她笑了笑。

"你为什么不怕我？"怪物用沙哑而好奇的声音问道。

"我不知道。"她有点儿困惑地说，"马儿也不怕你。"怪物上下打量着这匹马。

怪　物

"这是你的马吗？"怪物若有所思地问，"跟我比，它确实非常漂亮。我妻子最近去世了，才过了不到两百年。"

薇薇安焦急地想着该说些什么，是"节哀""真令人悲伤"，还是"很遗憾"？

"很遗憾。"她最后说。

"怎么会？"怪物好奇地问。

薇薇安有点儿惊讶地回答："从某种程度上讲，我和你一样悲伤。"

怪物高兴地看着她。"听着。"他用亲切而熟悉的声音说道。看上去他的屁股好像坐了下来，薇薇安想，等她在这些骨头中清理出一块地方后，就盘腿坐在洞口，这样也许会比较礼貌。"告诉我真相：我存在吗？"

薇薇安想了一会儿。"是的，你存在。"她非常认真地说，"你觉得生活不真实吗？"

"什么意思？"怪物扬起眉毛问道。

"我不知道，但有时，我觉得我好像知道自己存在，但我不知道具体在哪里。"她说。

怪物思考了一下，然后突然开心地大笑着说："我也有这种感觉。"他们一起大笑了很久。

"有时候，当你遇到一个陌生人时，会突然觉得自己好像已经认识他很久了。"薇薇安边擦着眼角欢笑的泪水边说道。

"的确如此。"那怪物说着，令人讨厌地抽抽鼻子。

"难道你不能时不时擤擤鼻涕吗？"她建议道，但怪物装作没听见。

"你知道我是什么吗？"他仍然笑着问道。

335

"不知道。"薇薇安回答,她有点吃惊,还没有过多考虑这个问题。

"猜猜。"

"雷龙或者其他什么恐龙。"她大胆地说。

那怪物兴奋地咯咯笑道:"不是。"

"是只妖怪。"

"咳咳,不是。"他开心地笑着说。

"一场噩梦。"

"不是。"

"你是……一只非常大的穿山甲。"薇薇安经过漫长的猜谜游戏后下了结论。

"就猜到这儿吧。"那怪物叫道。但当他注意到薇薇安因为总是猜错而变得很恼火时,他俯下身去凑近她的耳朵。

"如果你以童子军的荣誉发誓保守秘密,那我就告诉你我的真实身份。"他低声说道。薇薇安严肃地点点头。

"我是一条龙。"怪物说,声音比呼吸声还小。听了这话,薇薇安像被蜜蜂蜇了似的,猛地站起来,双手拍打着膝盖,上蹿下跳,抱着肚子跌坐在地上,来回打滚儿,喘不过气来。

"我把你吓死了!对不起!"怪物无奈地说。薇薇安勉强深吸了一口气,哇哇大叫,眼泪顺着脸颊流了下来。

"别叫了,我的朋友,我不会伤害你的。"他说,试图让她平静下来。

"哼,哼。"薇薇安说,她又能说话了,"我没叫。一条龙!"她大笑起来,几乎笑破了肚皮。怪物不以为然地看着她。

"这有什么好笑的?"

怪　物

"请原谅我，你真是世界上长得最糟糕的龙！"她说，然后又怀疑地补充说，"不然你就是跟我开玩笑。"

"我敢打赌自己没撒谎。"龙坚定地说，"我有文件和证件可以证明。"说罢，他一溜烟跑进山洞，不一会儿就传来了抓挠声、挖掘声和石头滚动的隆隆声。过了一会儿，他有点儿上气不接下气地回来了，带来了一阵恶臭的风，那味道就像一间一百年来没有通风或打扫过的卧室一样，异常浓烈，任何一个比九岁女孩更不能忍受这味道的人肯定会当场晕倒。

"这是一份1123年8月的文件。"龙边说边把一张旧羊皮纸塞到她手里，"这是我的肖像素描。"他自豪地展示着一张污迹斑斑的炭笔速写，可她从中几乎看不出龙的基本特征。

"几百年前，一位艺术家来到这里，为我画了这幅画。这幅画本是一幅大型艺术作品的一部分，所以并不是一幅真正的人像画。不过还是挺像的，是吧？这是他送给我的，以此感谢我充当他的模特。严格说来，从那以后，我就一个人在这里了。"龙说着，把那张破旧的画作爱不释手地贴在胸前。薇薇安小心翼翼地展开羊皮纸，看上去非常严肃，一本正经。

薇薇安把羊皮纸摊开后，先通体浏览一遍，然后从他那形如喇叭的鼻子尖开始，一直到他消失在黑暗中的地方，仔细地看了很久，接着又通体浏览一遍，而龙一直站在一旁专注地等待着。最后薇薇安抬起头，郑重地盯着龙的眼睛。

"上面说，1123年8月，当年热那亚最甜美、最美丽的年轻女子，名叫克拉拉，被献祭以安抚龙，好让龙撕咬并吃掉她。"龙似乎有些尴尬，开始紧张地坐立不安。

"是的，那是个相当不幸的事件。"他说。然后，龙抬起头,勇敢地看着薇薇安的眼睛:"但事实上,这根本不是我的错。"

"上面写着'安抚龙'。你肯定做了什么。"她反驳道。

"听着,是这样的。"龙深吸一口气说,"大约在1100年的某个时候,考虑到我年轻时的食量,在这些地方找口吃的都成问题。当然,人类也开始侵入森林。所以有一天晚上,我刚离开家,就……"龙的故事戛然而止,他抬起爪子捂住自己的鼻子。

薇薇安清清嗓子:"就……?"

"虽然承认这一点很可耻,但我觉得各种蛋都很好吃。海鸟蛋、鸡蛋,甚至小鸟蛋。乌龟蛋特别好吃,你吃过吗?"

"你想转移话题。"薇薇安生气地说。

"没有。"龙喊道,"恰恰相反。因为就在那一年,人们意识到我真的存在,而且我就住在这片森林里。有一天晚上,我出去了。我真是个傻瓜!我像个小偷一样,跑到镇子边上偷人家鸡窝里的蛋。我决定,一劳永逸地吃掉所有我能找到的蛋,一次吃个够。然而,笨手笨脚的我把鸡和鸡舍、几头猪、水桶以及周围的一切都踩在了脚下。毫无疑问,我把所有东西都踩得粉碎。直到今天,我仍然为此深感抱歉,但那时的我比现在块头大得多,年龄的增长和食物的短缺让我萎缩得面目全非。有时,当我看到泉水里的自己时,我几乎不能……"

"说重点。"薇薇安坚定地说。

"我破坏了人们的财产,于是人们认定,龙一定想吃人。他们有经文说龙会吃人。因此,善良的乡亲们认为,尽管我竭尽全力,但还是没能在我的偷蛋之旅中找到一个可口的人类,除非他们做点什么,否则我肯定会一而再,再而三地回来。于是,他们想到了唯一合理的办法，那就是找到镇上最美味、最温柔的年轻姑娘，直接把她送到我的窝里，这样我就再也不会破坏他们的房子了。"

"你说得滔滔不绝。那么，我的好朋友，那女孩怎么样了？"薇薇安学着龙的口气问道。

"那是个非常悲伤的故事。九个半世纪前，她千里迢迢被带到这里，就站在你现在坐着的地方，就在同一个地方，又哭又闹。我一直冥思苦想，想得头痛欲裂，琢磨着该把她安置在哪里，给她吃什么，因为我说过，那时的食物非常难得。但是当我走到这里向她问好，欢迎她来到寒舍时，她看了我一眼，就栽倒在地上，脸色苍白，一言不发，不省人事。我急忙跑到小溪边取水，试图让她苏醒过来，但当我回来，摸了摸她时，我才意识到她的心跳已经停止了，永远停止了。"

"太可怕了。"薇薇安悲伤地说，"那你做了什么？"

"然后我吃掉了她。"龙淡然地说，"但事情并没有就此结束。"

"我想，也许我们该上路了。"薇薇安说。马抬起头，马嚼子嘎吱作响。"天知道现在几点了。"她眯着眼睛说，她的手表显示的时间不准，尤其是在她忘记上发条的时候。

"哦，请先别走。"龙悲伤地说，"很少有人停下来听我说话。"

"我们真的该走了。"薇薇安说着又瞥了一眼她的手表，她总觉得它看起来有些奇怪。十二只小蚂蚁的脸取代了数字，盯着她看。它们大胆地看着她，似乎在咧嘴笑。它们的小手紧紧抓住钟表的指针，疯狂地旋转着，先是顺时针，接着是逆时针。然后,这些小东西就像士兵演习一样,三三两两地在表盘中心排成一排,来回传递时钟的指针,先把指针抬到钟面的顶端,然后"嗨哟"一声向后转,朝着底端前进。

"叮咚。"钟声响起。小蚂蚁们转过头,心满意足地抬头看着薇薇安。

"嗯。"她哼了一声,取下手表放进口袋里。

"无论如何,你都无法继续前行了,因为你走到了死胡同。这里是迷宫的中心,你只能往回走。"龙抱歉地说。"请坐一会儿吧,不过,我恐怕没有什么可以给你。"他恳求道。

"那好吧。"薇薇安彬彬有礼地说,"继续讲你的故事。"龙有点儿不知所措,抓挠着自己的头。

"我说到哪儿了?"他问道,"我经常自言自语,所以我讲到哪里都无所谓。"

"你吃的第一个年轻女人。"薇薇安说。"但有一件事还是让我百思不得其解。"她若有所思地接着说,"迷宫谜题的目的一般是寻找隐藏的宝藏,而不是龙。"

"的确,但这个谜题的目的恰恰是寻找一条龙。"他傻笑着说,但马上就后悔了。

"并非如此。请不要觉得我很虚荣,我只是在开玩笑。"他赶紧补充道。"我告诉你,当我看到你时,我简直欣喜若狂。"他的脸突然变成了深紫色,"这里当然有等待发现的宝藏,但肯定没什么值得大书特书的。你对它感兴趣吗?"

"当然感兴趣。"薇薇安回答道。"不过,如果你觉得太麻烦的话……"她礼貌地补充道,不想显得过于急切。

"在这儿等一会儿。"龙说着,又消失在自己的洞穴里,过了一会儿，洞穴里传来哐啷一声巨响，好像有人打翻了装满瓷器的橱柜。薇薇安站起身子，走到马儿身旁。

"你不会觉得无聊吧，我的老朋友？"她抚摸着马儿的黑脖子问道。骏马用和天鹅绒一样柔软的嘴唇友好地咬了一下她的脸颊，然后在小溪旁边躺下。薇薇安解开缰绳，取下马头上的辔头，将缰绳绕在手臂上，打开绕在胸前和腹部的带扣，从马背上卸下整个马鞍。马笨拙地翻了个身，四蹄朝天，开始兴奋地在柔软的绿苔上蹭着汗津津的后背。然后，它打着响鼻，跳了起来，抖掉身上的灰尘和干树叶。薇薇安把缰绳和轻便的马鞍挂在旁边一根粗柳枝上，伸手从马鞍袋里拿出一把梳子，只轻轻地梳了几下，马的身体两侧就像刚磨平的冰面一样闪闪发光。马儿正咀嚼着几片柳叶，龙又气喘吁吁地出现在洞口，身上沾满了灰尘、蜘蛛网和各种污泥。

"箱子牢牢卡在地上，我搬不动它。"龙喘着气说，"自从它被带到这里，就再也没有动过，即使在那时，我也没有理由动它。那时我还是个孩子，什么都不懂，只是一个不到两英尺长的小蛇怪。一开始，你完全可以想象，我一个人在这里非常孤独。"他若有所思地说，然后坐下来细细回忆过往。但就在他坐下来的时候，他发出了一声可怕的吼叫。薇薇安跳了起来，马也吓了一跳，它转动着眼睛，盯着龙，耳朵竖了起来。

"我一定是扭到腰了，要不就是腰痛。"龙呻吟道。

"你和我妈妈在一起一分钟也待不下去。她总是把家具搬来搬去。她把钢琴抬起来，好把地毯铺在钢琴的一头，然后拖着地毯和钢琴在房间里走来走去。"薇薇安说。

"为什么？"龙问，薇薇安只是耸耸肩。

"这能让她高兴。"她回答道。龙有些疑惑地上下打量着她。

"幸好你妈妈没找到这里来。"他最后回击道,"圣乔治也一样。曾经有很多关于他屠龙的故事。我花了很多时间和精力用巨石堵住峡谷,让他无法来到这里。"

"那是很久以前的事了。"她谨慎地说。

"确实很久了。"龙兴奋地说,"如今,在天堂和教堂的绘画中都能找到圣乔治的身影。从那以后,山崩地裂,我堆砌的巨石都滚进了峡谷。几百年来,再也没有其他屠龙者到这里来,尝试用长矛和刀剑戳我。我心爱的妻子来了又走,走了又来。她总是在奔波,她就是人们所说的飞龙,一个真正的美人。她的翅膀就像我的背鳍,但要大得多。我总是对她说,到处乱飞会毁了她,正如我所预料的那样,有一天,她在一次飞行事故中丧生了。我等着她,全心全意地等待着、期盼着,但直到几十年后我才听说,一个暴风雨之夜,她化作一团火焰坠入了一艘腓尼基渔船附近的大海。那一刻,暴风雨减弱了,海面平静了,你可以想象那些渔民一生都在讲述的故事。"薇薇安同情地点点头。她能感觉到自己的眼皮逐渐变得越来越沉重。

"日子越来越糟,人们渐渐不再把年轻姑娘带到这里来,老实说,这让我松了口气。我可以告诉你,她们的味道很糟糕。除此之外,我还发现自己对年轻姑娘过敏。在我遇到年轻姑娘之前,我的头和其他蜥蜴一样美丽而光滑,但很快就起了疹子,结满了痂,长满了疣,痒得难以忍受,我只能日夜抓挠我的头。看看我现在的样子,头上几乎长出了角。从来没有人想过给我带一只鲜嫩的小猪或一块熟透的小牛排,只是送来一个接一个的姑娘。"

"你不应该挠头。"薇薇安睡眼惺忪地说,"总之,如果没人给你送过猪或小牛,你怎么知道猪肉和小牛肉的味道?"

"我有很多烹饪书,我非常喜欢翻阅。事实上,我有一个相当大的图书馆。我想请你进去看看。但恐怕我没想到会有人来,我还没收拾呢……"说到这里,龙有点儿不好意思,抓了抓耳朵。

"别挠!"薇薇安尖声说道,然后突然大笑起来,因为她意识到自己也在想着挠头,别人的坏习惯在不知不觉中就让我们传染上了,"收拾东西并没那么重要,要是你能在星期天早晨看看我们的卧室就好了。"

龙狐疑地看着她:"我忍不住挠痒痒。只要一想到年轻姑娘,我就浑身发痒。你无法想象她们的样子,有的地方满是脂肪,有的地方又有嚼劲又有肌肉,呃!"说到这里,他从头到脚打了个寒战。

"你不能再想了。"她安慰道,"你需要学会集中注意力。只要不停地想:我不能挠,我不会挠。如果痒得你无法控制自己,那就挑一个地方轻轻地挠,只挠一个地方,不要挠整个头。我就是这么做的,渐渐地,你就完全不挠了。"

"啊哈!"龙兴奋地叫道。

"不过,这也是你自己的错。"她接着说,"在我看来,你本可以躲起来或者待在房间里,让少女们逃走,去忙她们自己的事。"

"我尝试过,我发誓自己已经尽力了。"龙伤心地喊道。"她们中的一些人逃跑了,沉入了流沙。小路上有很多流沙,对吧？还有一些人根本不想逃脱。她们唯一的想法就是，现在她们已经被献祭给龙了，于是她们走进山洞，在岩石中寻找我。有一次，我出去散步，故意想让当天的受害者静静离开，结果我在峡谷里撞到了她，她被吓死了。到最后，她们都找到了我，被吓死了。你告诉我，我看起来真的那么可怕吗？"龙问道，他的声音充满了深深的悲伤。

薇薇安端详着他。

"不可怕。"她最后说，"说得委婉点儿，我会说你看上去相当邋遢。"

"我不令人讨厌吗？"龙急切地问。

"不是那样的。"她仔细考虑后回答。

"我是不是丑得要命？"龙低声问道。

"不，你不丑。"她笑着说，"你长得很奇怪，但一点儿也不丑。你的颜色很好看……"薇薇安仔细地看着龙，龙也回头看了看。"事实上，你相当漂亮。"她说，她对自己这句话也有些吃惊。"请允许我帮你稍微清理一下。"她拿定主意说，"我想你应该没有肥皂吧。"

龙有点儿不好意思地摇摇头。

"好吧，我相信一盆水和一把马梳就能创造奇迹。"

"我倒是有一把瓶刷。"龙告诉她。

"好极了！"

于是，当龙哗啦哗啦地扔着东西翻找瓶刷时，薇薇安则拿起一个破旧的脸盆，从小溪里取水，送到洞口。然后，她用几棵蕨草清扫掉一大片古老干枯的残骸。

"好了。"薇薇安态度坚决地说。龙犹豫着走出山洞，坐了下来，薇薇安开始为他清洗。她从龙长满尖刺的后背开始，经过彻底的清洗和擦洗，龙的后背看上去越来越不像一把破伞，开始闪耀彩虹般的各种颜色。薇薇安刷、擦、刮、搓，用马梳和沙子让龙背上的铠甲变了颜色，很快它就开始闪耀淡淡的绿色。薇薇安从龙的耳尖一直刷到尾巴末端。她时不时地跑到小溪边去打些清水，现在已经汗流浃背了。龙用后腿坐立起来，薇薇安帮他梳理长满柔软绒毛的腹部，直到他的腹部像雪一样洁白。

"第二十三盆了。"她气喘吁吁地说，"洗完之后，我去打点儿用来冲洗的水。但我不知道怎么给你洗头。我妈妈总是给我们洗头。"

"肯定不会出问题的，既然已经开始了，就把它做完吧。"龙说，他也上气不接下气了。

"那好吧，但你千万别哭。"她说着，咬紧牙关，把一盆水倒在龙的头上。

"水都流进我眼睛里了。"他沮丧地喊道。

"很快就会再流出来的，妈妈总是这么说。"她一边解释道，一边用沙子使劲搓着龙的脑袋。冲洗完龙的脑袋后，她又清洗龙的耳朵和喇叭鼻子，瓶刷是完成这项任务的绝佳工具。当她打了二十盆用来冲洗的水后，终于停了下来，抱着双臂欣赏起龙来。

"你看不到自己，这太令人难过了。"她满意地说，"你看起来完全不一样了。"

龙扭着脖子，尽量仔细地打量着自己，对看到的一切感到非常高兴。

"我突然感觉很饿。"他有些惊讶地说。

"我通常在洗完澡后会非常口渴。"薇薇安立刻回答道，"但我当然也可以吃点儿东西。这时候你一般吃什么？"

龙上下打量她一番，然后又回过头来，脸上露出了调皮的笑容。薇薇安感觉到自己脸颊上的暖意突然消失了，变得很冷。顿时，她的手脚似乎都麻木了。这时，龙忍不住大笑起来。

"蘑菇，现在我只吃蘑菇。"他咯咯笑道，"我在我以前睡觉的山洞里种蘑菇。不过蘑菇很少，而且长得很慢。"

"你吓到我了。"薇薇安非常小声地说。

"我一颗牙都没有了。"他笑着说。

"那倒是，我没给你刷牙。"她想。"你应该庆幸自己没有牙齿，没有比看牙医更糟糕的事了。"她随口说道，"我可以给你煮点儿粥，或者其他软食。"

"你以为我要吃了你。"龙傻笑着说。

"但首先，我会给你煮点儿燕麦粥。"她说。龙听了，做了个鬼脸。"燕麦粥对你很有好处。虽然你没有牙齿，但还是应该每天漱口，清洁口腔。呼气。"她严厉地说。龙依言呼出一口气："哈——"

薇薇安感觉自己从地面上飘起来了，飘浮在半空中，比树梢还高。

"哼。"她自言自语道，龙的气息闻起来真的很臭，令人恶心。她口袋里的手表似乎在动，手表的小指针拉扯着她，挠着她的屁股。

"可是，我没有火柴，怎么生火煮粥呢？"她问。

"哒，哒！七点了！"小蚂蚁们哒哒叫着，它们的窃窃私语声越来越大。

"哦，我得走了。"她惊慌地喊道。"多保重。"她说着，双手紧紧抓住干草袋，随着它飞过树林，飞过小房子，飞过龙说过的小镇。

"下次我会带些火柴来。"她说着，飞得越来越远，好像被一股狂风裹挟着，先是飞进了黑暗中，然后又飞进了逐渐变得明亮、近乎刺眼的灰色亮光中。

"这就是我需要的，我掉进海里了。"她自言自语道，"现在我要浮出水面了。那些腓尼基的渔夫又有故事可讲了。"

"幸好我记得卸下马鞍。"她说道，此时她的头刚刚露出水面，她终于可以深吸一口气了。

母亲正俯身站在她身旁。她周围的空气中还弥漫着龙的气息。但愿母亲不会发现。真幸运，她在天亮前回到了床上。她一定是失去了知觉，好心的渔夫把她带回了家。

"早上好，已经七点了。"母亲轻声说道。"该上学了。洗漱，吃早点，带书，乘车——四件套组合。"她像开玩笑一样说。

隔壁床上的矮胖墩伸展四肢，睁开眼睛，一脸茫然，仿佛新一天的来临是个奇迹。然后，她给了薇薇安一个灿烂的微笑。

"你以为你在看什么？"薇薇安没好气地喊道。

张羿 译

读客科幻文库｜现代奇幻大书

R. A. 拉弗蒂（R. A. Lafferty，1914—2002）出生于艾奥瓦州，成年后大部分时间生活在俄克拉荷马州塔尔萨市。第二次世界大战期间，他曾在南太平洋的美国陆军服役，后来成为一名电气工程师，直到二十世纪七十年代初他才退休，专职写作。拉弗蒂发表的第一部作品是1959年刊登在《新墨西哥季刊评论》（*New Mexico Quarterly Review*）上的一部短篇小说，但他从1960年在《科幻小说》（*Science Fiction Stories*）上发表《冰川之日》（"Day of the Glacier"）开始，就打入了科幻市场，很快就经常在主要的科幻小说杂志和选集上发表作品——尤其是在达蒙·奈特（Damon Knight）开创性的《轨道》（*Orbit*）系列中，甚至最后还出版了名为《〈轨道〉中的拉弗蒂》（*Lafferty in Orbit*，1991年）的全集。拉弗蒂的故事常常给人一种结构复杂、荒诞离奇的感觉，充满了飞扬的语言和异质独特的想象力，蕴含着一个自学者对冷僻深奥知识的痴迷。《狭窄的山谷》（"Narrow Valley"）首次发表于1966年的《奇幻与科幻杂志》，并收录在拉弗蒂的第一部经典小说集《九百位祖母》（*Nine Hundred Grandmothers*，1970年）中。《狭窄的山谷》表明，他不仅对民间传说，也对北美原住民历史和文化有着长期的兴趣，这种兴趣促成了他的历史小说《奥克拉·汉纳利》（*Okla Hannali*，1972年）的问世。迈克尔·斯万维克（Michael Swanwick）在《R. A. 拉弗蒂精选集》

（*The Best of R. A. Lafferty*，2019年）一书中提到这个故事时说："一般来说，荒诞离奇的故事都是平铺直叙的。《狭窄的山谷》却并非如此。这是一部复杂的作品，出自一位成熟的作家。"

狭窄的山谷

1893年，政府对仅存的八百二十一个波尼族印第安人施行了专有土地分配[1]。他们每人最多可获得一百六十英亩[2]的土地，之后，波尼族人将会和白眼人[3]一样为他们的土地缴税。

"Kitkehahke[4]！"克拉伦斯·大马鞍咒骂道，"太欺负人了，才分我一百六十英亩。而且我以前肯定没听过还要为土地缴税这种事。"

克拉伦斯·大马鞍选了一处漂亮的葱翠山谷作为他的份地。此前他一直将该山谷连同其他五六块土地视为自己的私有

---

1 1887年，美国国会通过了旨在归化印第安原住民的《道斯法案》。该法案将印第安部落成员共有的保留地分割成小块土地，分配给个人，让他们学习农耕。凡接受土地的印第安人，就可以获得美国公民身份。——编者注
2 英美制面积单位，1英亩约为4046.86平方米。——编者注
3 "白眼"（White Eyes）是美国独立战争时期俄亥俄州德拉瓦族的酋长Koquethagechton的英文名，他在美国政府与印第安部落达成首批正式条约的过程中发挥了关键作用，致力于实现建立安全的印第安人领地的最终目标，并建立了以他的名字命名的城镇"白眼镇"。
4 这里连同下文的Petahauerat和Skidi都是北美土著语，原为波尼族中不同部落的名称。

财产。他在避暑小屋周围铺上草皮，使之变成四季皆宜居的家园。但他绝对不打算缴什么土地税。

于是，他点燃树叶和树皮，发表了一番声明。

"我的山谷将永远宽阔、繁茂和葱翠，就是诸如此类的吧！"他用波尼族人吟颂歌的腔调演说道，"但是，一旦有人闯入，它就会变窄。"

他没有香脂树皮可烧，便往火堆里丢了一点儿雪松树皮。他也没有接骨木叶，便用了一把栎树叶代替。他还忘记了那个祷词。若是忘了那个祷词，你怎么能施法呢？

"Petahauerat！"他突然自信地吼出这个词，希望这份自信可以骗过命运之神。

"反正这跟祷词一样长。"他低声自言自语道。但他又自我怀疑起来。"我是什么人，白人[1]、倒霉落魄的家伙、前所未有的蠢货啊，竟然以为这能管用？"他自问道，"这也太可笑了。噢，算了，等着瞧吧。"

他把剩余的树皮和树叶扔进火里，然后又吼了一声那个错误的祷词。

一道炫目的夏日闪电照亮一大片天空，像是在对他做出回应。

"Skidi！"克拉伦斯·大马鞍断言道，"起作用了。没想到这居然管用。"

克拉伦斯·大马鞍在他的保留地上生活了很多年，一次税

---

[1] 此处是以自嘲的方式使用"白人"（White Man）一词，表明印第安人在经历了长期的文化同化后已经与他们传统的信仰体系有了距离。

狭窄的山谷

也没缴过。闯入者根本无法下到他所在的谷底。这块土地曾被三次出售抵税,却从来没有人下去认领。最后,这里被当作可自由申请的土地而登记入册。一些自耕农申请过好几次这块土地,但不曾有一个人拥有在这里生活的资格。

半个世纪过去了。克拉伦斯·大马鞍把儿子叫到身边。

"我大限已到,儿子。"他说,"我要进屋去等死了。"

"好的,爸爸。"儿子克拉伦斯·小马鞍说,"我要去镇上和小伙伴打几杆台球。今晚回来就葬了你。"

于是,他的儿子克拉伦斯·小马鞍继承了这块土地。他也在这里生活了很多年,而且从未缴税。

一天,县政府大楼里起了一阵骚乱,那阵仗像是被大举入侵了似的,但实际上"入侵者"只有一个男人、一个女人和五个孩子。"我是罗伯特·碰壁,"那人说,"我们想找土地管理局。"

"我是小罗伯特·碰壁,"一个瘦高又笨拙的九岁小孩说,"让他们丫的快出来。"

"我们这里没有土地管理局,"接待处的女孩说,"那个机构不是很久以前就没了吗?"

"无知绝非办事效率低下的借口,亲爱的。"玛丽·梅布尔·碰壁说,她刚满八岁,却很容易被当成八岁半,"我要是举报了你,不知道明天坐在这张桌子后面的会是谁呢?"

"你们要么来错了州,要么就是来错了时代。"那女孩说。

"《宅地法》[1]依然有效。"罗伯特·碰壁坚持道,"这个县

---

[1] 1862年美国国会通过的系列法令,以极低的价格转让甚至无偿分配中西部国有土地给美国公民,凡耕作达5年者,土地即归耕者所有。该法促进了西部开发,却也耗尽了美洲原住民的土地资源。——编者注

里有一块土地可以申请。我想要那儿。"

一个坐在远处接待桌旁的壮汉冲他们会意地眨巴着眼,塞西莉亚·碰壁便去回应他。"嘿,"她偷偷溜过去,并低声说道,"我是塞西莉亚·碰壁,但我的艺名是塞西莉亚·圣胡安。你觉得七岁女孩扮演天真少女的角色,年纪是不是太小了?"

"你扮演就不显小。"男子说,"叫你爸妈到这儿来。"

"你知道土地管理局在哪里吗?"塞西莉亚问。

"当然知道。就在我这张桌子左手边第四个抽屉里。这是整个县政府大楼里最小的一间办公室。我们已经不怎么用它了。"

碰壁一家围聚过来。壮汉开始准备相关文件。

"这是那儿的土地标定。"罗伯特·碰壁说,"啊呀,你已经备好了。你怎么知道我们想申请那块土地的?"

"我已经在这里工作很久了。"男子回道。

他们填完文件,罗伯特·碰壁申请认领这块土地。

"不过你们根本进不去那儿。"男子说。

"为什么进不去?"碰壁问,"土地标定得不准吗?"

"噢,我觉得很准。但从来没有人踏足过那块土地。申请那儿都快成恶作剧了。"

"随便,我打算去探探这个恶作剧的底。"碰壁坚持道,"我定要住在这块土地上,否则就找出不能住进去的原因。"

"这可不好说。"壮汉说,"上一次有人申请这块土地还是十几年前,那人无法居住在那里,而且他也说不出原因。他们试了一两天,然后放弃了,当时他们脸上的表情挺逗的。"

碰壁一家离开县政府大楼,钻进野营车,驱车去寻找他们的土地。他们在一个叫查理·达布林的养牛和种麦的农夫家门前停下车。达布林笑脸相迎,这表明他已经得到了消息。

"如果诸位愿意的话,跟我来吧。"达布林说,"最短的路线是徒步穿过我这片窄窄的牧场。你们的地块在我的正西边。"

他们走了一小段路来到两块土地的交界处。

"我叫汤姆·碰壁,达布林先生。"他们走着,六岁的汤姆在旁边攀谈道,"不过我的真名其实叫拉米雷斯,不叫汤姆。我是妈妈几年前在墨西哥行为冲动的后果。"

"这小子就爱戏弄人,达布林先生。"他妈妈尼娜·碰壁自我辩护道,"我从来没去过墨西哥,不过有时候我有一种想去那边隐姓埋名一辈子的冲动。"

"原来是这样啊,碰壁夫人。这个最小的男孩叫什么呢?"查理·达布林问道。

"胖仔。"胖仔·碰壁说。

"这肯定不是你的本名吧?"

"奥迪法克斯。"五岁的胖仔说。

"噢,这样啊,奥迪法克斯,胖仔,你也爱戏弄人吗?"

"他这方面的本领越来越精进了,达布林先生。"玛丽·梅布尔说,"截至上周他还是双胞胎之一呢。他的双胞胎兄弟叫瘦子。妈妈外出喝酒的时候,瘦子没人看管,家附近有野狗。等妈妈回去之后,你猜瘦子还剩下了什么?两根颈骨和一块踝骨。就剩这么点儿了。"

"可怜的瘦子啊。"达布林说,"好了,碰壁,来到栅栏处了,这是我的地块的边界。你的地块就在前面。"

"那道地沟属于我的地块吗?"碰壁问。

"那道地沟就是你的地块。"

"我要把它填平。哪怕这么窄,这道深沟也是很危险的。那边的另一道栅栏看起来还不错,我敢肯定它后面有一小块很棒的土地。"

"不对,碰壁,另一道栅栏后面的土地属于霍利斯特·海德。"查理·达布林说,"另一道栅栏是你的地块的边界。"

"啊,打住,达布林!你这话不对啊。我的土地有一百六十英亩,一条边界就得有半英里宽。我那半英里宽的边界在哪儿呢?"

"在两道栅栏之间。"

"那连八英尺都没有。"

"看起来不像是半英里的样子,是吧,碰壁?要不这样吧,周围有很多可以拿来投掷的石块,你试试能不能扔到地沟对面。"

"我对小孩的游戏不感兴趣。"碰壁勃然大怒,"我想要我的土地。"

那几个孩子对此倒很感兴趣。他们立刻投掷起石头来。他们把石头扔到小地沟上空,石头表现得很诡异——先是看上去仿佛悬在半空中,然后体积变小,等到坠进地沟里时已然变得如砾石那般小。谁都没能把石头扔到地沟另一边,要知道,这帮孩子是拼尽全力在扔呢。

"你和你邻居合谋把空地用栅栏围起来,为你们自己所用。"碰壁指控道。

"没有的事,碰壁。"达布林愉快地说,"我的地块面积核查无误,海德的也是。你的也是,如果我们知道怎么核查的话。

狭窄的山谷

这就像那种迷惑人的地形图。从这边到那边实际上真有半英里，但眼睛会产生错觉。这就是你的地块。从栅栏下面爬过去，弄清楚怎么回事吧。"

碰壁便从栅栏下面爬过去，站起身，准备越过地沟。然后他迟疑了一下。他瞥见地沟非常之深，不过其宽度不足五英尺。

地上有一根沉重的栅栏柱，原先是用来当角柱的。碰壁费了好大劲把它竖起来，推倒，意图在地沟两侧架桥。但柱子不够长，向下坠去。不应该啊。八英尺长的柱子应该能连接起五英尺宽的地沟。

柱子掉进沟里，一路翻滚着。它旋转的样子仿佛在朝着地沟一侧滚动，但除了竖直方向，并未在其他方向产生任何移动。柱子最后停在沟里的一处凸起上，离得很近，碰壁几乎触手可及，但它看上去却还不及火柴棍大。

"那根栅栏柱不太对劲儿，要么就是周遭环境有问题，要么就是我的眼睛有问题。"罗伯特·碰壁说，"真希望我现在头晕目眩，这样我就能把这个现象归咎于此了。"

"如果我跟邻居海德都在这外头，有时候会一起玩个小游戏。"达布林说，"我有一杆重型步枪，他站在显然只有八英尺远的地沟对面，我就用枪瞄准他的前额正中，然后开枪（我枪法很准的），我听见子弹嗖地飞出去。假如距离果真如大家看到的那么近，我准能打死他。但海德毫发无伤。子弹总是啪的一声落在离他大概三十英尺远的石块和巨砾上，留下轻微的磨损。我能看到子弹激起岩尘，它打在那些小石头上的咔嗒声会在大约两秒半后传到我的耳边。"

一只牛蝠（贫穷的原住民都叫它夜鹰）在空中上下翻飞，飞

355

到狭窄的地沟上空时变得越来越小，但并未飞到对面。鸟儿迅速降到地面以下，在地沟另一侧壁面背景的映衬下依稀可见。它显得越来越小，也越来越模糊，像是在三四百码开外似的。它翅膀上的白色条纹已经无法辨认，紧接着，鸟儿本身也分辨不清了，但它比五英尺外的地沟对面离他们还要近得多。

一个男人——查理·达布林认出那是他的邻居霍利斯特·海德——出现在地沟的另一侧。海德一边咧嘴笑，一边挥手致意。他喊了句什么，但他们什么也没听见。

"海德和我都会读唇语，"达布林说，"所以我们隔着地沟也能方便地说话。哪个小孩想玩'胆小鬼'游戏？海德会拿一块大石头砸向你的脑袋，要是躲开或退缩，你就是胆小鬼。"

"我！我！"奥迪法克斯·碰壁争抢道。海德是个大块头，长着一双大手，还真冲着男孩的脑袋猛地扔出一块棱角分明的大石头。假如距离果真如大家看到的那么近，石头准能砸死他。但石头却逐渐缩小至不可见，然后消失在了地沟里。地沟有一个现象：它两边的物体看上去都是实际尺寸，但物体从任何一边飞越地沟时都会缩小。

"大家敢下去吗？"小罗伯特·碰壁问。

"光傻站在这儿是下不去的。"玛丽·梅布尔说。

"不主动，无收获。"塞西莉亚说，"我是从一个性喜剧广告上看到的。"

然后，碰壁家的五个孩子向下跑进了地沟。说向下跑是对的。他们几乎是沿着峭壁的垂直面向下跑。他们实际上是做不到的。地沟并不比最大的孩子的步幅宽，但它使孩子们都变小了，把他们生吞了。他们变得只有玩偶那么大，继而变得如橡果那般小。他们不停地朝仅有五英尺宽的地沟里面跑着,跑得越来越深,身形越来越小。罗伯特·碰壁大声惊呼,他的妻子尼娜疯狂尖叫。随后,她停止尖叫。"我干吗喊这么大声呢?"她自问道,"这看起来很有趣。我也要下去。"

她一头冲进沟里,体形像孩子们一样缩小,在这道只有五英尺宽的地沟里一溜烟跑出一百码远。

与此同时,罗伯特·碰壁则大闹了一番。他把警长和公路巡警都叫来了。他说有一道地沟偷走了他的妻子和五个孩子,兴许已经把他们都弄死了。他们谁敢取笑他,也休想活命。他又叫来了州国民警卫队的上校,并设立了一处指挥站。他还叫来几名飞机飞行员。罗伯特·碰壁有一项特殊技能——只要他一喊,人们就会来。

他把T城的新闻记者,还有几位杰出的科学家——维利科夫·冯克博士、阿帕德·阿卡巴拉南和威利·麦吉利都叫了过来。每当有人遇到怪事时,这帮人就会出现。不管这个国家哪个地方正在发生有意思的事情,他们都会碰巧就在那里。

他们从四边和顶部研究该地沟,并用内蕴和外蕴理论加以分析。如果有一样东西,每条边界都有半英里长,而且所有边界都是直线,那么它内部就一定有东西存在。他们从空中拍了照片,拍得很完美。照片证明了罗伯特·碰壁拥有全国最美的一百六十英亩土地,其主体是一片郁郁葱葱的山谷,所有边界都有半英里长,正好将他的地块围了起来。他们还贴着地面高度拍了照片,照片显示,在查理·达布林和霍利斯特·海德的地块之间有一片绵延半英里的美丽土地。但人不是照相机,他们中谁都没法用嵌在脑袋上的肉眼看到那片美丽的土地。那块地在哪里呢？

下面的山谷里，一切都很正常。它确实有半英里宽，不到八十英尺深，坡度非常平缓。山谷里面温暖又芬芳，青草和谷苗营造出一片绮丽风光。

尼娜和孩子们都很喜欢这里，他们迫不及待地想瞧瞧是哪个擅自侵占他们土地的家伙建造了那座小房子。那座房子，或者叫棚屋更贴切，从未刷过漆，不过若是刷了油漆，准会被毁坏。它是用木材搭建的（木材被斧头劈开，用刮木刀将表面修整得近乎光滑，然后用白黏土黏合缝隙），并把草皮铺到屋子一半的高度。小屋旁边还站着一个闯入者。

"喂，喂，你干吗来我们的地块？"小罗伯特·碰壁质问道，"你从哪里晃荡来的，就晃荡回哪里去吧。我敢打赌你也是个小偷，那些牛都是你偷来的。"

"只有那头黑白相间的牛犊是，"克拉伦斯·小马鞍说，"我实在忍不住把它偷过来，但其余的牛本来就是我的。我想待在这儿看着你们怎么安顿下来。"

"这附近有野蛮的印第安人吗？"胖仔·碰壁问。

"没，应该没有。我大概每隔三个月就去痛饮一番，喝完酒会变得有点儿野蛮，还有几个来自灰马镇的欧塞奇族[1]男孩有时会很吵，就这么几个人。"克拉伦斯·小马鞍说。

"你肯定不打算骗我们说你是印第安人。"玛丽·梅布尔说，"我们在这方面知道得可多了，你会领教的。"

"小姑娘，既然你这么博学，不妨告诉这头奶牛它没资格

---

[1] 欧塞奇族，北美洲大平原的一支原住民部落。

狭窄的山谷

当奶牛了。它还以为自己是一头名叫'甜美弗吉尼亚'的短角牛呢。我以为我是个名叫克拉伦斯的波尼族印第安人。如果我们不是自以为的那样,你道出真相的时候就委婉一些吧。"

"如果你是印第安人,你的战冠[1]在哪儿呢?你身上一根羽毛都见不着。"

"你怎么这么肯定?有一种说法是,我们头上长的是羽毛而不是头发——噢,我不能对一个小女孩开这种玩笑!如果你是白人女孩,你怎么没戴伦巴第的铁王冠[2]呢?你要是不戴,凭什么让我相信你是白人女孩以及你的先辈是几百年前从欧洲移民来的?印第安人有六百个部落,仅有一个部落——奥格拉拉苏族——有战冠,而且只有几个大首领佩戴,他们在某段时期内同时活着的不超过三个人。"

"你这个类比有点儿牵强。"玛丽·梅布尔说,"我们在佛罗里达和大西洋城看到的那些印第安人都戴战冠,他们肯定不是你所说的苏族人。而且,就在昨晚汽车旅馆的电视上,那些马萨诸塞州的印第安人还给总统戴上了一顶战冠,还称他是伟大的白人之父呢。照你这么说,他们都是骗子喽?嘿,你这不是五十步笑百步吗?"

"你要是印第安人,你的弓和箭在哪儿呢?"汤姆·碰壁打岔道,"我敢打赌你其实不会射箭。"

"你说得对。"克拉伦斯承认道,"我这辈子就射过一次箭。T城的巨砾公园里原先有一个射箭场,你可以在那儿租弓和

---

[1] 北美洲大平原印第安人的一种羽毛头饰,通常由族群内广受尊敬者佩戴。
[2] 一件著名的圣髑,被认为是用真十字架上的圣钉制成,为基督教世界中最古老的皇室象征之一。

箭,然后冲着绑在干草捆上的靶子射击。嘿,我整条小臂都擦破皮了,而且弓弦狠狠回弹时差点儿把我的拇指割断。我压根儿就不会射箭。我搞不懂怎么有人会射。"

"好啦,孩子们,"尼娜·碰壁对她那几个子女喊道,"咱们把棚屋里的破烂扔出去,好把咱们的东西搬进去。这儿有路能让我们把野营车开下来吗,克拉伦斯?"

"当然,有一条很不错的土路,比从上边看起来要宽得多。我在棚屋里的旧箱子里有一沓绿钞[1]。我进去拿,然后再清理一下。自从上次发生这种情况后,这座棚屋已经七年没清理了。我等下领你们去那条通向地面的路,这样你们就能把车开下来了。"

"嘿,印第安老头儿,你撒谎了!"塞西莉亚·碰壁站在棚屋门口厉声叫道,"你其实有一顶战冠。能送给我吗?"

"我不是有意撒谎的,是我给忘了。"克拉伦斯·小马鞍说,"那是我儿子克拉伦斯·裸背很久以前从日本寄给我的,就为了捉弄我。当然可以送给你。"

每个孩子都领到了任务——搬出棚屋内的破烂并放火烧掉。尼娜·碰壁和克拉伦斯·小马鞍沿着那条实际比从上面看起来更宽的车道缓步爬回山谷边界。

"尼娜,你回来啦!我以为再也见不到你了呢。"一看到她,罗伯特·碰壁就迫不及待地问道,"发生……孩子们呢?"

"嗐,我让他们留在山谷里了,罗伯特。就是,啊,在这道地沟下边。你一问又让我担心他们了。我要把野营车开下去,卸

---

[1] 指美元。

狭窄的山谷

掉车上的东西。你最好也下去搭把手,罗伯特,别再跟这些怪模怪样的人说话了。"

尼娜返回达布林的地块,去开那辆野营车。

"骆驼穿过针眼都比那个悍妇把车开进这道狭窄的地沟里要容易。"杰出的科学家维利科夫·冯克博士说。

"你知道骆驼会怎么做吗?"克拉伦斯·小马鞍不知从哪里突然冒了出来,"它只需闭上一只眼睛,耳朵往后啪地一翻,然后一头冲过去。闭一只眼、耳朵后翻的时候,骆驼就会变得极小。另外,钻的时候得用针眼很大的针。"

"这疯子是从哪儿冒出来的?"罗伯特·碰壁被吓得一蹦三尺高,"地里现在都开始往外冒东西了!我想要我的土地!我想要我的孩子!我想要我的妻子!哎呀,她开着车过来了。尼娜,你不能把满载的野营车开进这么一道小地沟里!这样你不被弄死也得被挤扁!"

尼娜·碰壁开着那辆满载的野营车快速冲进地沟。就在场者所知,她只是闭上一只眼睛,一头扎了进去。接着,车子缩小了,急剧向下掉落,然后变得比玩具车还要小。但当它在仅有五英尺宽的地沟里颠簸着驶出几百码的距离时,依然扬起了一大团尘土。

"碰壁,这种情况类似于上现蜃景[1]现象,只不过是在相反的意义上。"杰出的科学家阿帕德·阿卡巴拉南一边解释,一边试着将石头扔到狭窄的地沟对面。石头飞得老高,升到最高

---

[1] 光通过低层大气时发生异常折射而引起的一种海市蜃楼,蜃景形成于实物位置之上。

点时仿佛悬停在了那里，但体积却缩小得如沙粒那般小，继而在离他不过六英寸的空中掉进沟里。谁都不能把石头扔过宽达半英里的山谷，即便它看起来只有五英尺宽。"碰壁，这就像有时看月亮升起，它显得很大，好像覆盖了地平线上的一大片范围，但其实只遮住了半度。很难相信地平线上能够并排摆下七百二十颗这样大的月亮，也很难相信得用一百八十颗大月亮才能从地平线摆到我们头顶上方。你的山谷实际上有它看起来的五百倍宽，这也令人难以置信，但已经有人测量过了，所以它确实有那么宽。"

"我想要我的土地。我想要我的孩子。我想要我的妻子。"碰壁没精打采地反复呼喊道，"该死，我又让她跑掉了。"

"碰壁啊，听我说，"克拉伦斯·小马鞍正视着他，"一个让妻子跑掉两次的男人不配和她在一起。我最晚等到天黑，到时你若还找不着她，就得放弃她。我已经喜欢上了那几个孩子。咱俩今晚得有一个人下去。"

过了一会儿，其中一群人离开了这里，来到穿梭于克利夫兰市和欧塞奇县之间的那条公路旁的小酒馆。酒馆离这只有半英里远，如果山谷是另一个走向，那它离这就只有六英尺远了。

"这是一种呈细长圆顶状的通灵纽带。"杰出的科学家维利科夫·冯克博士说，"它靠至少两个人的精神力在潜意识层面的联结来维持着，其中精神力较强的那个属于一个已经亡故多年的人。它显然已经存在快一百年了，再过一百年，这种联结将会大大减弱。根据我们查阅的欧洲以及柬埔寨的民间故事可知，这类被附灵的区域存在的时间很少能超过两百五十年。最初设下通灵纽带的人往往在死后不到一百年就会对这种联结和

狭窄的山谷

一切世俗之事失去兴趣。这就是简单的死亡[1]-通灵限度。通灵纽带还被当作短效手段在军事战术中使用过几次。

"这种通灵纽带只要还维系着,就会造成群体幻觉,但它其实并不复杂。它不会愚弄鸟儿、兔子、牛或者照相机,只会愚弄人类。它跟气象学毫不沾边,只会造成心理层面的影响。很高兴能给它找到一个科学上的解释,不然我会感到心神不宁。"

"这是陆相[2]断陷与智慧圈[3]断陷相重叠的结果。"杰出的科学家阿帕德·阿卡巴拉南说,"山谷确有半英里宽,但也确实仅有五英尺宽。如果测量正确,我们会同时得到两种结果。这当然是气象学层面的!包括做梦在内的一切都跟气象学有关。被愚弄的是动物和照相机,因为它们看不到那个真实的维度。只有人类才能看到真实的二元性本质。这应该是整条陆相断陷界线上的常见现象,在该界线处,地球要么多出半英里,要么会少半英里,多出或减少的半英里肯定移到了某个地方。这种区域很可能贯穿了整个克罗斯廷伯斯地区[4]。那儿的许多树出现了两次,还有许多树一次都没出现。一个具备特定精神状态的人可以在那片土地上耕种或养牛,但那片土地其实不存在。在德

---

[1] 原文为thanato,来自希腊语thánatos,意为"死亡",也是古希腊神话中的死神。

[2] 大陆环境所形成的沉积。

[3] 智慧圈(Noosphere)是由苏联生物地球化学家弗拉基米尔·维尔纳茨基和法国哲学家德日进提出的哲学概念。他们认为智慧圈是在生物圈概念的基础上发展起来的,而且人类出现以后,人类就成为改变生物圈的重要因素,生物圈也因此而进入智慧圈。

[4] 从美国堪萨斯州东南部横穿俄克拉荷马州中部再到得克萨斯州中部的一片土地。历史上,该地区是科曼奇人等美洲原住民的居住地,因其茂密的植被,成为十九世纪欧洲移民西进的天然屏障。

国黑森林的空气镜谷区域有类似现象，它存不存在取决于环境和观察者的态度。在田纳西州摩根县也有一处'疯狂山脉'，它并非一直都在那里；还有得克萨斯州普雷西迪奥南部的小洛博蜃景，在该蜃景尚未恢复为幻象状态的两年半时间内，人们从那里抽出了两万桶水呢。很高兴能给它找到一个科学上的解释，不然我会感到心神不宁。"

"我只是不明白他是怎么做到的。"杰出的科学家威利·麦吉利说，"雪松树皮、栎树叶，以及那个祷词'Petahauerat'，不可能带来这种效果！小时候，我们若想建一个藏身之处，会用臭云杉的树皮、白蜡枫的叶子，祷词则是'Boadicea'[1]。而这里的三种要素全是错的。我没法为它找到科学上的解释，这确实让我感到心神不宁。"

他们回到那个狭窄的山谷旁边。罗伯特·碰壁仍然在无精打采地不停呼喊着："我想要我的土地。我想要我的孩子。我想要我的妻子。"

尼娜·碰壁开着野营车从地沟里轧轧响地往上冲，从沿着栅栏几码开外的那扇小门里钻了出来。

"晚饭做好了，你再不下来我们可不等你了，罗伯特。"她说，"你是个优秀的自耕农！怎么还怕踏上你自己的土地呢？快来吧，我不愿再等你了。"

"我想要我的土地！我想要我的孩子！我想要我的妻子！"罗伯特·碰壁还在念叨，"哦，你来啦，尼娜。你这回可别再

---

[1] 古代不列颠爱西尼部落凯尔特女王的名字，她曾领导反抗罗马帝国统治的起义。

狭窄的山谷

走了。我想要我的土地！我想要我的孩子！我想知道这里为什么会这样可怕。"

"是时候让你知道这个家里到底谁说了算。"尼娜决然地说。她拎起丈夫，把他甩上肩头，扛着走到车旁，扔进车厢，然后一下子就把十几扇车门猛地（看上去是这样）关上，怒气冲冲地把车开进山谷里。山谷似乎变宽了一些。

啊呀，这地方正在迅速变得越来越正常！很快，它看起来差不多就像本该有的那么宽了。呈细长圆顶状的通灵纽带已然断开。与智慧圈断陷相重叠的陆相断陷正视了这一现实，决定妥协。碰壁一家便切实拥有了属于自己的田产，山谷变得和其他地方一样正常。

"我失去了我的土地。"克拉伦斯·小马鞍呜咽着，"那是我父亲克拉伦斯·大马鞍的土地，我本打算把它传给我的儿子克拉伦斯·裸背。它先前看上去十分狭窄，人们注意不到它实际有多宽，也就不会试图闯进去。可我现在却失去了它。"

克拉伦斯·小马鞍和杰出的科学家威利·麦吉利站在峡谷边缘。峡谷此时已经展露出它那实际上有半英里的宽度。月亮刚刚升起，它硕大无朋，占据了三分之一的夜空。谁能想到，从地平线到头顶正上方，得用上一百八十颗这样的庞然大物才能填满这段距离？但你可以用观测器观测，从而得出这一结论。

"我曾经拥有一片别人无法闯入的土地，我却将它拱手相让了。"克拉伦斯呜咽着说，"我曾经拥有一个不用缴税的美丽山谷，现在却失去了它。我就像报纸漫画栏里的那个倒霉蛋或《圣经》里的约伯，我命中注定要穷困潦倒啊。"

365

威利·麦吉利偷偷地环顾四周。现在只剩他们二人还站在半英里宽的山谷边缘上。

"咱们打一剂加强针吧。"威利·麦吉利说。

嘿,两人说干就干!他们点燃篝火,然后把东西扔进噼啪作响的火堆里。狗榆树皮——你怎么知道它就不管用呢?

还真起作用了!山谷对面似乎近了一百码,山谷里传出人们惊恐的呼喊。

再扔些刺槐树的叶子——山谷更窄了!而且,峡谷深处又传来孩子和大人惊惧的尖叫声,以及玛丽·梅布尔·碰壁欢快的高呼声:"地震啦!地震啦!"

"我的山谷将永远宽阔、繁茂,就是诸如此类的吧,还得遍地都是绿钞和绿草!"克拉伦斯·小马鞍用波尼族人吟颂歌的腔调演说道,"但是,一旦有人闯入,它就会变窄!"

大家瞧啊,山谷现在已经不足一百英尺宽了,谷底之人的尖叫声已经和野营车发动时失控的吭吭声混在了一起。

威利和克拉伦斯把剩余的东西都扔进了火堆里。但是那个词呢?那个祷词?谁记得那个词?

"科西嘉纳得克萨斯[1]!"克拉伦斯·小马鞍自信地号叫道。他希望这样能骗过命运之神,而上苍以一道炫目的夏日闪电,以及雷鸣和雨滴,对他做出了回应。

"Chahiksi[2]!"克拉伦斯·小马鞍咒骂一声,"奏效了。没想到居然管用。山谷终于收窄了。我可以利用这场雨。"

---

[1] 原文为Corsicanatexas。科西嘉纳(Corsicana)是得克萨斯州(Texas)的一座城市。
[2] 肖肖尼语,是肖肖尼人用于自指的一个词,意为"居住在沙漠地区的人"。

狭窄的山谷

山谷再次变成一道仅有五英尺宽的地沟。

野营车艰难地钻过那扇小门,驶出峡谷。车子被挤得像纸一样扁平,里面尖叫的孩子和大人都成了一维的线条。

"山谷逼近了!逼近了!"罗伯特·碰壁咆哮道,他的身体还没硬纸板厚。

"我们像虫子一样被压扁了。"碰壁家的男孩们拖长了声音说,"我们就像纸一样薄。"

"死亡的号角声,毁灭,绞杀![1]"塞西莉亚·碰壁用伟大的女悲剧演员似的腔调吟咏道。

"救命啊!救命啊!"尼娜·碰壁哑着嗓子喊道,但当他们从威利和克拉伦斯身旁驶过时,她还不忘冲他们眨巴着眼,"我总觉得这种沉迷自耕的日子有点儿无趣。"

"别把这些纸娃娃扔掉。这可是碰壁一家啊。"玛丽·梅布尔喊道。

野营车又吭吭几声,而后在平地上颠簸行进。它不可能永远保持这样的状态。起起伏伏中,车子变得越来越宽。

"是咱们做得太过分了吗,克拉伦斯?"威利·麦吉利问道,"一个平地居民对另一个人说过什么来着[2]?"

"我们的维度永远都绕不开。"克拉伦斯说,"不,我认

---

1 原文为拉丁文"Mort, ruine, ecrasement!"。
2 平地居民(flatlander)是山区居民对低海拔居民的贬义称呼。此处可能出自一则佛蒙特州的笑话。一个平地居民想抄近路穿过一片牧场,但里面有一头公牛。他很是担心,便问一个当地农民:"那头公牛安全吗?"农民回答:"当然,它很安全。"于是平地居民越过栅栏,开始横穿牧场。这时,农民自语道:"但对你可不一定。"此处为一语双关,flatlander也指被压成"二维"的峡谷闯入者。

为咱们做得不过分,威利。那辆车现在肯定已经有十八英寸宽了,等驶到主干道上时,他们应该都能恢复正常。下次施法的时候,我想往火堆里扔木纹塑料,看看到底是谁愚弄谁。"

刘文元　译

凶宅（节选自《大师与玛格丽特》）

米哈伊尔·布尔加科夫（Mikhail Bulgakov, 1891—1940）是一位苏联作家，自幼就对文学和戏剧感兴趣，但后来以医生为业。第一次世界大战期间，他在红十字会服役，后来在俄国革命期间又在白卫军服役，还有一段时间，他被征召进乌克兰人民军，险些死于斑疹伤寒。由于生病，他没能和亲人一起移民到法国，从此再也没见过他们。二十世纪二十年代初，布尔加科夫搬到莫斯科居住，放弃了医疗事业，转而从事新闻、小说和剧本写作，不过很快就开始与审查制度做斗争。他将自己的小说《白卫军》（*White Guards*）改编成了戏剧《图尔宾一家的命运》（*The Days of the Turbins*），在著名的莫斯科艺术剧院上演，由康斯坦丁·斯坦尼斯拉夫斯基（Konstantin Stanislavsky）执导。这部作品曾短暂被叫停，后来在斯大林的坚持下才重新上演，由于获得了斯大林的保护，这部作品又上演了十年，成了布尔加科夫生前最知名的作品。然而，名声无助于让其更多的作品得以制作或出版，他生命中最后的岁月过得很痛苦。二十世纪二十年代末，他开始创作小说《大师与玛格丽特》，一直断断续续地写到去世之时，当时小说已经完成，但布尔加科夫没有机会完成编辑工作。1966年到1967年，莫斯科的一家文学杂志首次以删节版的形式连载了这部小说，完整版则于1969年在巴黎出版，1973年，苏联读者终于也可以读到完整版了。与布尔加科夫的许多作品一样，《大师与玛格丽特》充满讽刺和幻想，极具想象力，蕴含着丰富的哲学内涵。在《凶宅》（"The Sinister Apartment"）这一章中，许多主要人物在我们眼前登场，也为即将到来的奇异的陌生感做好了铺垫。

凶　宅
（节选自《大师与玛格丽特》）

假如次日早晨，有人对斯乔帕·利霍杰耶夫说："斯乔帕！你现在要是不立马起床，就会被行刑队处决！"那么，斯乔帕只会用小得几乎听不见的声音懒洋洋地回答："动手吧，开枪好了，随你的便，我反正就是不起。"

别说起床了，在他的想象中，他甚至连眼皮都睁不开，因为在他睁眼的那一刻，就会有一道闪电掠过，把他的头劈成几块。教堂沉沉的钟声震得他的脑袋轰轰直响，在眼球和紧闭的眼皮之间，飘浮着一些褐色的斑点，褐斑的绿色边缘如同火焰般明亮，最难过的是，他还觉得一阵阵恶心，这种呕吐感与一台吵得人不得安宁的留声机有着密不可分的联系。

斯乔帕挣扎着，拼命想回忆起一点儿什么，但他只能回想起一件事。似乎是在昨天，他站在一个不知是哪里的地方，手拿餐巾，非要亲吻一位女士，同时还向她保证，第二天正午时分，他必定会去拜访她。那位女士拒绝了，她说："哦，不，不行，我不在家！"斯乔帕却执意坚持："反正我还是会去的！"

凶宅（节选自《大师与玛格丽特》）

斯乔帕既不记得这个女人的身份，也不知道现在是哪个月的哪一天的几点钟，最糟糕的是，他连自己身在何处都不清楚。他决定，至少要把最后这件事弄明白，于是，他强行睁开粘在眼球上的左眼皮。黑暗中，有个物件发出暗淡的幽光。斯乔帕终于认出，那是带镜子的梳妆台，这才反应过来，原来他是在卧室里，正仰面躺在自己床上（更确切地说，是原属于珠宝商遗孀的那张结实些的床）。此时头部一阵抽痛，他闭上眼睛，呻吟起来。

先解释一下吧：斯乔帕·利霍杰耶夫是杂耍剧院的主管，早晨醒来的时候，他正置身于与已故的柏辽兹同住的公寓中，公寓坐落在花园大街边的一座六层大楼里。

必须说明的是，在很长一段时间里，这套50号公寓即便不算臭名昭著，也是以怪闻名了。仅仅两年前，它还归珠宝商德·福格尔的遗孀所有。安娜·弗朗泽夫娜·德·福格尔是位年已五十的太太，十分受人敬重，很有商业头脑，公寓共有五间房，她把其中三间租给了两位房客。其中一位好像是叫贝洛穆特，另一位的姓名则已永远不为人知。

就在两年前，公寓里开始发生一些无法解释的事件：人们开始接连失踪，没有留下半点儿痕迹。有一回，周末来了个警察，把第二位房客（就是姓名已不可考的那一位）请到玄关，对他说，需要他去警察局走一趟，就一分钟，去签份什么文件。房客吩咐安菲莎——安娜·弗朗泽夫娜长期聘用的忠实管家——如果有人打电话来，就跟他们说，他十分钟后回来，随即与戴着白手套、彬彬有礼的警察一起离开。可是，过了十分钟，他并没有回来。实际上，他再也没回来过。最令人惊奇的是，那个警察似乎也与他一道消失了。

安菲莎有宗教信仰，但更确切地说是有些迷信，她直言不讳地告诉忧心如焚的安娜·弗朗泽夫娜，这是巫术，她很清楚是谁勾走了房客和警察，但她不会在这样的深夜提及这种存在。但人人都知道，巫术一旦起了头，就再也停不下来。有人还记得，第二位房客是在周一消失的，到了周三，贝洛穆特也失踪了——就像被大地吞没了似的——只是失踪的经过有所不同。那天早晨，汽车像平时一样来接他，把他送到办公室，却再也没把他送回来，连那辆车也销声匿迹了。

贝洛穆特夫人心中的悲痛和恐惧无法形容。不过，唉，这两种情绪持续的时间都很短暂。就在当天晚上，安娜·弗朗泽夫娜（还有安菲莎）从郊外别墅返回公寓，出于某种原因，她不得不匆忙回来一趟，她发现贝洛穆特家的两口子都不在公寓里。更有甚者，夫妻俩住的那两个房间都贴上了封条。两天过去了。到了第三天，安娜·弗朗泽夫娜一直饱受失眠之苦，她再次匆匆离开，前往别墅……不用说，她也一去不复返了！

只剩下安菲莎独自一人，她哭够了之后，凌晨一点多才去睡觉。谁也不知道后来她怎样了，不过，据其他公寓里的居民说，那天晚上，他们整夜都能听到类似敲门的声音，而且窗内的电灯亮了一整夜。到了早晨，很明显，安菲莎已经不在里面了。

关于那些失踪的人，以及这间受过诅咒的公寓，大楼里流传着许多传说。例如，据说虔诚的瘦管家安菲莎在干瘪的胸前挂着个麂皮包，包里装有二十五颗硕大的钻石，那些都是属于安娜·弗朗泽夫娜的财产。或者，之前安娜·弗朗泽夫娜不得不匆忙赶往别墅，在别墅的木棚里，有数不清的宝藏显露出来，既有同样的大钻石，也有出自沙皇造币厂的金币，诸如此类，都是

凶宅（节选自《大师与玛格丽特》）

同样的路数。但不知道的事情我们是不会断言的。

无论如何，这套贴了封条的公寓只空置了一个星期，随后已故的柏辽兹夫妇，还有斯乔帕夫妇就搬了进来。自然，等他们发现自己居住的公寓遭过诅咒，一切都已经乱了套。也就是说，在短短一个月时间里，两家的太太都失踪了，却算不上了无踪迹。他们说，有人看见柏辽兹太太和某个编舞家双双出现在哈尔科夫，斯乔帕太太则在博热多姆卡大街现了身，有小道消息说，杂耍剧院的主管动用了无数的关系，为她安排了一个房间，但条件是要她远离花园大街……

总之，斯乔帕呻吟起来。他想呼唤管家格鲁尼娅，找她要点匹拉米洞[1]，但他发觉这种想法很蠢，格鲁尼娅手里又没有匹拉米洞。他试图向柏辽兹呼救，呻吟了两声："米沙……米沙……"但是没有任何回应，原因想必读者已经清楚了。公寓里仍然没有半点儿声息。

斯乔帕动了动脚趾，发觉自己穿着袜子，他用颤抖的手摸了摸大腿，想看看穿没穿裤子，却无法确定。

最后，他明白了，自己处于孤立无援的境地，孤身一人，无人相助，他决定，无论付出怎样非人的努力，都得站起来。他强行睁开粘在一起的眼皮，镜中映照出他的形象：男人的头发向四面八方支棱着，满脸黑胡楂，脸庞和眼睛都有些肿胀，上身穿着一件脏兮兮的衬衫，假领和领带都在，下身穿着长衬裤，套着袜子。

他在镜子里看到的自己便是这样一副尊容，在镜子旁边，他看见了一个不认识的人，那人一身黑衣，头戴黑色贝雷帽。

---

[1] 氨基比林，一种解热镇痛的药品，消炎、抗风湿作用类似阿司匹林。

斯乔帕在床上坐了起来，尽力用充血的眼睛打量着这个陌生人。陌生人打破了沉默，用带着外国腔的低沉嗓音说出了这样的话："你好啊，最招人喜欢的斯捷潘[1]·波格丹诺维奇！"

一阵冷场之后，斯乔帕竭尽全力才勉强开口："愿意效劳。"这简直听不出是他自己的声音，把他吓了一跳。"愿"是尖细的假声，"意"变成了低音，"效劳"这两个字根本就没说出口。

陌生人和蔼地轻笑几声，掏出一块大金表，表盖上镶着钻石三角图案，等表敲完十一声，才说："十一点了！你让我十点钟到这儿来，我一直在等你醒，已经等了整整一小时。我来了！"

斯乔帕在床边的椅子上摸索着裤子，低声说："对不起。"他套上裤子，用沙哑的声音问："劳驾提醒一下，你贵姓？"他开口说话很费劲，每说一个字，都仿佛有人拿着一根针往他的脑子里戳，这简直是地狱般的折磨。

"怎么？连我姓什么都忘了？"无名氏又笑了笑。

"请原谅。"斯乔帕的嗓门很粗哑，他感觉自己宿醉之后又添了个新的症状：在他眼里，床边的地板正在后退，这一刻，他似乎就要大头朝下，一路跌进地狱，落到魔鬼的母亲手里。

"亲爱的斯捷潘·波格丹诺维奇，"来客露出了洞若观火的微笑，开口说道，"匹拉米洞帮不了你的忙，不如遵循古老的智慧法则，以毒攻毒好了。能让你恢复活力的只有两杯伏特加，外加辛辣够味的美食。"

斯乔帕是个狡猾的家伙，无论身体有多难受，他心里都明白，既然被抓了现行，倒不如供认不讳。

---

[1] 斯捷潘是斯乔帕的大名。

凶宅（节选自《大师与玛格丽特》）

"说实话，"他说话时舌头几乎动不了，"昨天我只是稍微……"

"不用说了！"客人一边回答，一边连人带椅挪到一旁。

斯乔帕注视着放有托盘的小桌子，托盘里摆着切好的白面包，水晶盏里盛着压好的鱼子酱，还有一碟腌牛肝菌、一小锅不知什么的东西，最后，在原本属于珠宝商遗孀的大玻璃酒瓶里装着伏特加。尤其令斯乔帕铭记于心的是，低温使得玻璃瓶上凝了一层雾珠，不过，这倒是可以理解——玻璃瓶在装满冰块的冲洗池里浸过。换言之，每一样东西都干净整洁，被技艺娴熟地端给他了。陌生人没有任凭斯乔帕的惊诧朝着病态的方向发展，利落地给他斟了半杯伏特加。

"你自己不来点儿？"斯乔帕的声音尖厉而短促。

"乐意之至！"

斯乔帕抖着手把小酒杯端到唇边，陌生人将酒一饮而尽。斯乔帕嚼着一团鱼子酱，从牙缝里挤出一句："可你……不吃点儿吗？"

"谢谢，但我喝酒时从来不吃东西。"陌生人说着，又斟了第二轮酒。

他们揭开锅，里面装的是茄汁香肠。

此时，他眼前那些可恶的绿点逐渐消散，话也说得顺了，最重要的是，斯乔帕回想起了一些事情。也就是说，昨天的事发生在斯霍德尼亚，发生在胡斯托夫的别墅里，胡斯托夫是个札记作家，他亲自用出租车把斯乔帕送到了别墅。他还记得，出租车是在大都会酒店附近叫来的，车里还有个演员……也可能不是演员，其用箱子装着一台留声机。对对对，就是在别墅里！而且，他还想起来，那台留声机惹得狗儿们阵阵狂吠。只有那个他想强吻的女人还不清楚是怎么回事……鬼才知道她是谁……她可能是在电台工作，但也可能不是。

昨天的事就这样一点点清晰起来，可是现在，斯乔帕对今天的事兴趣要大得多，尤其是出现在他卧室里的这个陌生人，还有伏特加和下酒菜。这些要弄清楚才好！

"好吧，我希望，这下你想起来我姓什么了吧？"

然而，斯乔帕只是尴尬地笑了笑，双手一摊。

"那好吧！我有种感觉，你喝完伏特加以后，又喝了波特酒！发发慈悲吧，这是绝对不行的！"

"还要请你保守秘密。"斯乔帕赔笑着说道。

"哦，当然，当然可以！不过很显然，我可不能保证胡斯托夫也会闭嘴。"

"你认识胡斯托夫吗？"

"昨天在你办公室里见过，虽然时间很短，但他那张脸只要瞟一眼就知道，肯定是个败类，爱揭别人的丑事，又是野心家兼马屁精。"

一点儿也不错，斯乔帕暗想，此人对胡斯托夫的论断竟这般准确简练、恰如其分，真是令他深感钦佩啊。

是的，昨天的事靠碎片拼凑起来了，但杂耍剧院主管的心仍没有摆脱焦虑。问题在于，当天还有个巨大的黑洞张着裂口呢。天哪，昨天在办公室里，斯乔帕根本没见过这个戴着黑色贝雷帽的陌生人。

"我是黑魔法教授沃兰德。"客人看出斯乔帕正在为难，便意味深长地自报家门，还把所有的来龙去脉都捋了一遍。

凶宅（节选自《大师与玛格丽特》）

昨天下午，他刚从国外来到莫斯科，便立即向斯乔帕自荐，提出想在杂耍剧院进行巡回演出。斯乔帕致电莫斯科地区观众委员会，就此事协调了一番（斯乔帕眨巴着眼，脸色变得煞白），签署了邀请沃兰德教授表演七场的合同（斯乔帕的嘴都张大了），同意沃兰德教授于次日上午十点前来拜访，商讨细节……现在，沃兰德来了！他登门的时候，接待他的是女管家格鲁尼娅，她解释说，自己不住在家里，才刚到，柏辽兹也不在，如果客人想见斯捷潘·波格丹诺维奇的话，就请自己到卧室里去。斯捷潘·波格丹诺维奇睡得很香，她不愿自己出面去叫醒他。一见到斯捷潘·波格丹诺维奇的模样，这位表演家就打发格鲁尼娅去最近的商店买来了酒菜，又去药店买冰块，然后……

"我先跟你算算账吧。"斯乔帕大惊失色地嘀咕了一句，开始找钱包。

"哦，别说这种话了！"巡演魔术师表示不想再听。

就这样，伏特加和下酒菜的事解释清楚了，斯乔帕却仍是一副惨相：他压根儿不记得合同的事，而且，他昨天也没见过这个沃兰德——他可以用生命起誓！没错，他见过胡斯托夫，却没见过沃兰德。

"请让我看看合同吧。"斯乔帕轻声说。

"请看，请看！"

斯乔帕瞥了那张纸一眼，不由得浑身发冷。一切都顺理成章。首先是斯乔帕本人龙飞凤舞的签名！侧面是财务总监里姆斯基写的批注，准许向表演家沃兰德预支一万卢布，从七场演出费——总共三万五千卢布中扣除。另外还有沃兰德的收条，确认一万卢布已收悉！

377

这是怎么回事？可怜的斯乔帕心想，他的脑子晕头转向的。

难道这是恶性记忆衰退的开端吗？不过，在对方出示合同之后，如果再继续表示惊讶，当然就该惹人反感了。斯乔帕请客人容他失陪片刻，然后就穿着袜子跑到走廊上的电话旁。路上，他朝厨房的方向喊了一声："格鲁尼娅！"但是无人应答。然后，他又朝柏辽兹书房的房门扫了一眼，随后就像俗话所说的那样"石化"了——房门把手上用麻绳挂着一块巨大的封蜡。"喂！"斯乔帕的脑海里，有人大吼了一声，"就跟情况还不够惨似的！"接着，斯乔帕的思绪就沿着双线轨道分岔了，却都是朝着错误的方向奔去——灾祸来临时，永远都是如此。斯乔帕心中的困惑甚至很难用语言表达。这里出现了戴着黑色贝雷帽的恶魔、冰凉的伏特加，还有一份不像是真的合同——现在，最莫名其妙的是，门上还涂了封蜡！倘若跟人说，柏辽兹被什么恶作剧整了，别人是不会相信的——噢，不，他们才不信呢！但房门明明被封上了！千真万确……

接着，又有些相当令人不快的想法钻进了斯乔帕的脑子里，是关于一篇文章的事——这简直像是故意自找的！——最近，他把文章硬塞给柏辽兹·米哈伊尔·亚历山大罗维奇，非要发表在他的杂志上。（这话天知地知。）那篇文章写得愚不可及，毫无价值！稿酬也少得可怜……回想起那篇文章之后，立刻又有一段记忆乘虚而入，内容是一次并不光彩的对话，发生在4月24日晚间斯乔帕与米哈伊尔·亚历山大罗维奇共进晚餐之时。换言之，谈话本身并没有什么不光彩之处（斯乔帕永远不会走到这一步），却触及了一些不必要的话题。无论如何，各位公民，这样的话你们甚至连提都不要提。毫无疑问，封

凶宅（节选自《大师与玛格丽特》）

条出现之前，还可以认为这次谈话微不足道，可是，封条出现以后……

"啊，柏辽兹啊，柏辽兹！"斯乔帕的脑海里跟锅开了似的，"连这种事都掌控不了！"

但他没什么工夫伤感，斯乔帕拨通了杂耍剧院财务总监里姆斯基的办公电话。斯乔帕的处境很不妙：首先，即便是在出示合同之后，却仍然遭到怀疑，那个外国人可能会因此发怒；其次，与财务总监的沟通也颇费思量。毕竟不能就这么问吧："请告诉我，昨天我是不是跟黑魔法教授签了份价值三万五千卢布的合同？"这么问可不行！

"请讲！"话筒里传来里姆斯基生硬的声音，语气并不友好。

"你好，格里戈里·丹尼洛维奇。"斯乔帕柔声说，"我是利霍杰耶夫。有件事……呃……我这里来了位……呃……表演家沃兰德。所以……我想问问，今晚怎么样？"

"哦，黑魔术师吗？"里姆斯基在话筒里答道，"海报马上就好。"

"嗯。"斯乔帕无力地说，"那好，再见。"

"你快到了吗？"里姆斯基问。

"半小时以内吧。"斯乔帕回答，他挂好听筒，双手捧住发烫的脑袋。噢，这事多伤脑筋啊！亲爱的各位公民，他的记性这是怎么了？嗯？

然而，再在走廊里逗留下去就该尴尬了，斯乔帕立刻有了打算：要想尽一切办法，掩饰自己不可思议的健忘。首要任务就是得用巧妙的办法从这个外国人口中打探一下，在由斯乔帕主管的杂耍剧院里，他究竟准备表演什么。

379

然后，斯乔帕在电话旁转过身来，格鲁尼娅很懒，走廊的镜子已经许久没擦过灰了，但在走廊的镜子中，他却清晰地看见了一个怪模怪样的人——身材修长，瘦得像根竹竿一样，戴着夹鼻眼镜。（哦，假如伊万·尼古拉耶维奇在这里就好了！他会瞬间认出此人的！）镜子里的人影稍现即逝。斯乔帕惊恐地盯着走廊深处，一只奇大无比的黑猫走到镜子里，又同样消失得无影无踪，这时，他再次觉得天旋地转。

斯乔帕的心脏都快停止了跳动，他身子直打晃。这是怎么回事啊，他心想，我是不是疯了？这些影子是从哪里来的？他注视着走廊，可怜兮兮地喊道："格鲁尼娅！有只猫在这儿游荡呢！它是从哪儿来的，跟谁一起？"

"别担心，斯捷潘·波格丹诺维奇，"有个声音回答道，说话的却不是格鲁尼娅，而是卧室里的客人，"是我的猫。别紧张。格鲁尼娅也不在这儿——我打发她回老家沃罗涅日去了，因为她抱怨说，你都有好久不准她休假了。"

这些话实在太出乎他的意料，而且荒唐可笑，斯乔帕还以为自己必定是听错了。他的心神彻底陷入了混乱，他跑回卧室，却在房门口僵住不动了。他的头发簌簌发抖，额头上冒出了细小的汗珠。

客人不再是独自一人，而是有人相伴。第二张扶手椅上坐的正是他在走廊里见过一眼的人。现在，人影变得清晰可见了——八字胡，夹鼻眼镜的其中一块镜片闪着幽光，另外一块却不知所终。可是在卧室里，还有更可怕的事——第三位不速之客四脚伸开，摆出肆无忌惮的姿势，躺在珠宝商遗孀的软椅上。就是那只大得吓人的黑猫，它一只爪子端着杯伏特加，另一只爪子拿着把叉子，叉子上面还叉着一块腌蘑菇。

凶宅（节选自《大师与玛格丽特》）

卧室里的光线本来就暗，而在斯乔帕眼里，毫无疑问更是天昏地暗了。原来，人就是这么发疯的，他边想边抓住门框。

"最亲爱的斯捷潘·波格丹诺维奇，我看你有点儿吃惊啊？"见斯乔帕的牙齿都在打战，沃兰德问道，"顺便说一句，不必这么惊讶。这是我的随从。"

他说这话的时候，那只猫将伏特加酒一饮而尽，斯乔帕的手开始顺着门框往下滑。

"这些随从总得有地方住，"沃兰德接着说，"所以，这间公寓里头有个人就成了多余的。我认为，这个人恰恰就是你！"

"是他们，是他们！"身穿格子花呢的高个子像山羊似的咩咩叫道，提到斯乔帕时用的是复数，"总的来说，他们最近的表现跟讨厌的猪猡差不多。他们就知道喝酒，仗着自己的地位乱搞，无所事事，更别提他们其实什么也干不成，因为他们对交给他们办的事一窍不通，只会蒙蔽上级！"

"还无缘无故滥用公车。"大嚼蘑菇的猫也跟着揭发。

接着，公寓里出现了第四幕（也是最后一幕）奇景，这时，斯乔帕整个人已经彻底滑倒在地，有气无力的手抓着门框。

一个家伙径直从梳妆台的镜子里走了出来，他身材矮小，肩膀却宽阔得出奇，戴着圆顶高帽，嘴里龇出一根獠牙，原本那张脸已经丑得难以置信，这下更显得面目全非，他还长着火红色的头发。

"我简直无法理解，"新来的人加入了对话，"这种人是怎么当上主管的。"红发人每说一个字，鼻音就会加重："他要是像个主管，那我就跟主教差不多！"

"你看着可不像主教呢，阿扎泽洛。"猫一边评论，一边把香肠往盘子里装。

"我就是这个意思,"红发人说完,面向沃兰德,恭敬地问道,"大人,您是否允许我把他扔出莫斯科,丢进地狱?"

"滚吧!"猫大叫一声,身上的毛竖起。

然后,卧室在斯乔帕四周旋转起来,他一头撞到门框上,失去了意识,心想:我要死了……

可他并没有死。他将眼睛睁开一道缝,看见自己坐在石头上。周围一片喧嚣。他睁开眼以后,发现那喧嚣原来是大海的涛声,而且海浪正拍打着他的双脚。简而言之,他正坐在一道防波堤的边缘,脚下是波光粼粼的湛蓝海水,背后是一座位于群山之间的美丽城市。

斯乔帕拿不准在这种情况下,人们该怎么办,他撑着颤抖的双腿站起来,沿着防波堤向岸边走去。

防波堤上站着个男人,正在一边抽烟,一边往海里吐痰。他盯着斯乔帕的眼神有点儿野蛮,痰也不吐了。这时,斯乔帕使出了一招绝技——他在抽烟的陌生人面前扑通跪下,说道:"求求你,告诉我,这是哪个城市?"

"喂!"抽烟的人没心没肺地说。

"我没醉。"斯乔帕粗声粗气地说,"我病了,出了点儿事,我病了……我在哪儿?这是哪座城市?"

"呃,雅尔塔啊……"

斯乔帕轻轻叹了口气,侧身栽倒,脑袋撞到了防波堤上被阳光晒得温热的石头。

罗妍莉　译

无顶的高楼

希尔薇娜·奥坎波（Silvina Ocampo，1903—1993）出生于布宜诺斯艾利斯的一个精英家庭，是家里六个姐妹中最小的。她到巴黎跟随乔治·德·基里科（Giorgio de Chirico）和费尔南德·莱热（Fernand Léger）学习绘画，后又回到布宜诺斯艾利斯，将重心转移到写作上。她的长姐维多利亚是重要的现代主义杂志《苏尔》的创始人，该杂志曾刊登过豪尔赫·路易斯·博尔赫斯和阿道夫·比奥伊·卡萨雷斯的作品。1940年，比奥伊·卡萨雷斯和希尔薇娜·奥坎波结婚。奥坎波先后出版了七部短篇小说集，第一部《被遗忘的旅程》（*Viaje olvidado*）于1937年出版，之后她又出版了八部诗集。她同时也从事翻译工作，曾翻译过迪金森、爱伦·坡、梅尔维尔等人的作品。她为少年儿童创作了多部剧本和故事集，她和丈夫比奥伊·卡萨雷斯以及博尔赫斯一起编辑了《奇幻文学精选》（1940年），该书在1988年以《奇幻之书》为名英文出版。2015年，她的短篇小说集《他们的面容如此》（*Thus Were Their Faces*）被翻译成英文，由纽约书评经典出版社（NYRB Classics）出版。短篇小说《无顶的高楼》（"The Topless Tower"）最初发表于1968年，2010年由英国赫斯珀勒斯出版社（Hesperus Press）发行。

读客科幻文库｜现代奇幻大书

无顶的高楼

很久以前，或者说是不久以前，我也说不清楚，那是在夏天，树木长出了绿叶，水面平静得像一面镜子，倒映出湛蓝的天空，树上硕果累累。那时候白天都不是很长，不管是游泳还是划船，我都觉得时间不够，吃巧克力也好，用黑色颜料盒里的水彩画画也好，似乎都来不及。我在学校获得了各种奖励，但我是个不听话的人。我喜欢模仿别人，就像猴子一样。我甚至模仿别人的写作方式。跟许多著名作家一样，我会同时使用第一人称和第三人称。我的爸爸妈妈有很多书。有时候，我自己都看不明白我到底写了什么，可能是写得太好了，但我总是猜得到我究竟想说什么。碰到不懂的单词，我会在下面画线。有人（我怀疑是魔鬼）曾经对我说："自己写的东西自己也看不懂的人，才叫作伟大的作家，其他作家都毫无价值。"

有一天下午，我和几个朋友在我们家花园里的松树和雪松间玩耍，一个男人出现在花园的门口，他穿着黑色衣服，戴着一顶黑色圆顶礼帽，脸上画着胡子。他讲法语，不过时不时会拿出来一本书翻一翻，然后蹦出来几句英语、德语或者意大利语。他以前一定很富有，因为他的小指上戴着一枚镶红宝石的金戒指，但他又邋里邋遢，浑身脏兮兮的，就像一件破旧的家具。他拎着一只手提箱，还有几个棕色的大包裹。我妈妈正坐在树下织毛衣，他客客气气地跟她打了招呼，然后像变魔术一样打开一个包裹，拿出来几张画布，用身体挤靠在半掩半开的铁门上。然后，他打开手提箱，拿出几幅画，把它们挂在栅栏上，一列排开。这些画太可怕了。我不是说都画得粗糙，而是太荒谬了。一道冷光照在这些画的上面。第一幅是一栋黄色的高楼，画得很简单粗糙，像是还没完工的，整栋楼都没有窗户，感觉脏兮兮的。第二幅画的是一个房间，房间里摆放着乡村风格的木家具。房间里有一座金色的枝形烛台，上面的蜡烛没有点燃，有一只瓷罐，还有一张顶上带罩篷的银色床架，这些东西都能让人感受到昔日的辉煌，但无奈岁月已蹉跎。另外几幅画也是房间，情绪基调更加忧伤。我最后看到的一幅画是一间很大的画室，画室的中央摆着一个画架，画室的一边有一张很漂亮的桌子，桌脚雕了金色恶龙，桌子上面摆放着画笔、颜料、纸张、画布、调色板、长颈瓶，真是五花八门，琳琅满目。我笑了。我越看这些画，就越想笑。

我妈妈拉着我的手，趴在我的耳朵边说："我告诉过你，不要随便嘲笑别人。"

我还是不停地笑。他们俩都看着我：那个男人的眼神充满了厌恶，我妈妈则显得有点儿伤心。我低下头，假装看着爬满蚂蚁的地上。我在背后模仿着那个男人的动作。他抑扬顿挫地和我妈妈说着话："太太，您想买一幅吗？有油画、粉彩画、丙烯画，您更喜欢哪一种？"

我禁不住又笑出声来，因为我还以为他说了"意大利面"[1]，也是因为我发现他所有的画上面都没有窗户。我妈妈回答得很镇定。

---

[1] "pastel"（粉彩画）和"pasta"（意大利面）读音近似，"我"听错了。——编者注

"一定很贵吧？我们恐怕买不起。"

"这些是油画，太太。您儿子可能觉得我不会画窗户。他多大了？"

她这次回答得很快，但也同样很镇定。

"他八岁了，先生。"

"别骗我。孩子，你九岁了，我说得对吧？你没看见他额头上的褶皱吗？"他紧紧地盯着我，"你叫什么名字？你不会说话吗？"

"莱安德罗。"我妈妈报我的名字的时候，声音在颤抖，然后她又说，"你为什么要问？"

"我对魔鬼和杂种的名字都很感兴趣。"

"别这样啊，先生。"我妈妈说，"您这样太不尊重人了。别说这种话。"

"你这么看不起魔鬼啊？"

那个人的动作十分敏捷，像闪电一样快，像是在变戏法，他突然转过身来，发现我在模仿他。天哪！我真的是无地自容。我又听到了他抑扬顿挫的声音。

他看着我说："我是故意这样画的，是角度的问题。"

"'故意'是什么意思？什么叫'角度的问题'？"我问。

"有机会去查一下字典吧。"他说，"像你这个年纪的小伙子，不能这么无知。"

"我不是无知的人！"我断然否认。

"你是什么样的人并不重要。"他说，他的脸色变得很苍白，"我画的是我自家的房子。我忠于现实，我是个诚实的人。"

无顶的高楼

他紫色的嘴唇间吐出了最后这些话。他很虚情假意地摸了一下我的头,我的耳朵里顿时嗡嗡作响。

花园、我妈妈、我的朋友们、那个穿着黑衣服的男人、挂在栅栏上的画……所有这一切都从我的眼前消失了,我发现我就在一栋楼里,这栋楼就是照片中的那栋高楼,楼里的房间都弥漫着忧伤的情绪。幸好我还随身带着拳击手套,背着一个包,手里拿着出去野餐时经常带的那只水瓶。那天下午,人家邀请我去参加一个活动。他们肯定都在等着我。我喝了一小口水。我找寻了一番,却没有在墙上找到可用于逃脱或向朋友呼救的窗户。我慢慢地打开一扇门。门的后面是什么呢?是地狱,还是深渊?我是会像童话故事里的人那样掉进一个爬满老鼠和毒蛇但能许愿的洞里,还是像科幻故事里的人那样掉进一个沉默、寒冷且黑暗的深渊里?黑暗包围了我。我感到很害怕,向后退了一步。我走进另一个房间,这个房间的墙壁是白色的,墙上有几块灰色的大补块,房间里面摆放着乡村风格的木家具。房间里有一座金色的枝形烛台,上面的蜡烛没有点燃,有一只瓷罐,还有一张顶上带罩篷的银色床架,这些东西都能让人感受到昔日的辉煌,但无奈岁月已蹉跎……

因为恐惧,我感到饥饿,于是,我在口袋里翻找着,摸出了妈妈给我的一块巧克力,迫不及待地塞进嘴里啃了一半。我是不是觉得肯定找不到窗户,准备听天由命了?我慢慢打开另一扇门,走进另一个房间,这个房间和刚才那间一样难看。我发现了一些不同之处:这里的床架是用绿色的铁做的,床上没有床垫，而是铺着厚厚的红床罩，上面满是红花，花瓣在看不见的微风中飘动。既然没有窗户，风是从哪里来的呢？房间里有一个衣柜，没有抛光油漆的那一面靠着墙，一直顶到天花板。有一把小摇椅前后不停地摇晃着，吸引了我的注意。

接下来该怎么办？我走出房间去找窗户。我真的没有看到窗户吗？一扇也没有？这可能吗？我要是当侦探，那肯定是个没用的侦探！侦探从不上当。我不想当一个让人看笑话的侦探，连自己到底想找什么都不清楚，那就太滑稽了。这栋楼非常诡异。我怎么会觉得连一扇窗户都没有呢？没有窗户，怎么看外面的风景呢？这栋楼可能有魔力，里面可能其实有窗户，只是我看不见，窗户可能根据时间的变化，一会儿出现，一会儿又消失。我不会放弃，我想我总能找到一些至关重要的线索，除了我之外别人都找不到的线索。我会尽快找到线索。我总算找到了，矩形的墙上有一块黑色的影子，那里可能就是一扇窗户。他[1]走到"窗口"，咬咬牙，把头"伸了进去"。突然间，他眼前一片黑暗。他突然又退了回来，他吓坏了，感觉好像就要掉进虚无的深渊里去了。

我已经经历完恐怖的所有阶段了吗？我的好奇心被激起来了吗？这栋楼，还有这些阴森森的"鬼屋"，是不是把我交给了沉默与黑暗？也许我会在一条我还没有走过的走廊里找到一扇窗户。于是，我在楼里不停地走着，穿过一个个房间、一条条走廊。命运真会捉弄人！从前，我可是一直想住在高楼里啊！"捉

---

[1] 本文中作者同时使用第一人称和第三人称进行叙述。

弄人"到底是什么意思呢?

　　我满怀希望地打开一扇比别的门都要高的门,走进了一间非常大的画室。画室中央有一个画架,画架上备有一块画布,画室的一边有一张很漂亮的桌子,桌脚雕了金色恶龙,桌子上面摆放着画笔、颜料、纸张、画布、调色板、长颈瓶,真是五花八门,琳琅满目。我想起了魔鬼先生那幅可怕的画。金色恶龙的脚似乎在动,但是,我定睛一看,它们却停了下来。我仔仔细细在房间里找了一遍,可是,房间里没有别的门,也没有窗户。我真的已经把楼里面的所有地方都找过了吗?这栋楼很大,却又和我们家的电梯一样小。每当电梯停在两层之间,我总是担心我会在吱吱响的箱子里闷死。要是花园不复存在,我该怎么办呢?因为恐惧,我拿起几把画笔,摸了摸。随着恐惧升级,我拿起了调色板,这一样是最重要的东西。既然没有发生什么不愉快的事,我就打开了几管颜料,并把它们挤到调色板上。我站在画架前,开始画画。一开始,我发现颜料涂不到画布上。我在瓶子里找到了一种液体,一点一点地解决了这个问题。要是我能画出我们家的花园和温室、我以前常常去洗澡的那条河,以及我妈妈在树下织毛衣的样子,那就说明我还是正常的。可是,当我费了九牛二虎之力终于画完了那幅画,我发现我画的是一栋黄色的高楼,画得很粗糙。

　　可是,我总算是画了一扇窗户。窗户的构图实在太糟糕了,只露出了一小块天空。我安慰自己说,至少晚上能看到星星,如果运气好的话,还能看到月亮。我没有注意到奇迹已经发生了。我承认，我确实心不在焉，那是我的错。"不是所有人都能随时发现奇迹。"我妈妈说。光线没有变化。那是白天还是晚上？我也说不准。我从来都不太在意时间，只喜欢用巧克力做的时钟，但现在我担心天已经很晚了。塔楼里面没有门窗，分不清楚白天和黑夜。我继续画画，就是为了避免产生这样一个可怕的念头：吃晚饭的时间永远不会到来，玩耍的时间也不会到来，我的生日也不会到来。我最想画的是我最后一次见到妈妈的样子，那时她正在树下织毛衣，我也想画大门、花园、树篱。我费了很大的劲才把颜料涂在画布上面。我画完了画，往后退几步，发现我居然画了一间丑陋的牢房。我很伤心，决定不再画了。我拿起一支铅笔，在一些素描纸上写下这几页内容。家里的人总是告诉我，我写作很成熟，像个大人。他们甚至用"博学"这个词来表扬我。当然，他们接着会用批判的口气说："你整天就知道跟书还有大人在一起！"我回头去看了看我画的另外几幅画。以某种角度看向我所画的天花板，我发现了一根之前没见过的小树枝，所以说，我想画的风景至少有一小部分还在。看到这根树枝，我感到非常高兴，不由自主地伸手去摸树枝上的叶子。叶子看起来非常真实，周围还有一些小阴影。我惊讶地发现，那根树枝确实是真的树枝。我拿起树枝，闻着树叶的气息，我很久没有这样了。

我心里又涌起了新的希望，开始画另一幅画。我怀疑我画出来的东西会变成真东西，就像那根树枝一样。我的努力都是受恐惧和好奇心推动的。我想画我以前常常去洗澡的那条河，河岸上有高大的柳树，帆船像蝴蝶一样从水面掠过。这幅画终于画完了,我看到自己又画了一间丑陋的牢房。然而,令人高兴的是,我发现了一根比刚才那根大得多的树枝,那是一根雪松树枝,上面有一只样子看起来像蜘蛛的豆荚。我赶紧凑上去摸了一下,想把它"摘"下来,然后又吓了一跳,把手收了回来:那果然是一只蜘蛛,我堂弟把这种蜘蛛叫作"小鸡"。蜘蛛从树叶上爬出来,掉到地板上,死死地盯着我看。我大声尖叫。我有多久没有听到自己的声音了?一定是很久了,因为我以为我听到了别人的声音。我踮着脚退到门口,可是蜘蛛一直跟着我。我从来没有害怕过蜘蛛,但这次我吓坏了。它的眼神在告诉我,说它不是这个地球上的物种。我害怕它会弄死我,于是壮起胆子,伸脚想把它踩死。可是,它就像脚下的垫子一样,很有弹性,踩不下去,我感觉到它把我从地板上顶了起来。"你是踩不死我的。"它哼哼着说。不等蜘蛛扑向我,我就用力把它踢开,跑了出去,关上了门。

我穿过一个个房间,随手把一扇扇门都关上。我觉得一扇门不足以挡住那个怪物,关上一扇门,我不会马上就安全了。那几分钟好像很漫长。我从未感到如此害怕,即使是在最黑的夜。我听到有东西在吱吱作响,至少我觉得我听到了。我把耳朵贴在钥匙孔上。我的痛苦和担忧渐渐又变回了勇气。我慢慢地打开了刚才关上的门,和最早打开第一扇门的时候一样不知道门后面是什么,但比原先更加害怕。我走进隔壁的房间。我从一个房间走进另一个房间,打开了所有的门。走到最后一个房间的时候,我停了下来,四处张望,想找一些可以用作武器的东西。什么都没有。我本可以画一样的,我画的东西都会变成真的。但我之前没有想到。我在门边坐了下来，试图让自己平静下来。我必须回到这个房间里去。我必须进去画画。不画画就等于承认失败。我打开了那扇门。

房间里一切照旧，那些画都完好无损。我迫不及待地又拿起画笔。我想画我们家的花园，花园里有几棵爬满了爬山虎的树，有一个放了八条鱼的喷泉，有一棵核桃树。午睡时间，我经常躲在这棵树下，还有一棵橘子树，花开满枝之后，就会硕果累累。爬山虎弯弯绕绕，像一条条爬行的蛇。没人知道这幅画让我付出了多少努力。画完后，我发现我画了一间巨大的画室。画架靠在一株爬山虎上面。我把爬山虎拉直了。爬山虎开满了花，花香四溢。我闭上眼睛，闻了闻，仿佛回到了花园里。这感觉就像在户外，在我们家花园里的树下。这个瞬间要是能够延长多好啊，我会非常开心的。我睁开眼睛，感觉到房间里有某种外来的东西。我看到一条蛇盘绕在地板上。我经常和妈妈一起在字典和自然科学图书中查阅毒蛇的显著特征，但当时我想不起来最恐怖的是不是加蓬蝰蛇。这条蛇一会儿盘着，一会儿忽然爬起来，不停地折腾，好像是想在踢脚板上找个洞爬出去，也好像是要向我靠近。突然，它抬起头来，直直地盯着我。蜘蛛去哪儿了？要是它们都在房间里，也许就会自相残杀，顾不上我。但是，房间里只有那条蛇，它一边穿过房间朝门口爬去，一边好像在叫我的名字，不过它把我的名字拆开了：莱安·德罗。

"去你的吧！"我冲着它喊。

等它爬出去，我就关上门，把它关在了外面。

我突然发现刚才画窗户的时候，多画了一只鸟和一只猴子。令我极为惊讶的是，窗户变成了真的窗户，两只小动物也变成了活的动物。我把那只猴子叫作"蓝蝴蝶"，把那只鸟叫作"竹子"。我端水给它们喝，它们好像很渴，大口大口地喝着。这感觉就像在马戏团里一样。我叫它们走，它们就走；我叫它们跳舞，它们就跳舞。我叫它们大声点儿，或者安静一些，它们都很顺从，这真是奇迹。我要弄点儿肉和鸟食喂它们。一开始，我很纠结该怎么画肉、鸟食和生菜，我觉得有蔬菜的话饮食营养更均衡，但事实证明是我多虑了，我总是能画出来，尽管鸟食的颗粒比正常的大，肉更嫩，生菜更重一些。我拿旧报纸折了飞机，这是身为莎草纸学专家的叔叔教我的，然后玩得很开心。我有一个想法，一个很幼稚的想法：等我出去，我会去马戏团表演，因为除了我，估计没人想过要把一只鸟和一只猴子训练成一对绝佳的搭档。

我把纸飞机扔在空中，先叫竹子去追，然后叫蓝蝴蝶去把竹子和纸飞机都找回来。野心太大会要人命。有人跟我说过这样的话，我已经听了很多次了，但我总是不以为然，如今我终于验证了这句话的正确性。我折了一架非常特别的纸飞机，比别的纸飞机飞得更远，俯冲的时候速度非常快。

我手里拿着飞机，站在窗户旁边，想把飞机扔出去。蓝蝴蝶和竹子都在我身边，都充满了期待。我刚把飞机扔出去，竹子就像杂技演员一样飞到了空中。蓝蝴蝶稍微等了一会儿，当时看就好像瘫痪了一样，然后它也跳了出去，其实就是模仿竹子的动作。它们飞到窗外被吞没了。它们都没有回来。它们会回来吗？也许竹子会忘却誓言，不管蓝蝴蝶，自顾自地飞走了。

我整整一晚上都在呼唤它们。四周的寂静与我的喊叫声交相呼应，我的喊叫声越来越小，最终消失在楼内。我一整天都在朝窗外眺望，双手在眼前拢成筒状，假装拿着望远镜。要是换成另一只鸟和另一只猴子，我的计划就不可能实现。

我又开始画另一幅画，双手在颤抖，是因为激动，而不是因为害怕。我想画我的妈妈，却画出了一个不祥的形状。对于每一幅画的结局，我都充满了好奇，即使可能要面对灾难，我的好奇心也从未消减过。结果我画了一个巫师，他长着一张鬣狗似的脸。他哈哈大笑地从画布上走下来。

"你叫什么名字？"他问我。

"路易斯。"我说。

"胡说，你叫莱安德罗。我要把你装在这个袋子里带走。"

"请问您叫什么名字？"我镇定自若地问他。

"我叫魔鬼先生。"他笑着说，"或者路西法先生，或者撒旦先生，或者卢兹贝尔先生，又名曼丁加，等等，等等。"

"撒旦？还是桑坦？没听说过这个人。你在户籍册上登记过吗？"

"我有我自己的户籍册，和你们不一样。"

"你为什么穿女人的衣服？"我紧追不舍。

"这有什么关系？我想怎么穿就怎么穿。我能变成一个小男孩、一个巨人、一个吉卜赛人，甚至能变成一只金翅雀。"

"我不相信你能把自己缩小到金翅雀那么小。"

"我能缩得更小。我还能变成跳蚤。我可以缩得像跳蚤那样小。"

"听起来好像很厉害。我很想看你怎么变成跳蚤。要是真的有那么厉害,就去大剧院里表演吧,我和朋友们都会去看。"

莱安德罗奉承的话让这个巫师很受用,其实他就是魔鬼。魔鬼果然上当了,他迅速把自己变成了一只跳蚤。

"我要画一个小盒子,世界上最小的盒子,但世界上最大的魔鬼也可以在里面睡觉。这是一个疯狂的把戏,大家都会觉得不可思议。"

魔鬼先生笑了,跳蚤的笑脸是很难看得到的,但在乌黑浓密的刚毛下面,还是可以看到他的笑容。两分钟后,莱安德罗画了一个世界上最小的盒子。他画得很好,随手就将它从画布上取下来了。莱安德罗手里捧着盒子,打开盖子,魔鬼居然乖乖地钻了进去,没有丝毫怀疑。为了不让莱安德罗害怕,魔鬼虽然把自己变成了跳蚤,但还是让盒子的盖子敞开着。为了炫耀他的本事,他跳出盒子,开始画起了一群观众,想让他们共同见证他的伟大成就。他要和莱安德罗比试比试。他用最大的画笔画了一群孩子,那是一群非常喜欢体育运动的学生。有几个女生骑着自行车,提着野餐篮,从画布上下来后,她们马上把篮子放在地板上。这栋楼好像变大了。许多女生胳膊都很短,手掌长得像耙子,她们的自行车要么很多都只有一个轮子,要么轮子是椭圆形的,根本不能骑行。

魔鬼兴致勃勃地看着这些女生,心里盘算着要跟她们耍个什么把戏。有一个女生留着一头金色长发,烫成卷发,很好看。跳蚤轻轻一跳,就跳进了她的头发和束发带之间的空隙。他离她的脖子很近,随时可以叮她一口。我不知道跳蚤是否真的有刺,反正这只跳蚤不是一般的跳蚤,它是有超自然能力的。魔鬼发出了咯咯的笑声，按跳蚤的标准来说，这声音太大了。那群观众也笑了起来，但不那么爽朗，甚至有点儿害怕：他们不知道咯咯的笑声是从哪里来的，也不知道笑得那么大声是否正常。这样的反应让魔鬼感到很愤怒，于是他盖上了盒子，把自己关在里面。

"他们这个恐怖的游戏什么时候能结束？"莱安德罗想，"很遗憾，我没有随身携带袖珍字典，否则我就可以查查'恐怖'是什么意思了。"

但是，他想起了自己在哪里，于是他迅速打开门，让蛇爬出去，然后又去了隔壁的房间。他把自己关在里面。

周围没人，他才能画画。他想画一幅他一直想画的画：他妈妈坐在树下织毛衣的情景。但是，他下意识地画了一张和他妈妈不一样的脸，那张脸分明是一个与他同龄的男孩的脸。他经常想要是有一个兄弟就好了，这样有了秘密就可以跟他分享，碰到棘手的事情可以让他帮忙。现在，他比以往任何时候都更希望有人可以一起帮他找蓝蝴蝶和竹子，这是一项艰难而危险的任务，他觉得他要对它们的命运负责任。画这张脸的时候，莱安德罗一直在想着这件事情，结果，他画出来的这张脸和他自己的脸惊人地相似。人们可能会以为他正在画一幅自画像——一头鬈发、一双灰色的眼睛、连心眉和额头上的褶皱，都和他一模一样。画一幅全身肖像画要花很长的时间。这张脸他连续画了好几天，每天都画得很用心。这幅画似乎永远也画不完，但是，只要有意志力，即使是最困难的任务也能够完成。脸画好了，现在他要开始画身体了。各个身体部位应该画在哪里呢？他跑去找整栋高楼里唯一的一面镜子，端详自己在镜中的轮廓。他双臂交叉靠在墙上，然后双腿也交叉，身体稍微向右倾斜，就像他在看排球比赛的时候一样。画中的那个人穿着很得体，现在开始动了。在衣着方面，他和那个画中人不太像。莱安德罗让那个人的脖子塞进衬衫领子里，套头衫的袖子长度刚刚好。他想让画中人慢点儿活过来，因为他有点儿担心那个人就是他自己，害怕面对他。"我居然画了自己，多么愚蠢啊！"他想。他跟他的自画像互相冷冷地打了声招呼。

"你好！"他们俩中的一个人说。

"你好！"另一个也说。

为了转移注意力，他们俩都往窗外看。莱安德罗把手举到眼睛上方，就像遮阳板挡住阳光，这样就能看得更远。

"你在找什么？"他的替身问他。

"蓝蝴蝶和竹子。"

"是谁？"

"我的朋友，很好的朋友。"

"是哪个国家的？"

"不知道。"

"他们住在哪里？他们在哪里上学？他们上什么学校？"

"他们不上学。竹子是一只鸟，蓝蝴蝶是一只猴子。"

听到这里，他的替身笑了。

"你笑什么？"

"你说得好像那两个都是人似的。"

"他们确实是人。你要怎么想都行。他们就是人。"

"别激动，我只是开个玩笑。"

"我就怕他们会遭遇什么不测。有一天,我正和他们在一起玩,无意中把一架纸飞机扔出窗外。"

莱安德罗走近窗口。

"你看到下边了吗?他们就冲了出去,到下边去找纸飞机,是我教他们的,这是游戏的规则。我向窗外望去,想看看他们是不是在地上,但什么也看不到。这比找到一根针或者一根羽毛还难。每天晚上,我都梦见我找到了他们,我们在马戏团一起表演。我们的表演非常精彩。我每天晚上都做着同样的梦,梦境越来越清晰。竹子飞着表演,激动人心,而蓝蝴蝶的模仿表演也博得全场喝彩。他们最精彩的表演是抢劫卖糖果的贩子,把抢来的糖果分发给全场的观众。非常神奇的是,糖果越分越多。"

"你在哭吗?男子汉是不能哭的。"

"你从来都不哭吗?"

"这么傻乎乎的事情,不值得哭。既然那么在乎,你为什么不再画一只竹子,也再画一只蓝蝴蝶呢?"

"那就不一样了。非常喜欢的东西,都是独一无二的、不可复制的。"

"不过,猴子和鸟是可以复制的,当然可以。都一样。"

"你错了,有很多种类,比如说狗。你可以养一只红毛猩猩、一只黑猩猩、一只卷尾猴、一只大猩猩或者一只吼猴。"

"竹子呢?它是什么种类的?"

"它是杂种的。"

"你有绳子吗?"

"你想干什么?"

"我想下去。"

"下去哪里？难道你没有意识到这里距离地面有多远吗？"

"那些攀登珠穆朗玛峰和阿空加瓜山[1]的探险家呢？他们还要面对冰雪，条件更加艰难。"

"下去比上来更危险。不要分散我的注意力，我要画一幅肖像。"

"这么说来，你并不是那么在乎你的蓝蝴蝶和竹子。你为什么不画一根绳子？"

"因为我画的绳子会变成一条蛇。"

"好吧，那就我来画吧。"

"别烦我。"

他需要平静一会儿，为重新绘画做准备，这次他想画的是他妈妈在织毛衣。一张白纸掉到了地板上，他很激动，就在那里画了起来。他一直深爱着妈妈，他总是看着她直到打瞌睡，他怎么可能记不清楚妈妈的模样呢？他努力回忆着妈妈的嘴巴，就画了一千张嘴，接着他努力回忆她的头发，就画了一千幅带头发的头像画，再接着他画了一千只鼻子、一千对耳朵、一千个脖子、一千双眼睛、一千双手，他就这么一遍遍地练习着。要是他画得像，他相信她会马上出现在眼前。正是这种希望激励他继续不停地画，不吃饭，不睡觉，也不洗澡。他画了一些让人开心的东西，希望这些东西能让他放松一下：他画了一辆赛车、一台彩色电视机、一台电脑。忽然，他想起了他的朋友，他消失了吗？

---

[1] 位于阿根廷境内，南美洲最高峰，也是亚洲之外最高的山峰。——编者注

莱安德罗觉得非常饿。他画了一只样子非常好看的苹果和一串葡萄,狼吞虎咽地吃了起来。水果满足不了他,于是他画了几个小馅饼,但他没有画馅料,出来的只有面皮。然后,又画了一个天空布丁,一个从天而降的布丁。天空布丁是怎么知道它是从天上来的?你得问问天空。他闭上眼睛,然后又开始画画。

我已经画了一只苹果,吃掉了;画了馅饼,吃掉了;画了布丁,也吃掉了。这次我要再画一扇窗户,一扇有百叶窗和框架的窗户,一扇真正的窗户。我要探头出去看看,我要看清楚我到底是在哪一层。到目前为止,我还不敢探头出去看。我一直想知道我到底是在顶层,还是在底层。

我一边想着,一边开始画窗户。我先画了窗户四周的边缘,然后画了窗框。画画的时候,我觉得这扇窗户的样子会很奇怪。画窗户一点儿也不难。我很快就画完了,当然我也很着急,想快点儿画完。我刚把窗户打开,就把头从窗户里探了出去,发现我是在整栋高楼的最高层,那么它到底有多少层呢?我数不过来,因为我一往下看就眩晕。从这个窗口看出去,你能看到什么呢?可以看到整个世界。各个种族之间很难区分,国家跟国家也很难区分:都那么小,又那么遥远。我更喜欢看着天空,我对天空更熟悉。蓝蝴蝶和竹子都掉到天空里去了。

没有人帮他解惑。是不是需要练习,画出来的画才会跟其描绘的对象一样?他妈妈的眼神呈现在画里是不是不合适?他自己是说不清楚的。不过他明白,就像有人明确无误地告诉过他一样,他最终会画出她的眼神,而且会画得很准确。他画出了她眼睑上精致的线条,那时他感受到了伟大艺术家的感受,一种莫名的幸福感,之所以产生这样的幸福感,是因为你终于画出了理想中的线条,你练了那么久才画出来,而且只有画出来了,你才能知道那就是你一直以来都想画的。他手里拿着画笔,开始了把练习过的东西都搬到纸上。所有线条都画得很顺利。对于看不见的东西的恐惧没有困扰到他,对于看得见的东西的恐惧也同样没有困扰到他:这是一个安静而幸福的时刻,和他进入高楼以来的其他时刻都大不相同。

他画得非常认真投入。经过多次尝试,他画出来的眼睛和他妈妈的眼睛真的很像。他拉开一段距离,半眯着眼睛端详画作。他非常感动,先停了一会儿,然后再给他画的画上颜色。画头发的时候,他觉得自己犯了一个错误:他妈妈没有金色的鬈发,也不会把头发往后梳,用装饰着天蓝色花朵的金属发箍束起来,那个发型分明就是小孩子的发型,但他不会改。画到手的时候,他发现那双手不像是成年人的手,而是一个小女孩的手。那双手非常漂亮。他妈妈的手也很漂亮,但大人的手和一个九岁女孩的手区别还是很明显的。但他继续画着,坚信那幅画必将符合他的期待。那条裙子也不是成年人的裙子,鞋子也不是成年人的鞋子。所有的衣服都画错了,好像所有线条都违背了他的意愿。可能是因为精神太集中,压力太大,他突然崩溃了,瘫倒在地板上,痛哭了起来,但后来他又想起人家说过"男子汉不能哭"。等到他站起来,再来看这幅画的时候,他很惊讶地发现,有一个小女孩从画中优雅地走了出来,她走进这栋楼,跟他热情地打了招呼。这是个小女孩,不是他妈妈,不过,他并没有感到太失望。他爱上了这个不经意间画出来的小女孩。

"你叫什么名字?"

"莱安德罗。你呢?"

"伊菲革涅亚。"

"这是个很不祥的名字。有历史渊源[1]。"

"你就叫我伊菲吧。"

"你住在哪里?"

"海边。"

"你是怎么进来的?"

"我是通过你画的画进来的。我听说你是一位伟大的画家,非常有才华,你画的布丁是可以吃的。"

"谁告诉你的?"

"一只小鸟。"

"它是什么样子的?它是什么样子的?"

"我不知道。"

"你最喜欢什么布丁?"

"草莓布丁。"

"你说得再详细一些,也许我能给你画一个。"

"粉红色的,像奶油,就像女士们涂在脸上的油膏,软软的。"

"有些东西很难画。你还是选一种更常见的吧。"

"巧克力布丁塔。"

"这很简单,但画出来很难看。"

---

[1] 伊菲革涅亚是古希腊神话、悲剧中的人物,阿伽门农的长女,被祭神。——编者注

"为什么？"

"因为它会摇晃。这是一种胆小鬼布丁。"

"那是因为你没有把巧克力画在最上面。巧克力能把它固定住。"

"你喜欢花吗？"

"喜欢，如果你会画，就给我画一枝勿忘我吧。"

"那是什么花？"

"叫作'勿忘我'。"

莱安德罗画好了花，然后在花的旁边画了一只手镯，送给那个小女孩。

"我不戴首饰。"

"为什么？"

"戴首饰是虚荣心的体现。"

"什么虚荣心！这是一只医用手镯，能止痛。"

"止痛？止什么痛？"

"世界上所有的痛。你没听说过打橄榄球时被踢一脚或者滑冰时摔倒会得风湿病吗？"

"没听说过。我所知道的痛，都是精神上的痛。"

"什么是精神上的痛？"

"心里感受到的痛。"

"你有男朋友吗？"

"为什么要问这个？"

"因为你戴着一枚戒指，看起来像订婚戒指。"

"是的，这种戒指叫作婚戒。不过，我永远都不会结婚，也不开这种玩笑。"

403

"你永远不会跟人家相爱吗？"

"不会。我要当修女。"

"但修女也懂得爱，她们爱上帝。反正你说这种话我是不相信的。"

"天知道以后会怎么样。你住在这里吗？有电梯吗？"

"要是有电梯的话，那得通到天上去。"

莱安德罗画了几份甜点，画完就拿出来给她吃，然后叫她到窗口，他们俩一起看着外面见不到底的"深渊"。伊菲革涅亚靠在窗框上，如痴如醉。她说，她家的窗户都很无聊，什么都看不见，但在这栋楼上，她可以看到一个奇妙的世界。

"你的视力真好，要想看到东西，我就得买一副望远镜。"

"你们画家不需要看得很清楚。你们只需要想象力。我从来都不画画。如果你是个坏孩子，你就会掉进深渊里去。"

"我为什么会掉进去？"

"因为我会把你推下去，惩罚你。"

"我没做错什么，你为什么要惩罚我？我要送你手镯，你却不接受，你才是个没礼貌的人。"

"我要撕掉你所有的画，这样你就再也吃不到布丁了。"

"你真是个坏女孩。"

"我比你想象的还要坏，但这都是你的错：是你把我画成这样的。"

"我没有把你画成坏人。我给你画的脸很好看。"

"光有一张漂亮的脸是不够的，你说呢？"

"总会有用的。你可以进入影视圈啊。"

"也许吧，但没有人会因为我长着一张漂亮的脸蛋就爱我的。"

"要做一个好女孩有那么难吗？"

"很难。要做一个好女孩，我就不能生气，不能说脏话，不能不听话，不能说谎，不能嘲笑别人，不能让头发乱蓬蓬的，我必须好好学习，必须放弃所有我喜欢的东西，必须好好洗澡，不能把我想吃的糖果都吃一遍。"

"大家都一样。"

"是的，但我就是我，我不是大家。我只是一幅画。"

"不要当坏人。"

"我会在空中跳舞。你认识的女孩里面还有能在空中跳舞的吗？"

"你是说因为你是一幅画，所以你就比别的女孩好，对吗？"

"我是你画的，所以我当然比不上别的女孩。在深渊的上空跳舞不就是一个愚蠢的主意吗？这是头一次有人画我。如果是别人画的，我不知道我会被画成什么样子。如果你想再见到我，你就再画一次。那些是什么手套？是干什么用的？"

"是拳击手套。你没看过拳击比赛吗？没在电视上看过？"

"一定很恐怖。有女性拳击手吗？"

"为什么一定很恐怖？"

"要是有一只眼睛，或者一条腿，或者一根小手指被打坏了，不会很惨吗？"

"要是你会打拳击，就不会出现这种情况。而且比赛都有裁判。"

"我能看看你戴手套的样子吗？你有两副吗？"

"有，我有两副，随时都带着。我有一个同学喜欢和我打拳击。我们放学回来一起打拳击，一起学习，很开心。现在我把手套当作铅笔盒用。我的橡皮和铅笔都放在手套里面。"

"我不明白这有什么好玩的。有许多人不打拳击，直接就互殴了。让我看看你戴着手套的样子。你戴一副，我戴一副。要戴上拳击手套很不容易。"

"有什么事情是容易的吗？"

"有的，除了戴拳击手套，其他的事情都很容易。我从来都没有什么乐趣，但你不要告诉别人。我没有玩具，也没有任何乐趣。我不像你，也不像你的任何一个朋友，你要明白。"

"这样太无聊了。所以你才这么腼腆，不会玩。拳击是一种格斗游戏，也是一门崇高的科学。"

"我喜欢游泳、障碍赛马和打壁球。"

"我在月球公园看到爸爸和人家在打比赛，我就对着空气一顿挥拳。空气把我怎么了？那真是个难忘的下午，我懂得了许多拳法的名称，是爸爸教我的。看，我把手套戴好了。你看看，这样子你喜欢吗？你把另一副也戴上吧，然后我们就可以比赛了，你和我打。"

"好吧，来吧。我该怎么站？"

"就像这样。防守的姿势，闪躲灵活一些。"

"真有趣。我做梦也没想到有一天会玩这种游戏。"

"你不看报纸吗？你住在哪里？"

"我住在人家画的地方。我只能说这么多。这是我第一次看到了这个世界，第一次呼吸到了空气，第一次体会到了感觉，第一次触摸到了物体。其他的世界，世界上的其他人，我都不认识。"

"那么，以后你要怎么办？需要我带你去看看这个世界吗？没有时间了。"

"你至少可以多理解我一点儿。"

"我会尽量，但我不知道该怎么让你懂得这个世界。看，你看到空中的新月了吗？现在只能看到一部分月亮。有一种做成新月形状的面包，叫作羊角面包，你可以吃吃看。它们看起来像普通面包，又不是普通面包，有时上面会放糖。真的很好吃。但月亮上没有羊角面包。你明白吗？"

"不明白。"

"至于拳击比赛，两个拳击手好像打得你死我活，但他们打比赛是为了友谊，为了获得掌声，为了登上报纸，也是为了赢得奖牌和奖金。你打我一拳。我不会死的。"

"好的。像这样吗？"

"对，就像这样。打得好。"

"我会成为第一个女子拳击冠军的。我肯定我将是头一个。我不管还有没有别的人，反正我都不认识。"

"我在报纸上看到过一些女孩子打拳击的照片。我不喜欢这种女孩子。"

"我妈妈不希望我打拳击。她会说：'这不是女孩子玩的游戏。'"

"你只认识我一个人，别人都不认识，你怎么知道你妈妈会怎么说？"

"我很了解自己。我妈妈和我的想法一模一样。我相信你能理解，尽管不是每个人都能理解。就像拳击、羊角面包以及我们头顶的月亮和太阳。"

"你画的东西都会变成真的吗？真有意思。"
"至少到目前为止都会变成真的。"
"既然这样，你为什么不给我画一条狗或者一匹马？"
"可以是可以，但我画得不太好。"

于是，莱安德罗开始画狗，他画了一条套着红色皮项圈的小狗，很漂亮。看到那条狗从画中走出来，伊菲革涅亚高兴得手舞足蹈，立马跑上去抱住它。

"叫它什么名字呢？"
"叫它'小爱'吧，你看它多可爱啊。"

莱安德罗开心地拍了拍狗。

他爸爸从来都不准他养狗。对他来说，这条狗算是最好的礼物。小爱更喜欢莱安德罗，它跟着他在房间里到处走。伊菲革涅亚从口袋里拿了一块糖果给它，她摸着它的耳朵，跟它说悄悄话，但一点儿用处也没有，小爱一点儿兴趣也没有。莱安德罗没给它吃的、喝的，也没有跟它玩，就轻轻踢了它一脚，但它还是更喜欢莱安德罗。伊菲革涅亚有点儿不满地说："你要是能给我画一匹马就好了。"

"马太大了，在这栋楼里待不下。"
"但也有很小很小的马，非常小的那种。"
"可是，我也不知道画出来的是大马还是小马，这不是我能控制的。"
"把所有的门都打开，就有地方让它待了。"
"不行。"

"为什么不行?"

"打开门很危险。"

"你一点儿都不勇敢。"

"我很勇敢,但我不傻,外面有一只蜘蛛和一条蛇呢。你笑什么?要是你亲眼看到或听到,你就知道事态有多么严重了。"

"那丁零当啷的声音是什么?"

"什么?一定是另外几张画的!他们不会进来的。"

"可是他们来了,你听,他们的那些铃铛叮当作响。我们要躲起来吗?"

"躲也无济于事。他们是魔鬼,不管我们藏到哪里,他们都会知道。"

"别吓我。有些魔鬼很漂亮的。"

"要是不制造那么大的噪声,他们会更加漂亮。"

"有一个看起来像小丑,还有一个打扮成医生的模样。还有一个女的,很漂亮,真让人目不转睛。你可别爱上了。"

"我只爱你一个。"

"你别胡说八道。"

"我没胡说。"

"他们来了。有一个在往我这儿走。"

恶魔问:"谁住在这栋楼里?"

"好吧,是我。我不知道这儿还有谁,所有的门都锁着。"

"我可以打开所有的门,我有一把特制的万能钥匙。"

"我不信,除非你开给我看一下。"

"是把所有的钥匙拼在一起的吗?能打开所有的门?给我看看。给我。"

"他说得没错，你得真的打开，我们才会相信。人家告诉过我说魔鬼都是骗子。你们卖的刷子不好使，梳子也不好使；你们卖的火柴点不着火，糖果是苦的，圣诞蛋糕是假的；你们卖的项链一戴上去就断了，珠子滚得满地都是，要到最后的审判日才能捡完。"

"什么是最后的审判日？"莱安德罗问。

"你不知道吗？"魔鬼说，"就是世界末日，上帝审判人类，决定他们是去天堂还是去地狱。"

"你会去哪里？天堂还是地狱？"

"很有可能是天堂。我们的铃铛声是世界上最美妙的声音。"

"我可不觉得。明明是那么难听的声音，很刺耳，一听到它我就头昏眼花，都不知道自己在哪儿。我是个好女孩，你可以从我的眼睛里看到我的善良，但是，我一听到你那些丁零当啷的声音，我就觉得自己快要疯了。"

"哦，别啊，别把我想得那么坏，我和世界上的男孩女孩都一样。你看到我打开了这扇门。"

"钥匙太粗糙了，打不开的。我直说，你可别生气。"

"我打开了，我打开了。"钥匙微微一转，恶魔就欢呼起来，"给你，你也打开试试！"

伊菲革涅亚一开门就看到了那只被叫作"小鸡"的蜘蛛，立刻把所有"恶魔"都推到房间里去，然后锁上了门。

"我要赶紧离开这栋楼，"她说，"太危险了。总有这些奇奇怪怪的人，都不知道该怎么跟他们相处。还有超自然的生物，丁零当啷响，居然还有万能钥匙，能打开所有的门。虽然如今这把万能钥匙落到我手上了,但说实话,在这里根本睡不着。"

"只要我看好每扇门,你就能睡个安稳觉。不要随便就生气,不值得。求你别走,别吓唬我,别把我一个人留在这儿。"

"我不是在吓唬你,家里还有狗和猫在等着我呢。除了我,谁会喂它们?只有我爱它们。"

"如果它们也爱你,它们会和你一起来的。"

"它们来不了。要是能来,它们一定会跟着我来的。"

"别哭。"

"我没有哭,就是喉咙堵得慌。大家想哭的时候,都是怎么忍住的?"

"深呼吸。"

"你教教我。"

"呼……吸,屏住呼吸。好吧,既然你刚才提了要求,我给你画一匹马吧。"

莱安德罗开始画马,但小爱把它的小爪子伸到画布上面,不让他画。莱安德罗刚一动笔,小爱就会用爪子来阻挠。伊菲革涅亚很着急,不停地喊小爱别捣蛋,但那条小狗一直把小爪子放在画布上,莱安德罗只画了个马耳朵的轮廓。

"你画不成小马了!"伊菲革涅亚大声喊道,"小爱不爱我!"

莱安德罗也放弃了,就对她说:"这跟我没关系。"

"把小爱锁到另一个房间里吧。"伊菲革涅亚提议道。

"我不想那样干。"

"你不爱我吗?"

"我很爱你，但我不想让小爱受苦。"

"把它锁起来一会儿，你就能完成这幅画。"

听到伊菲革涅亚这么说，小爱跑过去用身体顶住门。莱安德罗趁机把马画好了，但画出来的不像是一匹小马，反倒像一只袋鼠。画好的"马"一动不动，好像是在等着召唤。它的毛发像老虎一样，所以他们给它起了名字叫"老虎"。他们大声喊出它的名字，让它活起来。小马轻轻一跳，落在地板上，像在进行马戏表演一样。伊菲革涅亚拍了拍它的脖子，在它的耳朵边低声细语了几句，但她迟迟没有骑上去。莱安德罗叫她骑上去在房间里转转。

"我害怕。"她说。

"不要害怕。要是害怕，距离摔下来就不远了。"

"但我害怕摔下来。它太小了，我没见过这么小的马。"

"那么你为什么叫我画一匹小马？如果画大了，你又会说太大了，在房间里待不下。现在画小了，你又害怕。你什么都害怕，还不领情。我画这匹马，简直是浪费时间。我还要画另一幅画呢，一幅非常重要的画像。"

"你想干什么就去干什么，我不用你管。"

"好吧，那样最好，不然这里就要变成一个动物园了。说不定接下来你会叫我画一只猫、一只兔子，或者别的什么动物，搞不好你还会叫我画大象、长颈鹿和红毛猩猩。"

"我走了，我要带老虎走。它会跟着我的。不过，它不是马，分明就是袋鼠。你看看它的肚子！但愿你这幅画像画得像。不过，你要画谁？"

"我妈妈。"

"她漂亮吗?"

"很漂亮,而且人很好。"

"她的画像,到时候能给我看看吗?"

"如果画出来没问题的话,会给你看的。"

"你之前可是一直很自信的。"

"有时候我害怕画不好,就会哭。"

"害怕?"

"怕画出来不像她。"

"别担心,没问题的。不要因为老虎不会跟马儿一样跑就惩罚它。厕所在哪儿?"

"老虎要上厕所吗?"

"不,是我。我想洗个手,梳一下头发。"

老虎跟着他们一起进了卫生间。卫生间是天蓝色和绿色的。三卷不同款式的厕纸从空中盘旋而下。卫生间里没有浴缸,只有一个淋浴头。淋浴头由几个小鬼拿着,这几个小鬼都想让人们看到他们,其实冷热水都是从他们的嘴里流出来的。马桶非常漂亮,但要爬梯子才能坐上去。

一切都那么豪华,熠熠生辉,但他们却感到十分失望。从空中垂下来的那三卷彩色厕纸突然相互缠绕在一起,不再向下滚动。刚轻轻碰一下那些厕纸,就好像有机器发出刺耳的摩擦声,他们根本抓不住厕纸。那个被小鬼拿在手里的淋浴头也非常恐怖。流出来的水要么非常冷,一沾到皮肤就冻结,变成了钟乳石,要么非常烫,会烫伤人的皮肤。那个要爬梯子才能坐上去的漂亮马桶,人刚刚舒舒服服坐上去,它就开始晃动。伊菲革涅亚面前的蓝色洗手盆里有一块像宝石一样的肥皂,那是她从装肥皂的小篮子里挑的，肥皂散发的光芒把她的手染得通红。她选了一条最漂亮的毛巾，毛巾上面画着小手。她用毛巾擦脸的时候，就感觉那些小手在拍她的脸，捏她的脸，把她的脸和手都弄得油腻腻的。她拿了一把引起她兴趣的音乐梳子梳头，但等到梳完，她才发现梳子一直在拔她的头发。

伊菲革涅亚很有教养，她没有抱怨，而是笑着对莱安德罗说："我能进厨房吗？我又饿又渴。"

"饿了？我刚才给你画了那么多布丁。"

"不能只吃布丁，那远远不够。"

他们走进了厨房，厨房里有一个机器人。只要你有大胆创新的精神，敢于尝试新鲜的玩意儿，它就能做出任何食物。厨房中挂着无数的甜点，就像热带水果挂在树上，有些就像粉色和白色的奶油云朵飘在空中。墙上画着大海，小罐冰激凌的小勺子就像大海上的桨。等着送入烤箱的母鸡头上都戴着草帽，帽子上挂着樱桃，而公鸡都穿着晚礼服，确实别开生面啊！厨房里没有牛肉，也没有鱼，只有许多生菜之类的绿色蔬菜。这些食材足以做成一顿盛宴，不过有些情况会令人震惊不已。甜点都硬得像大理石，热带水果其实是一群苍蝇，看着像云朵的粉色、白色奶油只不过是彩色的泡沫，戴着草帽的母鸡根本放不进烤箱里，也放不进锅里，只要手靠近它们，就会被它们啄伤——最后怕是人吃不了母鸡，反而被母鸡给吃了。穿着晚礼服的公鸡忙于抽烟，连被烹饪的时间都没有。生菜其实是用纸做的。

面对这样的场景，伊菲革涅亚拿了一个粉色的冰激凌，老虎拿了三个白色的，一个给自己，另外两个分别给它的两匹小马驹。伊菲革涅亚向莱安德罗告别："我要走了。"说完，她在半空中跳了几个舞步，哈哈笑着从窗口消失了。

莱安德罗叹了口气。接下来他要画一辆汽车。莱安德罗在脑海中搜索着他喜欢的各种汽车，尤其是赛车。他喜欢时髦的汽车，不过，要是他能找到妈妈，这种低底盘的汽车妈妈坐起来就不大舒服了。在他的想象中，汽车的车身应该是亮绿色的，漆面光泽度很高。判断汽车好坏的首要标准在于速度；其次是悬挂系统，或者是油耗，因为现在油很贵，生活成本很高；最后还要考虑电机的功率。他要画一种可以开出去兜兜风的汽车。赛车是烧钱货，太奢侈了。画车不用花钱，但维修还是要花钱。

要画汽车，他还是有些担心的，因为他画的那匹马实在很离谱，本来是要画一匹小马的，结果却画成了一只袋鼠。怎么能错得这么离谱？有些动物确实长得差不多，但马和袋鼠根本就没有任何相似之处。他很害怕把车画成了蜥蜴。就算蜥蜴的速度和车一样快，但谁愿意坐着一只蜥蜴去兜风呢？

莱安德罗开始在纸上画起来。他飞快抓起离他最近的一根彩色铅笔，先画了底盘和车轮，然后是引擎盖和车门；接着是给车上色，绿色，这是一种充满希望的颜色。每画一笔，每多一根线条，他就多看到一分希望。这不是莱安德罗第一次画汽车了。以前每次上完空手道课，他就开始画汽车。放学回家的路上，他会用绿色的粉笔在墙上画车，画绿色的车，和现在一样。莱安德罗很难集中注意力，有时候，该专注的时候却很难保持专注。最后，那辆汽车画得很完美。似乎大功告成了，可是，莱安德罗觉得还是缺了点儿什么，因为他画的汽车没有变成真的。确实，汽车大灯、前雨刷、后视镜、轮胎充气泵、千斤顶、工具箱、备胎、安全带等都还没有画，是不是因为缺少这些，所以汽车发动不起来？汽车没有变成真的，就无法发动。而且没有钥匙，怎么发动呢？对于一个创造者来说，竟然没有提前想到这些问题，真丢人啊！他把这项任务先放下，有点儿失落地去找他妈妈的画像。那条看门狗小爱就待在画像的旁边。它为什么要保护那幅画像呢？有什么会对画像不利呢？小爱好像在暗示什么，它轻轻地叫了一声，这是它生平第一次叫。

汽车就在莱安德罗的面前，马上就要完工了，他犹豫了一下，然后进入汽车，坐在方向盘前。他在身上摸了半天，发现没有一把钥匙能用，于是把头埋在搭在方向盘上的手臂里，哭了。谁会同情他呢？现在这里只剩下他一个人。难道要让那扇门背后的动物、毒蛇、漂亮小女孩、魔鬼和可爱的小男孩来同情他？或许，独处是他最好的选择，刚好可以准备做后面的事情。那辆汽车怎么办？那辆汽车可是承载了他很大的希望啊。它会不会令他失望地变成一只乌龟？怎么才能让发动机转起来呢？发动机的动力怎么产生呢？当初有个司机一直在叫我去他的修车厂工作，可是，当时我为什么不去学修车呢？如果我去了，爸爸可能会责备我吧，我就这么放弃了学习的机会。要是我当时去了，现在就可以拯救我画的这辆汽车了。我什么时候才能有一辆自己的车啊，一辆真正的车，不是玩具车？对了，我想到了，我可以画一名带着工具箱的汽修工。莱安德罗拿起画纸，坐在驾驶座里，开始画汽修工。他很快就画好了：汽修工个子很高，留着黑色的小胡子，顶着一头卷曲的长发，椭圆形的脸上长着一双眼神犀利的大眼睛，他穿的衣服很怪异。莱安德罗画完才意识到他把那个汽修工画得太高了。

"我能帮上什么忙吗?你需要我干什么?"那个汽修工问。他弯着腰,可能是想显得矮一些。

"我这辆汽车发动不起来。踩离合器和油门都没反应。"

"是什么时候出问题的?"

"我也不知道。这辆车我是今天才有的。"

"这样的话,你是想让我检查一下发动机吗?"

"您来决定检查什么吧。"

汽修工打开发动机盖,检查发动机,没说什么。他从口袋里拿出一把钥匙,想发动汽车,但还是发动不起来。他突然停了下来,站住不动。

"怎么了?"莱安德罗问。

"我觉得有点儿头晕。你的钥匙呢?"

莱安德罗随即拿来一张纸片,靠在车门上,用铅笔开始画钥匙。画完后,他把钥匙从画中取出来,插进锁里转了转。

"接下来怎么办?你有没有滑板车?我想到车底去看看。"

"隔壁房间有一个。"

汽修工走出房间,过一会儿就提着滑板车回来了。但是,进门的时候,他的头撞到了门框上。汽修工跟跟跄跄地走到汽车前,把滑板车放在汽车下面,然后躺了上去。

"怎么回事?你撞得很厉害吗?需要我叫医生吗?"

"打个电话吧。打一个。"

莱安德罗凭借高超的画技,画了一位背着药箱的医生。医生问:"有人受伤吗?"

"不清楚。"莱安德罗回答说,"他撞到头了,说头晕。"

"让我看看。"医生说着从药箱里拿出来一个血压计,"没事。虚惊一场。有点儿倒霉,但你很快就会好起来的。"

"我必须把车开去修车厂,但我可能不行了,我头晕。"汽修工说。

"我头晕,我头晕……你撞那一下头根本不算什么。你会开赛车吗?"

"别人能开,我也能。"

"不,跟开普通的车不一样。我认识一个人,他能开车穿过窗口,从窗户开出去。"

"他有这么厉害吗?他是蝙蝠侠吗?"

"不是。他就是胆子大。"

"既然你说话口气这么大,那就试试,让我们开开眼界。你想怎么开出去?"

"在窗口铺一些木头,做成一个斜坡。"

"你没看到我们所处的位置很高吗?"

汽修工弄来了一些木头。后来,汽修工坐到汽车后座上,那个医生坐在驾驶座上,成功发动了汽车。

"我有降落伞。"医生说。

汽车启动后,不久就从窗口消失了。

他们会把我的车开回来吗?我都不知道那个医生和那个汽修工的家在哪儿。我永远不会忘记那辆车,那是我的车,是我梦想中的好车,是布宜诺斯艾利斯最好的车。如果这辆车回不来,我什么时候才能再弄到一辆这样的车呢?要是它回不来的话……不过,我吹吹口哨,那条小狗就会到我身边来。

我想给伊菲革涅亚写封信。可是，我怎么寄给她呢？我相信有志者事竟成。

亲爱的伊菲革涅亚：

　　我要送你的手镯，我一直戴在手上，免得丢了。说实话，自从你离开以后，我每天都在想念你，我还能记得你的眼眸，颜色和这只手镯一样。听不到你的声音，我感觉这个世界是多么空虚啊。楼里冷冷清清，窗边死气沉沉。在这样的情况下遇见你，感觉很不真实，就像是看了一场电影。我走动的时候，感觉自己仿佛置身在影片之中，内心满是怀念。自从你离开以后，我再也没有吃过甜点。现在，在我看来，所有甜点都一样，都涂着同样的糖霜，稠度都一样，口味都一样。尝一口，却只有眼泪的苦涩味。老虎也跟着你离开了，我多么想跟它一样随你一起去啊。长大后，要是我能娶你，我就做一个动物园园长，驯养各种动物，你来帮我教它们一些基本动作，帮它们通过考试，它们在做训练的时候，我会给它们放背景音乐。要是我的汽车能回来，我会开车带你环游世界，车后面再拖一辆大篷车，我们可以在大篷车里吃饭睡觉。每到一个村庄，我们就跟动物一起表演。到时候，我们不用专门带马戏团的帐篷，大篷车那么大，足够我们睡觉。你觉得呢？

　　这封信该怎么寄给你呢？不过，很多看似不可能的事情，只要心怀信念，最后都能梦想成真。所以，哪怕没有信鸽和直升机，我也会想办法把这封信送到你的手中。

期待收到你的回信，爱你。我会珍藏好送给你的手镯，它的颜色和你的眼眸一样好看。

莱安德罗

我没有收到回信，所以又给她写了一封信。

亲爱的伊菲革涅亚：

我太想念你了，满脑子都是你的影子。我不停地画画，可是我画不出你的眼睛，我很害怕画出来的人不是你，而是另外一个人。我已经记不起你圆润的脸庞和秀气的双手了。我感到困惑、不安，思绪混乱，因为我不知道如何避免这种恐惧。每当我画你的双唇时，我就被这种恐惧包裹着。我喜欢你的双唇，对于一张脸，我最喜欢的部位就是嘴唇。你那嘟起的嘴唇还没有画好，有些细节我总是想不起来，看着这画了一半的嘴唇，我总是很难过。我最熟悉的莫过于你的面庞了，可是我在画的时候，总是忍不住想添加一些东西上去。我怎么画得下去呢？这幅画画得不像你，头发的颜色不对，嘴唇张开的形状也不对。天哪，我不知道跟这个长得不像你的人该怎么相处。错误是我造成的，但我确实不知道该怎么面对她，我不可能把她当作你。我讨厌这栋万恶的高楼！我希望天翻地覆的那一天快点到来，希望天上的星星会掉下来,或者干脆有人来把灯关掉,这样我就看不见你了。新的画像现在已经画完了。只要我画出来的那个人不靠近我,只要她不学你的模样想要征服我,接下来我就可以躺下来睡个安稳觉了。我要说的话都写完了,我会通过空中投递把这封信寄给你。伊菲革涅亚,请你不要忘记楼里还有我这个可怜的人。勿忘我。

莱安德罗

莱安德罗刚画好的女孩从画中走了出来。

"你是谁?"他问。

"我是梦游仙境的爱丽丝。"

他看着她说:"画你的时候真应该做一些调整。我不喜欢你的脸、你的嘴,还有你的眼睛。我很不喜欢你看着我的眼神。麻烦你暂时先回到画框里去吧。我来给你做一些修改,不过,你也可以先跟我说说,你想要我画成什么样,我会记住的。"

"我想要你把我送到很远的地方,送到海底深处吧。"

"好的,我就在你的周围画贝壳,我会画上海水和波浪,这样你就可以游到大海深处去。"

爱丽丝回到画框里去,等着改造——她从窗户一跃而下,又回头跟莱安德罗挥手告别。

亲爱的梦游仙境的爱丽丝:

我给你写信,其实并没有抱太大的希望。这封信可能永远到不了你的手里。如果有一天你路过这扇窗户，看到这封写给你的信，你也许会停下来，读读这封信，到时你就会知道，自从遇见你，我的脑子里就只有你一个人的影子。我每天都在想着怎么画出你的模样，为了画你，我真是心无旁骛，绞尽脑汁，我想只有这样，你才会再次出现，让我跟那天一样，再次感受到你的美。太阳照耀着整栋楼里的每一个角落，可是，照亮我们的不是太阳，而是你那双明亮的大眼睛。我以为这是一场梦，我曾经认为你应该有所变化。可是我错了！我现在才明白，我犯的错误就是对我的考验，我必须努力争取再次见到你。

我要用手中的铅笔把你画出来。由于时间不够，我拿了手边的一支铅笔……我要尽力画出你的模样。你明白吗？你和我见过的其他女孩都不一样，即便这幅画中的你和我曾经认识的你长得很像，但你终究不是那个人，你和所有人都不一样。让我把你画出来吧！别让其他人的脸在我眼前晃，别让我忘记你的那张脸。我要清晰地看到你的脸，我才画得出来。小时候，我的画技不行，画什么都很差劲。大家都觉得我画的比例不对，现在没人会跟我说我是不是画错了，没人会跟我说你多么与众不同，多么美丽动人，我手中的笔都在颤抖，太激动了。请你给予我智慧，助我画出一幅精美的画像，好到可以拿去各个博物馆展览。我知道，你会觉得我太狂妄，但我本质上不是个狂妄的人。要知道，是爱让我变得这么狂妄的。我要坐雪橇去找你。你可能会说没有积雪,雪橇怎么跑?但我会把雪画出来。以前没有画过的东西,我都会努力去画。我应该不会画错,我画的这个雪橇会和真实的雪橇一样,雪也有雪的样子。那么,你愿意和我一起坐雪橇吗?我还会画上拉雪橇的驯鹿,不过,在此之前,我要先争取把你画出来。嘴巴是最难画的部分,还有耳朵、脖子和双手。我要怎么画呢?你的表情会是什么样子的呢?我要尝试一些有挑战性的东西。有挑战性的东西太多了!我不知道我能不能都画出来。我不是一个伟大的画家,真的,甚至不是一个优秀的画匠,有人可能会说我这一辈子从来没有真正画过什么东西。不过,爱丽丝,你别瞧不起我。有没有可能是因为我画的是你,所以我才画不好呢?会不会是你在扰乱我的心绪?但我没有失去信心。我没去过雪地里,从未见过驯鹿和雪橇,也从未见过你像俄罗斯女人、中国女人或者因纽特人那样裹着毛皮坐在雪橇上面的模样。

我突然想到了一个好办法!我会做风筝。以前,有一个男同学教过我做六边形的风筝,非常漂亮。我包里刚好有那种纸,还有麻线、棍子和做风筝尾巴的缎带。现在有了飞机、直升机,相比起来,用风筝作通信工具似乎很蠢,太原始了,但好处是我知道该怎么画。我有好几米长的绳子。我会画一条美人鱼,以防风筝掉进海里。美人鱼会游泳,如果风筝掉进海里,她会把信送给你的。保险起见,我还会把信装在瓶子里。我曾经告诉过你,如果我们分开,联系不上,我会把信装在瓶子里寄给你,可能你忘了。你那么摩登，估计会以为我必然会用电报等通信方式，而不是用瓶子寄信给你。

再见了，爱丽丝。我没能把你画出来，我终于失去你了。

莱安德罗

一进入房间，我就看见妈妈的画像碎了一地。我顿时停下了脚步，我的心也碎了一地。我走过去，脑子里一片空白，跪下来摸着画布，看看有没有什么东西丢了，结果什么都没有了。我已经看不出这幅画到底画了什么，上面只剩下绿叶背景。我一下子就知道是谁撕毁了这幅画。留在画上的脏爪印和牙印说明，那条小狗就是罪魁祸首。可是，小狗不见了。它去哪儿了呢？它躲到哪儿去了呢？我气愤地喊着它，但它没有回应。我找遍了每个角落，我非常生气，简直无法呼吸。我想过要惩罚它，我必须好好惩罚它，我要怎么惩罚它呢？我曾经在杂志上看到过，可以拿一根绳子打上结，做成鞭子。于是我画了一根鞭子，有三个结，我一口气画完，拿起来往空中一甩，听到清脆的噼啪声。我全然忘记楼里还有蜘蛛和蛇，像疯了似的在走廊里穿梭，从一条走廊穿到另一条走廊，拿着鞭子到处抽，恶狠狠地喊着"小爱！小爱！"我想要吓唬吓唬它，把它吓出来，但根本没用。最后，我走到窗边朝外面看，才看到小爱正朝着这栋高楼走来，它低着头，屈着腿，好像十分愧疚。小爱有一个特点，就是难过的时候会蜷缩成一只毛球，让人几乎看不见。我有些同情它了，于是就不再甩鞭子了。小爱非常清楚自己干了什么坏事，于是在我的脚边趴下。我说不出话来，我十分内疚，便把鞭子藏在了椅子下面。我之所以内疚，是因为我几乎把这幅画忘得一干二净了，而是一直想着伊菲革涅亚和爱丽丝。我忏悔地低下了头。小爱把头靠在我腿上，眼睛半睁半闭。我摸了摸它，这算是最温情的道歉了。

我决定重新画这幅画像。我从来都没有像现在这样迫切、专注、不顾一切地画画。我没有休息，画了好几个小时，一直眯着眼睛，一会儿走近画布，一会儿后退一步。我大声祈祷，希望上帝能听到我的祈祷，这是我的最后一次机会，能不能见到妈妈就靠这幅画了。我夜以继日地画着，后来，有一束强光照亮了天空，在强光的照射下，我妈妈的画像变得熠熠生辉，光彩夺目，让我无法直视。我举起双手遮住了我那双疲惫的眼睛。我什么时候才能把妈妈画好？从画中出来后，她会用与众不同的表达关爱的方式夸赞我。

漫长的等待仿佛在煎熬我的灵魂，不过，就算是魔鬼也不能削弱我想见到她的决心，魔鬼无论干什么都是徒劳的。

高楼内一片寂静。自行车在哪儿呢？那些小女孩在哪儿呢？蜘蛛、蛇、魔鬼在哪儿呢？也许魔鬼并没有我们想象的那么强大，要是真有那么强大的话，他早就从小盒子里跑出来把门打开了。再说，魔鬼真的像我们想象的那样可怕吗？

大人总是跟我说魔鬼很坏。可是，每逢狂欢节，他们总会把我打扮成恶魔。我知道这是因为恶魔戏服更便宜，那种戏服全身上下都是红色的。可以将香豌豆的花缠在手指上，假装是恶魔的爪子，用烧焦的软木塞画胡子，戴在头上的两个角和叮当作响的铃铛都很便宜。

莱安德罗走近窗户，手里拿着铅笔和纸。他得画些什么，画一些他不太懂但非常重要的东西，最近发生的事情让他感到非常不安：伊菲革涅亚突然消失了，医生和汽修工来了。然后最让人不安的是，汽车突然就从窗口消失了。他们现在会在哪儿呢？他看了一下手表，这是他进入这栋楼以来第一次看手表。他从来没想过要看看时间。他把手表贴近耳朵，听到它还在嘀嗒作响，他很激动。"九点。"指针告诉他。他靠在窗框上，身体前倾，开始画一副精美的双筒望远镜，这是他所能想到的世界上最梦幻的东西。那两个镜筒十分复杂，目镜的调节机制，包括调焦轮，都很难记，但他还是画得十分精准，他简直难以置信，对自己佩服得五体投地。然后，他身体后仰，靠在窗框上，津津有味地注视着自己画的那些线条，有些忘乎所以。他觉得这幅画的真实度和准确度堪比达·芬奇的画作。画好之后，他从纸上取出这副精美的双筒望远镜，翻来覆去仔细检查了一遍。透过望远镜，他能看到远处极小的东西。他把镜头对好焦，迫不及待地透过窗户上下打量着外面的世界。他极力眺望远方，他看到了他妈妈，但在那一刹那，他几乎没能认出她来。她显得那么小，在慢慢走近，她穿过一座巨大的桥，那座桥就是她和他的眼睛之间的距离。她越来越近，但好像又转身走远了，他妈妈似乎在追着一颗星星。他看不见她了，但那个人确实是他妈妈，她就那么一丁点儿大，简直可以做他的女儿了。虽然没有迹象表明妈妈也可以看到他，但莱安德罗知道妈妈肯定也看到他了。

那副精美的双筒望远镜让他跨越任何距离,跨越任何沉默。多好的玩具啊!太完美了,和达·芬奇的发明相比毫不逊色。不过,他画这副望远镜,就是为了看到他妈妈,为了靠近她,哪怕只能看到那么一点点大的她。

高兴之余,莱安德罗忍不住探出窗外,结果,双筒望远镜从他手中脱落,掉了下去。他大喊一声,拼命想要抓住,但为时已晚。他很后悔,人们都给双筒望远镜和相机系上带子挂在身上,这样就不会掉了,他居然忘了这一茬。

亲爱的爱丽丝:

如果我回家了,如果我能回家的话,我会觉得这个世界有多么陌生啊!我只记得我们家房子的入口、我们家花园里的树(妈妈跟我说过这些树的名字):开着奇奇怪怪的花朵的菩提树、叶子深绿色的茉莉花树(茉莉花有白色的和黄色的),还有木兰花(我还记得我曾经爬到高高的树上去摘木兰花,拿到街上去卖。木兰花枯萎的时候,花瓣会变成深棕色)。我还记得在我们家房子周围的小路上,园丁把小石头都码放得很好,他每个星期都会来一趟,给绿植修剪、浇水。妈妈会在等着我吗?有些时候,你会觉得好像一切都有可能,今天就是如此。我的口袋里还有巧克力,有些已经完全融化了。我最喜欢用银色包装纸包装的奶油夹心巧克力。每次吃完,我都会舔舔那张包装纸。没有那张银色包装纸的话,我其实是不喜欢巧克力的,因为巧克力的味道全在包装纸上了。不过，仅仅是为了银色的包装纸去买巧克力的话，那会显得很蠢。人跟人也是如此，一个人会因为另一人的某个外在特质而喜欢对方，尽管这种事情不可以对别人说。有时候，我看到一个穿着天蓝色连衣裙的女孩就会被她吸引，可是，如果她穿着黑色的衣服，我就不会喜欢她了。可能因为我是个男孩子，所以会有些轻浮，我希望我能尽快改正这个缺点。如果有人问我我最想拥有什么东西，我会回答说是汽车。我不需要很大的汽车，小的也行，甚至非常小的也能凑合，有了车，我就可以环游世界，在后备厢里装上马戏团帐篷和备胎。晚上把帐篷支起来就可以睡觉。在这栋无顶的高楼里，我从来都不觉得困，这是待在这里的唯一好处。如果我们能一起去别的地方，那该有多好啊。你愿意和我一起旅行吗？可是，我该如何把这封信寄给你呢？多么希望你能够告诉我，该怎么去找你呢？但你已经离开，或者说消失了。

我们一生中所看到的景象都会留在我们的眼睛里面吗？我们会不会像照相机一样，身体里装满了胶卷？当然，如果我们身体里有胶卷，这样的胶卷是不用冲洗的。如果我在回家之前，在见到我深爱的妈妈之前就死了，她会看到我身体里面的胶卷吗？她会看到我在这栋属于魔鬼的可怕高楼里所经历的一切吗？如果她能看到，我希望我的样子能好一些，不至于太差，希望妈妈会觉得我的头发很好看，衣服也很干净，哪怕实际上并非如此。

莱安德罗想，他可能会被载入摄影界的史册，他会是有史以来第一个不需要用照相机就能拍照片、不用进暗室就能冲洗照片的孩子。他努力克制着虚荣心,但一想到会出名,他就感到非常兴奋。

周围一片寂静。莱安德罗只听到了蟋蟀和小鸟的叫声,他还听到了太阳升起的声音(是的,每次太阳升起来,他都听得见)。这种时候很适合画画。莱安德罗全神贯注地画着他妈妈的画像,他觉得他永远也画不完。他已经从失去望远镜的悲痛中走了出来,虽然刚开始他十分难过。突然,莱安德罗看到他妈妈从画里走了出来,她走过来亲了他一口。就在那一刻,那座楼坍塌了。在美丽的废墟中,小爱出现了,在这片废墟中,也只出现了这条小狗,它满怀喜悦地跟着他。它的喜悦不亚于刚刚结束一场噩梦或者刚要开始创作一件惊世之作。

花园出现了,他还看到了鲜花、吊床、松树和雪松,也听到了鸟鸣。

不远处,莱安德罗看到他妈妈正在废墟中捡东西。

"莱安德罗!你去哪儿了?我一直在找你。"

"我也在找你,妈妈。这是什么?"

莱安德罗从地上捡起来一块玻璃,递给妈妈。

"是一幅画上的,我原来挂在墙上,刚才掉下来了。别碰它,免得受伤。"

"是从向我们这里卖画的那个桑坦先生那儿买的吗?"

"对。"

"他还在吗?"

"这栋楼倒塌下来的时候,我听到花园里有奇怪的声音。那个人就站在远处，挥手大喊：'再见！'"

妈妈拿了一把树枝，把碎玻璃扫起来。

"我来帮你。你太操劳了。"

"你变化真大！你是跟谁学的？怎么变得这么懂事？"

"哦，是的，我懂得了很多东西。"

"你懂得什么了？"

"魔鬼没那么邪恶，昆虫和爬行动物没有那么恐怖，画画也没有那么难，坠入爱河是很美好的，交朋友更加美好，幸福感是切实存在的，有时候，幸福就像一条狗的脸一样。勇敢的人也会感到害怕，但不会在意。锁在高楼里挺有趣的，写作激活了我的记忆。再次见到妈妈是我最大的幸福。"

"你真是懂得了很多。是谁教你的？你读了什么书？你说的是哪座高楼？你遇见谁了？"

"我遇到了小爱。"

"小爱是谁？它在哪儿呢？"

"它就趴在你的脚边。"

总有一天我会把我的画都找回来的。它们都被关起来了，总有一天我会找到那栋高楼的，然后在楼里面找到我的那些画。我什么都不怕，连魔鬼都不怕，我很勇敢。楼里的故事我还没有讲完呢。我的那条狗呢？它怎么会跟着我呢？在画里，狗也会对人忠诚吗？我双手合拢作喇叭状，大喊："小爱！小爱！"我听到了它的脚步声。我跪下来跟它打招呼，原来它在这儿呢。

黄协安　译

野蛮人

乔安娜·拉斯（Joanna Russ，1937—2011）是出生于纽约市的美国作家和教师。在获得康奈尔大学的学士学位（她在那里上了弗拉基米尔·纳博科夫的课）和耶鲁大学戏剧学院的艺术硕士学位后，她在多所学校任教，包括康奈尔大学、纽约州立大学宾汉姆顿分校、科罗拉多大学和西雅图的华盛顿大学。她作为职业小说家出版的第一篇小说《陈规难蚀》（"Nor Custom Stale"）发表在1959年的《奇幻与科幻杂志》上，她的作品，包括小说和非小说，在二十世纪七十年代成为女性主义科幻和奇幻的重要作品，其中小说《混沌消亡》（*And Chaos Died*，1970年）和《女身男人》（*The Female Man*，1975年），以及《如何抑止女性写作》（*How to Suppress Women's Writing*，1983年）和《像女性一样写作》（*To Write Like a Woman*，1995年）等著作尤其值得注意。1967年，她的第一批关于女冒险家爱丽克斯的剑与魔法类故事开始出版。后来，她在谈到这些故事时写道："我从写女人是失败者的女性爱情故事、写男人是胜利者的男性冒险故事，转向写女人是胜利者的女性冒险故事。这是我一生中做过的最困难的事情之一。"所有的故事，包括小说《天堂上的野餐》（*Picnic on Paradise*，1968年），都收录在《爱丽克斯历险记》（*The Adventures of Alyx*，1983年）中，它们对这个领域产生了重大影响，这种影响也许在她的朋友塞缪尔·德拉尼的"内华隆"故事中体现得最为明显。拉斯的其他短篇小说收录在《桑给巴尔猫》(*The Zanzibar Cat*, 1983年)、《非常(平凡)之人》[*Extra (ordinary) People*, 1984年]和《月亮的隐藏面》(*The Hidden Side of the Moon*, 1988年)中。《野蛮人》("The Barbarian")于1968年首次发表在《轨道》系列中。

野蛮人

爱丽克斯，沉默的灰眼珠女人，有头脑、有力气、办事麻利的雇佣杀手，看着那个陌生男人经过一张张桌子，穿过缭绕的烟雾向她走来。这里是乌尔德，一切都有可能。他在她独自坐着的那张桌子前停住了脚，带着某种说不清道不明的殷勤、某种并不和善甚至与其恰恰相反的态度，他说："怎么会有一个女人在这里？"

"你正瞧着一个呢。"爱丽克斯冷冷地说，因为她不喜欢他的语气。她突然想到，她以前见过他——不过那时他还没那么胖，不，还没现在那么胖——然后她想到，他们最后一次见面几乎可以肯定是在山上那会儿，她才四五岁的时候。那是三十年前的事了。所以她非常警惕地看着他坐到对面的座位上，看着他用手指在桌面上敲出欢快的调子，密切地关注着他敲打从天花板上垂下来的一个海洋生物装饰品（一只河豚标本，全身都是尖刺和羊皮纸，在凌乱的气流中懒洋洋地来回摇晃）并让它摆了起来。他笑了，眼睛周围的肉拧成了褶皱。

"我认识你,"他说,"大概十年前,你还是个什么都不会的村姑,刚从山里出来,向警察出卖了整个宗教代表团。你安顿下来做了一个小偷。你在这方面做得很好。你扩大了你的业务范围,纳入了一些更困难的项目,你做的一些事情在这里引起了关注。你在那个时候已小有名气。然后,你消失了一阵子,再次出现时已经相当有钱。但不幸的是,你拥有那些钱的时间并不长久。"

"没必要长久。"爱丽克斯说。

"并不长久。"胖男人不慌不忙地重复道,懒洋洋地摇了摇头,"不,不,确实不长久。而现如今——"(他说"现如今"的腔调有些怪,仿佛在享受这个词。)他接着说道:"你已经老了。"

"够老了。"爱丽克斯说,觉得很好笑。

"老了,"他说,"老了。还是那么干净利落,那么强悍有力,体格还是那么小。不过老了。你在考虑安顿下来。"

"也不尽然。"

"有孩子吗?"

她耸了耸肩,往阴影里稍稍退了一下。胖男人似乎并没有注意到。

"不是没有想过。"她说。

"你说不定会在生孩子的时候死掉呢,"他说,"像你这把年纪,很有可能。"

她稍微动了一下,一把短柄南方匕首——毫不显眼地放在袖子里或鞋子里的那种——出现在桌子上,刀尖已经刺进了桌面,轻轻地震动着。

"一点儿不假，"她说，"我正在变老。我的头发已经花白了。我的腰围越来越大，这让我不太高兴，尽管我从来也没有过跳芭蕾舞的身材。"她在幽暗处对他笑了笑。"还有件事，"她轻轻地说，"我年纪越来越大，耐心可越来越少了。你要是继续对我评头论足，占用我的宝贵时间，我就把你扔到房间的另一头。"

"我要是你，就不会那么干。"他说。

"你是没那能耐。"

胖男人大笑起来，笑得气喘吁吁，直到呛住了自己。然后他喘着粗气说："请你原谅。"泪水顺着他的脸流了下来。

"接着说。"爱丽克斯说。他微笑着趴在桌面上，双手指尖相抵，眼窝成了脸上的两团小阴影。

"我是来让你发财的。"他说。

"你可不止能让我发财。"她不动声色地说。房间对面的一个士兵和他搭讪后带来过夜的女孩吵了起来，争吵声陪衬着胖男人的话语，也许该说是压制着，胖男人的眼睛却未从她脸上移开分毫。

"啊！"他说，"你还记得你上次见到我的时候，你认为一个能活三十年而不变老的人，除了一把金币，还能给别人更多，只要他愿意。你是对的。我可以让你长寿，我可以确保你的幸福，我可以决定你孩子的性别，我可以治愈所有的疾病，我甚至可以——"（说到这里，他压低了声音。）他接着说道："把这张桌子，或这栋建筑，或整座城市变成纯金的，只要我愿意。"

"有人能做到那样的事吗？"爱丽克斯用极小的声音嘲

讽道。

"我就能。"他说，"到外面来，咱俩聊聊。让我给你看看我能做到的几件事。我在这座城里有点儿生意，必须亲自料理，我需要一个向导和一个助手。就是你了。"

"如果你能把城市变成黄金，"爱丽克斯同样柔声说，"你能把黄金变成城市吗？"

"谁都做得到。"他笑着说，"来吧。"于是他们站起来，走到外面寒冷的空气中——这是一个初春的晴朗夜晚——在一处街角，月亮照在墙壁上和路面的坑洼里，他们停了下来。

"瞧着。"他说。

他伸出手掌，托着一个黑色的小盒子。他摇晃着盒子，把它翻过来调过去，但盒子还是全然平平无奇。然后他把盒子拿给她，而当她接过来之后，盒子开始发光，直到变得像一块从里面被点亮的玻璃。在盒子的中间出现了她的男人，他有一张坚韧、友善、年轻的脸，头发花白，像她一样。他对她微笑，嘴唇无声地动着。她把方盒扔到空中几次，举到自己的脸边，摇晃，然后扔到地上，用脚后跟踩。盒子都安然无恙。

她把盒子捡起来，交还给他，心想：不是金属，非常轻。而且热热的。玩具？不过不会坏。肯定是某种小型机器，尽管鬼知道是谁做的，用什么做的。它会跟着人的想法运转！不简单。但是魔法？呸！以前从不相信，现在倒要相信了？此外，这东西太灵敏实用了；魔法都是精心设计的，指望不上，没用。我要告诉他——但她突然想到，有人为了给她留下好印象而大费周章，而本来些许赞赏可能就搞定了。这个男人穿街越巷来找一个手无寸铁的人，显得自信满满。这三十年来……于是她非常有礼貌地说:"这是魔法。"

他笑了笑,把方盒装进口袋。

"你有点儿野蛮,"他说,"但你对它的检查也是合情合理。我喜欢你。听好了!我是一个老魔术师。那盒子里有一个灵魂,而且,受我控制的灵魂之多超乎你的想象。我就像一个生活在猴群中的人。有些事情是灵魂不能做的,或者说,有些事情,我选择自己做,随便你怎么想吧。所以我从猴子中挑选出一只看起来比其他聪明的,并训练它。我选中了你。你怎么说?"

"好吧。"爱丽克斯说。

"够冷静!"他笑着说,"够冷静。你的动机是什么?"

"好奇。"爱丽克斯说。"这是一个类似猴子的特质。"他又笑了起来,笑声被他的肥肉扼住,变成了含混的高声尖叫。

"那如果我咬你呢?"爱丽克斯说,"就像猴子一样?"

"不,小家伙。"他欢快地回答,"你不会的。你可以确信这一点。"他仍然笑得发抖,伸出手来,掌中握着一把钝刀。他用刀指向街旁的一堵白漆墙,墙的边缘无声地迸发出烟雾,整个墙体颤抖着滑落,一瞬间就消失了,完全消失了,就像它从来没有存在过一样,只剩下砖块新形成的碴口发出的暗淡光芒和空气中弥漫的焦煳味。爱丽克斯咽了下口水。

"够安静的,就魔法而言。"她轻轻地说,"你对人使过这招吗?"

"对军队使过,小家伙。"

于是,猴子就为他工作了。这似乎还没有什么坏处。底层的人钦佩他的慷慨,上层的人欣赏他的幽默,而那些地位高得无法用金钱或奉承打动的人，被他用一种八面玲珑的能力搞定了。小个子小偷认为，那种能力能体现在一个那么愚蠢的人身上还是非常了不起的。因为他愚蠢这事儿，是毫无疑问的。她能感觉出来。他的愚蠢冒犯了她，害得她在睡梦中像雪貂似的抽搐。这个女人身上有一种——隐藏得很好——反常的安静人性，因此她憎恶他，一想到他就牙痒痒，尽管她无法用言语来解释这是怎么回事。因为愚蠢，她想，很难说——并不完全是。

四个月后，他们闯入了总督的别墅。她想她或许终于能发现，这个男人除了在城里游玩还有什么追求。此外，破门而入总是给她带来最强烈的快感，而且这么做"不图任何东西"（用他的话说）让她感到无比兴奋。在这位窃贼看来，吸引窃贼的金银财宝是庸俗的，但是站在一栋熟睡的房子的阴影里，保持绝对沉默，没有任何目标，而且知道如果被发现很可能会被割喉时，她对他开始有所改观。这种对职业技艺的自娱自乐式的热情，这种不顾一切的愚蠢，在她看来，就像一块磁铁对南北两极的爱一样可贵——在乌尔德，磁铁被称为"忠实的石头"。

"谁和我们一起去？"她问道。这已经是她第五十次想知道，他没和她在一起时到底去了哪里，他认识谁，他住在哪里，以及他脸上那种永远不变的平淡表情可能意味着什么。

"没有谁。"他平静地说。

"我们在找什么？"

"没找什么。"

"你做过任何靠谱的事情吗？"

"从来没有。"他笑了起来。

"你为什么这么胖？"爱丽克斯接着问道。她正一只脚踏出自己的房门，进入阴影中。她最近在镇上的一个贫困区住了下来，部分是出于懒惰，部分是出于需要。她脸上的各处凹陷隐入了黑影里，看不出来是什么眼神，她又说："你为什么胖成了这个德行？"他笑了，笑到气喘吁吁。

"野蛮人的想法！"他喊着，兴致勃勃地在她身后蹒跚而行，"哦——哦，我的天哪！哦，多么与众不同！"

她想：就是这样！

然后又想：这个傻瓜甚至不知道我恨他。

但她也不知道，直到那一刻。

他们翻上了别墅东北面的花园墙，沿着墙顶爬行，没有下地，因为总督养狗。爱丽克斯可以像马戏团演员一样走绷紧的绳子，她走得悄无声息。胖男人则咯咯地笑。她把自己荡到最近的窗户上，靠一条胳膊和一个立足点挂在那里足足十五分钟，在此期间，她用锉刀锯开了百叶窗的金属铰链。一等进入大楼，她就准确无误地——考虑到别墅内部漆黑一团——抓住了他的衣领（他只能被拉入窗户）。"闭嘴！"她说，语气相当强硬。

"哦？"他低声说。

"这里我说了算。"她说，猛地松开他，融进了不到两英尺开外的暗夜，沿着走廊的墙壁迅速移动。她的手指在身旁轻轻拂过，像爬行动物那样擦过一块块石头和缝隙，感受着升腾的温暖空气……在黑暗中，她觉得自己像狼一样，翻起嘴唇，露出利齿；又像另一个物种，用手和耳朵开路。她感知到别墅在睡梦中发出的叹息和沙沙声。她把没用到的那只手的指尖放在胖男人的脖子后面，用最轻微的触碰引导他穿过走廊的拐角。

野蛮人

他们穿过两个大厅交会的空地,无声无息地退到一个房间里。昏暗的窗前,一个人正躺在那里睡觉,呼吸粗重,而外面的走廊上有人在走动。当脚步声平息了片刻,胖男人喘了口气,爱丽克斯用力握住他的手腕。走廊里传来一阵咳嗽声,房间里睡觉的人不安地喃喃自语,脚步继续前进。他们蹑手蹑脚地回到了大厅。这时,他告诉她他想去的地方。

"什么?!"她震惊地和他拉开了距离,鲁莽地倒抽一口凉气,发出咝的一声。他开始用一只手不忙不乱地戳她的体侧,用另一只手轻轻推她。她愤怒地走开,但仍保持着沉默。在建筑的远处有东西掉下来,也可能是有人说话,他们不假思索地静静等待,直到声音消失不见。他继续不停地戳她。爱丽克斯牙关紧咬,开始匍匐前进,经过了一只猫——窗外照进来的模糊光线勾勒出了猫的轮廓。猫完全不关心他们,只管用爪子蹭自己的脸。他们经过一扇门缝里透着黄光的门,经过影影绰绰的楼梯。巨大的黑暗楼梯井中,楼梯通往上方,他们呼吸着微弱而悠远的上升气流,两人的脚步沙沙作响。他们正在接近总督的育婴室。爱丽克斯悄然跟在第一个警卫后面,仿佛对方是一只麻雀,然后用手重重地劈了一下他脖子后面的血管(除了警卫的呼吸,没有发出任何声音。她安静得像个影子),便缴了他的械。胖男人看着她行动,对此没有表现出任何明显的恐惧或者任何兴趣。现在警卫被捆绑起来,意识清醒,目光炯炯,却完全无法动弹。第二个警卫在他的椅子上睡着了。第三个被爱丽克斯扔出的鹅卵石(她在街上捡了好几块)诱出了前厅。当他弯腰查看时,她在离他三英尺远的地方一动不动。他始终没有直起腰来。第四个警卫(他在前厅,站在育婴室的帷幔透出的微弱光亮中）转身向他的朋友打招呼——或者说他是这么想的——然后爱丽克斯判断她可以冒险说句话。她想了想，用低沉的声音说："这很危险啊，万一砸到后脑勺上。"

"不用为这个忧心。"胖男人说。透过帷幔的缝隙，他们可以看到奶妈在沙发上睡着了，手臂裸露在外。金色的饰环在灯火中闪耀着，黑奴在远处门前的黑暗中蜷成一团，还有一个华美的带帐子的摇篮，那是皇家婴儿的安乐窝。婴儿已经睡着了。爱丽克斯走进去——示意胖男人不要站在灯下——然后把总督的女儿从她的鎏金摇篮里抱出来。她一手抱着婴儿在公寓里转了一圈，闩上了两扇门，拉严了帷幔，给胖男人披上了一件警卫的斗篷，把灯光调暗，让最远的墙上只能映出若有若无的些许微光。

"现在你已经看到了。"她说，"我们可以走了吗？"

他摇了摇头。他好奇地看着她，头歪向一边。他对她笑了笑。婴儿醒了，发现自己被抱来抱去，咯咯笑了起来。她朝着爱丽克斯的嘴抓去，上蹿下跳，腰弯得像是某种袖珍罗盘或者弹性十足的弹簧。女人抬起头，避开婴儿的手指，开始安抚她，抱着她摇晃。"好家伙，她还是斗鸡眼呢。"爱丽克斯说。奶妈和她的奴隶还在睡觉，深陷于无意识之中。爱丽克斯给总督的女儿哼着轻柔的小调，在房间里走来走去，边哼边摇，边摇边哼，直到婴儿打了个哈欠。

"还是走吧。"爱丽克斯说。

"不。"胖男人说。

"最好是走。"爱丽克斯再次说，"只要有哭声，奶妈就会——"

野蛮人

"杀了奶妈。"胖男人说。

"那个奴隶——"

"他已经死了。"

爱丽克斯吓了一跳,也吓醒了婴儿。奴隶仍然在门边睡着,肤色比黑夜还黑,但在他身下渗出的某种东西,在灯的昏黄火焰的照耀下显得更暗。"你干的?"爱丽克斯声音沙哑地低声问。她没有看到他的动作。他从手掌中取出一个黑黑的空心的东西,就像坚果的外壳,放在婴儿的摇篮旁边。半是敬畏半是厌恶的感受令爱丽克斯一阵颤抖,她把乌尔德最富有、最幸运的女儿放回了鎏金摇篮。然后她说:"现在我们走。"

"但我还没有达成来这儿的目的。"胖男人说。

"什么目的?"

"婴儿。"

"你是说要偷走她?"爱丽克斯好奇地说。

"不。"他说,"我是说让你杀了她。"

女人瞪大了眼睛。在睡梦中,总督女儿的奶妈动了一下,然后猛地坐直,用很大的声音说了一些让人无法理解的话,又倒回沙发上,仍然酣睡不醒。窃贼惊讶得没有动弹,只是盯着胖男人。然后她坐在摇篮边上,一只手机械地摇晃着摇篮,同时看着他。

"到底是因为什么?"她一字一顿地说。他笑了笑。他看起来很轻松,就像在讨论她的工资或者猪的价格一样。他在她对面坐下,也摇晃着摇篮,心慈意善、饶有兴致地看着摇篮里的孩子。如果奶妈在那一刻醒来,她可能会以为她看到了总督和他的妻子,一对借着灯光前来看望自己孩子的慈爱父母。胖男人说:"你一定要知道吗?"

"我一定要知道。"爱丽克斯说。

"那我就告诉你,"胖男人说,"不是因为你非要知道,而是因为我乐意。这个六个月大的小家伙会长大的。"

"我们大多数人都会长大。"爱丽克斯说,仍然没有脱离惊异的状态。

"她将成为一个女王。"胖男人继续说,"别看这会儿瞧着那么无辜,她将会邪恶得出人意料。她将造成不止一个孩子和不止一个奴隶的死亡。事实上,她将成为世界上的一个恐怖人物。我知道这一点。"

"我相信你。"震惊之中,爱丽克斯说。

"那就杀了她。"胖男人说。但是窃贼仍然没有动静。摇篮里的孩子发出了鼾声,一如所有婴儿平常的表现。似乎是为了证明胖男人对她的看法,她表现出令人惊讶的早熟。但窃贼依然没有动,而是盯着摇篮对面的人,仿佛他是大自然的新奇作品。

"我要你杀了她。"他又说了一遍。

"二十年之后吧,"她说,"等到她变得那么邪恶的时候。"

"女人,你聋了吗?我告诉你——"

"二十年之后!"在微弱的灯光下,她脸色显得苍白,似乎是因为愤怒或恐惧。他不慌不忙地趴在摇篮上方,用手拢住他刚才丢在那里的果壳或者弹丸或者不知什么物体。他非常从容地说:"再等二十年,你就死了。"

"那你就自己动手。"爱丽克斯指着他手中的东西轻声说,"除非你只有一个?"

"我只有一个。"

"啊,那好吧,"她说,"给你!"她隔着熟睡的婴儿把她的匕首柄递向他,因为在他们相识的几个月里,她对这个人已经有所了解。他没有要拿刀的意思,于是她用刀柄点了一下他的手。

"你不喜欢这样的事情,是吗?"她说。

"按我说的做,女人!"他低声说。她把手柄塞进他的掌心。她站起来,刻意用刀戳他,看着他颤抖和出汗。她从未见过他如此不知所措。她绕过摇篮,微笑着,诱惑似的伸出她的手臂。"按我说的做!"他喊道。

"小点儿声,小点儿声。"

"你是个感性的傻瓜!"

"是吗?"她说,"无论我做什么,我都必须有所感觉。我不能像你一样干坐着,对吧?"

"猿人!"

"你选择我就是因为这个。"

"按我说的做!"

"嘘!你会吵醒奶妈的。"两人都站着沉默了一会儿,听着婴儿无声的呼吸和奶妈床单的沙沙声。然后他说:"女人,你的小命在我手里呢。"

"是吗?"她说。

"我要你听我的!"

"哦,不。"她轻轻地说,"我知道你想要什么。你想被人看重,因为你没有那个待遇。你想要吞噬另一个灵魂。你想让我害怕你,我认为你可以成功,但我也认为我可以让你明白恐惧和尊重之间的区别。我给你讲一下？"

"小心点儿！"他喘着气说。

"为什么？"她说，"免得你杀了我？"

"还有其他办法。"说着，他挺直身子，但就在这时，窃贼朝他脸上啐了一口。他发出一声憋闷的喘息，向后退去，踉踉跄跄地撞在窗帘上。爱丽克斯听到身后响起微弱的哭声。她猛地转回身，看到总督女儿的奶妈在床上坐起来，眼睛睁得大大的。

"夫人，安静，安静。"爱丽克斯说，"看在老天的分儿上！"

总督女儿的奶妈张开了嘴。

"我没有伤害她。"爱丽克斯急切地说，"我发誓！"但总督女儿的奶妈吸了一口气，显然是打算尖叫——那种酣畅淋漓、健康饱满的尖叫，就像窃贼在噩梦中听到的那种。在总督女儿的奶妈颤抖着吸气的那一秒——那一刹那对爱丽克斯来说意味着难以言喻的不愉快，因为乌尔德并不是一个友好的城市——爱丽克斯考虑向那个女人发起攻击，然而两人之间隔着摇篮。那样就太晚了。二十秒后，房子里的人就会被唤醒。她不可能走到门前，或者窗前，甚至不可能走到花园——总督的猎犬在那里可以在两步之内扑倒一个陌生人。看到总督女儿的奶妈以那种熟悉而狰狞的蛮力吸气时，窃贼的脑海中闪过了所有这些想法。她的刀还在她的手里，凭着流畅而简洁的习惯动作，刀从她的手指间滑过，飞快地穿过房间，插进了总督女儿的奶妈的脖子，就在锁骨上方，那个乌尔德诗人喜欢歌咏的温柔的凹陷处。那个女人嘴巴大张的表情僵在脸上，她惊讶地"呃！"了一声，然后向前栽倒，双臂无力地垂在沙发边上。

野蛮人

一个声音从她的喉咙里发出来。刀切开了一根大动脉，血液有节律地涌出，缓慢但有力地淌过床单、拖鞋和地板。爱丽克斯看得出这幕情形与黑奴的姿势和外表有一种可怕的相似性。一个是她干的，一个是胖男人干的。她转身匆匆穿过窗帘进入前厅，注意到那个被蒙住眼睛绑在角落里的警卫已经耐心地用牙齿咬开了他两根手指上的皮带。他肯定一直都在做这件事。外面的大厅里，房子的黑暗未受搅扰，仿佛婴儿房就是那口和平之井——传说中，众神最初从此处为女人的眼睛带来黎明和色彩，除此之外，再无其他。墙上有人用微微发亮的东西——就像蜗牛留下的黏液——写了一个词："热症"。

但胖男人已经走了。

她回到家时，她的男人在地板上又闹又笑。她控制不住他，只能用手捂着脸坐在那里发抖。因此，她最终还是把他锁在屋里，把钥匙给了屋主老太太，说："我丈夫喝得太多了。我今晚早些时候离开时，他还是完全清醒的，现在看看他。不要让他出来。"

然后她呆呆地站了一会儿，颤抖着，想到那个胖男人厌恶走路，想到他气喘吁吁、呼吸困难，想到他出于虚荣心，一定会向她展示任何可以带他回到他称之为"家"的地方的神奇交通工具。他一定是走回去的。她已经看到他从北门出去了一百次。

她跑起来。

乌尔德的南部建在沼泽之上，沼泽会吞噬任何鲁莽到尝试穿越它的人或物，但在北面，城市渐渐消失在海边的沙丘和单调乏味的岩石山丘中。山丘之上有一片村落，由长着灌木丛的沙地、发育不良的树木和世界上最贫穷的农场组成。乌尔德人认为那些农民总是梦想着劫掠旅行者，所以没有人去那里，上流世界的人士都频繁地穿梭于北大道，绕行五十英里以避开这一地区。即便没有那些传言，世人也没有理由去那个地方。基本上没有什么可看的，除了沙丘和杂草，以及偶尔一个小屋（或更恰当地说，一个小棚子）坐落在沙地里突出的岩石上，活似盆里的玩具船。整个地方只有一个地标——一座甚至连巫师都不太适合出入的旧塔——而且不知道多久前就被遗弃了，尽管它离城门只有二十分钟的步行路程。因此，爱丽克斯（她奔跑时心脏都快蹦出胸腔了）自然而然地没有注意到星星，也没有注意到搅动树叶的温暖夜风，甚至没有注意到自己脚下的路，尽管她知道方圆二十五英里内的所有道路。她的全部心思都在那座塔上，她感到塔的石头卡在她的喉咙里。在她的左右两边，乡野飞速掠过，而她自己却似乎一动不动。最后，她气喘吁吁、哆哆嗦嗦地穿过一片树的主干还没有她手腕粗的树林（它们非常古老，非常坚韧），果然，它就在那里。在塔的底部和顶部之间有一盏灯在闪耀。然后，有人向外看，就像一个小心翼翼的屋主从阁楼上向外观望，然后灯就灭了。

啊！她想，于是躲到树木的掩护下。那道光——已经消失的——现在又出现了，而且高了一层，就这样，越来越高，一直到达塔的顶端。光晃动了一下，就像被人握在手里一样。原来这就是他的乡间别墅啊！带着十二分的小心，她悄悄地从一团阴影走到另一团阴影。在距离塔楼一百英尺的地方，她绕过塔楼，从北面靠近。海洋伸出一条狭长的水道，直逼建筑的地基（多年来它一直在缓慢地陷入水中），她先是涉水，然后游泳，搅动着轻轻浮动的涟漪中微弱而寒冷的星光。当时没有月亮。在塔楼的墙壁下，她停下来，在黑暗的海水里凝神静听，沿着岩石摸索，然后吐出气息，向上踢水，头朝下冲去。水围拢过来，石头在身旁倏然掠过，她奋力腾空而起。她已经在塔壁以内了。

他也在里面，她想。因为有人把这个地方打扫干净了。在她的记忆中，这里曾被乱石堆满了（几年前她曾把这个地方据为己用），现在则光溜溜的，整洁干净。一切都条理井然。有人从水面上凿出石阶，通往世界上结构尺寸最精准的拱道。当然，她根本就不应该看到这一切。这个地方本应处于绝对的黑暗之中。然而，拱门的两边各有一团昏暗的光芒，在它们之间有一束狭长的光带。她可以看到光带中飞舞的尘埃——这个地球上从未缺席的尘埃，哪怕是在这巫师宅邸的岩壁上静止了不知多少年的空气中。野蛮女人脖子以下都浸没在海里，站在那里非常安静地思量了好几分钟，然后再次潜入海中。等她浮上来的时候，她打结的斗篷里装满了攀附在乌尔德海岸的岩石上的那种小螃蟹。她杀了一只，其他的仍包裹着挂在海水里。她把第一只螃蟹的些许血肉小心地涂在那束狭长光带的两个光源下面。然后她又潜回海里，在台阶最底层把其他的螃蟹放掉，等到第一只匆忙的小动物到达拱门时，她再次潜入水底。一道亮光闪过，接着是另一道亮光，然后是一片黑暗。爱丽克斯等待着。她从水中起身，穿过拱门，不是很快，但也并非毫不紧张。螃蟹们正在你推我搡地争夺它们死去的表亲。有几只爬到了光源上。她想，螃蟹遮住了他的眼睛。不管他怎么视物，他什么也看不到。第一个警报已经响起。

巫师的城堡以及他们的乡村住宅完全有可能充满了各式恐怖，但爱丽克斯什么也没看到。通道蜿蜒向前，不断向上延伸，随着它的上升，光线越来越亮，直到她可以不时在黑暗中看到一道较亮的轮廓和几颗星星。那是窗户。除了她自己的呼吸和她无意间留在斗篷一角的一两只小动物不满的骚动，万籁俱寂。停下脚步时，她什么也听不到。胖男人要么很安静，要么离得很远。她希望是安静。她把斗篷披在肩上，又开始了攀登。

然后她撞上了一堵墙。

这让她颇感震惊，但她振作起来，再次尝试。她退了一步，然后向前走，再次撞上了一堵墙，不是岩石，而是某种既有弹性又坚固的东西，就在同一时刻，有人说了句（在她看来，是在她的脑子里）"你过不去"。

爱丽克斯认真地咒骂了一句。她向后倒去，差点儿失去平衡。她伸出一只手，又一次摸到了某个难以抓住、刺人而有弹性的东西。那个声音又一次在离她耳后很近的地方响起，带着一种令人不适而恐惧的亲密感，仿佛她在对自己说话："你过不去。""是吗？"她喊道。完全失去了勇气的她拔出了剑。剑毫不费力地刺向前方，但有什么东西再次阻止了她的手。那个声音带着白痴般的柔和，一遍又一遍地重复着"你过不去""你过不去"……

"你是谁？"她说，但没有人回答。她退到楼梯上，仗剑等待。什么也没有发生。在她周围，石墙幽幽地发着光，几不可见，因为外面的月亮正在升起。她耐心地等待着，用脚踩住斗篷的一角，因为当斗篷搁在地上时，一只螃蟹为自己扒拉出了一条自由之路，并在离开时狠狠夹了一下她的脚踝。光线越来越亮。

那里什么也没有。在楼梯平台上忙着往前爬的螃蟹似乎也抵达了那个地方,站在那里乱挠。那里完全没有任何东西。然后,一直以某种近乎无望的平静注视着这只小动物的爱丽克斯叹息一声,平躺到楼梯上——因为螃蟹已经开始在地板和天花板之间往上爬,而它的尖足所抵实为一片虚空。泪水涌入她的眼睛。闭上眼睛,她可以看到丈夫的脸,时而在这里,时而在那里,就像她和胖男人第一天相遇时,胖子给她看的黑盒子上的图像。她躺在石头上哭起来。然后她站起身,因为那张脸似乎已经定格在楼梯平台的另一侧,而她觉得自己必须走过去。她还在哭着。她脱下她的一只凉鞋,把它推过那个看似无物的事物(螃蟹仍然在空中爬行,心安理得)。它很容易就穿过去了。她一想到要触摸螃蟹和它所爬过的东西就感到恶心,但她不由自主地用一只手捂着脸,用另一只手抓住螃蟹(你无法描述这个声音)。抓稳了那只挣扎的动物之后,她将它猛地撞向隧道的岩石侧壁,然后用尽全力往前扔。它哗啦啦地往前跌落了二十英尺。

她想,这么说的话,区别就在于生与死。她无可奈何地坐在台阶上,希望想出一个办法。为了通过而求死,同时通过了又能不死,这个问题让她觉得无解。在隧道前面二十英尺处(那里处于黑暗之中,她无法看到是什么),有东西在沙沙作响。那个声音很像一只被撞晕的螃蟹,现在正在恢复,因为这些动物除了食物之外什么都不想,而挫败似乎只会给它们带来再去寻找食物的新力量。爱丽克斯凝视着黑暗,她感到自己脖子后面的汗毛都竖了起来。她不惜代价地想看到那个地方,因为在她看来，她现在猜到了胖男人的邪恶机关的原理，它阻止任何有意识的心智进入——就像它在她的脑子里所说的那样——但是，也有可能会放过……她思索着。这个玩世不恭的女人也曾是一个宗教狂热分子，直至环境迫使她转向更冷酷的思维方式；因此她现在将斗篷甩在前面的地上，以防自己摔倒，并小心翼翼地从头到脚伸进那张讨厌而有弹性的但她看不到的网里。她闭上眼睛，用双手的手指按住脖子后面的动脉，开始对自己重复一个她在古老岁月里学到的方法，一个几乎和倒数一样有效的自我催眠手段。这个方法每次重复都要稍作改动。还有那个声音，一遍又一遍地低声说着"你过不去""你过不去""过不去""过不去"……

一阵可怕的冲击穿透了她的牙齿、骨骼和肉体，她醒来时发现楼道的地板斜在眼前两英寸处。她的一个膝盖在身体下面扭曲着，左脸疼得她头晕目眩，隐隐传来温暖而潮湿的感觉。她猜想自己的脸被摔得皮开肉绽了，而膝盖即便没有骨折，也扭伤了。

但是她穿过去了。

她在塔楼最顶端的一个房间里找到了胖男人，他穿着短裤坐在走廊尽头一团方形的光斑里。当她一瘸一拐地走向他时，他的身形（他自顾自地忙碌着，对她的到来无知无觉）慢慢变大成人类的大小，直到最后她站在房间里，依稀意识到自己手臂上流着血，脸上她曾用斗篷擦拭的伤口在刺痛。房间里到处都是机器。胖男人（他一直在腿上摆弄着一些小电线和木块）抬起头来，看到她，露出惊讶的神色，然后咧开嘴大笑起来。

"原来是你。"他说。

她什么也没说，用一只手撑在墙上稳住身体。

"你真了不起。"他说，"真的了不起。过来。"他站起身来，用手一碰就让他的凳子打着转跑到一旁去了。她颤抖着站在那里，鲜血淋漓，染红了地板和墙壁。他来到她面前，久久地端详着她，然后轻轻地说："可怜的动物。可怜的小坏蛋。"

她呼吸急促，飞快地扫视了周围，注意到房间的大小（它大到包含了整个塔的宽度）和朝向四个方位的四扇大窗户，以及阴影中的奇怪物件：众多的小桌子、挂在墙上的木板、旋钮、开关以及闪烁的灯，数不胜数。但她没有动，也没有说话。

"可怜的动物。"他又说了一遍。他走了回来，轻蔑地打量着她，双手叉腰，然后说："你相信世界曾经是一堆岩石吗？"

"相信。"她说。

"很多年前，"他说，"比你的头脑所能想象的还早很多年的时候，在有树、城市和女人之前，我来到这堆岩石上。你相信吗？"

她点了点头。

"我来到这里，"他轻轻地说，"为了满足某种爱好，而且，我制做了你在这个房间里看到的所有东西——你片刻之前看到的所有小物件——我也建造了这座塔。有时我让它的内部焕然一新，有时我让它看起来很旧。你明白吗，小家伙？"

她没有说什么。

"心血来潮的时候，"他说，"我把这里变得崭新而舒适，然后在里面安顿下来，而一旦我安顿下来，我就开始实践我的爱好。你知道我的爱好是什么吗？"他笑了。

"我的爱好，小家伙，"他说，"来自这座塔和这部机器，因为这部机器可以影响世界各地，然后事情的发生会完全依照我的选择。现在你知道我的爱好是什么了吗？我的爱好是创造世界。我创造世界，小家伙。"

她急促地吸了一口气，像是在叹气，但她没有说话。他对她笑了笑。

"可怜的野兽。"他说。"你的脸被严重割伤了，另外我相信你的某个关节扭伤了。狩猎的动物总是这样的。不过伤会好的。看，"他说，"再看。"他用一只胖手绕着自己慢慢地转了一圈。"是我，小家伙。"他说，"是我创造了你的目光曾经停留过的一切。猩猩和孔雀，潮汐和时间。"（他笑了。）"还有火和雨。我创造了你。我创造了你的丈夫。过来。"然后他埋头于阴影中。爱丽克斯刚进入房间时打在他身上的光圈现在跟着他，总是令他保持在中心位置，尽管这幕景象让她毛发竖起，她还是强迫自己跟着他，忍痛一瘸一拐地走过桌子，穿过一摞摞管子和电线，还有炉子大小的方形物体。光线一直在前面避着她。这时他停了下来，等她走进光里，他说："你知道，我并没有生你的气。"

爱丽克斯的脚碰到什么东西，面部因疼痛而扭曲起来，她抓住了自己的膝盖。

"不，我没有生气。"他说，"事情一直令人愉快，除了今晚，这表明我们之间的整件事情是一个错误，不应该听之任之了。你必须明白，我不能允许我的一个造物，我的一片指甲屑以这种愚蠢的方式反叛，如果你明白我的意思。"他哼了一声。

"不，不，"他说，"这我做不到。所以——"（说到这里，他从身后的桌子上拿起一个玻璃立方体。)"我决定——"(说到这里,他轻轻拨动了一下立方体。)"今晚——怎么了,我亲爱的,你怎么了?你站在那里,拳头青筋暴起,你好像想打我,哪怕你的膝盖现在给你带来了很大的麻烦。你最好用手来支撑你的部分重量,否则我就大错特错了。"他向她伸出了玻璃立方体——不过并没有伸到她能够得着的地方——里面有她丈夫的小图像,清晰得不自然,就像放进水晶里的照片。"看到了吗?"他说,"如果我把控制杆转到右边,在他骨子里骚动的小动物们就会越来越平静,这对他有好处,有很大的好处。但是如果我把控制杆转到左边——"

"魔鬼!"她说。

"啊,我终于勾出你的话来了!"他说着朝她走近,"你终于知道了!啊,小家伙,有多少次我都看到你在寻思,如果你在背后捅我一刀,这个世界是不是会更好,嗯?但是你做不到,你知道吧?你为什么不试试呢?"他拍了拍她的肩膀:"我就在这里,你看,离你足够近了,事实上,正盯着你那双悲惨而冒火的眼睛。你难道不会很自然地想要尝试干掉我吗?但你做不到,你知道的。如果你尝试一下,你会感到困惑的。我穿着一件盔甲,小野兽,这是件什么野兽都会羡慕的盔甲。你可以把我从一万英尺高的山上扔下去,或者把我放进炉子里炼,或者对我使出另外一百零一种杀招,但没有丝毫效果。我的盔甲有惯性识别功能,小野人,这意味着它不会让太快或者太重的东西穿过。所以你根本无法伤害我。要谋杀我,你必须攻击我,但那样带来的冲击就太快太重了,当我摔落时,撞上我的地面也是如此,火也是如此。来这里。"

她没有动。

"过来，猴子。"他说，"我要杀了你的男人，然后把你送走。不过既然你在黑暗中那么得心应手，我想我会祝福你，让你永远待在黑暗里。你以为你在做什么？"因为她把手指伸进了袖子，当他站在那里拿着手中的立方体微微一笑的时候，她拔出匕首扑向他，一次又一次地刺他。

"你瞧。"他得意地说，"看见没有？"

"看见了。"她恢复了说话的能力，嗓音嘶哑地说。

"你明白了吗？"

"我明白了。"她说。

"那就走吧。"他说，"我必须完成我的事情。"他把立方体举到他眼睛的高度。她看到她的男人在玻璃后面，就像在一个折射棱镜中一样，被分成了多重图像；她看到他怪异地向立方体的表面伸手；她看到他的指尖敲打着表面，好像要突然伸到空气中。胖男人用拇指和食指夹住控制杆，动作谨慎而精准，嘴唇抿成一团褶皱，准备把它转到左边……

她把手指插进了他的眼睛，然后趁着他又痛又看不见，夺走了立方体，并把他扳倒在桌子边上，折断了他的背。所有伤害都发生在身体内部。他的脸痉挛了，一只眼睛闭上又睁开，狰狞又滑稽地模仿着眨眼的动作。他的手指无力地在桌面上滑动，然后他倒在了地上。

"我亲爱的！"他喘着气说。

她面无表情地看着他。

"帮帮我，"他低声说，"嗯？"他的手指在抖动。"那里，"他急切地说，"药。把我治好，嗯？行行好，快点儿。我给你一半。"

"全部。"她说。

"好的,好的,全部。"他气喘吁吁地说,"全部……解释全部……迷人的爱好……把我的大部分时间花在这个房间里……把药拿过来……"

"首先告诉我,"她说,"怎么关闭它。"

"关闭?"他说。他看着她,眼睛发亮。

"首先,"她耐心地说,"我将把它全部关闭。然后我再治愈你。"

"不。"他说,"不,不!不可能!"她在他身边跪了下来。

"来吧,"她轻轻地说,"你以为我想毁掉它吗?我和你一样对它很着迷。我只想确保你不能对我做什么,仅此而已。你必须先解释这一切,直到我也能掌握它,之后我们再把它打开。"

"不,不。"他疑虑地重复道。

"你别无选择,"她说,"否则你会死。你认为我打算怎么做?我必须治好你,要不然我怎么能学会操作这一切?但我也必须是安全的。告诉我怎么把它关掉。"

他将信将疑地指了指。

"就这样吗?"她说。

"是的,"他说,"但是——"

"就这样吗?"

"是的,但是……不……等一下!"因为爱丽克斯突然站起来,从他的凳子上拿起他一直坐着的靠枕。起初,他似乎不明白对方的目的，但随后他惊恐地睁大了眼睛，因为她拿起靠枕是为了闷死他，而这正是她所做的。

当她站起来时，她的腿在颤抖。她跌跌撞撞地把两只手并在一起，仿佛是在祈祷它们不要颤抖得那么厉害。她拿起装着她丈夫图像的立方体，小心翼翼地——哦，多么小心啊！——把控制杆转到右边。然后，她开始啜泣。这哭泣并非出于悲伤，而是出于某种反应和胜利之喜，五味杂陈。她站在那阴森森的房间中间，把头向后一甩，大叫起来。灯光稳定地发着光。她在阴影中找到了胖男人的总开关，靠在墙上把一根手指——只有一根——按在上面，屏住了呼吸。世界会终结吗？她不知道。经过几分钟的搜寻，她找到了藏在柜子里的蜡烛和打火石，用它们为自己点了一盏灯。然后，她闭上眼睛，久久地颤抖着，靠在——不，是瘫在——开关上，站了很久，无所期待，也无所相信。

但世界并没有终结。外面传来了风声和海浪声（尽管现在声音更大了，好像某种隐约难辨的嗡嗡声刚刚停止），房间里，蜡烛上跳跃着奇妙的影子——灯光已经熄灭了。爱丽克斯开始笑，喘着粗气。她把蜡烛放下，四处搜索，直到找到靠墙的一段金属管子，接着，她一台接一台地砸、撬、拆机器，掀翻桌子，打碎开关。然后她用颤巍巍的手拿起蜡烛，站到了胖男人的尸体上。地板上这堆光影变幻的肉块，最后熊熊燃烧起来。她的影子浮现在墙上。她俯下身子，端详他的脸，那张把痛苦和死亡变成最可怕的琐事的脸。她想：创造世界？你没有那种想象力。你甚至没有制造这些机器——那闪亮的表面是给顾客而非工匠看的，通过小图片运作的开关只能骗骗孩子。你自己也是个孩子，是个孩子，是个捣蛋鬼，我宁愿受制于你的机器，也不愿成为它的主人。

她大声说："永远别把武器当手臂。"她拿着蜡烛离开了，把他留在黑暗中。

她在黎明时分回到家，她的男人仍然在床上睡着。她觉得他似乎是由曙光组成的，那光穿过他的手指和头发，令他焕发出金色的光芒。她吻了他，他睁开了眼睛。

"你回家了。"他说。

"我回家了。"她说。

"我打了一晚上。"她接着说，"和山中老人打了一晚上。"因为你得知道，这个恶魔在乌尔德是个传说。他是这个世界的神，住在一个包含整个世界的小山洞里，他从他的山洞里掌握着人的命运。

"谁赢了？"她的丈夫笑着问，因为在日出时分，一切都沐浴在光里，很难看清受伤的严重程度。

"我赢了！"她说，"那人已经死了。"她笑了，脸颊上的伤口裂开了，又开始流血了。"他死了，"她说，"只有两个原因：他是个傻瓜，而我们不是。"

院子里所有的鸟儿立刻爆发出啼叫声。

秦鹏　译

致　谢

本书编辑想感谢所有其他的选集编辑，出于对文学的热爱，他们付出辛勤努力组织篇目，为读者呈现了世界各地最好的小说。我们向本书的翻译团队表达深深的感谢，他们将故事——有些是作品从未被译为英语的作家所写的故事——首次译为英语，还对已经有英语译本的故事重新做了一次英语翻译。感谢你们：叶卡捷琳娜·谢迪娅、查理·哈登、凯特·韦伯斯特、劳伦斯·席梅尔、布赖恩·埃文森、瓦莱丽·玛丽安娜、扎卡里·肖勒姆·伯杰。我们也要感谢过去将本书中的作品译成英语的其他译者。

我们要感谢以下人士：马丁·舒斯特、多米尼克帕里西安、卡伦·洛德、朱中宜、尼尔·威廉森、刘宇昆、三丰、乔安娜·西尼萨洛、约翰·库尔撒德、里斯·休斯、尤卡·哈尔默、卡林·蒂德贝克、肖恩·拜伊、克里斯廷·杜拉尼、阿丽尔·赛贝尔、埃里克·沙勒、丹尼尔·帕丰达、亚历山德拉·雅努什·卡明斯卡以及马蒂·哈尔彭。如果没有他们的协助、指导和支持，本书将难以成书。我们还要感谢这些年来与我们分享他们最喜爱的小说的所有读者。

致　谢

　　我们还想感谢许多经纪人、编辑、出版商，以及其他销售代理，感谢他们持续为我们喜爱并想要分享的作者和故事进行推广，将它们传递至读者手中。这些同仁包括怀利经纪公司的劳伦·罗戈夫和埃玛·赫尔曼、《纽约书评》的萨拉·克雷默、普希金出版社的丹尼尔·西顿和劳拉·麦考利、理查德·柯蒂斯联署公司、保罗·德安杰利斯图书发展公司、新方向出版社的克里斯托弗·韦特、诺丁经纪公司的西涅·伦德格伦、小啤酒出版社的加文·格兰特、掌上出版社的凯特·麦克唐纳、萨伏伊图书的迈克尔·巴特沃斯、超光速粒子出版社的雅各布·韦斯曼、福克萨尔出版集团的克雷斯蒂娜·科拉科夫斯基、马西和麦奎尔金文学经纪公司的勒妮·朱克布洛特、群岛图书的埃玛·拉达茨、尤金·雷德蒙、科林·斯迈思有限公司、地下出版社的威廉·谢弗、乔特文学经纪公司的劳雷尔·乔特、弗吉尼亚·基德经纪公司的沃恩·李·汉森。

　　马修·切尼的研究工作、建议以及对作家和故事的注释汇编让我们得以完成这本书，很高兴能再次与我们的好友一起工作。

　　当然，我们衷心感谢我们的编辑蒂姆·奥康奈尔、安娜·考夫曼、罗伯特·夏皮罗，还有经典出版社友好的工作人员，以及我们的经纪人萨莉·哈丁和库克·麦克德米德文学管理公司的每一位工作人员。

读客科幻文库｜现代奇幻大书

授权声明

Maurice Richardson: "Ten Rounds with Grandfather Clock" by Maurice Richardson. Copyright © 1946 by Maurice Richardson. First published in *Lilliput* (July 1946). Reprinted by permission of the author's estate.

Paul Bowles: "The Circular Valley" from *The Stories of Paul Bowles* by Paul Bowles. Copyright © 2001 by the estate of Paul Bowles. Reprinted by permission of HarperCollins Publishers.

Vladimir Nabokov: "Signs and Symbols" by Vladimir Nabokov from *The Stories of Vladimir Nabokov*. Copyright © 1995 by Dmitri Nabokov. First published in 1948. Reprinted by permission of Alfred A. Knopf, an imprint of the Knopf Doubleday Publishing Group, a division of Penguin Random House LLC. All rights reserved.

Jorge Luis Borges: "The Zahir" by Jorge Luis Borges. Copyright © 1998 by Maria Kodama; translation copyright © 1998 by Penguin Random House LLC, from *Collected Fictions: Volume 3* by Jorge Luis Borges, translated by Andrew Hurley. Used by permission of Viking Books, an imprint of Penguin Publishing Group, a division of Penguin

授权声明

Random House LLC. All rights reserved.

Jack Vance: "Liane the Wayfarer" by Jack Vance. Copyright © 1950 by Jack Vance. First published in *The Dying Earth*. Reprinted by permission of the author's estate.

Edgar Mittelholzer: "Poolwana's Orchid" by Edgar Mittelholzer. Copyright © 1951 by Edgar Mittelholzer. First published in *Creole Chips and Other Writings*, copyright © 2018. Reprinted by permission of Peepal Tree Press and the author's estate.

Margaret St. Clair: "The Man Who Sold Rope to the Gnoles" by Margaret St. Clair. Copyright © 1951, 1979 by Margaret St. Clair. Reprinted by permission of MacIntosh and Otis, Inc.

Manly Wade Wellman: "O Ugly Bird" by Manly Wade Wellman. Copyright © 1951 by Manly Wade Wellman. First published in *The Magazine of Fantasy & Science Fiction*. Reprinted by permission of the author's estate.

Abraham Sutzkever: "The Gopherwood Box" by Abraham Sutzkever. Copyright © 1953 by Abraham Sutzkever. First published in *Di Goldene Keyt (Golden Chain)*, issue 17. Translation copyright © 2019 by Zackary Sholem Berger. Reprinted by permission of the author's estate and the translator.

Amos Tutuola: Excerpt from "My Life in the Bush of Ghosts" by Amos Tutuola. Copyright © 1954 by Grove Press. Reprinted by permission of Grove Press and the author's estate.

Gabriel García Márquez: "A Very Old Man with Enormous Wings" from *Leaf Storm and Other Stories* by Gabriel García Márquez.

Translated by Gregory Rabassa. Copyright © 1971 by Gabriel García Márquez. Reprinted by permission of HarperCollins Publishers.

Zenna Henderson: "The Anything Box" by Zenna Henderson. Copyright © 1956, 1984 by Zenna Henderson. First published in *The Magazine of Fantasy & Science Fiction*. Reprinted by permission of the estate of Zenna Henderson and the Virginia Kidd Agency.

Fritz Leiber: "Lean Times in Lankhmar" by Fritz Leiber. Copyright © 1959 by the Estate of Fritz Leiber. First published in *Fantastic* (November 1959). Reprinted by permission of the author's estate.

Michael Moorcock: "The Dreaming City" by Michael Moorcock. Copyright © 1961 by Michael Moorcock. Originally published in *Science Fantasy*, no. 47. Reprinted by permission of the author.

Julio Cortázar: "Cronopios and Famas" by Julio Cortázar, translated by Paul Blackburn. Copyright © 1962 by Julio Cortázar and the Heirs of Julio Cortázar. Translation copyright © 1969 by Random House, Inc. Reprinted by permission of the author's estate c/o Agencia Literaria Carmen Balcells, S.A. and New Directions Publishing Corp.

Intizar Husain: "Kaya-Kalp (or Metamorphosis)" by Intizar Husain. Translation by C. M. Naim. Originally published in 1962. English translation published by permission of the translator.

Tove Jansson: "The Last Dragon in the World," text and illustrations by Tove Jansson. Copyright © 1962 by Moomin Characters™ Tove Jansson. First published in *Tales from Moominvalley*. Reprinted by permission of the author's estate and

R&B Licensing for OY Moomin Characters Ltd.

J. G. Ballard: "The Drowned Giant" by J. G. Ballard. Copyright © 1964 by J. G. Ballard from *The Complete Stories of J. G. Ballard* by J. G. Ballard. Used by permission of W. W. Norton and Company, Inc.

Satu Waltari: Excerpt from "Twilight Traveller's" ("Hämärä matkamiehet") reprinted as "The Monster" by Satu Waltari. Copyright © 1964. Translation copyright © 2005 by David Hackston. Reprinted by permission of the author's estate and translator.

R. A. Lafferty: "Narrow Valley" by R. A. Lafferty. Copyright © Locus Science Fiction Foundation. First published in *The Magazine of Fantasy & Science Fiction* (September 1966). Reprinted by permission of the author's estate.

Mikhail Bulgakov: "The Sinister Apartment," excerpt from *The Master and Margarita*. Translation copyright © 2019 by Ekaterina Sedia. First published in Russian in 1967. Published by permission of the translator.

Silvina Ocampo: "The Topless Tower" by Silvina Ocampo. Copyright © 1968 by Silvina Ocampo. Translated by James and Marian Womack, translation copyright © 2010. Originally published as "La torre sin fin." Reprinted by permission of the Estate of Silvina Ocampo and the translators.

Joanna Russ: "The Barbarian" by Joanna Russ. Copyright © 1968 by Joanna Russ. First published in *Orbit 3* (1968). Reprinted by permission of the author's estate.

读客科幻文库｜现代奇幻大书

编者介绍

安·范德米尔目前在Tor.com网站和《怪奇小说评论》（*Weird Fiction Review*）担任组稿编辑，也是"共享世界"青少年作家夏令营的常驻编辑。她曾担任《诡丽幻谭》的主编长达五年，在此期间她曾三次获雨果奖提名，一次获奖。她不仅多次获得雪莉·杰克逊奖提名，还因编辑《怪谭之书：奇异与黑暗故事汇编》（*The Weird: A Compendium of Strange and Dark Stories*）获世界奇幻奖和英国奇幻奖。她所编辑的其他书目包括《美国最佳奇幻小说》（*Best American Fantasy*）、三本蒸汽朋克文学选集，以及幽默小说《虚构动物的洁食指南》（*The Kosher Guide to Imaginary Animals*）。她最近编辑的选集包括女性主义小说选集《革命姐妹》（*Sisters of the Revolution*）、原创小说与艺术选集《动物寓言集》（*The Bestiary*），以及和X奖基金会联合编辑的《当前期货和化身有限公司》（*Current Futures and Avatars Inc*），还有《100：科幻之书》和《经典奇幻大书》。

《纽约时报》畅销书作家杰夫·范德米尔因其对生态议题的关注被《纽约客》称为"怪奇小说界的梭罗"。他最近的几部作品——《异形伯恩》(*Borne*)、《怪鸟》(*The Strange Bird*)和《死去的宇航员》(*Dead Astronauts*)——因其对后稀缺形势下动物和人类生活的探索而广受批评家赞誉。范德米尔更早的作品包括"遗落的南境"三部曲[《湮灭》(*Annihilation*)、《当权者》(*Authority*)、《接纳》(*Acceptance*)],该系列被翻译为四十种语言。《湮灭》获星云奖和雪莉·杰克逊奖,并被派拉蒙影业改编为电影。范德米尔的非虚构作品曾刊载于《纽约时报》、《洛杉矶时报》(*The Los Angeles Times*)、《大西洋月刊》(*The Atlantic*)、《页岩》(*Slate*)、《沙龙》(*Salon*)、《华盛顿邮报》(*The Washington Post*)等多家报纸、杂志。他曾三次获得世界奇幻奖,自己编辑或与他人联合编辑多部标志性的小说选集,也曾在耶鲁大学作家讨论会上任教,在麻省理工学院、布朗大学、美国国会图书馆发表演讲,在霍巴特和威廉姆史密斯学院担任常驻作家,还曾担任"共享世界"这一在沃佛德学院特意举办的青少年作家夏令营的联合负责人。他即将出版的作品包括《蜂鸟与蝾》(*Hummingbird Salamander*,MCD/FSG出版社)和《特别的危险》(*A Peculiar Peril*),前者是"乔纳森·兰布谢德的倒霉遭遇"系列的第一本书(FSG儿童出版社)。他与妻子安·范德米尔共同编辑了十几本文学选集。

编辑顾问马修·切尼是《血:故事集》(*Blood: Stories*,布莱克·劳伦斯出版社,2016年)和《现代主义危机及形式的教育学》(*Modernist Crisis and the Pedagogy of Form*,布卢姆斯伯里出版社,2020年)的作者。他在《联结》(*Conjunctions*)、《诡丽幻谭》、《电子文学》(*Electric Literature*)、《洛杉矶书评》

（*Los Angeles Review of Books*）、《怪奇小说评论》及其他出版物上发表过论文和小说。现居住于新罕布什尔州，在普利茅斯州立大学教授跨学科研究。

译者简介

逢珍

上海译文《纳博科夫短篇小说全集》的译者。

贺丹

译者，从事专业翻译近二十年，有劳无功。译有《读〈时代〉周刊学英文》，参译Lonely Planet出版的旅行指南系列之《非洲》、"Encounter"城市系列之《巴黎》，读客文化《西岸传奇三部曲》等。

黄协安

上海外国语大学高级翻译学院副教授，主要从事翻译实践、研究和教学，译有《静物》《猫眼》等多部文学作品。

刘文元

科幻奇幻迷，译有《路边野餐》、《皮囊之下》、《圣火》、《R.A.拉弗蒂短篇精选集》（待出版）等作品。

卢云

文学博士，副教授，浙江大学外国语学院西班牙语语言文化研究所所长，教育部高等学校外语专业指导委员会西班牙语分委会委员，中国外国文学学会西葡语文学研究分会理事，浙江省比较文学与外国文学学会理事。研究方向主要为西班牙文学和拉美文学以及中西跨文化研究。发表论文多篇，译著多部。译有《欢乐与忧伤2：风转向的地方》《欢乐与忧伤3：忧伤的复活节》等。

罗妍莉

译者，作者。译作数百万字，翻译过多篇获星云奖、雨果奖、轨迹奖、斯特金奖等奖项的作品。多部译作曾获多家媒体阅读榜及书单推荐，译作《群星的法则》荣获第十八届文津图书奖。原创小说及游记作品散见澎湃新闻、企鹅科幻、太行科幻、科普中国网、《文艺风赏》、《私家地理》等。

秦鹏

毕业于山东大学，获管理学学士学位，现供职于某大型国企。业余时间从事英汉翻译，曾与《科幻世界》杂志社、果壳网、果壳阅读、新星出版社、北京联合出版社等机构合作。译作有《阿瑟·克拉克科幻短篇全集》（合译）、《数字永生计划》、《未来的序曲》（合译）、《世界重启》等。

王知夏

译者，出版从业者，译有《拉下百叶窗的午后》《闹剧，或者不再寂寞》《复调：巴赫与生命之恸》等。

译者简介

张羿

程序员、译者、插画师。数学、艺术、科幻、A股爱好者。生于津门，毕业于天津大学。现从事医疗器械软件开发兼UI插画工作。独立译有《同步》《智能机器如何思考》《AI新生》《超人类密码》《馈》《镜影》《为什么数据会说谎》，与人合译有《如何思考会思考的机器》《窃星》《真名实姓》等科普科幻著作。

张芸

最早将艾米莉·狄金森介绍给中国读者的译者之一，相关译作有1986年出版的《狄金森诗抄》，以及狄金森诗歌书信集《宁静的激情》。其他译作包括传记《寒星下的布拉格》与小说《温斯堡小镇》。所创作的诗歌、散文、文学评论散见于国内各刊物与诗集。现定居于美国休斯敦。

读客
科幻文库

跟着读客读科幻，经典科幻全看遍。

太空歌剧、赛博朋克、奇幻史诗……
中国、美国、英国、俄罗斯、波兰、加拿大、日本、牙买加……
读客汇聚雨果奖、星云奖、轨迹奖获奖作品，
精挑细选顶尖的科幻奇幻经典，
陪伴读者一起探索人类文明的过去、现在和未来，
亿亿万万年，直至宇宙尽头。